U0750731

北京外国语大学王佐良外国文学高等研究院出品

"好人的庇护所"

外国文学研究丛书

薇拉 · 凯瑟作品中的国家身份修辞研究

周铭 著

外语教学与研究出版社
FOREIGN LANGUAGE TEACHING AND RESEARCH PRESS
北京 BEIJING

图书在版编目（CIP）数据

"好人的庇护所"：薇拉·凯瑟作品中的国家身份修辞研究／周铭著．-- 北京：外语教学与研究出版社，2022.3
（外国文学研究丛书）
ISBN 978-7-5213-3432-6

Ⅰ．①好… Ⅱ．①周… Ⅲ．①薇拉·凯瑟－小说研究 Ⅳ．①I712.074

中国版本图书馆 CIP 数据核字 (2022) 第 047344 号

出 版 人　王　芳
责任编辑　徐　宁
责任校对　周渝毅
装帧设计　奇文云海
出版发行　外语教学与研究出版社
社　　址　北京市西三环北路 19 号（100089）
网　　址　http://www.fltrp.com
印　　刷　北京盛通印刷股份有限公司
开　　本　650×980　1/16
印　　张　22
版　　次　2022 年 4 月第 1 版 2022 年 4 月第 1 次印刷
书　　号　ISBN 978-7-5213-3432-6
定　　价　66.00 元

购书咨询：（010）88819926　电子邮箱：club@fltrp.com
外研书店：https://waiyants.tmall.com
凡印刷、装订质量问题，请联系我社印制部
联系电话：（010）61207896　电子邮箱：zhijian@fltrp.com
凡侵权、盗版书籍线索，请联系我社法律事务部
举报电话：（010）88817519　电子邮箱：banquan@fltrp.com
物料号：334320001

记载人类文明
沟通世界文化
www.fltrp.com

"外国文学研究丛书" 编委会

主　编：金　莉

编委会（按姓氏拼音排列）：

曹顺庆	程　巍	冯亚琳	高继海	韩瑞祥
李铭敬	林丰民	刘意青	马海良	聂珍钊
秦海鹰	任卫东	孙晓萌	陶家俊	汪剑钊
汪介之	王炳钧	王　成	王丽亚	王守仁
王晓路	颜海平	虞建华	张　冲	张　剑
张中载	朱　刚	邹兰芳		

丛书总序

由北京外国语大学王佐良外国文学高等研究院策划、外语教学与研究出版社出版的"外国文学研究丛书"就要与读者见面了。近年来，我国外国文学界同仁一直在积极探索有效途径，提升我们的学术研究水平，增强我国学者的国际学术话语权。王佐良外国文学高等研究院专门策划了这套外国文学研究丛书，旨在将我国学者在外国文学研究领域取得的最新优异成果及时介绍给国内学者，也希望以此丛书，促进我国学者与世界同领域学者的学术对话，借此提升我国外国文学学科在世界学术界的影响力。

"外国文学研究丛书"定位于国内具有影响力的学者以中文撰写的外国文学研究专著。这是一套开放性丛书，范围包括以下五个方向的内容：外国文学理论与批评研究、经典作品与作家批评、比较文学理论与批评、外国文学史研究、文化批评研究。高等研究院邀请了国内知名学者加入编委会，向我国外国文学界学者征集研究书稿并参与审稿。

近年来我国外国文学学者中学术造诣深湛之人很多，他们为我国外国文学研究倾注了大量心血，在外国文学作品与作家、理论与思潮、历史与文化等方面做出了精到的解读。在世界文学格局不断发生变化的今天，他们的研究为我们了解外国文学的发展进程打开了一个窗口。我们希望通过这样一套丛书，展示他们在外国文学研究领域取得的成就，也为广大的研究者提供一个学习、对话、交流的平台。相信他们的著作将为读者带来思想的震撼、精神的启迪和阅读的快感。

　　这套丛书的出版，得到了我国诸多外国文学学者的鼎力相助和大力支持，也得到了外语教学与研究出版社的全力配合，特此表示衷心的感谢！

北京外国语大学　金莉

2017年7月18日

本书序言

　　周铭副教授的专著《"好人的庇护所"：薇拉·凯瑟作品中的国家身份修辞研究》即将付梓，这是他关于美国作家凯瑟的又一部研究著作，我为他深感高兴，乐意为他的这部著作作序。

　　2001年我为北京外国语大学本科生开设"美国文学"课程，课程内容包括凯瑟这位20世纪初著名女作家的作品。在美国文学史上，凯瑟与萨拉·奥恩·朱厄特的关系一直是评论家津津乐道的话题，她们的作品也被分别视为美国新英格兰和西部区域文学的最高成就。区域写作的桂冠从朱厄特到凯瑟的移交，不仅缔造了19世纪女性家庭文学到20世纪"新女性"文学的美学谱系，更折射了美国的思想中心从东部到西部的转移。随着美国在20世纪初国力的迅猛增强，它愈发急迫地想脱离欧洲文化的影响，向世界宣告自身的"成年"。新英格兰的欧洲印记太过明显了，而作为"处女地"的西部正是充当建构民族起源神话的绝佳载体。"西部"于是成了一个文化符号，成为凯瑟作品中的一个永恒背景。她笔下的角色很多都是从草原走向城镇，然后走向美国或欧洲的艺术中心的。

　　令我欣慰的是，我的课激发了周铭持续至今的学术兴趣。他继而在我的指导下攻读了硕士和博士学位，且毕业论文都是以凯瑟的作品为题。其硕士论文从生态女性主义的角度分析了凯瑟的小说《啊，拓荒者!》，博士论文从人文空间的角度分析了凯瑟小说创作中的想象结构。这两篇论文得到了评审专家的肯定，均获得了校优秀论文的荣誉，而且博士论文还分别获得北京市优秀博士论文和全国百篇优秀博士论文提名，修改后出版。但在当时，周铭的论文主要聚焦于对凯瑟作品美学层面的分析，而较少地考虑美国社会现实对于凯瑟创作的影响。取得博士学位后，周铭仍然在自己当初选定的研究领域深耕细作，对凯瑟进行了重新阅读，将对于凯瑟的研究从内部扩展到外部，深入思考社会文化政治如何塑造了凯瑟的文学想象。这些年他在忙于教学与行政事务的同时，对凯瑟作品以及这一时期的社会、政治、历史等进行了多方位的深入探讨，在学术期刊上发表了若干篇高水平的学术论文，并且将研究兴趣拓展到19世纪末20世纪初的其他女性作家，以此丰富了自己对于这一历史时期的认识。这些年我看着他在学术道路上一步一个脚印地走来，每每为他的学术成就感到由衷地高兴。周铭具有成为一名优秀学者的潜质，他学术视野开阔、治学态度严谨，且潜心学问、心无旁骛，发表的论文无论在文本细读还是观点阐释方面都显示出较为深厚的学术素养。现在这部经过了好几年的潜心研究和精心撰写才完成的专著，可以看作是他的第三部"毕业论文"，也可视为他这几年关于凯瑟的学术思考的一个小结。

《"好人的庇护所"：薇拉·凯瑟作品中的国家身份修辞研究》一书将凯瑟的创作置于20世纪初的美国国家建构过程之中，认为凯瑟的文学作品挪用了美国的"庇护所"这一国家身份修辞，在"美国的成年"运动中积极地参与了美国的形象塑造。在这个塑造过程中，种族、性别、帝国等政治实践纠缠交错，如果说周铭以前对凯瑟的解读追随苏珊·罗索夫斯基的内部研究和美学研究模式，这部著作在立场上则更类似于伊丽莎白·安蒙斯的外部研究和政治研究，揭示了凯瑟文学创作中的政治性和社会性，修正了她属于"浪漫主义"作家的论点。尽管这本书仅是研究凯瑟作品丰富内涵的一个视角，但它反映了作者对于凯瑟研究更加开阔的视野和更加深入的探讨，为凯瑟作品提供了不少具有新意的解读和见微知著、深中肯綮的洞见，也将为后续的研究提供更为广阔的讨论空间。这部学术著作是周铭在凯瑟研究上的又一成果，我期待他在这个新的起点上不断取得更多成就。

北京外国语大学　金莉

2021年11月

目　录

第一章

绪论：凯瑟的国家想象与"庇护所"身份修辞传统[1]

1931年，美国流行杂志《持家好手》（*Good Housekeeping*）在读者群中发起"美国最伟大的12位女性"评选活动，文艺界只有薇拉·凯瑟（Willa Cather）与画家塞西莉亚·博（Cecilia Beaux）入选[2]。对于这个民间看法，美国学术界也予以认可。说到学术界，《英语学刊》（*The English Journal*）杂志在1929年邀请30位著名评论家对当时美国所有小说家根据他们的文学成就从高到低进行分级排名。凯瑟在综合排名结果中

---

1. 本书的部分章节内容曾以期刊论文形式发表，有改动，后文中不再一一作注，特此声明。依次为第一章：《19、20世纪之交美国小说中的国家"庇护所"身份建构》，《东岳论丛》2017年第6期，171—176。第二章：《麦田中的白桑林：〈啊，拓荒者！〉中的农业想象和文明建构》，《外国文学动态研究》2018年第5期，56—64；《"好人"的"庇护所"——〈我的安东妮亚〉中进步主义时期美国的国家认同》，《外国文学评论》2012年第3期，65—86；《"文明"的"持家"：论美国进步主义语境中女性的国家建构实践》，《外国文学评论》2016年第2期，5—31。第三章：《"愿西部之鹰飞向……"：〈我们中的一员〉战争书写中的"跨国美利坚"》，《外国文学评论》2021年第1期，80—108；《"文雅"之殇：〈我的死对头〉中后拓荒时代的替代者危机》，《外国文学》2021年第4期，131—140；《〈教授的房屋〉：进步主义时期美国的身份危机》，《外国文学评论》2014年第3期，21—42。第四章：《"食品书写"中的文明、国家与国际秩序》，《中国图书评论》2016年第12期，30—37。
2. Harriet Monroe, "Greatest Women," *Poetry* 38.1 (1931): 32-35, p.33.

雄踞榜首，和伊迪丝·华顿（Edith Wharton）一起被认为属于第一流的作家[1]。对于凯瑟的认可深入美国的国民教育领域：一直被莎士比亚等传统经典作家及其作品所占据的美国高校文学课程书目在20世纪20年代已经开始包括凯瑟的作品[2]。

当时凯瑟作品所获得的赞誉虽然不低，却并没有被评论家视为呈现美国力量的民族经典。20世纪初的美国需要一种强有力的国家文学，以匹配它日益增长的帝国野心。1916年，意气风发的哈佛大学毕业生约翰·罗德里戈·多斯·帕索斯（John Roderigo Dos Passos）在《美国文学讨伐书》（"Against American Literature"）一文中写道："如果说美国文学被什么情绪主宰的话，那就是文雅的讽刺。这个讽刺倾向通常模糊温和，有时纠结于一位自以为饱经世故的中年妇女的苦闷；这是这个国家文学的主要特征，虽然它们当中大部分都是基于外国理念而被创作出来的。"[3] 在帕索斯看来，只有沃尔特·惠特曼（Walt Whitman）这位文坛父辈找到了美国文学的正确发展道路，通过充满力量的雄浑诗句丰富并塑造了国家文学传统。而以伊迪丝·华顿和玛丽·沃茨（Mary S. Watts）这"两位妇女"的作品为代表的"文雅文学的语调无疑是一位女性的调子，她有教养、聪明、容忍、谙于处世之道、娴静风趣，却深陷于中产阶级'雅致'视野的羁绊"[4]。在这种强调帝国力量的文化语境中，凯瑟的创作也不可避免地被归入"二流经典"的行列[5]。

---

1. John M. Stalnaker, and Fred Eggan, "American Novelists Ranked: A Psychological Study," *The English Journal* 18.4 (1929): 295-307, p.304.

2. H. D. R., "Editorial: The Ephemeral a Literary Ghost," *The English Journal* 16.9 (1927): 733-735, p.734.

3. J. R. Dos Passos, Jr., "Against American Literature," *The New Republic* Oct. 14 (1916): 269-271, p.269.

4. J. R. Dos Passos, Jr., "Against American Literature," *The New Republic* Oct. 14 (1916): 269-271, p.270.

5. Phyllis Frus, and Stanley Corkin, "Review: Cather Criticism and the American Canon," *College English* 59.2 (1997): 206-217.

凯瑟作品广受欢迎的原因是满足了大众对"好文学"的期待，即"以有趣的方式讲故事"[1]。从主题上讲，她讲述的故事基本上都与历史和怀旧有关。这些因素叠加在一起，共同塑造了一个通过讲故事安抚美国大众的"凯瑟姑妈"形象。这是一个温柔的长辈持家人形象，与惠特曼开创的阳刚传统大相径庭。如美国作家兼文学评论家马克斯韦尔·盖斯马（Maxwell Geismar）所言，凯瑟是"平等社会结构中一位传统贵族，工业社会中一位重农作家，物质文明过程中一位精神美的捍卫者"[2]。所有的这些特质，都与美帝国依赖的经济基础和宣扬的民族性格迥然不同。这也是为何激进的公共知识分子将她斥责为"做错了选择"的逃避主义者[3]。他们指责凯瑟脱离了美国现实，在美国社会经历精神危机乃至经济大萧条的时刻，依然拘泥于理念和怀旧等浪漫主义主题；这种不合时宜的"政治保守主义"体现了一种严重的价值观缺失，没有"一种足够坚强的积极价值观来表述当下"[4]。左翼作家格兰维尔·希克斯（Granville Hicks）批判凯瑟"拒绝分析现实而沦落到苟安消极的浪漫情怀"；其作品对"现代生活"动向的无视或偏离反映出"品味的低下"[5]。纽约知识分子领袖莱昂内尔·特里林（Lionel Trilling）非常反感凯瑟后期作品中的"古老智慧"和"对锅碗瓢盆的神秘情感"，认为这像是在"为雅士阶层做变相辩

---

1. Frank Parker Stockbridge, "What Are the 'Popular' Books—And Why?," *The English Journal* 20.6 (1931): 441-449, p.447.

2. Maxwell Geismar, "Willa Cather: Lady in the Wilderness," *Willa Cather and Her Critics*, ed. James Schroeter, Ithaca: Cornell University Press, 1967, 171-202, p.200.

3. Granville Hicks, "The Case against Willa Cather," *The English Journal* 22.9 (1933): 703-710, p.710; Margaret Anne O'Connor, "Introduction," *Willa Cather: The Contemporary Reviews*, ed. Margaret Anne O'Connor, Cambridge: Cambridge University Press, 2001, xvii-xxv, p.xxiii.

4. John Slocum, "*Lucy Gayheart* by Willa Cather," *The North American Review* 240.3 (1935): 549-550, p.550.

5. Granville Hicks, "The Case against Willa Cather," *The English Journal* 22.9 (1933): 703-710, p.710.

护"，抑或在宣扬《妇女家庭良友》（*Woman's Home Companion*）那种杂志所鼓吹的"资产阶级华而不实的居家之道"，体现了文化势利甚至种族主义立场[1]。在当时的文化语境下，这样的批评语气极其严厉，已经到了将凯瑟作品驱逐出"国家文学"范畴的地步。

就凯瑟本人而言，她对于文学作品是否应该成为国家主题的"载道之器"似乎有着与主流思想界不同的理解，并不提倡直接表现压制个人主义立场的"国家主题"。在写给友人的信件中，她认为艺术家不应受意识形态影响激起民众对社会的愤怒，不应在艺术中体现其公民身份或表达对某个派别的忠诚，也不应试图以艺术为媒介关注社会不公，而应坚持艺术自身的审美性。这个王尔德式的唯美主义立场浓缩在凯瑟那句颇为桀骜不驯的反问之中："艺术如果不是逃避，那还会是什么呢？"[2] 凯瑟的密友伊丽莎白·萨金特（Elizabeth Sergeant）也宣称，凯瑟对于进步主义政治并无好感[3]。这样的言论强化了凯瑟作为"逃避主义者"的形象，也加剧了具有政治关怀的评论家对她的偏见。近来仍有评论家认为凯瑟"缺乏社会责任感"，对"她自己所处社会的危机熟视无睹"[4]。

实际上，凯瑟的创作与美国社会政治的关联比她本人公开表述的要紧密得多。她在正式走上专业创作道路之前，曾经担任《麦克卢尔杂志》（*McClure's Magazine*）的编辑达六年之久，深度介入了当时美国的"揭

1. Lionel Trilling, "Willa Cather," *The New Republic* Feb. 10 (1937): 10-13, p.12.
2. Willa Cather, *Cather: Stories, Poems, and Other Writings*, New York: The Library of America, 1992, p.968.
3. Elizabeth Shepley Sergeant, *Willa Cather: A Memoir*, Lincoln: University of Nebraska Press, 1953, pp.124-125, p.261.
4. Ann Douglas, "Willa Cather: A Problematic Ideal," *Women, the Arts, and the 1920s in Paris and New York*, ed. Kenneth W. Wheeler, and Virginia Lee Lussier, New Brunswick: Transaction Books, 1982, 14-19, p.15.

露黑幕运动"（Muckraking Movement）。其作品对于城市现代性的焦虑和国家政治的关注贯穿始终。在结束了以短篇小说集《精灵的花园》（*The Troll Garden*，1905）和长篇小说《亚历山大之桥》（*Alexander's Bridge*，1912）为成果的创作学徒期之后，凯瑟在1913年步入创作成熟期，相继写下了包括评论界公认的六部"凯瑟经典"（Cather's canon）[1]在内的11部中长篇小说。从题材和主题讲，其主要创作分为三个阶段：1913至1918年的"草原小说"系列、1922至1926年的"危机小说"系列，以及1927至1931年的"历史小说"系列。

在第一阶段，凯瑟以其西部故乡内布拉斯加州的草原为背景，相继创作了《啊，拓荒者！》（*O Pioneers!*，1913）、《云雀之歌》（*The Song of the Lark*，1915）和《我的安东妮亚》（*My Ántonia*，1918）这三部小说。除了《云雀之歌》描写女主人公从草原走向文化都市实现其艺术梦外，其余两部都刻画了来自世界各地的移民在美国西部的拓荒伟绩。20世纪10年代的美国正致力于重建其民族文化传统，寻找一个独特的国家起源。凯瑟的拓荒题材迎合了这样的文化期待而受到评论界的赞扬，被誉为"来自荒野的缪斯"[2]。1922年是凯瑟创作的分水岭。进入"喧嚣的二十年代"，美国在表面的辉煌之下隐藏着精神迷茫和种族主义等诸多危机。凯瑟对此有着冷峻洞察，在日后的随笔中慨叹这一年"世界分裂成了两半"[3]。她的创作也随之进入以"危机"为基本内容的第二阶段，具体

---

1. "凯瑟经典"之名来自文学评论家哈罗德·布鲁姆（Harold Bloom），指《啊，拓荒者！》《我的安东妮亚》《迷失的夫人》《教授的房屋》《死神来迎大主教》和《磐石上的阴影》六部作品。参见Harold Bloom, "Introduction," *Willa Cather*, ed. Harold Bloom, New York: Chelsea House, 1985, 1-5, p.1.
2. Maxwell Geismar, "Willa Cather: Lady in the Wilderness," *Willa Cather and Her Critics*, ed. James Schroeter, Ithaca: Cornell University Press, 1967, 171-202.
3. Willa Cather, "Prefatory Note," *Not under Forty*, New York: Alfred A. Knopf, 1936, p.v.

作品包括《我们中的一员》（*One of Ours*，1922）、《迷失的夫人》（*A Lost Lady*，1923）、《教授的房屋》（*The Professor's House*，1925）和《我的死对头》（*My Mortal Enemy*，1926）。评论界注意到，其作品主题从"草原小说"系列中激动人心的"力量与征服"变成沉闷阴郁的"挫败和死亡"[1]。面对20世纪20年代美国社会的分裂状态，凯瑟一直无法释怀，于是退却到早期殖民经历中去寻找慰藉，通过回溯殖民历史重新探索"文明"的界限和维持方式。她的探索成果便是《死神来迎大主教》（*Death Comes for the Archbishop*，1927）和《磐石上的阴影》（*Shadows on the Rock*，1931）。这两部小说与凯瑟前期作品完全不同：它们都远离了凯瑟本人熟悉的故土旧事，甚至背离了她的新教信仰，通过无中心的插话式叙事（episodic narrative）表现了早期法国天主教殖民地区的生活。这个创作"陌生化"体现了凯瑟建构美帝国身份的尝试。

一、凯瑟作品中的国家主题

在凯瑟成熟期的作品中，有三个主题与美国国家建构密切相关，即拓荒主题、移民主题和帝国主题。它们分别从起源与历史、公民身份、国际秩序三个方面参与塑造了20世纪前半期美国的国家身份。

1. "成年"：拓荒主题与国家历史

在凯瑟走上小说创作之路的20世纪初期，美国正面临着深刻的文化秩序变革。随着国内工业技术的发展和经济力量的增强，以及国际上打

1.　Leon Edel, *Willa Cather: The Paradox of Success*, Washington, D.C.: Library of Congress, 1960, p.14.

败老牌欧洲帝国西班牙而取得古巴和菲律宾等原西属殖民地的控制权，美国的"现代"意识兴起，开始积极塑造一个摆脱欧洲影响的成熟国家形象。1899年，西奥多·罗斯福（Theodore Roosevelt）总统对他的心理治疗师、美国心理学会首任主席格兰维尔·斯坦利·霍尔（Granville Stanley Hall）说道："在这个时代，过度感伤、过度温柔，实际上就是和稀泥，是这个民族的巨大威胁。除非我们保持野蛮人的美德，不然即便获得文明的美德也无济于事。"[1] 1910年，哈佛的一些以反叛者自居的学生提出"接地气"（vital contact）口号，以排除他们在大众心目中形成的"过度教育""过度文明"印象，期待通过与"更单纯、更强壮、更有活力"的人接触而重获活力[2]。在以亨利·路易斯·门肯（Henry Louis Mencken）为代表的新兴知识分子阶层看来，美国自南北内战以来在文化建构方面没有摆脱旧欧洲的影响，一直沉溺于以盎格鲁-撒克逊新教道德为基础的"中产阶级价值"，始终笼罩在"文雅"和"体面"的面纱之下。这种柔弱保守的价值体系完全不适合生机勃勃的现代美国，因此建构一个匹配现代性的国家文化、创造一个强硬的国家起源和民族传统、歌颂新时期"美国的成年"（America's coming-of-age）便成为美国思想界的当务之急[3]。

    这一思想界的"躁动"与"反叛"成为评价当时美国文学作品的标准。

---

1.   Matthew Frye Jacobson, *Barbarian Virtues: The United States Encounters Foreign Peoples at Home and Abroad, 1876-1917*, New York: Hill and Wang, 2000, p.1.

2.   Christine Stansell, *American Moderns: Bohemian New York and the Creation of a New Century*, New York: Metropolitan Books, 2000, p.61.

3.   James Schroeter, ed., *Willa Cather and Her Critics*, Ithaca: Cornell University Press, 1967, pp.1-2. 美国文学正是在这一思想背景下被学术界看成一个严肃的研究对象，探讨它在国家建构过程中的"载道"功能。参见Kermit Vanderbilt, *American Literature and the Academy: The Roots, Growth, and Maturity of a Profession*, Philadelphia: University of Pennsylvania Press, 1986.

美国的文字和文学被要求摆脱新英格兰传统一直推崇的"外国名望"，摈弃"细菌般的保守主义"与受欧洲文学影响的"做作的文雅"，将关注点转到当下的美国社会生活而真正取得"独立"[1]。文学评论界呼吁，创作者应该像自然主义作家西奥多·德莱塞（Theodore Dreiser）那样"不借鉴任何欧洲的东西"，抛弃对两性卿卿我我的浪漫化描写，"少关注男女关系的骑士风度和寄生主义"，多描绘"我们的时代工业化的美国"中的"正义和同志情谊"而成为"纯美国的"作家[2]。用美国出版界的话来说，好作品的旨归便是能够"感动读者"，将他们带入"崇高的情感与目标"[3]。

　　凯瑟呈现拓荒主题的"草原小说"系列便是对这一国家文化运动的积极呼应。《啊，拓荒者！》和《我的安东妮亚》采用罗曼司体裁回应了思想界的昂扬斗志，通过对西部风景的描摹和重塑想象了一个英雄的美国民族起源和国家历史。西部拓荒那段历史在美国人的情感结构和民族身份中占据特殊的地位，它秉承约翰·温思罗普（John Winthrop）将美洲大陆建设成为"山巅之城"和"理想花园"的神圣使命，被视为美国"天定命运"论（Manifest Destiny）的最好体现。1893年7月12日，历史学家弗雷德里克·杰克逊·特纳（Frederick Jackson Turner）向美国历史学会提交的论文《边疆在美国历史中的重要性》（"The Significance of the Frontier in American History"）指出，边疆对于从荒野中一路走来的美国民族来说具有特殊的意义，它造就了美国个人主义的民族性格、信奉"民

1.　George H. McKnight, "Conservatism in American Speech," *American Speech* 1.1 (1925): 1-17, p.4, p.8, p.16.

2.　Julia Collier Harris, "The Spirit of Revolt in Current Fiction," *Journal of Social Forces* 3.3 (1925): 427-431, pp.428-430.

3.　Christine Stansell, *American Moderns: Bohemian New York and the Creation of a New Century*, New York: Metropolitan Books, 2000, p.155, p.156.

主"的政治体系，使得美国最终脱离"旧欧洲"的君权制文化影响而走向真正的独立；但是到了19世纪末，哺育了美国精神的边疆"已经消失，随之而去的是美国第一阶段的历史"[1]。对于美国人来说，"西部"不仅仅是一个空间事实，而"更多是一种情感的想象和浪漫的怀旧"，指代美国精神的滥觞；凯瑟的"草原小说"系列通过重新回顾这个光辉的英雄传统，并非意图忠实再现那段农业历史，而是致力于参与当下美国国家文学的建构[2]。

草原小说采用罗曼司体裁，使移民对于空间的塑造具有了骑士传奇色彩，为美国民族创造了一个神话般的起源。通过拓荒，移民征服"处女地"以确立自身的男性形象，使得美国的国家塑造成了类似于两性关系的罗曼司，"将两性关系的二元对立模式神圣化且永久化"[3]。《啊，拓荒者！》中富有诗意的一段描写最好地体现了这一国家／性别叙事：

> 如今，"分界线"上已是人口稠密。肥沃的土地带来了丰硕的收成。干燥、凉爽的天气和平整的土地对于人畜来说都很适宜。春耕的景象真叫人心旷神怡；一块地的犁沟往往要延伸好几英里，那散发着这样苗壮、洁净的芳香，孕育着这样强大的生机和繁殖力的褐色土地，俯首听命于犁耙；犁头到处，泥土发出轻柔的、幸福的叹息，乖乖翻滚到一旁，丝毫没有损害犁

1. Frederick Jackson Turner, *The Frontier in American History*, New York: Henry Holt and Co., 1920, p.38.

2. Lloyd Morris, "Willa Cather," *The North American Review* 219.822 (1924): 641-652, p.641, p.651; Jeff Webb, "Modernist Memory; or, The Being of Americans," *Criticism* 44.3 (2002): 227-247.

3. Mary Paniccia Carden, "Creative Fertility and the National Romance in Willa Cather's *O Pioneers!* and *My Ántonia*," *Modern Fiction Studies* 45.2 (1999): 275-302, p.278. 另参见陈榕：《〈我的安东妮亚〉中内布拉斯加边疆景观的国家维度》，《外国文学评论》2016年第3期，20—40。

刀的光泽。割麦子常常是日以继夜地进行，年成好的时候，人和马齐上阵都不够用。沉甸甸的麦穗儿压弯了麦秆，向镰刀倒去，割起来就像丝绒一样顺滑。

　　这地方在开阔中带着一种爽朗、欢乐和青春的气息。它毫无怨色、毫无保留地把自己的一切奉献给那变化多端的四季。它和伦巴第的平原一样，似乎略略抬起了身子去迎接那太阳。空气和大地出奇地融合无间，好像就是对方呼出的气。你可以从大气中感受到和土层里同样的那种滋补的、茁壮的气质，同样的力量和决心。[1]

　　在这段描写中，女性化的土地臣服于拓荒者的铁犁之下，春耕被赋予了强烈的性爱色彩。原本"沉睡"的土地发生如此的变化，符合欧洲移民殖民主义对于美洲新大陆的定势理解：在美洲原住民手中没有开发的"处女地"等待着欧洲殖民者的开垦，就如童话中王子唤醒沉睡的公主一样[2]。春耕是拓荒者用"男性之笔"在土地上书写国家历史的隐喻，这再恰当不过地体现了美国思想界所呼吁的"力量和决心"。正因为如此，"美国成年"派评论家兴奋地断言，凯瑟的创作秉承了"美国文学反对邪恶的传统，参与了对沉闷的圣战"[3]。其作品被学者视为现代美国的典

---

1. Willa Cather, *O Pioneers!*, Lincoln: University of Nebraska Press, 1992, p.74. 以下本书中对此作品的引用，将以缩写形式*OP*直接在文中夹注页码。译文参考薇拉·凯瑟：《啊！拓荒者》，资中筠、周微林译，北京：外国文学出版社，1983年，有改动。

2. Tom Lynch, "'Nothing but land': Women's Narratives, Gardens, and the Settler-Colonial Imaginary in the US West and Australian Outback," *Western American Literature* 48.4 (2014): 374-399, p.385.

3. Carl Van Doren, "Contemporary American Novelists: Willa Cather," *The Nation* 113 (1921): 92-93, p.92; Henry Commager, "The Literature of the Pioneer West," *Minnesota History* 8.4 (1927): 319-328, p.321.

型刻画而选作翻译的对象，供刚到美国的外国移民阅读，以帮助他们了解美国民主并融入美国社会[1]。

2. "归化"：移民主题与公民身份

对于公民的甄别以及确立共同体的边界是国家叙事的核心内容，也是凯瑟的创作中定义"美国性"的重要方式。20世纪初，工业资本主义的高度发展和由此带来的帝国扩张让美国人对待移民的态度非常复杂。美国既依赖移民劳动力刺激国内的工业生产，同时也担忧大规模移民会带来毁灭性的文化冲击。在这样的社会语境下，美国社会对于国内"麻烦的外族人"以及国际上"麻烦的民族能否自我治理"进行了大讨论，试图回答到底什么样的移民能够被"教化"成为美国公民[2]。在讨论过程中，"文明等级论"话语被发明出来，用以阐释"文明"和"野蛮"之间的辩证关系。根据这一话语，人类文明发展史是一个进化的链条：进化的顶点是盎格鲁-撒克逊新教文明，各类移民按照其相对于美国文明的"适宜性"而分成各个等级，"麻烦的"新移民是处于最低点的野蛮存在[3]。就如作家威廉·艾伦·怀特（William Allen White）在1899年发表支持美西战争的言论所显示的，美国人认为"只有盎格鲁-撒克逊人能够自我治理……盎格鲁-撒克逊人的天定命运就是不断向前，成为世界的征服者"[4]。"野蛮"民族缺乏理性与自治能力，无法适应美国的民主生活方式。

1. Eleanor E. Ledbetter, Esther Johnston, and Josephine Gratiaa, "Work with the Foreign Born—Round Table," *Bulletin of the American Library Association* 16.4 (1922): 366-374, p.373.
2. Matthew Frye Jacobson, *Barbarian Virtues: The United States Encounters Foreign Peoples at Home and Abroad, 1876-1917*, New York: Hill and Wang, 2000, p.4.
3. Guy Reynolds, *Willa Cather in Context: Progress, Race, Empire*, New York: St. Martin's Press, 1996, pp.63-64.
4. Walter Johnson, *William Allen White's America*, New York: Henry Holt and Co., 1947, p.111.

华人移民成为这一"文明"话语最大的受害者，被视为最不可能成为美国公民的群体："他们在这片土地上仍然是外人，离群索居，固守着他们原来国家的风俗和习惯。他们几乎不可能融入我们民族，也毫无希望改变他们的习惯或生活方式。"[1] 同时，美国认为自身担负着"教化"劣等民族的使命，有义务帮助野蛮人习得"成为公民的能力"。

美国社会对于殖民地菲律宾的处置便折射了当时美国的公民政治。美西战争之后，美国夺得了原属西班牙殖民地的统治权。是否应该将菲律宾吸纳成为一个州并赋予当地人以公民身份，这一敏感问题引起了美国国会的激烈争论。扩张主义者期待承担美国的"天定命运"，用以"自由贸易"为代表的自由选择、自律、诚实、有序等"美国价值"来改造菲律宾。威廉·麦金利（William McKinley）总统对教会人员说，他"经过一晚上的祈祷和灵魂剖析"，意识到美国的任务是"教育菲律宾人，在上帝荣光的指引下尽己所能地帮助他们，用基督教使他们获得提升与文明"[2]。但当时绝大多数的美国人认为，只有美国盎格鲁-撒克逊裔新教徒才拥有基督教美德，菲律宾人如果成为美国公民将会引发国家认同、黑人与白人的划分标准等一系列认知危机。理想的解决方案是把黑人遣送到菲律宾，防范美国南方被"污染"的危险[3]。

在这样的语境下，凯瑟的草原小说对移民的讴歌便显得独树一帜，为她赢得了"多元文化主义者"的名声。即便在"美国化"（Americanization）运动到达顶峰的20世纪20年代，凯瑟似乎依然秉承了为移民辩护的立

1.　*Chae Chan Ping v. United States*, 130 U.S. 581 (1889), p.595.

2.　Susan K. Harris, *God's Arbiters: Americans and the Philippines, 1898-1902*, New York: Oxford University Press, 2011, p.14.

3.　Susan K. Harris, *God's Arbiters: Americans and the Philippines, 1898-1902*, New York: Oxford University Press, 2011, p.65.

场，谴责把移民"变成自鸣得意的美国公民的复制品"的意图，声称"把每件事、每个人都美国化的狂热是我们的恶疾"[1]。评论家据此认为，凯瑟"眷念""推崇"和吸纳移民文化，通过介入当时美国"保护文化差异的运动"而发出了"与多元文化对话的声音"[2]。但这并不意味着凯瑟摈弃了种族主义观点，衷心欢迎所有的外来移民成为美国公民。其作品中对于黑人、犹太人、印第安人、华人等群体都有贬抑性的描写，国家叙事所隐藏的暴力针对的也基本上是这些"不受欢迎的"移民。在"危机小说"系列中，房屋／家庭的意象持续出现，隐喻因为移民政治而分裂的美国。评论家沃尔特·迈克尔斯（Walter B. Michaels）指出，凯瑟应和了20世纪20年代要求"文化纯洁性"的本土主义运动，"危机小说"系列对于"灭绝的"印第安人和"庸俗的"犹太人的书写表达了"外国人"混进美国"家庭"给美国社会带来的焦虑[3]。由此可见，凯瑟并不能接受所有的移民获得美国公民身份并成为"我们中的一员"。评论家伊丽莎白·安蒙

---

1. L. Brent Bohlke, ed., *Willa Cather in Person: Interviews, Speeches, and Letters*, Lincoln: University of Nebraska Press, 1986, pp.71-72.

2. Tim Prchal, "The Bohemian Paradox: *My Ántonia* and Popular Images of Czech Immigrants," *MELUS* 29.2 (2004): 3-25; Loretta Wasserman, "Cather's Semitism," *Cather Studies 2*, ed. Susan J. Rosowski, Lincoln: University of Nebraska Press, 1993, 1-22; Sarah Wilson, "Material Objects as Site of Cultural Mediation in *Death Comes for the Archbishop*," *Willa Cather and Material Culture: Real-World Writing, Writing the Real World*, ed. Janis P. Stout, Tuscaloosa: University of Alabama Press, 2005, 171-187, p.183; 孙宏：《"机械运转背后隐藏的力量"：薇拉·凯瑟小说中的多元文化情结》，《外国文学研究》2007年第5期，58—66，第63页；许燕：《包容与排斥：薇拉·凯瑟小说中的族裔问题》（博士论文），北京：中国社会科学院，2006年，第2页；寿似琛：《多元文化语境下驳"凯瑟为种族主义者之论"》，《世界文学评论》2010年第2期，119—123，第120页。

3. Walter Benn Michaels, "The Vanishing American," *American Literary History* 2.2 (1990): 220-241, p.237; Walter Benn Michaels, "Race into Culture: A Critical Genealogy of Cultural Identity," *Critical Inquiry* 18.4 (1992): 655-685, pp.664-666.

斯（Elizabeth Ammons）认为，凯瑟在面临"多元文化的挑战"时希望回归原来"霸权的、白人的、父权的"社会制度；她对待移民的态度是"矛盾的"，体现了根深蒂固的白人立场[1]。

3. "传教"：帝国主题与国际秩序

"帝国性"是美国社会的事实，是理解美国思想和历史的前提之一。正如日后将成为美国总统的伍德罗·威尔逊（Woodrow Wilson）在1897年所言，美国将会以"一个民族"的名义，以"不可阻挡的势头"征服美洲大陆[2]。"帝国"主题的内涵是空间的外延和与他者的接触，在本质上属于一种"关联性"的国家身份。这与种族主义立场其实并行不悖，共同反映了特定国家对于自身疆界和国际秩序的想象。

就空间外延的层面而言，美国思想界敦促"从事文学创作的作家在对一个潜在的社会进行描写时，务必要证明国家疆界的正当性"[3]。对于20世纪初的美国来说，证明国家疆界或者说美国领土的"正当性"包括欧洲、印第安人和移民三重因素：盎格鲁–撒克逊裔欧洲移民反抗旧欧洲并建立"美国"的合法性是什么？在"西进运动"（Westward Movement）的过程中，以镇压屠杀的方式夺取印第安人的土地，逼迫他们进入"保留区"的理由是什么？19世纪末20世纪初拒绝"劣等"移民进入境内，

---

1. Elizabeth Ammons, "Cather and the New Canon: 'The Old Beauty' and the Issue of Empire," *Cather Studies 3*, ed. Susan J. Rosowski, Lincoln: University of Nebraska Press, 1996, 256-266, pp.257-258; Elizabeth Ammons, "*My Ántonia* and African American Art," *New Essays on* My Ántonia, ed. Sharon O'Brien, Cambridge: Cambridge University Press, 1999, 57-83, p.59.

2. Woodrow Wilson, "The Making of the Nation," *The Atlantic Monthly* 80.377 (1897), 1-14, p.4.

3. Priscilla Wald, *Constituting Americans: Cultural Anxiety and Narrative Form*, Durham: Duke University Press, 1995, p.307.

却同时在世界范围内进行广泛扩张的理由又是什么？这些问题逼迫美国社会不断完善"文明"等级话语和"民主"神话，为自身的扩张行为找到合法性。

在与他者接触的层面上，美国社会就新移民如何习得和保持"美国性"进行了旷日持久的辩论。一派以西奥多·罗斯福总统为代表，主张移民必须学习英语，完全认同盎格鲁-撒克逊文化，融入美国这个"熔炉"之中。另一派以知识分子伦道夫·伯恩（Randolph S. Bourne）为代表，强调要保持移民文化的多样性。伯恩在《大西洋月刊》（*The Atlantic Monthly*）上发表《跨国美利坚》（"Trans-National America"，1916）一文，一反当时人人关心的"美国化"问题，质疑美国"熔炉"意象。这两派观点相左，但本质上都在试图回答进入帝国扩张阶段的美国如何处理美国公民与移民的关系问题。这个问题随着美国帝国事业的推进变得愈发重要，直接塑造了美国的国际想象，决定着美帝国与其他民族国家的关系。

凯瑟认识到移民性必然导致一个美帝国的产生，这是她区别于20世纪其他美国作家的特征之一[1]。如评论家朱莉安娜·纽马克（Julianne Newmark）所言，凯瑟作品中的国家建构体现为"美国"这个空间中不同种族之间的"混杂"[2]。这与凯瑟的白人立场并不抵牾，属于一种兼顾种族政治和帝国政治的"新本土主义"。正因其对国际文化的兴趣和对文化间互动的洞察，伯恩才在评论《我的安东妮亚》时将凯瑟归为国际现代

---

1. Joseph R. Urgo, *Willa Cather and the Myth of American Migration*, Urbana: University of Illinois Press, 1995, p.42.

2. Julianne Newmark, "An Introduction to Neonativist Collectives: Place, Not Race, in Cather's *The Professor's House* and Lawrence's *The Plumed Serpent*," *Arizona Quarterly* 66.2 (2010): 89-120.

主义作家的行列[1]。凯瑟在作品中从未以美国的扩张作为主叙事，但文本中飘荡着很多古老帝国的幽灵，比如法兰西帝国、西班牙帝国、古罗马帝国等[2]。凯瑟将这些古老帝国处理成新兴美帝国的参照物，意图通过这些帝国被美国替代来证明美国文明的"进步性"。

在凯瑟笔下，法兰西帝国代表欧洲文明，是光耀理念的化身，也是传教士改变蛮荒世界、缔造新的世界的模板。但美好的法国文明却因缺乏阳刚之气而遭到战争践踏，不得不依赖美国的保护。第一次世界大战期间，美国战时宣传画中的法国形象基本上都是女性。在1918年的《法兰西万岁！》（"Vive la France!"）宣传画中，美英等四位协约国的男性士兵举着战旗护卫在法国化身的女士身旁。配词是"协约国向法国致敬：7月14日晚上8点。法国国庆日的大聚会，展现我们将并肩战斗，直到我们通过胜利迎来和平"[3]。呈现美欧之间关联的"跨大西洋想象"与其说表现了处于精神疏离和碎片化状态的美国对于旧欧洲文明这个"昔日丽人"的怀旧[4]，抑或借助欧洲他者的视角确立自身的"地区性"身份[5]，不如说反映了凯瑟以"旧世界"为客体彰显美国称霸意图的书写策略。她周游欧洲时，怀有强烈的国家竞争意识[6]，在描写英国人时说道："与美国人群相

1. Catherine Morley, "Crossing the Water: Willa Cather and the Transatlantic Imaginary," *European Journal of American Culture* 28.2 (2009): 125-140, p.126, pp.127-128.

2. Guy Reynolds, *Willa Cather in Context: Progress, Race, Empire*, New York: St. Martin's Press, 1996, pp.47-48.

3. Walton Rawls, *Wake Up, America!: World War I and the American Poster*, New York: Abbeville Press, 1988, p.131.

4. Elizabeth Ammons, "Cather and the New Canon: 'The Old Beauty' and the Issue of Empire," *Cather Studies 3*, ed. Susan J. Rosowski, Lincoln: University of Nebraska Press, 1996, 256-266, p.264.

5. Stuart Burrows, "Losing the Whole in the Parts: Identity in *The Professor's House*," *Arizona Quarterly* 64.4 (2008): 21-48, p.25.

6. Charlotte Beyer, "'The Living Fabric of the World': Willa Cather's Travel Journalism," *European Journal of American Culture* 28.3 (2009): 207-223, p.212.

比，他们缺乏聪颖（smartness）、细致（neatness）与整洁（trimness）。"[1]

对西班牙帝国的刻画则更直接地显示了美国与旧欧洲帝国争夺世界主导权的意图。19世纪中期，美国为了与秉承西班牙天主教殖民文化的墨西哥争夺国土（现今美国的西南部地区），编造了"黑传奇"（Black Legend）谴责西班牙人在北美的殖民史。西班牙从得克萨斯到加利福尼亚的统治随着1821年墨西哥的独立而结束，但西班牙裔依然是美国扩张的障碍。"黑传奇"否定原属西班牙地区的政治、经济、宗教和社会状况，声称西班牙人的残暴、贪婪、背叛、迷信等道德缺陷导致他们对美洲的统治是不义的，尤其不可饶恕的是他们违反自然法与印第安人通婚，孳生出智力、体格和道德都十分低下的混血儿[2]。凯瑟在"历史小说"系列中表面上展示了法兰西文明与墨西哥本土文化的对抗，实质上依然是"黑传奇"的变体。

值得特别指出的是，中华帝国也是凯瑟作品中持续出现的意象。贫苦积弱的封建中国是凯瑟在时间层面为新兴的美帝国找到的参照物。在美国的政治话语和公共舆论中，中国人就是留着长辫的苦力"中国佬约翰"（John Chinaman）形象，属于美国社会无法同化的"污染物"。1876年7月，美国国会成立了一个联合特别委员会对中国移民问题进行调查，调查结果汇集成一千多页的《调查华人移民问题联合特别委员会报告》（*Report of the Joint Special Committee to Investigate Chinese Immigration*，1877）。这份报告提出反对华人移民的理由之一就是他们的"原始性"。一位医学专家的证词声称，高加索人种具有超越所有其他

---

1. William M. Curtin, ed., *The World and the Parish: Willa Cather's Articles and Reviews 1893-1902*, Lincoln: University of Nebraska Press, 1970, p.890.

2. David J. Weber, "The Spanish Legacy in North America and the Historical Imagination," *The Western Historical Quarterly* 23.1 (1992): 4-24, pp.6-13.

人种的高尚心灵和美丽身体，身受天定命运去支配全人类；华人会"高兴地请求美国人移居他们的国家，因为每一个结合都可以改进和提高他们那衰弱了的种族；而每当一个中国佬在我们的土地上定居下来，都会降低我们的血统"[1]。当时的反华话语有一个显著特征，即迷恋"异时性"（metachronism）主题。华人被认为是"过去的"、早该"死亡"的文明产物，不应存在于美国的现代性进程之中。美国来华传教士明恩溥（Arthur H. Smith）便在《中国人的气质》（*Chinese Characteristics*，1894）一书中集中谈论了中国文明的"原始性"，将中国人蔑称为"史前民族"。总而言之，在当时的文明进化论中，中华帝国被视为现代文明的弃儿，需要美国来守护。凯瑟对于华人的刻画体现了这一情绪，在《迷失的夫人》中将不合时宜的昔日英雄形容为"睿智的中国老官吏"[2]。

拓荒、移民和帝国这三个国家主题在凯瑟作品中相互缠绕，共同为美国勾勒出了一个例外的处所形象。正如评论家所言，"凯瑟的拓荒者就像是古以色列的游荡民族，他们走进荒野寻求理想，希求在苦难的生存中建造一个圣殿"[3]。实际上，凯瑟的美国书写呼应了美国思想史和文学史中的"庇护所"（asylum）身份修辞传统。

---

1. *Report of the Joint Special Committee to Investigate Chinese Immigration*, Washington D.C.: Government Printing Office, 1877, pp.864-869.

2. Willa Cather, *A Lost Lady*, New York: Vintage Books, 1990, p.116. 有关19世纪中后期以来欧美地区中国形象的负面化，参见孟华：《试论汉学建构形象之功能——以19世纪法国文学中的"文化中国"形象为例》，《北京大学学报（哲学社会科学版）》2007年第4期，94—101。关于凯瑟的创作对于中国人的负面想象，参见Julia H. Lee, "The Chinaman's Crime: Race, Memory, and the Railroad in Willa Cather's 'The Affair at Grover Station'," *Western American Literature* 49.2 (2014): 147-170.

3. Edward A. Bloom, and Lillian D. Bloom, "Willa Cather's Novels of the Frontier: A Study in Thematic Symbolism," *American Literature* 21.1 (1949): 71-93, p.83.

二、美洲的"庇护所"身份修辞传统

1. 从"边疆"到"国境"：庇护所的"天定命运"

在16世纪末的英国伊丽莎白时代，国际上的冲突与国内社会关系的紧张使得英国人特别渴望稳定感，意欲寻找一个地理上的"天堂"满足他们对稳定社会的幻想。同时，他们的世界观经历了一个世俗化转变：他们开始崇尚"进步"理念，不再留恋失落的天国，相信能够通过人类自身的努力改善世界，重塑"天堂想象"（paradise fantasy）并建立一个"世界的花园"。到18世纪中叶，这已是英国人建构自身和国家认同的根本理念[1]。这一思想推动了英国的殖民扩张，在世界范围内寻找符合这一理想的地区。那些漂洋过海到达美洲新大陆的殖民者怀着这一热烈情怀看待这个处女地，将之视为最符合"天堂"标准的地方。尽管开始时更倾向于把气候严酷、粮食匮乏、到处都是印第安人的新大陆看作排斥白人的荒野，但出于从母国引进更多投资和移民之目的，殖民者不得不以夸张的手法勾勒和宣扬新大陆的天堂形象[2]。

美洲大陆在这样的思想语境下获得了文化优越地位，成为欧洲移民的"庇护所"。在18世纪早期的宣传性文件中，描绘新大陆最常见的身份修辞就是庇护所。新大陆被描绘成一个糅合原始的荒野与维吉尔式的

---

1. Paul Slack, *The Invention of Improvement: Information and Material Progress in Seventeenth-Century England*, Oxford: Oxford University Press, 2015, p.2. 有关"世界的花园"，参见Henry Nash Smith, *Virgin Land: The American West as Symbol and Myth*, Cambridge, MA: Harvard University Press, 1950, pp.123-260.

2. Bernard W. Sheehan, *Savagism and Civility: Indians and Englishmen in Colonial Virginia*, Cambridge: Cambridge University Press, 1980, pp.9-36.

文化花园之特征的逃避之处，远离欧洲独裁社会的迷茫、焦虑和压迫[1]。庇护所概念具有悠久的法律、政治和外交传统，原指为逃亡者提供保护的圣殿、庙宇、教堂、城市或船舶等场所，现在多指落难者在祖国之外寻求暂时或永久性庇护的国家[2]。概念的演变核心是庇护地点从国内变成了国外，将原来的同一社会内部的民事法律关系转化成为种族／国家之间的政治外交关系。庇护所概念的演化过程是从自然法到国际法的过渡。其法律源头可追溯到古罗马时期的奴隶处置原则。当时，奴隶从主人身边逃跑以及他人为逃奴藏匿提供帮助都是法律规定的重罪。但有一个例外，即奴隶若是因为不堪忍受主人的残酷虐待而逃到神庙里或凯撒雕像旁边，便是一种寻求庇护的合法行为，主人不能再继续实施侵害。庇护所因此成了对抗暴政、彰显自然法正义的地点，只有地位崇高的场所才有资格担当这一角色。随着国家之间交往的增多，基于自然法的国际法也逐步成型。1625年胡戈·格劳秀斯（Hugo Grotius）阐释的国际法原则首次将庇护所的地点置于主权国家之外。他认为，为了减少争端，一国有义务遣返别国的逃犯，但若犯人在本国受到了"不公正"的对待，则该国有义务依照自然法为其提供庇护。格劳秀斯的主张具有很强的政治色彩，赋予了接受国对他国政治进行道德审判的权力[3]。这一变化使庇护国能够通过接受或拒绝某一寻求庇护者表达对特定异质文明的看法，影响国际关系和势力格局，并以此确立和强化自身的国家认

---

1. Leo Marx, *The Machine in the Garden: Technology and the Pastoral Ideal in America*, New York: Oxford University Press, 1964, p.87.

2. Prakash A. Shah, *Refugees, Race and the Legal Concept of Asylum in Britain*, London: Cavendish, 2000, p.6.

3. Matthew E. Price, *Rethinking Asylum: History, Purpose, and Limits*, Cambridge: Cambridge University Press, 2009, pp.35-44.

同。这也成为后来美国通过庇护所身份建构"美国例外论"（American exceptionalism）的思想依据。

庇护所意象持续出现在美洲身份修辞之中。从政治家的政论宣传到小说家的文学作品，都将美国视为实现宗教理想的"山巅之城"和净化腐败政治的"自由帝国"。约翰·温思罗普将美洲大陆想象成为"基督仁爱的典范"（"A Model of Christian Charity", 1630）。革命思想家托马斯·潘恩（Thomas Paine）在政论《常识》（*Common Sense*, 1776）中这样鼓励美洲殖民地人民争取独立："这个新世界曾经成为欧洲各地受迫害的酷爱公民自由与宗教自由人士的庇护所。"[1] 美利坚合众国建立后，意得志满地继承了这一身份修辞。小说家赫尔曼·梅尔维尔（Herman Melville）在其题名富含种族意味的小说《白外套》（*White-Jacket*, 1850）中说："我们美国人是独特的选民——我们时代的上帝选民；我们是肩负着世界自由的避风港（ark of the liberties）。"[2] 诗人埃玛·拉撒路（Emma Lazarus）在诗歌《新巨人》（"The New Colossus", 1883）中说，美国一直是敞开"金门"欢迎移民的"流亡者之母"。在他们的笔下，这个庇护所以"自由"和"民主"为核心原则，被塑造成了一个有别于旧大陆或其他国家的"自由之地"，并在道德优越的理由下被赋予了其拯救世界的使命[3]。

鉴于庇护所身份的道德优越性，美国一直将领土和文化扩张视为自身的"天定命运"，追求以自身形象重塑世界。美国的庇护所身份建构过

---

1. Thomas Paine, Common Sense *and Other Writings*, ed. Gordon S. Wood, New York: Modern Library, 2003, p.21.

2. Herman Melville, *Redburn, White-Jacket, Moby-Dick*, New York: The Library of America, 1983, p.506.

3. 参见周琪：《"美国例外论"与美国外交政策传统》，《中国社会科学》2000年第6期，83—94。

程，便是从东海岸不断向西部扩张的过程。正如评论家所指出的，美国人"总是将民主与进步和持续不断的社会流动联系起来，和权力不断向新领域扩张、不断进行新层面的开拓联系起来"，这促成了"边疆"神话的产生[1]。作为美国边界的边疆不仅仅是一个从密西西比河不断西移的空间沿线，更是区域政治进程中的文化概念，是美国人想象中的文明与野蛮殊死搏斗的场所[2]。它彰显着美国文明的"优越性"，而非评论家安妮特·科洛德内（Annette Kolodny）所言的不同文化相遇、接纳和驯服彼此"他者性"的"阈限景观"[3]。美墨战争是美国边疆拓展的决定性事件，"对美国的国家意识，对美利坚民族的自我塑造和想象，对美国的例外、平等和民主诸神话"都产生了深远的影响[4]。战争取得胜利之后，美国战争部（Department of War，现国防部）积极推动美国和墨西哥的边境测量，组长一职由历史学家兼语言学家约翰·拉塞尔·巴特利特（John Russell Bartlett）担任。美国空间边境的确立从起初便是一个种族政治工程，真正目的在于确立把美国与"低等"文明乃至"旧欧洲"区别开来的"想象的边疆"[5]。

到了19世纪末，恰恰是边疆的开放性给美国人带来了文化焦虑：由

---

1. Richard Slotkin, *Regeneration through Violence: The Mythology of the American Frontier, 1600-1860*, Middletown: Wesleyan University Press, 1973, p.557.

2. Amy T. Hamilton, and Tom J. Hillard, "Before the West Was West: Rethinking the Temporal Borders of Western American Literature," *Western American Literature* 47.3 (2012): 286-307, pp.289-290.

3. Annette Kolodny, "Letting Go Our Grand Obsessions: Notes toward a New Literary History of the American Frontiers," *American Literature* 64.1 (1992): 1–18, p.9.

4. Andrea Tinnemeyer, *Identity Politics of the Captivity Narrative after 1848*, Lincoln: University of Nebraska Press, 2006, p.xiv.

5. Robert Gunn, "John Russell Bartlett's Literary Borderlands: Ethnology, War, and the United States Boundary Survey," *Western American Literature* 46.4 (2012): 349-380, p.361, p.364, p.372.

外向内的移民和由内向外的贪官出逃给美国的庇护所身份带来了极大挑战。移民大量涌进美国，在文化和人口数量两个层面给盎格鲁-撒克逊裔美国人造成了"种族灭绝"的阴霾。《马蜂》（*The Wasp*）杂志于1881年5月14日刊载漫画《山姆大叔的船危险了》（"Uncle Sam's Boat in Danger"），渲染移民给美国庇护所带来的威胁：在海面上，欧洲之船被战争独裁、苛捐暴政、虚无主义等礁石挡住，亚洲之船则被贫穷、奴隶制和人口过剩等礁石挡住；只有美国这艘挪亚方舟载着自由、和平和繁荣平稳行驶，忧心忡忡的山姆大叔拿着望远镜眺望远方不断向美国之舟游近的华人[1]。那些移民到达美国后大量生育，"增加了平庸者的数量，减少了卓越者的数量"；盎格鲁-撒克逊裔白人生育率的下降成为时代"最大的性问题"之一[2]。美国人担忧，"东方浪潮"引起的人口倒挂和文化变质将会从根本上颠覆美国的庇护所身份，于是对"百分百的美国性"的迷狂成了当时主流的社会气象[3]。更出乎美国人意料的是，美国的罪犯外逃至加拿大寻求"庇护"，意图逃脱法律的制裁。19世纪80年代，美国逐步被吸纳到高度流动的国际经济体系中，但出于对自身庇护所身份的盲目信仰而没有加强国境线的防护，也没有与邻国签署引渡条约。因此，美国贪污公款的经济罪犯基本上都选择去加拿大避难，加拿大一时间成了这些"美国移民"的天堂。这些经济罪犯带过去的金钱拉动了当地的

---

1. 张文献编：《美国画报上的中国，1840—1911》，北京：北京大学出版社，2017年，第27页。

2. Thomas C. Leonard, "Retrospectives: Eugenics and Economics in the Progressive Era," *The Journal of Economic Perspectives* 19.4 (2005): 207-224, p.212; Julian B. Carter, "Birds, Bees, and Venereal Disease: Toward an Intellectual History of Sex Education," *Journal of the History of Sexuality* 10.2 (2001): 213-249, p.215.

3. 详见Tim Prchal, "Reimagining the Melting Pot and the Golden Door: National Identity in Gilded Age and Progressive Era Literature," *MELUS* 32.1 (2007): 29-51.

经济，对此乐见其成的加拿大政客开始利用"庇护所"措辞来粉饰本国的不光彩角色。加拿大议员约瑟夫·拉韦涅（Joseph Lavergne）坚决反对将这些人引渡回美国受审，声称"来到我们国家的人，相信我们的法律能给他一个庇护所；他定居下来，成为一个好公民……"[1]。这些论调与美国构建自身身份的话语如出一辙，得以逍遥法外的罪犯对美国和加拿大自诩的庇护所身份构成了辛辣的讽刺。这种现象让美国普通民众意识到，"边疆"在当时的情形下已经是不合时宜的理想主义，与执法问题紧密相连的"国境"才与日常生活息息相关。他们敦促美国政府与英国重新签订引渡条约，保护国境线开始被视为至关重要的事务。1924年美国成立边境巡逻队（U.S. Border Patrol）在边境设防。出入国境成为一个敏感和严肃的政治问题，也成为一个值得审视的道德问题："坚守自己的社会领域"、不擅离国土成为美国人的道德要求[2]。美国国会推动了移民法的制定和对移民的限制，不仅限制国内移民的自由流动和权利实施，更限制美国之外的移民未经审视而入境。

　　"庇护所"的边界从文化概念的"边疆"变成了国际政治概念的"国境"，这显示美国社会不再把美国视为可以庇护所有人的"自由帝国"，而是将其定义为保证盎格鲁-撒克逊裔白人利益的民族国家[3]。特纳的"边

1. 转引自Katherine Unterman, "Boodle over the Border: Embezzlement and the Crisis of International Mobility, 1880-1890," *The Journal of the Gilded Age and Progressive Era* 11.2 (2012): 151-189, p.186.

2. Katherine Unterman, "Boodle over the Border: Embezzlement and the Crisis of International Mobility, 1880-1890," *The Journal of the Gilded Age and Progressive Era* 11.2 (2012): 151-189, pp.153-155.

3. Katherine Unterman, "Boodle over the Border: Embezzlement and the Crisis of International Mobility, 1880-1890," *The Journal of the Gilded Age and Progressive Era* 11.2 (2012): 151-189, p.189. 具体论述另参见Eric T. L. Love, *Race over Empire: Racism and U.S. Imperialism, 1865-1900*, Chapel Hill: University of North Carolina Press, 2004.

疆关闭论"之所以在美国思想界引起强烈反响，并不在于其呈现了历史真实，而在于通过建构一个空间概念为19世纪、20世纪之交的美国国家建构工程提供了绝佳素材[1]。特纳的观点与其说强调了边疆的重要性，不如说强调了它的"历史性"。《边疆在美国历史中的重要性》一文的发表时间选在了芝加哥举办世界博览会之际。在国际舞台宣告美国已经成为一个国界闭合的主权国家，这本身就是一个意味深长的划界之举，标志着美国对于民族国家身份的认同和强化。美国的边疆关闭之后，以国际关系为背景的"国境"概念开始获得更加重要的地位，也成为需要保护的对象。这一转变使得美国身份的内涵通过边界的划分得以确立，更凸显了"内部"与"外部"、"自我"与"他者"、"国内"与"国外"的绝对差异，从而重塑了美国的国家和全球想象[2]。

2. "社会控制"：庇护所的清理机制

19世纪后期，随着种族意识形态的流行，英美两国开始将个体获得庇护的自然权利置于国家主权之后。美国最高法院在一起拒绝日本移民的案件中声称：根据国际法，一个国家有权只接纳那些它认为合适的人[3]。所谓"合适"，即基于种族预设个体与庇护所的契合度。美国1882年

---

1. 对于这一主题的具体阐释，详见John Mack Faragher, ed., *Rereading Frederick Jackson Turner: "The Significance of the Frontier in American History" and Other Essays*, New Haven: Yale University Press, 1999.

2. David Campbell, *Writing Security: United States Foreign Policy and the Politics of Identity*, rev. ed., Minneapolis: University of Minnesota Press, 1998, p.9. 另参见Katherine Unterman, "Boodle over the Border: Embezzlement and the Crisis of International Mobility, 1880-1890," *The Journal of the Gilded Age and Progressive Era* 11.2 (2012): 151-189, p.189.

3. Prakash A. Shah, *Refugees, Race and the Legal Concept of Asylum in Britain*, London: Cavendish, 2000, p.46.

通过臭名昭著的《排华法案》（Chinese Exclusion Act）便体现了庇护资格种族化的思维。在1898年美西战争之前，接纳美洲原住民占人口多数的地区进入美国版图的所有努力都失败了。除资本、政治、宗教和文化的输出之外，限制移民也是美国"帝国主义的核心内容"：它不仅对外具有提升"蛮夷文明"的使命，对内还担负着保护美国公民免受外国"杂质"污染威胁的责任[1]。这些驱逐行为并非美国对庇护所身份的抛弃，而是体现了这一身份修辞在新时期的重要思想："社会控制"（social control）。

社会控制是美国中产阶级对于移民浪潮的政治回应。他们感到自身处于一个危机四伏的"坏环境"之中，容易受到移民文化的影响而"堕落"，所以开始强调盎格鲁–撒克逊"集体"的重要性。19世纪末期美国的政治理论出现了集体主义转向，不再信任个体和人性能够自我调节，转而强调社会和群体的力量是"民主体制"的根本[2]。政治理论家、约翰斯·霍普金斯大学校长弗兰克·古德诺（Frank J. Goodnow）指出，美国"已经从注重宪法私权的时代走进了社会控制的时代"[3]。曾因反对雇佣华人移民劳工而被斯坦福大学解雇、后来到凯瑟的母校内布拉斯加大学工作的美国社会学学会主席爱德华·罗斯（Edward A. Ross）在其著作《社会控制：秩序基础考》（*Social Control: A Survey of the Foundations of Order*，1901）中，把社会控制称为提升公民素质、维持社会秩序的"道

---

1. Eric T. L. Love, *Race over Empire: Racism and U.S. Imperialism, 1865-1900*, Chapel Hill: University of North Carolina Press, 2004, p.7; Erika Lee, "Enforcing the Borders: Chinese Exclusion along the U.S. Borders with Canada and Mexico, 1882-1924," *The Journal of American History* 89.1 (2002): 54-86, p.73.

2. David E. Price, "Community and Control: Critical Democratic Theory in the Progressive Period," *The American Political Science Review* 68.4 (1974): 1663-1678.

3. Frank J. Goodnow, "The Growth of Executive Discretion," *Proceedings of the American Political Science Association* vol. 2 (1905): 29-44, p.43.

德工程"[1]。

社会控制的核心内涵是根据种族意识形态进行人群区分，阻止"劣等"民族进入美国，要求已经获得美国庇护的移民接受主流价值，保证盎格鲁–撒克逊白人的文化传统和政治特权不被改变。当时的流行诗人托马斯·奥尔德里奇（Thomas B. Aldrich）用《缺防的大门》（"Unguarded Gates"，1892）隐喻被移民浪潮冲击的美国。在他看来，移民是非理性和异质文化的集合体，他们"虎狼般的激情""莫名其妙的神祇和仪式""喧闹的奇怪口音"是美国无法相容的"外国威胁"，白皮肤的"自由女神"必须采用铁腕手段把他们驱逐出美国国境[2]。美国经济学会在1888年举办了一场题为"不加控制的移民之恶果"的征文竞赛，最终奖项颁给了芝加哥大学副教授爱德华·比米斯（Edward W. Bemis）。他提议美国实施文化测验去筛选移民申请人，阻止不受欢迎的移民进入美国。美国国会对此表现出了高度兴趣，最终在1917年通过法案，规定除宗教信仰原因外的寻求庇护者都必须进行文盲测试[3]。美国第一位女性诺贝尔和平奖获得者简·亚当斯（Jane Addams）在《危机》（The Crisis）杂志上提出针对已定居美国的新移民的管控方案。她呼吁具有"理性自控力"的白人不能放任新移民脱离其"社会控制影响之外"，而应担负起将他们纳入盎格鲁–撒克逊新教文化的重任：

---

1. Edward A. Ross, *Social Control: A Survey of the Foundations of Order*, New York: Macmillan, 1901, p.6.

2. 关于这首诗在美国国家身份建构中的作用，另参见Tim Prchal, "Reimagining the Melting Pot and the Golden Door: National Identity in Gilded Age and Progressive Era Literature," *MELUS* 32.1 (2007): 29-51, p.41.

3. Aristide R. Zolberg, *A Nation by Design: Immigration Policy in the Fashioning of America*, Cambridge, MA: Harvard University Press, 2008, pp.199-200; Matthew E. Price, *Rethinking Asylum: History, Purpose, and Limits*, Cambridge: Cambridge University Press, 2009, pp.54-55.

优越种族对待劣等种族的轻蔑态度导致两者都被隔离了，使得被隔离的一方完全被排除在另一方所代表的社会控制影响之外。一个种族所继承的资源表现在风俗习惯和友善交往之中，这比法律手段更能有效地实施社会自制——而隔离使之只能在继承它的团体内实现，最需要它的新来者却被排除在外了。因此，在每一个大城市，我们都有一个黑人聚居区没有被纳入社会控制中来。[1]

在亚当斯看来，白人这个"优越种族"天生便具有教育家约翰·杜威（John Dewey）后来所形容的"民主的习惯"[2]，他们应该把其他种族纳入美国的庇护范围之中，而不是任其堕落成美国的腐败因素。

在文化控制之外，更激进的控制行为是以科学的名义剥夺新移民的生育权。19世纪末，新兴的考古学、人类学、遗传学等学科都被用来服务于种族的分级和控制。这些科学家认为生育不该是所有人都享有的自然权利，而关乎种族责任和国家命运，所以应该限制甚至禁止"弱者"或"不合适的人"延续遗传基因，将之从物质生产和人口再生产两个领域驱逐出去[3]。爱德华·罗斯对美国社会大声疾呼，古罗马的覆灭在于高贵的种族被作为战利品的数量庞大的奴隶所"替代"，其"种族自杀"

1. Jane Addams, "Social Control," *The Crisis* 1.3 (1911): 22-23, p.22.
2. John Dewey, *Democracy and Education: An Introduction to the Philosophy of Education*, New York: Macmillan, 1916, p.2, p.3; John Dewey, "Democracy and Educational Administration," *School and Society* 45 (Apr. 1937): 457-462, p.462.
3. Wendy Kline, *Building a Better Race: Gender, Sexuality, and Eugenics from the Turn of the Century to the Baby Boom*, Berkeley: University of California Press, 2001, p.2; Thomas C. Leonard, "Retrospectives: Eugenics and Economics in the Progressive Era", *The Journal of Economic Perspectives* 19.4 (2005), 207-224, p.210, p.212.

（racial suicide）的教训值得美国人深思[1]。美国社会认为，必须阻止南欧、东欧、亚洲和拉丁美洲移民到了美国后大量生育后代，于是根据优生学思想制定了一系列国家法令法规，以限制国内的"寄生虫、不可雇佣的人、低收入种族"延续其"低劣"的基因。盎格鲁—撒克逊裔白人女性成为国家和民族希望的载体，被要求积极生育后代，打赢这场人口的战争。格兰维尔·斯坦利·霍尔严厉抨击那些受过教育却选择不结婚的中产阶级女性，指责她们太过"自私"，就像"玩偶"一样，对美国社会没有一点用处[2]。西奥多·罗斯福总统所代表的官方态度与此完全一致："如果女性认识不到做好贤妻良母是她们最重要的任务，那么我们国家则需要开始担忧今后的命运了"，并将不愿结婚和生育的白人女性称为"恶毒无知"的"种族背叛者"[3]。美国的白人女性很乐意地接受了"种族母亲"的神圣角色，也发展出了"优生学女性主义"（eugenic feminism）这样的思想来维护、固化和宣扬自己的这一身份[4]。

美国社会控制运动的两个层面——本土异质因素的转化和外界异质因素的拒斥——的典型代表分别是印第安人和华人。美洲大陆的原住民

---

1. 转引自Daria Frezza, *The Leader and the Crowd: Democracy in American Public Discourse, 1880-1941*, trans. Martha King, Athens, GA: University of Georgia Press, 2007, p.41.

2. Granville Stanley Hall, *Adolescence: Its Psychology and Its Relations to Physiology, Anthropology, Sociology, Sex, Crime, Religion and Education*, vol. 2, New York: D. Appleton & Co., 1904, p.630.

3. 转引自王恩铭：《20世纪美国妇女研究》，上海：上海外语教育出版社，2002年，第56页；Laura L. Lovett, *Conceiving the Future: Pronatalism, Reproduction, and the Family in the United States, 1890-1938*, Chapel Hill: University of North Carolina Press, 2007, pp.91-93; Aristide R. Zolberg, *A Nation by Design: Immigration Policy in the Fashioning of America*, Cambridge, MA: Harvard University Press, 2006, pp.206-207.

4. 关于19世纪、20世纪之交欧美女性主义与优生学思想的合流，及其与帝国和种族问题的关联，可参见Clare Hanson, *A Cultural History of Pregnancy: Pregnancy, Medicine and Culture, 1750-2000*, Basingstoke: Palgrave Macmillan, 2004一书中"Mothering the Race"一章，尤其是第83—92页。

印第安人是美国无法否认的历史"遗产"，却又与盎格鲁–撒克逊文明格格不入，因而美国对其采取了赐予哀荣的"帝国主义怀旧"（imperialist nostalgia）政策，将之转化成美国文化的源头[1]。华人则被定义为美国的"野蛮入侵者"，被坚决地拒于国境之外。

美国庇护所身份的建立过程一直就是灭绝印第安人的过程。在欧洲殖民者踏足之初，美洲大陆就被他们描绘成人与动物几无界限的蛮荒，印第安人也被视为野蛮残暴的化身[2]。美国的边疆神话充斥着消灭和贬抑印第安人的语汇。至20世纪初，印第安文明的"劣等性"被美国学术界以科学的名义加以强化。学者在研究中把印第安人的纹身比作野蛮的黥刑，通篇都是"恶心"等负面词汇[3]。但到了20世纪20年代，美国社会为了在文化层面重构"美国性"，对待印第安人的态度突然转变成颂扬性的怀旧。由于外国移民可以获得美国庇护，政治性的公民身份无法再体现美国性，文化传承因此变得重要。换言之，与"入侵"北美大陆的新移民相比，首先踏足这片土地并建立"风俗习惯"的盎格鲁–撒克逊裔才是真正的美国人。这一说法最大的危机是如何定位身为美洲原住民的印第安

1.　所谓"帝国主义怀旧"，是指帝国主义强权在殖民地确立绝对主导地位之后，将其原初文明美化为帝国历史的发端，不仅为帝国占据殖民地提供了合法性，亦彰显了现今帝国文明的进步性。参见Renato Rosaldo, "Imperialist Nostalgia," *Representations* 26 (1989): 107-122.

2.　Amy T. Hamilton, and Tom J. Hillard, "Before the West Was West: Rethinking the Temporal Borders of Western American Literature," *Western American Literature* 47.3 (2012): 286-307, p.288. 美国文学史上的"囚掳叙事"（captivity narrative）专门体现了印第安人的负面描写，这一文类以女作家玛丽·罗兰森（Mary Rowlandson）的《上帝的威权和恩慈》（*The Sovereignty and Goodness of God*, 1682）为代表。

3.　A. T. Sinclair, "Tattooing of the North American Indians," *American Anthropologist* 11.3 (1909): 362-400. 关于当时美国的考古学界对于印第安文明的定性，参见Thomas C. Patterson, "The Last Sixty Years: Toward a Social History of Americanist Archeology in the United States," *American Anthropologist* 88.1 (1986): 7-26, p.11.

人。鉴于美国社会已经能够绝对控制他们，实现了"死去的印第安人才是好印第安人"的目标，怀旧印第安文化已成了安全之举：盎格鲁-撒克逊人既避免了印第安血统的"污染"，又将自身塑造成印第安文化的继承者，为占据美洲大陆提供了合法性[1]。20世纪20年代，这一"帝国主义怀旧"情绪席卷了整个美国社会，它组成寻找、贩卖和收藏印第安文物的利益联盟，用商业逻辑掩盖了其针对新移民的种族建构意图。

华人移民的进入引起了19世纪末美国社会强烈的情感反弹，被视为国家面临的重大危机。《排华法案》的生效迫使很多华人取道北方的加拿大和南方的墨西哥，通过二次移民的方式进入美国，从而变成首批冲击美国国境线以达到移民目的的外国人。这强化了他们身为违法者的负面形象。因而，防止"华人的渗透"成为19世纪末美国的国家共识[2]。1894年美国强迫清政府签订《中美华工条约》，此约以十年为期，规定居美华工离美期限超过一年者，不得再入美国境内；不准华人入美国籍；居美华工都须按照美国国会通过的苛待华工条例进行登记。实际上，针对特定种族封闭国境的做法违背了以罗马法为基础的西方法理体系。自然法与自然权利是欧洲人信奉的普遍规则，也是他们用来解释一切法理问题的圭臬。这其中一个重要主张是"自由行路权"（unimpeded travel/free passage），亦即在不具有敌对的意图且不损害他国利益的前提下，任何人都有权无视政治与文化阻力跨越国界线，获得与其他民族的人自由沟

1.　Walter Benn Michaels, "Race into Culture: A Critical Genealogy of Cultural Identity," *Critical Inquiry* 18.4 (1992): 655-685, p.667.

2.　参见Erika Lee, "Enforcing the Borders: Chinese Exclusion along the U.S. Borders with Canada and Mexico, 1882-1924," *The Journal of American History* 89.1 (2002): 54-86; Julian Ralph, "The Chinese Leak," *Harper's New Monthly Magazine* 82 (Mar. 1891): 515-525.

通、交流、通商的机会[1]。对这一权利的侵害赋予一个国家足够的理由发动"正义"的战争[2]。这个带有浓厚商业意味的自然法推动了封建农业经济的进步，但同时被欧洲国家利用为它们逼迫和掠夺异质文化国家的法理依仗。1856年，英法联军为了与清政府开战，所寻找的荒唐借口之一便是清政府伤害了它们在中国境内的"自由行路权"[3]。

当时的美国社会认为，美国机制在华人群体之间毫无作用，华人的公司、行会等机构从不遵守美国法律，他们组成的小集团在"共和国境内成了一个外国政府"[4]。因此美国将"国境"从单纯的地理概念拓展成种族概念，剥夺本已取得美国公民身份的华人受庇护的资格。在1905年"美国政府诉朱台"（United States v. Ju Toy）一案中，入境美国的朱台因为是华裔而被认为是"非法移民"，遭到当局拘捕。尽管地方法院了解到朱台是美国公民后下令将他释放，当局还是提起了上诉。美国最高法院终审认定，港口监察员和商务部部长有权力决定谁才能被认可（入境美国或成为美国公民）；在港口拒绝入境者不需要通过正当程序，并且从法律上讲与在陆地拒绝入境者的行为具有同等意义。大法官奥利弗·温德尔·霍姆斯（Oliver Wendell Holmes）裁决道："申请人尽管身在我们国境之内，却应该被视为他被阻挡在我们管辖权的边界之外，其进入的权利依然需

1.　Richard Shapcott, *International Ethics: A Critical Introduction*, Malden: Polity Press, 2010, pp.91-93.

2.　David Boucher, *The Limits of Ethics in International Relations: Natural Law, Natural Rights, and Human Rights in Transition*, Oxford: Oxford University Press, 2009, p.107.

3.　David Boucher, *The Limits of Ethics in International Relations: Natural Law, Natural Rights, and Human Rights in Transition*, Oxford: Oxford University Press, 2009, p.107; Anthony Pagden, "Human Rights, Natural Rights, and Europe's Imperial Legacy," *Political Theory* 31.2 (2003): 171-199, pp.184-188.

4.　Samuel Gompers et al., *Some Reasons for Chinese Exclusion. Meat vs. Rice. American Manhood against Asiatic Coolieism. Which Shall Survive?* Washington, D.C.: American Federation of Labor, 1902, p.6.

要讨论。"[1]这一裁决表明，在整个美国的国家法律、行政体系和社会话语中的排华话语，将华人移民界定为不受宪法保护的社会他者，将他们置于入侵者的位置，以国家主权的名义剥夺了他们作为公民的人权[2]。华人移民在美国成了被区隔的"赤裸生命"，不受"民主"法律体系的任何保护，遭受了巨大的权利和情感伤害。这也激起了清政府的愤怒。清光绪三十年（1904年）甲辰恩科会试，"策"论第五题为"美国禁止华工，久成苟例，今届十年期满，亟宜援引公法驳正原约，以期保护侨民策"，对美国意图延续1894年与清政府签订的《中美华工条约》提出了抗议。

3. "教育"：庇护所的维护机制

社会控制是保证庇护所纯洁的限制性步骤，而强化庇护道德优越性的积极步骤是"教育"机制。教育机制从本质上讲是以盎格鲁–撒克逊新教文明的"先进性"为前提，要求其他种族脱离自身的异质性而变成满足美国标准的公民；就教育对象而言，它分为面向国内新移民的"公民教育"和面向他国的"帝国教育"。这个机制勾勒了一个文明论视野中的"师生"关系，将"理性"的盎格鲁–撒克逊白人视为教师，而将其他种族放在从属且低等的学生位置。这种教育模式成为当时美国庇护所身份建构的根本特征。庇护所掌控者具有"良好的品质和教育、出色的智力、同情心、谋略、明智的判断力，以及坚毅的性格"，是树立榜样的教育者；被庇护之人则是模仿者和被改造者，"急切地想自我实现救赎"[3]。这

1. *United States v. Ju Toy*, 198 U.S. 253 (1905), p.263.

2. Andrew Hebard, *The Poetics of Sovereignty in American Literature, 1885-1910*, New York: Cambridge University Press, 2013, p.82.

3. David J. Rothman, *Conscience and Convenience: The Asylum and Its Alternatives in Progressive America*, rev. ed., New Brownswick: Aldine Transaction, 2002, p.35, pp.64-65.

种道德改造是19世纪末庇护机制的核心目标。1895年纽约慈善组织会社首次正式提出为流浪汉和乞丐建立庇护机构，以便他们在经历"道德和体格的重生"之后"不再成为社会的负担"[1]。在这种情况下，庇护所掌控者的身份也从"监管人"转为"朋友"。究其思想本质来说，这种庇护所意象建构应和了美国政治传统中的"民主"和"自由"话语，符合进步主义时期的教育模式，也与美国国家形象的建构目标相一致。

教育是20世纪初美国"民主"实践的流行模式，被视为社会改革的必要途径。约翰·杜威指出，"教育在本质上是一种社会事务……教学科学首先是一门社会科学"[2]。美国全国教育协会称，教师有义务去培养孩童的"责任"意识，让他们在家和学校都懂得"合作"。这种公民教育宣扬服从和依赖话语，将"自我控制"及"遵从"法律和政府权威视为性格塑造的要素，即自觉的内在要求，而非外在胁迫。教师在向孩童讲授政府和公民的关系时，常常用师生关系来做类比。作为"教授社会适当礼仪的平台"[3]，公民教育扬弃以往的个人主义神话，将国家建构放在了主要地位。当时的美国高等教育尤其如此。它不是仅仅面向少数幸运儿的象牙塔，而是更通过课程设置、教科书撰写、考试和学位授予的正式化和标准化，让全体公众相信美国政治话语的"客观性"[4]。

要实现这一教育宗旨便需培养学生的民族责任意识，让孩子从小在

---

1. Kenneth L. Kusmer, *Down and Out, On the Road: The Homeless in American History*, New York: Oxford University Press, 2002, p.79.

2. John Dewey, "Psychology and Social Practice," *Psychological Review* 7 (Mar. 1900): 105-124, p.114, pp.120-121.

3. Julie A. Reuben, "Beyond Politics: Community Civics and the Redefinition of Citizenship in the Progressive Era," *History of Educational Quarterly* 37.4 (1997): 399-420, p.413.

4. Burton J. Bledstein, *The Culture of Professionalism: The Middle Class and the Development of Higher Education in America*, New York: W. W. Norton & Co., 1978, pp.145-146.

良好的群体文化氛围中习得自己的公民身份，懂得"合作"和"理性的模仿"[1]。这也是为何1899年美西战争结束后不久，美国前参议员威廉·斯普拉格（William C. Sprague）会在《美国少年》（*The American Boy*）杂志上发表文章，要求国家为"完全觉醒、抱负高远"的美国少年提供让他们习得盎格鲁–撒克逊裔种族习惯、了解美国文明"进步性"、承担自身帝国角色的民族文学[2]。《新共和》（*The New Republic*）杂志的创办人赫伯特·克罗利（Herbert Croly）在深刻影响了西奥多·罗斯福总统国家政策的《美国生活的希望》（*The Promise of American Life*，1909）一书中写道："普通公民可以多少成为一个圣人或英雄——不是靠自身达到英雄的程度，而是通过对英雄和圣人进行真挚热情的模仿；而他是否能够实施这一模仿，取决于其高尚的同胞给他提供相应的英雄主义和圣人品质。"[3]在美国教育机制中，"高尚的同胞"指的是盎格鲁–撒克逊裔知识分子。他们被拔到了"英雄"与"圣人"的高度，成为美国政治实践——"理性的模仿"——的领导者。美国社会学学会首任主席莱斯特·沃德（Lester Ward）将包括自己在内的这一群体称为"凭借能力和理性而成为社会中最先进、最具学识的部分"，担负着制定民主理念和教育大众的重任[4]。公众性是实践民主的必要前提，但过度依靠大众必然导致无政府主义和效率低下，所以"专业化"（professionalism）概念应运而生。对"专

---

1. Julie A. Reuben, "Beyond Politics: Community Civics and the Redefinition of Citizenship in the Progressive Era," *History of Educational Quarterly* 37.4 (1997): 399-420, p.412.

2. Brian Rouleau, "Childhood's Imperial Imagination: Edward Stratemeyer's Fiction Factory and the Valorization of American Empire," *The Journal of the Gilded Age and Progressive Era* 7.4 (2008): 479-512, pp.479-481.

3. Herbert Croly, *The Promise of American Life*, New York: E. P. Dutton & Co., 1963, p.454.

4. Daria Frezza, *The Leader and the Crowd: Democracy in American Public Discourse, 1880-1941*, trans. Martha King, Athens, GA: University of Georgia Press, 2007, p.34.

家"的崇敬成为进步主义理念的核心特征[1]。

专业人士的权威来自他们所掌握的超出普通人理解范围之外的知识，依靠其职业仪式得以实现。专业知识体现了"科学性"，是高等理性的形式，能够阻止社会陷入疾病或疯狂状态。19世纪中期，人们普遍认为疯癫与文明的发展联系在一起。这本是欧洲大陆的观点，却被美国人占为己用，深入人心。到了安德鲁·杰克逊（Andrew Jackson）总统时代，社会的高度流动化导致原有的层次分明的价值体系濒于崩溃，而这被认为是疯癫的根源。当时的民众积极介入国家政治机制的运转之中，每个人都对美国的体制、政策、公民身份等问题发表看法。来自各个社会阶层的民众都以异乎寻常的热情参与思想领域的学术研究，不管自己有没有受过专业训练。在当时的美国医学界看来，这个境况造成了美国人智力和生理上的极大负担，最终导致疯癫的发生："明确将精神疾病与过度的雄心、风险极高的投机和社会流动性联系在一起，医学界坚信成功人士也必定会为他们的成就付出疯癫的代价。"[2] 正是在这一语境下，医生等专家逐步成为社会治理的重要力量。1874年，有人对美国公共卫生学会说："曾几何时，牧师是医生。现在，医生正在以他们自己的方式变成牧师，立法的对象不仅仅是他们的病人，而且是整个社会。"[3]

究其本质而言，进步主义时期的美国教育致力于建构"专家-民众"的信息传递机制。为了对抗工业化和社会达尔文主义带来的血腥竞争，

1. 参见Richard Hofstadter, *Anti-Intellectualism in American Life*, New York: Alfred A. Knopf, 1963一书中的第八章"The Rise of the Expert"，第197—229页。

2. David J. Rothman, *The Discovery of the Asylum: Social Order and Disorder in the New Republic*, rev. ed., Boston: Little, Brown & Co., 1990, p.124.

3. Burton J. Bledstein, *The Culture of Professionalism: The Middle Class and the Development of Higher Education in America*, New York: W. W. Norton & Co., 1978, pp.93-95.

淡化日益尖锐的社会矛盾，美国社会将精力转向控制进化的过程。公共管理变成了依赖"科学"设立规则的工作，而非老派贵族精英所认为的依赖"管理艺术"的公共服务[1]。新时期受过高等教育的专业人才纷纷走出学斋从事公共事务，教育普通民众实践美国"民主"。1923至1925年，美国政治学会主办三届全美政治学大会，每次学者都呼吁增强专业化和具体技能[2]。

专业化教育是美国社会在种族政治语境下反思民主运转模式的必然结果。到了19世纪、20世纪之交，新移民已成为美国投票人口的可观力量。但当时的"科学"调查显示，"低智商"的"民主的'普通人'"（democratic "average man"）没有能力履行公民职责，这促使美国思想界重新审视"民众治理"的政治原则[3]。由此，美国政治进入了"专家化"运转模式，即将领导权交给盎格鲁—撒克逊裔知识精英，由他们承担启蒙"非理性"的新移民的责任。刚刚进入美国这个庇护所的新移民是公民教育最重要的对象，美国社会期待他们能够模仿盎格鲁—撒克逊新教文化，完成从"外国性"到"美国性"的转化，实现"从他们到我们、从外国人到美国人、从下层阶级到中产阶级的提升"[4]。印第安人虽然是美洲原住民，却在政治身份层面与新移民无异：针对印第安人的教育口号便是"祛

1. Burton J. Bledstein, *The Culture of Professionalism: The Middle Class and the Development of Higher Education in America*, New York: W. W. Norton & Co., 1978, pp.122-123.

2. Daria Frezza, *The Leader and the Crowd: Democracy in American Public Discourse, 1880-1941*, trans. Martha King, Athens, GA: University of Georgia Press, 2007, p.144.

3. Daria Frezza, *The Leader and the Crowd: Democracy in American Public Discourse, 1880-1941*, trans. Martha King, Athens, GA: University of Georgia Press, 2007, pp.142-143.

4. David J. Rothman, *Conscience and Convenience: The Asylum and Its Alternatives in Progressive America*, rev. ed., New Brownswick: Aldine Transaction, 2002, pp.48-49.

除印第安性，拯救人性"[1]。

在国际层面，教育是美国塑造自身庇护所形象、推动帝国工程的手段。美国的宣传机关极力把美国塑造成国际政治中的"教师爷"，担负着教导落后的"孩童"国家之责[2]。1898年，美国打败老牌欧洲帝国西班牙而获得古巴、波多黎各和菲律宾的支配权。1899年1月25日《顽童》（*Puck*）杂志刊登漫画《开学了》（"School Begins"），内容是校长模样的美国在课堂上教训菲律宾、夏威夷、波多黎各和古巴这四个有色人种顽劣学生，形象地阐释了教育作为帝国工程手段的本质[3]。威廉·麦金利总统无视"政府必须获得被统治者的同意"这一政治原则，坚持在菲律宾建立政治管理机构，与欧洲的殖民统治毫无二致。印第安纳州参议员艾伯特·贝弗里奇（Albert J. Beveridge）对美国的殖民行为辩解道："自由的统治是指所有正当政府都必须取得被统治者的同意，但这仅适用那些有自治能力的民族。"[4] 这不仅将菲律宾人当成了不配享有民主政治的野蛮人，也将曾经统治菲律宾的天主教西班牙人视为了进步文明的对立面，从而将美国的教育变成了神圣的道德工程。所以，这个"人道主义"决策得到了当时绝大多数美国公民的拥护。然而，帝国教育并非像国内的公民教育那样主要依赖文化的感召和转化，而是更侧重武力的征服。贝弗里奇参议员在主张吞并菲律宾时，底气来自"我们的海军"和"枪炮"。

---

1. Richard Henry Pratt, "The Advantages of Mingling Indians with Whites," *Proceedings and Addresses of the National Education Association, 1895*, Washington, D.C.: National Education Association, 1895, pp.761-762.

2. Eric T. L. Love, *Race over Empire: Racism and U.S. Imperialism, 1865-1900*, Chapel Hill: University of North Carolina Press, 2004, p.10.

3. 图见http://www.loc.gov/pictures/item/2012647459/.

4. William E. Leuchtenburg, "Progressivism and Imperialism: The Progressive Movement and American Foreign Policy, 1898-1916," *The Mississippi Valley Historical Review* 39.3 (1952): 483-504, p.484.

在其"崇高的"教育企图遭到反对殖民的菲律宾人拼死抵抗时，美国政府出动了七万军队进行血腥镇压。同理，在20世纪10年代墨西哥政局动荡威胁到美国利益时，曾任普林斯顿大学校长的伍德罗·威尔逊总统发誓要"教育南美的共和主义者去选举一个好人"。"好人"指那些能建立"使所有合约、生意和协商比以前更安全"的政府并确保美国利益的人[1]。这一声明的有趣之处在于，威尔逊"校长"通过军事镇压的方式教育他眼中的"孩童"国家；同时，他强迫其他主权国家接受美国的"好人"标准，以霸权的方式维系美国"庇护所"的温情内涵。

　　海外传教是帝国教育的另一种表现形式。19世纪中期至末期曾任美国驻华外交官的乔治·西华（George F. Seward）在讨论美国政府与海外传教士的关系时，特意点出了美国的庇护所身份。他声称，基督教传教士的宗教身份并不重要，因为根据美国宪法，所有宗教在美国国内都享有同等地位。真正赋予那些传教士特权的是他们的美国公民身份。在"组织或政府体系不完善、与西方标准不一致而在世界国族家庭中未能享有完全身份"的中国，美国的传教士应该享有"例外"权利。1858年签订的《中美天津条约》第29款规定："耶稣基督圣教，又名天主教，原为劝人行善，凡欲人施诸己者亦如是施于人。嗣后所有安分传教习教之人，当一体矜恤保护，不可欺侮凌虐。凡有遵照教规安分传习者，他人毋得骚扰。"在英文原文中，"所有安分传教习教之人"的同位语是"无论是美国公民，还是中国皈依者"。即在"国际法"的框架下，美国无意改变中国皇帝与其臣民之间的政治统治关系，但将庇护权不仅施与了本国的

1.　转引自Alan Dawley, *Changing the World: American Progressives in War and Revolution*, Princeton: Princeton University Press, 2003, p.31.

传教士，更拓展到了改信基督教的中国公民。尽管它承认中国政府对自己公民的行政权，但强调美国传教士不受当地法律管辖，甚至也声称中国基督徒具有拒绝缴纳"与其信仰相悖"之税款的权利。在肯定美国传教士在当地的"慈善"之举后，西华呼吁美国政府就义和团运动反抗美国传教士的行为向清政府抗议和施压[1]。这一主张显示，美国人相信美国庇护所身份能够超越其他国家的主权，并且具有不容他人质疑的道德"优越性"。

三、"好人的庇护所"：进步主义时期的国家想象

在社会控制和教育机制的共同影响下，美国人热情地建构美国的"好人的庇护所"形象。这一国家形象工程把神圣的道德光环赋予自各民族融合而来的美利坚民族，亦在世界范围内激发了各地移民的"美国梦"，不但为正式踏上帝国之路的美国带来了源源不断的智力资源和劳动力资源，而且为它的帝国扩张提供了不容他人置喙的合法性。美国的庇护所身份修辞延续至今，然而其"理性"和"民主"神话的美丽表象所掩盖的是严酷的种族政治。

1. 理性个体的"国族亲缘"

美国社会到了进步主义时期之后，社会文化经历了从维多利亚时代的"文雅传统"到实用主义的转向。人们不再一味追求空洞的仪式和表

---

1.   George F. Seward, "The Government of the United States and American Foreign Missionaries," *The American Journal of International Law* 6.1 (1912): 70-85, p.76, p.78.

面的装饰，而看重"好而实用"的特性[1]。这一思潮在国家建构方面的表现是，美国不再意图成为所有移民的庇护所。它关闭了永远敞开的"金门"，在门口设下了挑选审查的岗哨。新移民被等级化，只有"好而实用"的移民才会被接受。换言之，美国承担遵照"好客"原则庇护陌生人的自然法义务，但并不保证让受庇护者成为公民；倘若外来者对美国构成威胁，美国有权拒绝庇护[2]。这一逻辑秉承庇护所的道德优越本质，对寻求庇护的移民提出了资格要求。那么，移民究竟给美国带来了什么样的危害，才使得美国能够违反自然法原则而将之拒之门外？美国社会所期待的"好人"到底是什么？19世纪末20世纪初美国思想界对于"民主公众"（democratic public）概念的探讨为国家庇护所身份修辞变化提供了解释视角。

当时国内经济的困局和国外移民的冲击造成了美国的政治危机。如1924年的一幅政治漫画《美国最危险的人》（"The Most Dangerous Man in America"）所示，一位富裕的中产阶级男性慵懒地躺在家里，将呼吁投票的报纸放在一旁，说："哼，我从不投票！"虽然不投票的人大多是女性、外来移民和少数族裔，但美国媒体并不在意这一事实。它们认为，白人中产阶级男性的投票人数降低将会导致美国民主的根本危机[3]。这促

---

1. 这一文化情绪在当时的礼物交换中得到了体现。欧·亨利（O. Henry）的短篇故事《贤者的礼物》（"The Gift of the Magi"，1905）表达了维多利亚时期和进步主义时期对礼物价值的不同理解。正是当时的社会背景才使得夫妻俩送给对方"无用"礼物的行为具有了幽默感，参见Ellen Litwicki, "From the 'ornamental and evanescent' to 'good, useful things': Redesigning the Gift in Progressive America," *The Journal of the Gilded Age and Progressive Era* 10.4 (2011): 467-505, pp.474-475.

2. Richard Shapcott, *International Ethics: A Critical Introduction*, Malden: Polity Press, 2010, pp.91-93, p.98.

3. Liette Gidlow, "Delegitimizing Democracy: 'Civic Slackers,' the Cultural Turn, and the Possibilities of Politics," *The Journal of American History* 89.3 (2002): 922-957, p.923, p.926, p.932, p.944.

成了思想界对于民主制度的大讨论，从个人主义和群体主义两个层面探讨民主制度良性运转的基础。

"个人（individual）-群体（crowd）-大众（mass）"之间的关系是美国19世纪、20世纪之交最明显也最令人不安的问题[1]。根据美国的文化传统，个人英雄主义总是以脱离社会的形式存在。这也造就了美国文学史中的"流浪汉"（西班牙语pícaro）原型形象，马克·吐温（Mark Twain）的代表作《哈克贝利·芬历险记》（*The Adventure of Huckleberry Finn*，1885）中的同名主人公便是一个典型代表。放任自流的个人主义和社会达尔文主义的自由竞争原则，让社会变成了"适者生存"的原始丛林，在19世纪末引发了严重的经济危机。为了对抗这一趋势，美国思想界开始反思自由个人主义（liberal individualism）文化传统，认为极端的个人主义和极端的群体主义的共同特征是"非理性"，致力于重新定义"个体"和"社会"的关系。人乃是社会的一分子成为社会共识，也促使社会学这门分析社会问题之起因、结构和解决方式的学科得以创立[2]。宗教界的"社会福音"运动也革新了宗教教育中人的救赎与此世无关的固有教条，转而宣扬每个教民都对社会负有责任，鼓励多做善工。他们认为，国家不是许多单个个体的简单集合，而是先于且大于这个简单数集的存在。个体的无序竞争是自然界的特征，民主社会必须祛除这一"非理性"因素，对个体性进行适当的限制。在这一思想语境下出现的"社

1. Daria Frezza, *The Leader and the Crowd: Democracy in American Public Discourse, 1880-1941*, trans. Martha King, Athens, GA: University of Georgia Press, 2007, p.20.

2. 美国第一门社会学课程由威廉·格雷厄姆·萨姆纳（William Graham Sumner）1875年在耶鲁大学开设，但社会学真正兴起的时间是1892年阿尔比恩·斯莫尔（Albion Small）在芝加哥大学创建美国第一个社会学系之后，1895年《美国社会学期刊》（*The American Journal of Sociology*）创办，1905年美国社会学学会（American Sociological Association）创建。

会自我"（social self）概念主张"个人"并非独立自足的概念，而是一种
"相关性"，必须依赖与社会他者的"接触"才得以形成[1]。美国社会学最有
影响力的奠基人罗伯特·帕克（Robert E. Park）在《大众与公众》（"Masse
und Publikum. Eine methodologische und soziologische Untersuchung"，
1904）中言道："个体组成集体的方式不在于他们聚集在一起，而是他们
在思想和情感方面彼此影响。"[2] 在大众媒体的推动下，个体在与社会他者
的"接触"过程中形成"模仿"（imitation）、"暗示"（suggestion）和"传
染"（contagion）等心理机制，终而建构出"社会自我"身份。"公众"
的形成，便是"社会自我"通过相互接触而形成的"国族亲缘"（national
kinship）[3]。但与此同时，群体主义也有"非理性"的危机。美国思想界接
受法国社会心理学家古斯塔夫·勒庞（Gustave Le Bon）在《乌合之众：
大众心理研究》（*Psychologie des foules*，1895）中的论断，认为群体冲动、
多变、单纯，所谓的"民意"类似于宗教仪式的偏执与狂热妄想，"从来
不受理性的指引"[4]。个人主义和群体主义共有的"非理性"缺陷构成了大
众民主机制的悖论——个体性可能导致无序的竞争，公众性又可能导致
暴众的产生——从而引发了民主主体缺失的危机[5]。

---

1. Daria Frezza, *The Leader and the Crowd: Democracy in American Public Discourse, 1880-1941*, trans. Martha King, Athens, GA: University of Georgia Press, 2007, pp.97-105.

2. Robert E. Park, *"The Crowd and the Public" and Other Essays*, trans. Charlotte Elsner, Chicago: University of Chicago Press, 1972, p.18.

3. Daria Frezza, *The Leader and the Crowd: Democracy in American Public Discourse, 1880-1941*, trans. Martha King, Athens, GA: University of Georgia Press, 2007, pp.115-116.

4. 古斯塔夫·勒庞：《乌合之众：大众心理研究》，冯克利译，北京：中央编译出版社，2004年，第53页，第93页。

5. Daria Frezza, *The Leader and the Crowd: Democracy in American Public Discourse, 1880-1941*, trans. Martha King, Athens, GA: University of Georgia Press, 2007, p.97.

　　为了解决这一悖论，美国思想界发明了"民主公众"概念，宣称它是保证美国民主得以运转的根本原因。所谓"公众"，是指人们利用教育、大众媒体等提供的消息进行"社会模仿"而形成"精神共同性"，通过"传染而非身体接触"形成的"理念的群体"。"民主公众"则指具有自我控制和管理能力的群体，具备智力、男子气概、合作能力等"人民的性格"，可以进行理性的模仿和讨论，有别于只能依赖感性的冲动和盲目的模仿的大众[1]。这种理性能力被称为民主的"适宜度"："对绝大多数进步主义者来说，投票者的'适宜度'才是民主的定义标准，而不是他们的绝对数量。"[2]

　　"民主公众"概念的定义以种族话语为基础。作为一个指代国家、肤色或人种学特征、文化、国家起源、宗教等领域的话语修辞，"种族"概念在19世纪末传入美国，成为划分美国老移民和新移民的界限、确认谁能够享有公民权的标准。这一概念的引入左右了当时美国社会的一系列重大政策和讨论，如限制移民流、新移民的美国化、女性的投票权运动、非裔美国人的民权运动等等。根据种族话语，只有盎格鲁—撒克逊族裔的中产阶级男性具有"理性"和"合作能力"，因而是完全适宜民主制度的群体[3]。民主公众可以来自律师、教师、科学家等不同领域，他们的共同特征是信奉以理性、效率和等级为特征的"科学管理"，从本质上讲

1.　Daria Frezza, *The Leader and the Crowd: Democracy in American Public Discourse, 1880-1941*, trans. Martha King, Athens, GA: University of Georgia Press, 2007, pp.62-63, p.66.

2.　Daria Frezza, *The Leader and the Crowd: Democracy in American Public Discourse, 1880-1941*, trans. Martha King, Athens, GA: University of Georgia Press, 2007, p.39.

3.　Richard Butsch, *The Citizen Audience: Crowds, Publics, and Individuals*, New York: Routledge, 2008, p.62; Daria Frezza, *The Leader and the Crowd: Democracy in American Public Discourse, 1880-1941*, trans. Martha King, Athens, GA: University of Georgia Press, 2007, p.66.

都是工程学家[1]。他们所看重的"效率"并不是工业技术层面的概念，而是一个社会概念，指"可预见性、准确性、可依赖性和高度组织性"[2]。美国社会"可预见性"等特征的实现依赖成员的种族素质。与之相对，来自"独裁或野蛮"国家的移民则是非理性的，其"种族性格"带有过多的"女人气"而缺乏自治能力，理应被美国拒绝[3]。政策制定者认为，"为了让美国文明得以保持和发展，美国知识界、经济界、社会界和政界的最高层必须在可预见的将来确保由来自北欧中上层阶级的后裔组成。绝大多数黑人、印第安人、拉美人、亚裔美国人、劳工移民和女性在连续几代的时间内都不可能胜任美国公民身份的要求"[4]。因此，美国必须极力控制"野蛮"移民的进入，以免这些不具备参与民主政治能力的群体影响美国社会机制的运转。盎格鲁-撒克逊人与理性和民主的联系是美国建构"庇护所"身份的前提和基础，这个观点甚至得到了英国的支持，原因在于它建基于种族意识，强化了盎格鲁-撒克逊新教徒相对于世界其他人群的道德优越[5]。

1. Daria Frezza, *The Leader and the Crowd: Democracy in American Public Discourse, 1880-1941*, trans. Martha King, Athens, GA: University of Georgia Press, 2007, p.58.

2. Jennifer Alexander, "Efficiencies of Balance: Technical Efficiency, Popular Efficiency, and Arbitrary Standards in the Late Progressive Era USA," *Social Studies of Science* 38.3 (2008): 323-349, p.326.

3. Daria Frezza, *The Leader and the Crowd: Democracy in American Public Discourse, 1880-1941*, trans. Martha King, Athens, GA: University of Georgia Press, 2007, p.66; 古斯塔夫·勒庞：《乌合之众：大众心理研究》，冯克利译，北京：中央编译出版社，2004年，第24页。

4. Rogers M. Smith, *Civic Ideals: Conflicting Visions of Citizenship in U.S. History*, New Haven: Yale University Press, 1997, pp.467-468.

5. Paul A. Kramer, "Empires, Exceptions, and Anglo-Saxons: Race and Rule between the British and United States Empires, 1880-1910," *The Journal of American History* 88.4 (2002): 1315-1353, p.1321.

2. 庇护所中的"外国人"

在探讨群体与美国民主适宜度的语境背景下，"好美国人"的意识形态有了新的变化。原来的美国庇护所强调被庇护之人的私德，是一个自然法意义上的概念。随着移民的定居和社会体制的发展，庇护所仍然保持着"道德纠正所"这一形象，但含义却发生了偏离：庇护所接纳的对象从占据正义公理的一方变成违背社会道德的一方。换言之，庇护所不再是一个体现自然正义的保护地，而成了惩罚或纠正偏离社会规范行为的公共权力场所。1658年，普利茅斯在全美殖民地范围内第一个通过法案，为流浪汉、叛逆的孩童、拒绝工作的仆人等群体建造"纠正所"，以保证他们回归符合社会期待的生活方式。具有讽刺意味的是，流浪这个类似于移民的行为尤其受到排斥。美洲各地纷纷出台"定居法"以区分本地的穷人和外来的流浪汉，规定庇护所只可帮助本地的穷人，不许随便向外来人施善。比如，1683年纽约州的法令规定，抵达当地的船长必须将乘客名单上报给行政长官，并负责将那些没有技能、职业或者财产的人遣送回去[1]。美洲殖民地在1721年颁布法律规定，任何人家在留宿外人时，如果不清楚他是否具有"良好的品质"，必须向治安官报告。那些严重妨碍道德标准的人，如健康却贫穷者或妓女等各种声名狼藉者，则丧失被庇护的资格，需要立刻驱逐[2]。在美国建国后，庇护所的道德纠正功能在1820至1830年左右的杰克逊总统时代被体制化，庇护所成为与劳教所、监狱类似的国家机器的一部分。

1.　David J. Rothman, *The Discovery of the Asylum: Social Order and Disorder in the New Republic*, rev. ed., Boston: Little, Brown & Co., 1990, p.21, p.46.

2.　David J. Rothman, *The Discovery of the Asylum: Social Order and Disorder in the New Republic*, rev. ed., Boston: Little, Brown & Co., 1990, p.21.

到了19世纪、20世纪之交，"好人"的评价标准从个体的私人德行变成了群体的身份特征。起初，在工人阶级内部出现了"坏工人"与"好工人"之分。"好工人"指拒绝参与工会的独立个体，而"坏工人"指参与群体活动的抗议分子。在贫穷工人罢工时，大众传媒总是忽略其政治主张，而极力渲染他们的"外国性"（alien）特征。随着移民罢工次数的增多，"外国性"这个词成为区分"民主公众"和"非理性"移民的核心能指[1]。在这个"好人"标准的推动下，美国的庇护所身份修辞也出现了重大调整，在原有的庇护之意上增加了规训宗旨。庇护所从道德场所演化为劳教所和监狱，这些机构不是阴森恐怖的福柯式异质空间，而是"国家的骄傲"。它们的宗旨是通过法律和纪律将以移民为主体的异质分子"变成务实的商人和好公民，成为社会的中产阶级。……他们将身处一个基督教的庇护所中，聆听好的教诲，获得秩序、勤劳和有益社会的习惯"[2]。简言之，"好人"是种族话语的编码，即血统、思想、行为等符合美国主流标准，成为美国文化的体现者和传承者。依据这一标准，美国接纳那些意欲获得庇护的移民时，不仅指在政治上赐下公民身份，更是对个体能够被吸纳进入美国文化的确认。因而，筛选移民的标准就变成了如下三条：血统（jus sanguinis）、属地（jus soli）、归化（naturalization）。血统对应种族概念，判别移民是否属于盎格鲁—撒克逊族裔；属地对应国境概念，判别移民是否在美国本土出生；归化对应文化概念，判别移民是否抛弃故国文化转向美国价值观。"劣等"民族的新移民只有在归化之

---

1. Daria Frezza, *The Leader and the Crowd: Democracy in American Public Discourse, 1880-1941*, trans. Martha King, Athens, GA: University of Georgia Press, 2007, p.22.

2. David J. Rothman, *The Discovery of the Asylum: Social Order and Disorder in the New Republic*, rev. ed., Boston: Little, Brown & Co., 1990, p.79, p.214.

后，才能获得美国的庇护资格[1]。

这一"好人"标准在第一次世界大战期间得到了实践。战争是定义自我和他者的极端场域，美国社会将战火的"洗礼"视为衡量移民是否具有"美国性"、证明其"道德品质"的绝佳机会。1917年的《有限征兵法》（Selective Draft Act）规定，所有在21至30岁年龄区间的男性（1918年改为18至45岁），无论是外国人还是美国公民，都必须在服役系统登记。在2400万登记者中，非公民人数高达16%。美国政府许诺，这些人如果在战争中表现英勇即可获得公民权。那些拒绝对美国进行效忠的外国人被免于兵役，但被标记为对"民主美国"不友好者，永久剥夺其申请美国公民身份的权利。第一次世界大战期间，美国本土出生的士兵接受了监视来自波兰、意大利等新移民士兵的任务，结果没有发现新移民有任何不忠于美国的行为。相反，新移民对美国表现出了强烈认同，付出了巨大伤亡，因此获得了美国社会的认可，成为"我们中的一员"，被称为"好美国人"。从1918到1920年，共有244,300名移民获得了美国公民身份[2]。

在归化的筛选过程中，种族成为必要条件。美国创造了一个种族意义上的"好人"标准作为进入庇护所的前提，从而将移民问题转变成道德净化工程。这不仅没有解构美国的庇护所身份，反而为之披上了神圣

1. Bahar Gürsel, "Citizenship and Military Service in Italian-American Relations, 1901-1918," *The Journal of the Gilded Age and Progressive Era* 7.3 (2008): 353-376; Daria Frezza, *The Leader and the Crowd: Democracy in American Public Discourse, 1880-1941*, trans. Martha King, Athens, GA: University of Georgia Press, 2007, p.46.

2. Christopher M. Sterba, *Good Americans: Italian and Jewish Immigrants during the First World War*, New York: Oxford University Press, 2003, pp.175-176; Lucy E. Salyer, "Baptism by Fire: Race, Military Service, and U.S. Citizenship Policy, 1918-1935," *The Journal of American History* 91.3 (2004): 847-876, p.853.

的合法性外衣。种族意识形态成为美国实践庇护的终极标准，也成为美国衡量公民忠诚度的利器。无论是在当时的美国现实中，还是在凯瑟的文学作品中，种族话语的牺牲品代表都是亚裔和犹太人。美国社会认定，只有白人才能被归化，亚裔移民是"野蛮"且"不忠诚"的[1]。美国归化局局长理查德·坎贝尔（Richard Campell）将华人、日本人、土耳其人、印度人等"黄种人"排除在可归化人群之外。在1919至1920年的罢工运动、种族骚乱和"红色恐怖"期间，反亚运动甚至成为美国在种族、文化和军事领域的国防工程[2]。从19世纪70年代到20世纪20年代，犹太移民对美国政治和经济的影响日渐显著，总人口在1924年也达到了420万。他们对美国的盎格鲁-撒克逊文化身份构成了冲击，引发了美国强烈的反犹情绪[3]。历史学家麦迪逊·格兰特（Madison Grant）在《伟大种族的逝去：欧洲历史的种族基础》（*The Passing of the Great Race; or, The Racial Basis of European History*，1916）一书中声称，犹太人低矮的身形、古怪的思想、关注私利的倾向将给美国人带来灭种的危害[4]。美国参战后不久的1917年夏，因为犹太人逃避兵役而使得美国的反犹情绪更加激烈。当时美国

---

1. 美国对亚洲的东方主义建构，详见Gordon H. Chang, "Whose 'Barbarism'? Whose 'Treachery'? Race and Civilization in the Unknown United States-Korea War of 1871," *The Journal of American History* 89.4 (2003): 1331-1365.

2. Lucy E. Salyer, "Baptism by Fire: Race, Military Service, and U.S. Citizenship Policy, 1918-1935," *The Journal of American History* 91.3 (2004): 847-876, p.863.

3. Hasia Diner, "The Encounter between Jews and America in the Gilded Age and Progressive Era," *The Journal of the Gilded Age and Progressive Era* 11.1 (2012): 3-25, p.6. 有关犹太作家在这一文化语境中的自我身份思考，参见Alfred Hornung, "The Making of (Jewish) Americans: Ludwig Lewisohn, Charles Reznikoff, Michael Gold," *Ethnic Cultures in the 1920's in North America*, ed. Wolfgang Binder, Frankfurt am Main: Peter Lang, 1993, 115-134.

4. 转引自David A. Gerber, ed., *Anti-Semitism in American History*, Urbana: University of Illinois Press, 1986, p.43.

共有200万左右的犹太移民，其中约150万是来自俄国和波兰逃避沙皇统治的政治避难者。心系同胞的他们对俄国特别抵触，希望轴心国之一的德国能够打败同盟国阵营的沙皇俄国。犹太人的这般态度引起了美国公民的强烈不满。当时的公共演讲、报纸等都弥漫着传染性的愤怒情绪，号召抵制犹太人的商业。《纽约世界报》（ *New York World* ）甚至还散布"犹太人和德国间谍合作来抵制战争"的政治谣言，捕获了一大批信众[1]。不爱国的污名在战后依然与犹太人群体如影随形。他们被认为与国际势力相勾结，意图通过工运颠覆美国的经济形态，这引起了美国主流社会的惊惧[2]。汽车巨头亨利·福特（Henry Ford）创办《迪尔伯恩独立报》（ *The Dearborn Independent* ），其最重要的使命是反对犹太人在美国政治和经济中与日俱增的影响力，塑造美国平民的反犹主义立场。在1920年5月22日推出的反犹系列中，《迪尔伯恩独立报》塑造了一个控制了巨额财富、意图掌控全世界的"国际犹太人"形象，重点攻击的对象包括美国战时工业局局长伯纳德·巴鲁克（Bernard Baruch）、《华盛顿邮报》出版人尤金·迈耶（Eugene Meyer）、美国联邦储备系统总设计师保罗·沃伯格（Paul Warburg）及其弟弟费利克斯·沃伯格（Felix Warburg）、美国历史上首位犹太部长奥斯卡·斯特劳斯（Oscar Straus）、被誉为"现代广告之父"的广告商艾伯特·拉斯克（Albert Lasker）、银行家奥托·卡恩（Otto Kahn）、美国最大的私人零售公司领导人朱利叶斯·罗森沃尔德（Julius Rosenwald）和美国犹太人委员会主席路易斯·马歇尔（Louis

---

1. Susan Meyer, "On the Front and at Home: Wharton, Cather, the Jews, and the First World War," *Cather Studies 6*, ed. Steven Trout, Lincoln: University of Nebraska Press, 2006, 205-227.

2. 参见Catherine Collomp, "Ethnic Identity, Americanization and Internationalism in the Jewish Labor Movement in the 1920's," *Ethnic Cultures in the 1920's in North America*, ed. Wolfgang Binder, Frankfurt am Main: Peter Lang, 1993, 157-173.

Marshall)¹。

薇拉·凯瑟对美国的庇护所身份修辞非常了解。进步主义者对庇护
所的改革计划曾受到著名的美国犯罪法理学会的官方声明支持。这个学
会的主要领导者之一是当时美国最有影响力的法理学家罗斯科·庞德
(Roscoe Pound)。凯瑟与他颇有渊源。罗斯科曾在凯瑟的母校内布拉斯
加大学法学院担任院长一职长达七年,随后调往哈佛大学法学院,并于
1916年成为院长。他的妹妹路易丝·庞德 (Louise Pound)与凯瑟是非常
亲密的朋友。《我的安东妮亚》中吉姆的求学之路与罗斯科·庞德的工作
经历极为相似,应是有意的影射。因而,用从 "庇护所" 这一意象切入
分析凯瑟的创作,具有学理基础。本书将通过庇护所这一美国身份建构
的核心概念切入分析凯瑟作品,致力于展示其文学想象对于当时社会话
语的挪用和呈现。本书认为,凯瑟有意迎合了美国的国家建构工程,对
于美国庇护所身份的想象贯穿创作始终,呈现了美国在不同发展阶段所
亟须解决的民族起源建构、身份危机和帝国伦理等问题。作为本书主体
部分的第二到四章分别对应了这三个问题。

第二章《"全世界的玉米田": 庇护所中的 "伟大思想"》分析凯瑟
的 "草原小说" 对于20世纪初美国国家文化建构的呼应。在工商业语境
中,凯瑟笔下的西部农业书写和怀旧情绪反而赢得了评论界的赞誉,原
因是其呼应了当时美国建构一个脱离欧洲影响的民族起源和一个硬朗的
国家文化的迫切需求。西部的玉米田和小麦田成为庇护移民并彰显他们

---

1. Victoria Saker Woeste, "Insecure Equality: Louis Marshall, Henry Ford, and the Problem of
    Defamatory Antisemitism, 1920-1929," *The Journal of American History* 91.3 (2004): 877-905,
    pp.882-883.

劳作荣光的场所，国家品格也由此得以形成。

第三章《"替代"与"继承"：庇护所的身份危机》分析凯瑟的"危机小说"对于20世纪20年代美国身份焦虑的描摹和反思。当时的美国既因为在第一次世界大战中扮演了欧洲的救世主而自我陶醉，也因为移民混杂而陷入撕裂的迷茫。在旧欧洲和新移民之间，美国人既是替代者，又面临着被替代的可能。"替代"与"继承"成为美国人定义自身身份绕不开的重大问题，也是凯瑟作品中焦虑感的来源。

第四章《"字面的认可"：海外庇护所的"和谐"伦理》分析凯瑟的"历史小说"所想象的国际秩序。在美国成为全球性力量之后，它与其他民族和国家的关系不再限制在本国境内，而是拓展到整个世界。确立以"和谐"为原则的国际伦理于是成为最符合美国利益的行为，也是最符合其庇护所形象的行为。凯瑟作品借助法国传教士在墨西哥和加拿大的文明传播，以借古讽今的方式间接表现了美国在20世纪20年代后期的帝国工程。

第二章

"全世界的玉米田"：庇护所中的"伟大思想"

> 这些玉米田将不断地增加和扩大，直到有一天它们不再是
> 夏默达家的玉米田，或布希家的玉米田，而是属于全世界的玉
> 米田了；它们的出息，成为一种伟大的经济事实——犹如俄国
> 的小麦收成——不管是在战时还是和平时期，都是人们一切活
> 动的基础。
>
> ——《我的安东妮亚》

移民一直是美国最显著的社会现实，在进步主义时期尤其如此。
1910年，伍德罗·威尔逊在《哈珀美国史百科全书：458—1909》(*Harper's Encyclopedia of United States History from 458 A.D. to 1909*)的序言中写道：
"现今美国区别于其他国家的独特品格部分是因为种族的融合构成了她的
人民。来自欧洲每一个民族的人们、来自亚洲的人们、来自非洲的人们
纷至沓来……。前来生活在我们中间的人，他们的个性融入了业已形成
的民族性；他们被支配、被改变、被吸收。"[1] 可见，美国史在很大程度上

---

1. Woodrow Wilson, "Preface: The Significance of American History," *Harper's Encyclopedia of United States History from 458 A.D. to 1909*, Benson John Lossing, New York: Harper & Brothers, 1910, xxi-xxvi, p.xxiv.

就是移民的归化史。美国一直自诩为移民的希望之乡和庇护所。但如威尔逊所指出的，"可吸收性"是获得美国庇护的必要条件。来到美国的移民必须最终诀别故国的文化和身份，接受以盎格鲁–撒克逊新教文化为基础的美国"民族性"，最终成为庇护所愿意接纳的"好人"。那些来自异质"低等"文明的移民则被视为"不可吸收"因素而被拒之门外。进步主义时期的美国实施社会控制、筛选移民的欲望日益增强，著名的女性社会活动家兼作家夏洛特·珀金斯·吉尔曼（Charlotte Perkins Gilman）公开将新移民比喻成"泔水"，便反映了当时的社会情绪[1]。

　　拓荒尽管已经随着边疆的关闭成为历史，却仍然是当时美国的关切之一，具体体现在进步主义时期的农业改革上。城市无疑是进步主义改革关注的中心，但很多改革者相信托马斯·杰斐逊（Thomas Jefferson）的"自耕农"才是美国的立国之本。因而，农村里刚浮现的领导阶层、在农业领域有股权的城市居民、怀有强烈的"社会福音"立场的人士呼吁社会关注农村，掀起了农业改革运动。改革力量的主力包括赠地大学的教职人员、农业杂志的编辑和出版人、农业部官员、农村协会成员及农业制品生产者、银行及零售商等，甚至铁路等部门也认识到农业的进步与自身利益紧密相关。针对农村中存在的痼疾和日益弥漫的不满情绪，改革者从自身的专业领域进行了归纳和解释。问题包括：赠地大学的农业教育没有发挥其应有的功能；道路状况不佳造成了农村的隔绝；

1.　吉尔曼在《美国太好客了吗?》（"Is America Too Hospitable?"，1923）一文中痛斥美国的移民政策过于宽松，"愚蠢地"将美国比喻成"熔炉"。她用烹饪的比喻论证纯洁的血统才能使美国走向进步："好的原料才能做出好的食物。"她声称，不加筛选地接受异族移民把美国变成了"泔水"一样的社会。转引自Tim Prchal, "Reimagining the Melting Pot and the Golden Door: National Identity in Gilded Age and Progressive Era Literature," *MELUS* 32.1 (2007): 29-51, p.34.

农业利润过低、租佃情况增加；农村的教会在提升农民的生活满意度上措施不力，等等。几乎所有的支持者都相信教育是农业改革的关键，认为知识和技术是驯服自然力量、实现自耕农信仰的唯一途径[1]。

凯瑟的 "草原小说" 系列以移民和西部农业为主题，其意义已经超越了文学前辈萨拉·奥恩·朱厄特（Sarah Orne Jewett）建议她应该书写 "自己难以忘怀的故土旧事" 这个私人回忆的层面[2]，而是呼应国家文化的建构。那些老派评论家对于凯瑟在文坛上崭露头角毫不在意，他们认为文化荒漠般的西部不可能诞生有价值的文学作品，也 "不会在乎内布拉斯加发生了什么事，无论是谁写的"[3]。但是年轻的 "美国成年" 派知识分子对凯瑟作品却赞誉有加。门肯在评论《我的安东妮亚》时盛赞它 "理性深刻、优雅迷人"，描写的人物 "值得了解"、体现了 "真正英雄般的气概"；相比之下，美国艺术文学院院士威廉·艾伦·怀特（William Allen White）的小说《傻瓜的心里》(In the Heart of a Fool, 1918) 就显得 "多愁善感、浅薄天真、无趣却自负"[4]。对两部小说的褒贬体现了新时期知识分子进行美国身份建构的努力。在他们看来，新时代呼唤崭新的、有力的民族文学，以彰显现代美国精神和民族文化资源，而怀特所代表的 "文雅" 传统已然脱离了美国的现代特征[5]。用这样的标准衡量，

1. William L. Bowers, "Country-Life Reform, 1900-1920: A Neglected Aspect of Progressive Era History," *Agricultural History* 45.3 (1971): 211-221, pp.212-216.

2. Sara Orne Jewett, *Letters of Sara Orne Jewett*, ed. Annie Fields, Boston: Houghton Mifflin, 1911, pp.246-250.

3. Willa Cather, *Cather: Stories, Poems, and Other Writings*, New York: The Library of America, 1992, p.964.

4. H. L. Mencken, "Four Reviews," *Willa Cather and Her Critics*, ed. James Schroeter, Ithaca: Cornell University Press, 1967, 7-12, p.7, p.9.

5. Elaine Showalter, *Sister's Choice: Tradition and Change in American Women's Writing*, Oxford: Clarendon Press, 1991, p.15.

凯瑟的"草原小说"系列不仅呼应了当时美国的移民问题和文化多元趋势，还与特纳的"边疆关闭论"唱和，追溯了美国精神的由来[1]。对国家脉动的把握为凯瑟的创作赢得了评论界中那些年轻知识分子的认可，她被誉为以惠特曼式的雄浑力量创作了美国的史诗。

一、拓荒与移民

凯瑟"草原小说"系列的两大核心主题是"拓荒"和"移民"，凯瑟的创作通过对荒野和荒野中行动主体的刻画介入美国进步主义时期的社会改革与身份建构政治之中。凯瑟的好友多萝西·坎菲尔德·费希尔（Dorothy Canfield Fisher）认为，凯瑟创作的唯一主题是"一个新国度——我们的新国家——对从一个稳定的、复杂的旧文明传统中迁移至此的人们所产生的影响"；这是"我们的国家现状唯一独特的地方"，而凯瑟是"唯一致力于刻画这一点的美国作家"[2]。其实，移民和拓荒是当时美国文学创作的流行主题，前者因为更切合社会现状而更受到评论界的青睐，而描绘已经成为历史的拓荒则被认为是没有意义的过时之举[3]。但凯瑟的创作成了一个例外。在她的笔下，移民题材和拓荒题材相辅相成，共同表述着美国的独特性。它们呈现了进步主义时期美国的"国家

---

1. 值得指出的是，特纳本人对凯瑟的创作并不满意。在坚持美国例外论的特纳看来，凯瑟太过同情那些来自斯堪的纳维亚和中欧的"非英语人群"。他在边疆关闭论中所描述的即将到来的现代美国其实是一个塑造"本土主义的乐园"的国家理想（Guy Reynolds, *Willa Cather in Context: Progress, Race, Empire*, New York: St. Martin's Press, 1996, p.66）。

2. Dorothy Canfield Fisher, "Willa Cather: Daughter of the Frontier," *New York Herald Tribune* May 28 (1933): sec.2, p.7.

3. Guy Reynolds, *Willa Cather in Context: Progress, Race, Empire*, New York: St. Martin's Press, 1996, p.36.

现状"，同时也为民族文化的构建提供了"可使用的过去"，目的在于建构美国新时期的国家身份。通过拓荒，移民开始融入美国的盎格鲁–撒克逊文明；通过移民，美国得以强化它自立国以来一直塑造的庇护所形象。这一身份在进步主义时期变得尤为重要，为美国的国内外政策提供了道德合法性。

1. 拓荒："可使用的过去"

20世纪初，多以移民和荒野为题材的美国中西部文学不出意料地获得了国家层面上的重要性。从时间上讲，中西部的草原是美国西进运动中最后的"边疆"。在加利福尼亚州的淘金运动之后，开矿的边疆从加州逐步向东推进至内华达州、爱达荷州和科罗拉多州。到美国南北内战爆发前，白人拓荒的脚步已经踏入中西部的大部分草原。在此过程中，描写西部定居的草原小说开始兴起，主要分为两类：一类是描写野牛王国与男性牛仔的浪漫传奇，另一类是描写边疆拓荒的农村现实主义文字[1]。在进步主义时期，同时涉及移民和农业的西部农村小说获得了远超地方色彩文学的重要性，跃升成为承载国家历史、体现社会关切、建构民族身份的国家文学。这也正是评论家罗纳德·韦伯（Ronald Weber）声称"中西部文学实际上就是美国文学"的原因[2]。作为西部农村小说的巅峰之作，凯瑟的"草原小说"系列在个人层面上是凯瑟在中西部的"故土旧事"，在社会语境层面上则是特定时代国家情绪的表达。

---

1. Dieter Meindl, "The Last West: Scandinavian Contributions to North American Prairie Fiction," *Ethnic Cultures in the 1920's in North America*, ed. Wolfgang Binder, Frankfurt am Main: Peter Lang, 1993, 17-31, pp.17-18.
2. Ronald Weber, *The Midwestern Ascendancy in American Writing*, Bloomington: Indiana University Press, 1992, p.3.

凯瑟的草原小说积极介入了塑造美国价值传统的文化运动。通过对移民与拓荒历史的颂扬，凯瑟的文学创作回到了美国精神得以诞生的过去，其目的在于对抗当下的"中产阶级"价值。"美国成年"派知识分子认为，现今美国的文化处于一种没有传统可以继承的混乱与尴尬之中，而导致这种局面的根源是美国的商业政治。文化作品必须依赖商业才能够到达读者手中，因此掌控商业的中产阶级把持了作品审查的权力，只允许那些符合他们品味的作品进入市场。经过审查后的美国文学便只热衷于讲述鸡毛蒜皮的琐事，谈论恐惧、癖好、情感一类的无聊话题，缺乏"大胆的想象、勇气、个体性、活力、欲望的彰显、灵魂的扩展"，而这些特征恰恰是新文学所需要的，依靠它们才能呈现出新美国的活力。因此，发现甚至创造一个"可使用的过去"便成了此时文学创作的使命[1]。这种通过回望过去为当下建构价值观的做法可以称为"创新性怀旧"（innovative nostalgia），是进步主义思想的典型特征之一[2]。怀旧是为了当下的身份建构政治。对移民和拓荒的描绘意在构建美国起源神话，使边疆荒野成为"美国精神"的承载工具和美国民族传奇中的身份修辞。凯瑟的草原小说无疑担负着同样的文化责任[3]。

2. 玉米田: 移民的归化经历

移民的拓荒使美国西部完成了从草原荒野到粮食作物生产地的变迁。凯瑟的"草原小说"系列对这一伟绩的再现和怀旧，强调了美国

---

1. Van Wyck Brooks, "On Creating a Usable Past," *The Dial* 64.7 (1918): 337-341, p.339.

2. 盖伊·雷诺兹（Guy Reynolds）采用了罗伯特·克伦登（Robert M. Crunden）的"创新性怀旧"之语来概括进步主义的这一特征，参见Guy Reynolds, *Willa Cather in Context: Progress, Race, Empire*, New York: St. Martin's Press, 1996, p.12.

3. 参见Mary Paniccia Carden, "Creative Fertility and the National Romance in Willa Cather's *O Pioneers!* and *My Ántonia*," *Modern Fiction Studies* 45.2 (1999): 275-302.

对于移民的庇护所身份，也展现了移民对于美国进步所起的工具性作用。凯瑟刚去世的时候，评论家布鲁姆夫妇（Edward A. and Lillian D. Bloom）将其草原小说誉为"古以色列的游荡民族……在苦难的生存中建造一个圣殿"的工程记载[1]。这一颇具宗教色彩的"圣殿"形象，从进步主义时期的国家身份政治修辞来看，便是庇护所的变体。这是凯瑟创作的真正宗旨，意在表达对美国"国家现状"的热烈赞颂。

在凯瑟笔下，美国庇护所身份的核心承载物是玉米田和小麦田，尤其以玉米田为主。这样的选择同样体现了当时美国政治和历史文化的要求。玉米作为典型的美洲作物，它的种植象征了异质文明向美国性转化的过程。公元1000年左右，在美洲本是次要粮食作物的玉米替代了传统的农作物，在产量和消费量上都增长迅速，逐步在美洲的食品经济中占有主要地位，同时在美洲文化身份的塑造中发挥了特殊作用：它是神圣的象征，在生育、婚姻、死亡等文化仪式上充当着标记物[2]；还扮演着"母亲、能力赐予者、促进变化者、治愈者"等系列角色[3]。英国殖民者刚刚登陆美洲时，担忧"异邦"食物会改变英国人的体质和道德。英国人习惯

---

1. Edward A. Bloom, and Lillian D. Bloom, "Willa Cather's Novels of the Frontier: A Study in Thematic Symbolism," *American Literature* 21.1 (1949): 71-93, p.83.

2. Christine A. Hastorf, and Sissel Johannessen, "Becoming Corn-Eaters in Prehistoric America," *Corn and Culture in the Prehistoric New World*, ed. Sissel Johannessen, and Christine A. Hastorf, Boulder: Westview Press, 1994, 427-443, p.432, pp.435-436. 关于玉米的文化寓意，参见Vorsila L. Bohrer, "Maize in Middle American and Southwestern United States Agricultural Traditions," *Corn and Culture in the Prehistoric New World*, ed. Sissel Johannessen, and Christine A. Hastorf, Boulder: Westview Press, 1994, 469-512. 包括内布拉斯加州在内的美国中部的玉米种植情况，参见 Mary J. Adair, "Corn and Culture History in the Central Plains," *Corn and Culture in the Prehistoric New World*, ed. Sissel Johannessen, and Christine A. Hastorf, Boulder: Westview Press, 1994, 315-334.

3. Alfonso Ortiz, "Some Cultural Meanings of Corn in Aboriginal North America," *Corn and Culture in the Prehistoric New World*, ed. Sissel Johannessen, and Christine A. Hastorf, Boulder: Westview Press, 1994, 527-544, p.527.

食用小麦制品，玉米被视为典型的美洲作物和"野蛮印第安人的食品"。但为了生存，殖民者不得不适应玉米等美洲食物，尽力与掌握玉米种植技术的印第安人保持和谐关系[1]。到了凯瑟创作"草原小说"系列的进步主义时期，国家和国际层面的粮食分配在美国的国家身份想象中同样占据了很重要的部分[2]。美国的理想"自耕农"变成了农场经营人，经营的对象主要是玉米。美国的玉米在世界经济、政治、社会和种族问题中扮演了相当重要的角色："玉米虽然没有直接进入市场，但无论在人们心目中还是事实上，它都是美国农业最宝贵的商品。玉米占据着美国三分之一的耕地。在美国多种丰富的农业产品中，玉米是这个国家农业威力的轴心和脊梁。"[3] 从"史前的"野蛮食品到"美国"的支柱，玉米社会地位的提高体现了英国殖民者对于这一美洲作物的驱魔过程，他们最终完成威尔逊所言的美国"民族性"的建构，将美国塑造成一座他们眼中的"山巅之城"和号称包容全世界移民的庇护所。后来的新移民在这样的意识形态下继续在玉米地里劳作和繁衍，进行着美国庇护所身份的再生产；在这一过程中，新移民不断受到美国价值体系的筛选，"可吸收性"被当成"好人"的特征，即获得美国公民资格的必要条件。

凯瑟的两部草原小说《啊，拓荒者！》和《我的安东妮亚》分别描写了当时美国社会定义的"受欢迎的"瑞典移民与"不受欢迎的"的波希米亚移民在美国西部的拓荒，阐述了美国这个"好人的庇护所"的生成

---

1. Michael A. LaCombe, *Political Gastronomy: Food and Authority in the English Atlantic World*, Philadelphia: University of Pennsylvania Press, 2012, p.8, pp.56-62.

2. Allison Carruth, *Global Appetites: American Power and the Literature of Food*, New York: Cambridge University Press, 2013, pp.30-31.

3. 阿图洛·瓦尔曼：《玉米与资本主义》，谷晓静译，上海：华东师范大学出版社，2005年，第187页。

和维护这两个身份建构维度，体现了美国对共和美德的弘扬和对异质因素的清除这一"伟大思想"。《啊，拓荒者！》阐述了美国庇护所身份的生成，表现了美国国家身份建构初期对欧洲旧文明的挪用，以及现代农业在这一进程中的基石性作用。《我的安东妮亚》则阐释了美国庇护所身份的维护，表现了国家公民身份所需要的美德，以及这一美德的种族化本质。

二、农业经营：《啊，拓荒者！》中的庇护所之变

《啊，拓荒者！》刻画了瑞典移民亚历山德拉·柏格森的拓荒伟绩，以及拓荒后她的弟弟埃米尔与弗兰克·沙巴塔的妻子玛丽的感情悲剧。学界关于《啊，拓荒者！》的评论大致经历了三个阶段。第一阶段侧重于分析女主人公亚历山德拉的拓荒伟绩：通过征服、开垦和利用自然确立了自己的"新女性"身份，书写了美国的史诗[1]。第二阶段受生态女性主义批评的影响，偏向于强调亚历山德拉拓荒行为中的"女性特质"，亦即与土地之间的亲缘[2]。近来，学者批判这两种解读都过于拘泥理论的固有

1. David Stouck, *Willa Cather's Imagination*, Lincoln: University of Nebraska Press, 1975, pp.24-32; 柯彦玢：《创业的妇女——论薇拉·凯瑟的〈啊，拓荒者〉和〈我的安东尼亚〉中的女性形象》，《国外文学》1997年第4期，60—65；蔡春露：《美国拓荒时代的新女性——评威拉·凯瑟的〈啊，拓荒者〉和〈我的安东尼娅〉》，《外国文学研究》1998年第2期，99—101。
2. Elizabeth Jane Harrison, *Female Pastoral: Women Writers Re-Visioning the American South*, Knoxville: University of Tennessee Press, 1991, p.9；陈妙玲：《〈啊，拓荒者！〉的生态主义解读》，《湛江师范学院学报》2005年第1期，51—54；周铭：《从男性个人主义到女性环境主义的嬗变：威拉·凯瑟小说〈啊，拓荒者！〉的生态女性主义解读》，《外国文学》2006年第3期，52—58；陈妙玲：《对人与土地关系的伦理审视——论〈啊，拓荒者〉中的生态伦理思想》，《外国文学研究》2010年第2期，126—134。

结论而预设了赞扬性的笔调，只关注亚历山德拉的拓荒成就，忽略了文学文本中不符合拓荒赞歌的异质因素[1]。因而，评论家开始仔细考察亚历山德拉的拓荒对荒野的驯服，将目光转向以"疯子"伊瓦尔为代表的"非正常人员"，探究这一以美国文化为标准的"文明化"过程所导致的空间划界、权力分配和生存危机[2]。诚然，空间塑造是一种政治行为：划界方式、权力分配和群体定域无不体现特定社会的政治思想，服务特定的政治目的。若将《啊，拓荒者！》置于美国进步主义时期的政治语境之中，它将展现出进步主义时期美国空间塑造的具体结果：亚历山德拉的拓荒使得美国庇护所身份经历了"荒野-谷田-监狱"的转化过程。

1. 亚历山德拉："进步"的女神

《啊，拓荒者！》在开篇章最后一节的场景描写中，鲜明地点出了女主人公亚历山德拉与"进步"概念之间的联系，为全篇作品提供了一个统一的意义框架："亚历山德拉独自赶着车走了。车子的嘎嘎声淹没在风声之中，但是她的那盏灯牢牢地夹在她的两脚之间，形成一点移动的亮光，沿着公路走向黑暗的村庄深处、再深处"（OP 24）。这段描写显然指涉艺术家约翰·加斯特（John Gast，1842—1896）创作的《美国进步》（"American Progress"，1872）这一画作。这幅画以美国的"天定命运"为主题，在主体部分描绘了光芒四射的白人女神头上戴着象征美国的星

---

1. Joseph W. Meeker, "Willa Cather: The Plow and the Pen," *Cather Studies 5*, ed. Susan J. Rosowski, Lincoln: University of Nebraska Press, 2003, 77-88; 张罗：《生态女性主义批评的局限性与未来发展——以〈啊，拓荒者〉为例》，《外国语言文学》2013年第1期，57—61。
2. Melissa Ryan, "The Enclosure of America: Civilization and Confinement in Willa Cather's *O Pioneers!*," *American Literature* 75.2 (2003): 275-303; 许燕：《〈啊，拓荒者！〉："美国化"的灾难与成就》，《国外文学》2011年第4期，133—141。

星，左手拿着象征技术的电话线，右手拿着象征启蒙理性的教育课本，引领着身后的火车和白人向西部进发；而在画作的边缘处，成群的野牛惊恐地逃到更西部的黑暗之中。画作题为《美国进步》，传达出"进步"便是白人移民依靠技术和理性对西部草原进行拓荒的过程。《啊，拓荒者!》的细节描写与这幅画非常相似，将亚历山德拉刻画成了体现"美国进步"的女神——虽然她马车上的亮光比起画作中女神周围的光芒要弱上许多，预示她的拓荒过程会更加艰辛。在小说中，亚历山德拉这一角色的"进步"寓意在她的行为描写中有过多次暗示，比如她的眼光总是看着远方和未来。她在小说中刚出场时，被描绘成"有一张严肃、沉思的脸，那清澈、湛蓝的眼睛凝视着远方"（OP 14）。为了强化其进步性，小说刻意地将她和她的好友、日后成为她丈夫的卡尔做了对比：在拓荒显得无比艰难的冬日里，夕阳"照在姑娘的眼睛上，她好像以极大的痛苦茫然望着前途；照在小伙子深邃的眼睛上，他却好像已经在望着过去"（OP 20-21）。对于到达美国不久的移民来说，向前看不仅象征着坚持的勇气，更是与美国产生共同经历、拥有共同记忆、最终获得认可的必然要求；向后看不仅是懦弱，更将情感的寄托放在了遥远的故国，必然被视为对美国的背叛。

与"进步"相联系的寓意，还隐晦地体现在亚历山德拉对女性特质的拒绝之上，具体表现在她的外形、着装以及她与推销员相遇的细节中。她像个年轻军人一样体格健壮、性格坚定；穿着男人的外套，看起来却像是为她量身定做。一个"过路的衣衫褴褛的小个子男人"推销员看见她无意中露出一头漂亮的头发，顿时惊为天人，大声赞美，却遇上亚历山德拉愠怒的眼神。如同纳撒尼尔·霍桑（Nathaniel Hawthorne）的名篇《红字》（The Scarlet Letter，1850）中的女主人公海丝特在森林中

面对情人方才散开秀发所暗示的，头发在西方语境中是女子性征和吸引
力的象征。那么，亚历山德拉对这一性征的拒绝便具有了值得思量的文
化含义。小说非常详细地描写了这场相遇和那位推销员的郁闷心情，不
仅仅是为了通过一个"异装癖"的形象给稍嫌萧索的拓荒气氛提供喜剧
性的穿插，而是在表述现代性的实现需要抛弃女性化过去的严肃主题。
画家丹尼尔・卡特・比尔德（Daniel Carter Beard）曾经为马克・吐温的
小说《康州美国佬在亚瑟王朝》（*A Connecticut Yankee in King Arthur's
Court*，1889）画过一幅插图。画中，背生双翼的时间之神拿着镰刀，在
"现在"（19世纪）和"过去"之间划下了深深的鸿沟。"现在"是一个穿
着现代西服的男子，伸出双手积极地想拉回"过去"；"过去"则被画成
了一位衣装古雅的女子，被动地坐在地上哭泣。画外音是来自小说中的
一句话："迷狂，当然是了，但是好真实啊！"[1] 这幅画展现了19世纪末期
美国的现代性发展，比尔德深刻地把握了美国社会的世纪末情绪：现状
代表进步，为此必须与过去彻底告别；对过去的依恋和怀旧则会导致身
份的"迷狂"。值得注意的是，现代性被刻画成男性形象，而过去被赋予
了女性特征，意味着现代进步的实现必须抛弃女性特质，依赖男性阳刚
之气。这种意识是进步主义时期"美国成年"派年轻知识分子号召"创
造一个可使用的过去"时的核心指导思想之一。文学评论家范怀克・布
鲁克斯（Van Wyck Brooks）便认为"民族文学的最好希望"是"实践和
理想上的兄弟情谊意识"[2]。被他大力批判的19世纪末期的乡土色彩文学其
实就是女性文学。在西进运动开始时，流行的号召口号是"到西部去，

---

1. 插图可见于美国国会图书馆网站http://www.loc.gov/pictures/item/2010715053/.
2. Van Wyck Brooks, "On Creating a Usable Past," *The Dial* 64.7 (1918): 337-341, p.341.

小伙子!"（"Go West, young man"），明显表达了对女性群体的拒绝。在拓荒区承担女性活计、在舞会上充当女伴的男性则被视为性别模糊的轰动例子而遭报纸广为报道，承受公开的羞辱和嘲讽[1]。在如此强调拓荒与男性特质之联系的文化语境下，亚历山德拉的异装和对女性生理特征的拒绝就有了超越个人选择的意义，变成了艰苦的拓荒条件下所必要的性别认同转化，更是成为"进步"概念代言人的本质要求。

2. 农业经营："投机"中的国家历史

亚历山德拉作为"进步"理念的体现者，她的拓荒是进步主义政治对空间的塑造过程。她将西部的草原改造成玉米田的伟绩既是农业经营的经济行为，更彰显着当时美国建构自身和身份的政治理想。这些意义在小说中用一段感情充沛的文字传达出来：

> 自从这块土地从地质纪元前的洪水中涌现以来，也许是第一次有人带着爱和渴求去面对它。她觉得这土地太美了，富饶、茁壮、光辉灿烂。她的眼睛如痴如醉地饱览这广阔无垠的土地，直到泪水模糊了视线。"分界线"之神——那弥漫其中的伟大、自由的神灵——大约从来没有这样向人的意志低头过。每一个国家的历史都是从一个男人或一个女人的心里开始的。
> （OP 64）

---

1. Peter Boag, "Go West Young Man, Go East Young Woman: Searching for the Trans in Western Gender History," *The Western Historical Quarterly* 36.4 (2005): 477-497, pp.491-492.

　　这段文字浓缩了亚历山德拉的农业经营与美国现代国家进程的关系。首先，土地是亚历山德拉获得成功的首要条件。她的拓荒不同于以往的征服自然，而具有自己的独特之处。这一独特之处被小说表述为"带着爱和渴求"，但实际上是进步主义时期美国农业发展所依赖的现代农业经营。同时，拓荒体现了国家历史的开端和遗忘。对于亚历山德拉而言，土地成了政治意图的载体，"理念"的存在和重要性要高于田间劳作——在她的心里，拓荒喻示"国家历史"的发端。她个人的劳作被上升到国家政治的层面，所以整个描写充盈着赞颂昂扬的语气。但国家历史的建构往往伴随对异质因素的暴力压制和故意遗忘，以达到清除的目的。鉴于现代农业经营的内在机制是土地资本所有权的交易，清除行为通过对"所有权"的剥夺而得以实现。小说把亚历山德拉称为"自从这块土地从地质纪元前的洪水中涌现以来"带着温情面对它的第一人，明显遗忘了印第安人和"疯子"伊瓦尔等的存在。印第安人作为美国不能吸收的异质文明，彻底丧失了对美国空间进行塑造的权力；伊瓦尔则在自己的土地被亚历山德拉收购后不得不依附于她，存在的意义只是体现拓荒者塑造的美国庇护所的荣光。

　　亚历山德拉对待土地的"爱和渴求"向来为生态女性主义评论家所赞扬，认为这彰显了女性与土地之间的和谐关系。但结合当时的商业流通背景来看，这种和谐的温情关系其实是现代农业经营和土地开发与投机。小说在开篇便已表明，草原并不是毫无经济痕迹的空白之地，而是置身于整个国家的流动商业体系之中。草原上已经有了一些稀稀落落的建筑，主要是铁路站台、日用品商店、两家银行、药店、饲料店、酒馆和邮局等。那些建筑坐落在冷风酷寒中，"没有任何永久存在的迹象"（*OP* 11）。这段景物描写意在体现荒野地区开发初期的荒凉，但却从侧面反映了以消费为目的的商业流动很早便已渗透到草原,将拓荒行为纳入到整个国家的资本经济体系之中。那些最早出现的建筑无不体现了"流动性":铁路是商品的流通工具,银行是资本的流动站,邮局是商业信息的流动站,其他商店则是将私人生活与社会经济生活相联系、促进商品交换的场所。

　　在流动商业体系下,"爱"只是现代农业经营的温情面纱,"渴求"的实质是以土地为基础的商品生产和营销。与凯瑟同时代的农业经济学家已经指出,在1890至1920年间,美国土地的价格飙升,远远超过土地产量的增幅以及农作物价格的上涨。这使得农民不再将土地视为安身立命的根本,而把它当成可以用来投机倒卖的商品;进而,传统农业文化结构被打破,现代农业"经营"文化开始兴起[1]。小说中的柏格森一家乃至整个分界线地区,只有亚历山德拉展现出了现代农业经营所必备的信息获取和技术运用的商业品质。全家只有她"经常看报、了解行情、从邻居的错误中吸取教训;能说得出来养肥每一条小牛要花多少成本,在一头猪过磅之前能比柏格森自己猜的重量更接近实际"(OP 28)。这些行为体现了强烈的市场导向,表明现代农业经营的内在机制是以供需关系和成本利润为核心的资本经济逻辑。对技术的强调和运用是进步主义时期美国标榜自身"现代性"的主要修辞,也成了现代农业经营的显著特征之一。1862年美国首次批准的《莫里尔法案》(Morrill Act),通过将联邦政府拥有的土地赠与各州来创办和资助教育机构,兴建了一批"赠地大学"。这些大学有别于老牌大学只重视古典和神学教育,显著增加了农

1.　Edmund deS. Brunner, "The Influence of Recent and Pending Developments on Rural Life and Culture in the United States," *Journal of Farm Economics* 16.2 (1934): 265-271, pp.266-267.

学、军事战术和机械工艺等课程的比重，意在使劳工阶级子弟能获得实用的大学教育。赠地大学的出现极大地鼓励了西部农业的发展。在小说中，埃米尔便毕业于州立大学，利用自己学到的"大学观点"促进了建立地窖等农业革新（OP 86）。亚历山德拉本人也非常重视先进理念的作用，与一个"到外边上过学，正在试验一种三叶草"的年轻庄稼人"谈了一整天"（OP 63）。对技术的倚重和对新思想的接纳是亚历山德拉拓荒成功的最主要原因，鲜明地体现了"现代"和"进步"的理念。小说曾借亚历山德拉之口说，苜蓿"拯救了这个国家"（OP 154）。这句在小说中看似无足轻重的闲聊其实体现了拓荒者接受新思想的意义，以及拓荒在整个国家发展进程中的重要作用。

在现代农业经营中，土地的神圣性并非来自它自身——它只是扮演着商品载体甚至商品本身的角色——而在于它对资本所有权的彰显。亚历山德拉虽说被颇具艺术情怀的卡尔称为"你属于这片土地，一直都是"（OP 272），但她对待土地的态度却很实际。在她最浪漫、最富有爱意的时候，她对土地的评价是"我们来来往往，唯有土地长存。那些爱它的、懂它的人们才能拥有它——暂时地"（OP 272-273）。这段话界定了拓荒者与土地之间关系的核心概念：可流通的所有权。这一物权所有概念是美国社会的运作基础，也是确立现代主体和资本社会个体身份的基础。从这个角度来说，小说中的亚历山德拉有时对土地表现出的投机态度与她的"爱和渴求"便再无矛盾，毕竟两者指涉的都是同一旨归。按照亚历山德拉为柏格森一家所做的农业经营规划，"聪明的"做法是"你不需要为这而劳动。城里那些把人家的地都买下来的人也并不想去种这些地。在一个新来乍到的地方，就应该看像他们这样的人是怎么做的。我们要学聪明人，别学傻瓜。我不希望你们总是这么干活，我希望你们能自立，埃米尔能上学"（*OP* 65）。这样的经营方式能使"十年之后，我们再坐在这里，就是独立的地产主而不再是挣扎着的农民了"（*OP* 65）。亚历山德拉的规划点明了"地产主"和"农民"的角色区分，表明了人与土地的两种关系："地产主"体现现代资本关系，被称为现代农业经营中的"聪明人"；而"农民"体现与土地进行真正交流和接触的劳作关系，被视为"傻瓜"。明智与愚蠢的定义取决于对物权所有概念的接受，以及对资本主义个体身份定义的顺从。

亚历山德拉的土地投机规划反映了当时美国西部发展过程中的历史事实。1862年，亚伯拉罕·林肯（Abraham Lincoln）总统颁布《公地法案》（Homestead Act），旨在将美国西部的国有土地无偿分配给广大移民。法案规定，凡年满21岁之合众国公民，在宣誓获得土地是为了垦殖目的后，均可登记领取不超过160英亩的宅地，登记人在宅地上居住并耕种满五年，就可成为该项宅地的所有者。如果登记人想要提前获得所有权，可于六个月后以每英亩1.25美元的价格申请购买。这一条款后来被土地投机者所利用。实际上，有5.2亿英亩的良田被投机者攫取和售卖，真正分配的公地只有8000万英亩[1]。评论家对《啊，拓荒者！》重现投机者对这一法案的利用，并由对土地怀有"爱和渴望"的亚历山德拉加以实践的安排稍感尴尬，试图从积极的角度理解亚历山德拉的土地投机行为，认为这是她"美国化"过程中的关键步骤：既不是对美国价值的一味妥协，也不是对故国文化传统的固守，而是体现了"新世界的一种新思想，

1.　Guy Reynolds, *Willa Cather in Context: Progress, Race, Empire*, New York: St. Martin's Press, 1996, p.55; Dieter Meindl, "The Last West: Scandinavian Contributions to North American Prairie Fiction," *Ethnic Cultures in the 1920's in North America*, ed. Wolfgang Binder, Frankfurt am Main: Peter Lang, 1993, 17-31, pp.24-25.

一种宽广的想象力、一种开拓精神、一种创新的力量"[1]。但结合社会语境来看——无论是故事情节所发生的西部拓荒时代，还是小说《啊，拓荒者!》成书的进步主义时期——投机行为都不是具有独特想象力的创新之举。在进步主义时期的美国，投机商号（bucket shops）的出现使得普通百姓也能参与金融市场的流通，导致了全民的投机狂热。泛滥的投机在性质上愈来愈接近于赌博，引发了人们对"道德腐败"的担忧。这一焦虑情绪也影响到了农业领域[2]。而且，土地投机其实是对新移民的剥削。亚历山德拉之所以能够在这场投机游戏中获利，是因为来自瑞典的他们一家属于"受欢迎的"移民之列。而那些不懂英语、"不受欢迎的"移民则在这样的经济食物链中沦为任人宰割的鱼肉。小说中，"疯子"伊瓦尔住在极其贫瘠的地方，与之相邻的只有俄国人这些"不受欢迎的外国人"，"一共十来家住在一幢长条的房子里，像兵营一样一间间隔开"（OP 38）。诚然，小说呈现亚历山德拉的土地投机并非意图解构她的拓荒伟绩，而是对进步主义时期高度发达的商业流动无意识的刻画和认可。从这个意义上说，小说所赞扬的"新世界的一种新思想"是确立内化资本社会运转逻辑、具有物权所有概念的现代主体，以及由这些主体所创造的国家历史和身份。

现代农业经营对美国国家历史和身份的建构在小说中具体表现于三个方面：对空间地貌的改变、在文化和经济层面对新旧世界的联结、对美国性格的塑造。在多年的奋斗后，亚历山德拉的农业经营终于取得了

---

1.   许燕：《〈啊，拓荒者!〉："美国化"的灾难与成就》，《国外文学》2011年第4期，133—141，第138页。

2.   David Hochfelder, "'Where the Common People Could Speculate': The Ticker, Bucket Shops, and the Origins of Popular Participation in Financial Markets, 1880-1920," *The Journal of American History* 93.2 (2006): 335-358, pp.348-349.

成功，对美国西部原本的草原地貌实现了颠覆性的改造："从挪威坟地望过去，是一张硕大无边的棋盘，一方方麦地和玉米地布成深浅相间的格子。电话线沿着白色的大路嗡嗡响着，路的拐角都是见棱见方的。从坟地门口数去，有十几家色彩鲜亮的农家房子。巨大的红色仓房上面镀金的风信标隔着绿、褐、黄色的地块对眨着眼睛"（OP 73）。从荒芜的草原变成"麦地"和"玉米地"等粮食生产的基本单位，现代农业经营将美国西部纳入整个国家的经济命运和发展进程之中，成为美国经济史和社会史的一部分。这种规训在"见棱见方"的空间塑造模式中鲜明地表现出来：原本"让秩序很难存在的……世界的尽头"（OP 33, 34）的自然风貌被套上了理性的模具，成为了"棋盘"一样的格子，呼应着美国地图的形状；而原本荒无人烟的地界成为了"电话线"这一现代技术占领的区域，在象征意义上消除了与外界的隔离。

移民的西部拓荒是美国庇护所身份构建的一部分，这也是为何亚历山德拉在成为"分界线"地区最富裕的农户后会住在一栋"坐落在小山上的大白房子"里（OP 79）。这栋白色房屋显然象征着美国"山巅之城"的立国理想，和现代美国的身份意象遥相呼应。这个房子既继承和保护着欧洲的传统，也庇护着新一代来到美国的移民，成为新旧两个世界的联结点。它里面依然保存着老柏格森家简朴的旧家具、家庭画像和她母亲从家乡带过来的东西，厨房里雇用了三个从瑞典刚刚过来的姑娘，做着亚历山德拉的母亲柏格森太太曾经做过的事情：做果酱。做果酱这种行为在小说中有着特殊的意义，象征对故国文化习惯的继承，以及美国历史建构对欧洲文明的挪用。小说将做果酱视为柏格森太太刚来美国时持家的主要特色：

　　　对柏格森太太来说，习惯是极其显著的特征。这个家在精
　　神上没有解体，没有出现那种得过且过的作风，很大程度上要
　　归功于她为坚持在新环境中恢复她旧时的生活规律而进行的不
　　屈不挠的斗争。……亚历山德拉常说，如果她母亲给放到了荒
　　岛上，她也会感谢上帝的恩赐，然后开一个园子，摘到一点东
　　西做果酱的。做果酱简直是柏格森太太一种狂热的癖好。（*OP*
　　33）

　　在这段描写中，"果酱"（preserve）一词还有"保持、保存"的含义，
与"习惯"（habit）相呼应，体现了欧洲移民在到达新大陆后对抗身份
危机、保持故国文化的心态。但对于进步主义时期的美国来说，移民固
守故国文化显然是归化过程的障碍。因而，如何重新定义"习惯"并使
之服务于美国政治，便成了美国思想界的当务之急。当时的经济学家索
尔斯坦·凡勃伦（Thorstein Veblen）说："那些行事和思维的惯常方式不
仅仅是一种理所当然的习惯，简单且明了；而且它们被社会习俗神圣化
了，成为圭臬并导致行为规则的产生。"[1]约翰·杜威在讨论进步主义时期
的教育作用时，说它是"维持社会延续的手段"，是连接"不成熟者的潜
力"和社会的"标准和习惯"的桥梁[2]。在杜威看来，这一延续是维护美
国政治制度的基础。他说："除非人们已经在思想和行为上都遵循了民主
的习惯，否则政治民主便是不安全的。"[3]但是，形成这种"习惯"的前提

1.　Thorstein Veblen, *The Instinct of Workmanship: And the State of Industrial Arts*, New York: B. W. Huebsch, 1918, p.7.

2.　John Dewey, *Democracy and Education: An Introduction to the Philosophy of Education*, New York: Macmillan, 1916, p.2, p.3.

3.　John Dewey, "Democracy and Educational Administration," *School and Society* 45 (Apr. 1937): 457-462, p.462.

是具有理性，而理性被当时的美国社会认为是白人专属的生理特征。在《啊，拓荒者！》中，亚历山德拉一家属于受欢迎的白人移民，具有实践美国"民主"所必需的理性，能够被纳入"民主的习惯"的文化框架之中，因而才会被含蓄地比喻成用英国文明改造和统治异域荒岛的鲁滨逊。他们家经常阅读挪威《圣经》、《费兹约夫传奇》（*Frithiof's Saga*）、朗费罗（Henry Wadsworth Longfellow）的诗歌，这些文学行为显示了美国空间塑造中欧洲基督教文明的特征，这正是美国"习惯"的源头。然而，在19世纪末期和进步主义时期的美国，恰恰是植根于欧洲文化的"习惯"成为种族歧视与种族暴力的由头，拒绝接纳华人、印第安人、黑人等群体成为美国公民。这一"习惯"既游荡在美国法律体系之外（法律的管束与保护范围仅限于其公民，因而不能限制针对非公民的歧视与暴力），又与法律密不可分，以一种否定的方式划定了美国作为庇护所的疆界[1]。

现代农业经营还塑造了美国庇护所中的个体品质。"品质"（character）的塑造在美国的民族身份建构中一直处于核心位置，例如，美国开国之父之一本杰明·富兰克林（Benjamin Franklin）的《本杰明·富兰克林自传》（*The Autobiography of Benjamin Franklin*，法文版1791，英文版1793）列出了诸多美德，体现了当时对"品质"塑造的重视。"品质"被认为是暂时性的、由个体的一言一行彰显的美德。而到了19世纪末，"品质"逐步从暂时性的模范行为转变为永久性的特征。个体品质不再取决于其穿着、勤劳、节俭等，而转变为能力和控制力的综合，如积极的目标（mental initiative）、自立（self-reliance）、对社会的

---

1. Andrew Hebard, *The Poetics of Sovereignty in American Literature, 1885-1910*, New York: Cambridge University Press, 2013, pp.140-141.

有用性（usefulness）等[1]。在《啊，拓荒者！》中，亚历山德拉的拓荒体现的品质包括"想象力"、对家园的信心和在困难境况下的坚持。想象力是亚历山德拉区别于其他拓荒者的最大特点，也是她能在土地上取得成功的原因。如小说所言，"一个拓荒者得有想象力，他应该能够从创造事物的想法中比享受事物本身得到更多的乐趣"（OP 50）。如果单纯地把土地当作出产粮食的工具，便会变得像亚历山德拉的弟弟奥斯卡和卢那样，要么只知道死脑筋干活，要么很不安分地耍小聪明，最终都会失去继续拓荒的勇气和信心。对美国的信心是成为美国人所必备的心理归化标记，为此小说呈现了以旧欧洲为参照系的美国信心确立过程。在旧欧洲，人们对自己的国家似乎丧失了信心和信任，总是羡慕他国的一切："家外的东西看起来总比实际上的要好……就像安徒生童话里说的，瑞典人喜欢买丹麦面包，而丹麦人喜欢买瑞典面包，因为人们总是认为别国的面包比自己国家的好"（OP 62）。对于美国来说，这种心态显然是危险的。亚历山德拉作为美国化的典范，表现出的高度美国认同是欧洲人对本国所不具备的："我们的人比在老家的人优秀。我们应该比他们做得多一点，看得远一点"（OP 67）。值得注意的是，这里的"人"（people）也有"民族"之义，表明对美国的信心与民族身份和国家身份之间的紧密关系。这种信心在行动层面表现为对美国事业的坚持，即亚历山德拉在困难时期对拓荒的坚持。评论家拉泽尔·齐夫（Larzer Ziff）指出，19世纪末正是农户处于经济危机的时候：

---

1. Caroline Winterer, *The Culture of Classicism: Ancient Greece and Rome in American Intellectual Life, 1780-1910*, Baltimore: Johns Hopkins University Press, 2002, p.135.

1890年，在小麦种植区的内布拉斯加州，往往一家农户有
好几笔抵押借款，大多数农场抵押的金额已经达到了该农场本
身的价值。那一年黄金储备急剧下降，国际货币市场萎缩，造
成了1893年的美国经济危机。这个危机沉重地落到了借债过多
的农民头上。从1887年到1897年这十年中只有两年雨水充足，
其中有五年颗粒无收。贷款用完后，很多不知所措的农民在惊
恐中像他们的父辈一样迁移了，但这次是向东迁移。在1891
年，一万八千艘草原风船从内布拉斯加州越过密苏里河到达衣
阿华州。回流开始了，金融疆界和具体的疆界都在关闭。[1]

严重的经济危机迫使很多美国农户逃离西部，放弃了日后被圣化为
民族史诗的拓荒事业。《啊，拓荒者!》中，卡尔一家便是在经历两年的
颗粒无收之后无力为继，不得不回到东部城市。在逃离潮的对比下，亚
历山德拉在西部荒野的坚持便更显得富有英雄色彩，成为真正完成美国
史诗的人。因而在小说结尾，卡尔将亚历山德拉的拓荒形容为"用最好
的东西书写……那个古老的故事"（OP 272）。这个"古老的故事"呼应
着西方历史上每一个大帝国的成长史，而对于新美国而言，西部拓荒无
疑预示着国家历史的开端。

亚历山德拉的现代农业经营通过确立资本所有权来书写体现"伟大
思想"的宏大历史，也同样以这样的标准来筛选和编辑这一历史，将不
符合标准的异质因素清除到遗忘的角落，令其丧失在美国空间中的在

---

1. 拉泽尔·齐夫：《一八九〇年代的美国——迷惘的一代人的岁月》，夏平、嘉彤、董翔
晓译，上海：上海外语教育出版社，1988年，第77页。

场。以美洲玉米的美国化为基本标记的美国农业史"是一个不断加速的积累过程，是一个打破平衡、淘汰和征服的历史。这个过程的每一步都产生了一批被淘汰的人群……印第安人是第一批，随着土地和财富的不断集聚，农场主们也面临着被淘汰的威胁"[1]。在《啊，拓荒者!》中，这个"遗忘"机制被评论家称为"深藏的对驯服荒野这一文明化过程的不安"和"空间的危机"[2]。小说中被清除和有意遗忘的对象是那些没有资本所有权意识的群体（印第安人），存在方式不符合这一理念体系的个体（"疯子"伊瓦尔和推销员），以及在经营中失败、丧失资本所有权的个体（投机失败的农户）。

在小说中，所有权是中产阶级确立自身身份的基石。恰恰是最富有中产阶级艺术"品位"的卡尔对这一苦涩的事实感受最深。在城市中，他因为没有财产而仿若无根浮萍。他与亚历山德拉互相吐露心迹时，说自己按照农业经营的标准就是个失败者，买不起任何一块玉米地。正是因为这个原因，奥斯卡和卢怀疑卡尔是感情骗子，目的是骗取姐姐的财产。卡尔的愤然离去固然是因为自尊受到伤害，但更因为他认可同样的社会逻辑：缺乏资本所有权便没有主体性。面对亚历山德拉的主动赠与，他回答道："要接受你给我的东西，要么我很伟大，要么我很渺小，可我只是个中产阶级"（OP 164）。这个"中产阶级"是构成了美国社会主体的大部分人，也包括草原上的拓荒者。草原上的经济、社会和文化生活都围绕所有权概念而展开。所有权在土地上的象征物是栅栏，如玛

---

1. 阿图洛·瓦尔曼：《玉米与资本主义》，谷晓静译，上海：华东师范大学出版社，2005年，第197页

2. Melissa Ryan, "The Enclosure of America: Civilization and Confinement in Willa Cather's O Pioneers!," American Literature 75.2 (2003): 275-303, p.276.

丽的丈夫弗兰克经常因为栅栏的问题与人争执（*OP* 128-129）。在人际关系上的象征物是婚姻，如埃米尔最好的朋友阿米迪新婚后，妻子便在身体和心理上都具有了从属于他的"所有权"意识（*OP* 147）。亚历山德拉与她的两个弟弟争论时，"所有权"成为个体自主性的前提条件，最终帮助亚历山德拉斥退两个弟弟不再干涉她的决定。正是这个经济概念奠定了美国的"民主"，成为庇护所的核心原则之一。

在所有权原则之下，缺乏财产概念的印第安文化势必要在美国历史中消失。它的缺席从美国人关于美洲大陆的地理观中得到了隐秘的揭示："一个新荒野有许多令人迷惑的地方，其中最让人泄气的就是没有人为的路标。……犁耙几乎没在地上留下什么痕迹，像是史前种族在石头上留下的几道浅浅的印记，太模糊不清，使人觉得很可能是冰川的遗迹，而不是人类奋斗的记录"（*OP* 25）。这一描述与那句"自从这块土地从地质纪元前的洪水中涌现以来，也许是第一次有人带着爱和渴求去面对它"遥相呼应，运用地质学和考古学等后达尔文时代的科学语言将西部草原描绘成没有"人为"标记的空白之地，意图表明美国的草原开垦是从零开始的伟绩。"史前种族"一词显然是对印第安历史和文明存在的半遮半掩。欧洲移民与印第安人充满血腥的相遇尚未成为多么悠久的历史，这片拓荒的土地刚刚从印第安人的手里夺来，并经由美国法律体系的符号化之后进入资本主义商品经济的流通。以狩猎和采集为主要经济活动的印第安文化本无土地"所有权"的概念，西雅图酋长（Chief Seattle）在《给美国政府的答复》（"A Reply to the American Government"，1854）的演讲中明确指出，这是区分白人文明和印第安文明的根本之处。而欧洲殖民者的农业文化对土地有个最基本的假设："土地属于那些最了解如何使用它的人。"[1] 这个假设既提出了"所有权"概念，又规定了使用土地的"正确"方式，为殖民者掠夺印第安人的土地提供了借口。19世纪末的一位印第安事务专员说，要将"美国文明中优越的个人主义"教给印第安人，让他们说"我"而不是"我们"，"我的"而不是"我们的"[2]。1887年2月，美国参议员亨利·劳伦斯·道斯（Henry Laurens Dawes）炮制《道斯法案》（Dawes Act），提议将部落的土地定额分配给每一户印第安人，分配后剩余的土地收归各州所有，由州政府拍卖。政府对于被分配的土地有25年的托管权，托管期满后土地的所有权才正式移交给印第安人。接受份地的印第安人即为美国公民，受法律保护并尽公民义务，要向政府上缴财产税。到了《啊，拓荒者！》开始创作的1912年，这个托管期限刚刚结束。强制性的土地私有化导致印第安人所有的土地锐减——他们除了获得基本份额，只能眼看着剩余的土地被白人移民竞拍占据，不得不改变自身原本的农牧生活方式；被强制性地充当美国公民，更让他们屈从于白人的法律体系，不得不忍受经济剥削，成为美国资本市场中的"纳税人"。印第安事务专员威廉·琼斯（William A. Jones）在1903年给国会的报告中将这一政策解释成从原始社会到现代的伟大进步：它"消灭了印第安人，却催生了一个人"[3]。这个"人"显然是以财产所有为标记的独立个体，是资本世界中的现代主体概念。从这个意义上来看，美国

---

1. Diane Dufva Quantic, *The Nature of the Place: A Study of Great Plain Fiction*, Lincoln: University of Nebraska Press, 1995, p.xvii.

2. 转引自Mark Soderstrom, "Family Trees and Timber Rights: Albert E. Jenks, Americanization, and the Rise of Anthropology at the University of Minnesota," *The Journal of the Gilded Age and Progressive Era* 3.2 (2004): 176-204, pp.190-191.

3. *Annual Report of the Commissioner of Indian Affairs to the Secretary of the Interior*, Washington, D.C.: Government Printing Office, 1903, p.3.

历史的起点标志着印第安文化的终点。印第安人文化的被摧毁确实使他
们成为"美国人"眼中的"史前种族"。

　　他者化印第安人的种族态度在小说中完全左右了移民的思维。当亚
历山德拉听卡尔说要去阿拉斯加时，她"震惊地"问道："你是要去为
印第安人画像吗？"（*OP* 100）这句话显然呼应了费城百货大楼的老板
约翰·沃纳梅克（John Wanamaker）与公司教育主管约瑟夫·狄克逊
（Joseph K. Dixon）合作的文化项目。善于利用商业推广价值观的沃纳梅
克捐助资金，支持狄克逊周游美国拍摄印第安人的生活。印第安人被赶
到了土地贫瘠的保留区之后，不再对美国社会构成威胁，于是成了美国
社会的消费对象，被狄克逊称为"消失的种族"[1]。在《啊，拓荒者！》中，
印第安人的"消失"通过阿米迪的突然死亡这一细节隐晦地表现出来。
这一细节看似与全书毫无关联，也违背了当时美国的社会现实，因而在
小说中必然另有深意[2]。阿米迪有印第安血统，他的新生子看起来"完全像
个印第安孩子"。埃米尔无意中说出这一点时，"触动了阿米迪婶娘的痛
处"，引起了她极其愤怒的抗议（*OP* 216）。作为"非常富裕的年轻人"，
阿米迪雄心勃勃地想要"生二十个孩子"（*OP* 191）。印第安人社会地位
和生理继承方面的强势显然引发了美国社会的潜在焦虑，其血统的消失
是美国历史得以产生和保持纯洁性的前提条件。阿米迪的猝死可以理解

---

1. Susan L. Mizruchi, *The Rise of Multicultural America: Economy and Print Culture, 1865-1915*, Chapel Hill: University of North Carolina Press, 2008, pp.136-137. 狄克逊的著作名为《消失的种族：最后的印第安部落》（*The Vanishing Race: The Last Great Indian Council*，1913）。

2. 根据1840年的一项调查，农民的平均寿命要远远高于其他行业的人，达45岁。与之构成鲜明对比的是，商人只有33岁，机械师29岁，劳工27岁。参见John Jay, "American Agriculture, Part II", *Journal of the American Geographical and Statistical Society* 1.2 (1859): 76-86, p.84.

成美国历史在象征层面上对印第安血统的清除。

 美国历史建构的另一遗忘因素是生存方式不适合进步主义美国商业经济的个体，在《啊，拓荒者！》中具体指代两个昙花一现的角色："疯子"伊瓦尔和推销员。伊瓦尔之所以有"疯子"这个称号，原因在于他高度认同自然的空间观念与印第安人如出一辙。他的住所与周围的自然环境毫无差别："没有马棚，没有牛圈，没有水井，甚至在卷草间都没有踏出一条小路。要不是那根生锈的烟囱从土里冒出，你真可能从伊瓦尔的屋顶上走过却压根儿没料到自己走近了一户人家。伊瓦尔在泥岸边住了三年，可他就像那儿的前住户郊狼一样，从来没有玷污过大自然的容颜"（OP 39-40）。可见，伊瓦尔对待空间没有任何的"占有"和"改造"意识，他的生活哲学与拓荒事业是相互对立的命题。也正因为如此，评论家苏珊·罗索夫斯基（Susan J. Rosowski）将伊瓦尔视为"美国的自然神"，与亚历山德拉的浪漫主义哲学相对比[1]。实际上，伊瓦尔真正挑战的是美国进步主义时期以所有权为基础的商业哲学。他住的这块地最后被亚历山德拉收购，因为伊瓦尔"在上面不怎么劳作"（OP 47），结果导致"经营不善"（OP 83）。这个结局再次呼应了欧洲的空间观念，将土地归属于"那些最了解如何使用它的人"，即那些把土地投入商业市场的拓荒者。既然美国的国家历史由拓荒者书写，背离了拓荒历史核心原则的伊瓦尔不出意外地被定性为"疯癫"，无法在历史中占据显性位置。

 另一个消失在进步主义商业历史中的人物便是那位对亚历山德拉的头发表示惊叹的推销员。在进步主义时期，现代商业的集成化逐步将农

---

1. Susan J. Rosowski, *The Voyage Perilous: Willa Cather's Romanticism*, Lincoln: University of Nebraska Press, 1986, p.50.

民自制的产品挤出市场,改变了小农经济时代的交易模式。原先向手工业者和杂货店主面对面地购买产品、通过闲聊表达对产品私人看法的"顾客"(customer)变成了通过工厂大批量出产的、有着统一技术标准的商品的"消费者"(consumer)。高度集中的全国公司对个人日常生活的控制逐步渗透到各个角落,将个体带进了一个新的以抽象国家而非具体地方为基础的关系模式。对于生产者来说,他们信奉的核心信条是"营业额",依赖商品在连锁店的快速流通平衡工厂中的大批量生产。而快速流通依赖迅捷有效的促销方式:传统的依靠推销员上门兜售商品实物的营销模式已经远远不能满足要求,以火车、电话、电报等现代科技手段促销订购的"广告"应运而生。广告将商品与现代科技和文化生活相联系,以非私人化的科学技术语言构建了每位个体与抽象的"进步"理念的关系,代替了传统营销模式中面对面的直接沟通。这个体现了"专业化"的营销模式被称为"沟通的革命"[1],与当时的社会改革运动一起成为"世纪之交美国人理解进步的方式"[2]。在包括凯瑟曾经供职过的《麦克卢尔杂志》在内的廉价大众报刊中,广告随处可见。对于进步主义运动至关重要的媒体对广告的兴趣和介入,愈加强化了这一新的营销模式与"进步"理念的关系。《啊,拓荒者!》中的推销员显然属于被时代抛弃的传统生产和销售体系,从他的生存状态和心态描写便可见一斑:"他,一个推销员,经常在单调乏味的小镇上一家家地敲门,坐在肮脏的吸烟车厢里爬过这寒风呼啸的地方,偶然碰上一个美好的小人儿,希望自己显得更像

---

1. Burton J. Bledstein, *The Culture of Professionalism: The Middle Class and the Development of Higher Education in America*, New York: W. W. Norton & Co., 1978, p.76.

2. Susan Strasser, "Customer to Consumer: the New Consumption in the Progressive Era," *OAH Magazine of History* 13.3 (1999): 10-14, pp.12-13.

个男子汉些，这能怪他吗？"（OP 15）可以看出，他的工作还是通过"一家家地敲门"方式的传统营销，注定为时代所抛弃——他可怜的经济状况无疑在暗示这一点。值得注意的是，推销员在面对"美好的小人儿"时心怀"更像个男子汉些"的男性气质焦虑，这既不是经济层面的原因，也不是性别层面的，而是历史象征层面的：不像"男子汉"的他和身着男装的亚历山德拉有了一个性别反转，再次将现代性需要抛弃的"过去"女性化了。

最后一个湮没在国家历史之中的群体，是那些认同进步主义时期商业逻辑但却投机失败的农户，在小说中的典型代表是亚历山德拉的父亲柏格森先生。尽管他把后半生留给了西部荒野，但对他来说"土地一直是个谜"（OP 27），在多年的借贷重压和庄稼歉收的打击下终于"准备放弃了"（OP 30）。柏格森先生在亚历山德拉的拓荒故事开始之前便已经去世，同样成为"史前"的人物。其实，让他困惑的"土地之谜"与土地本身无关，而应归咎于现代农业经营的内在机制。不熟悉商业逻辑且缺乏资本的农户无以为继，必然消失在现代农业的进化过程之中，就如向东部城市回流的卡尔一家。他们留下的只是一片白桑林，后来被弗兰克和玛丽夫妇买下，成为玛丽在单调艰苦的草原生活中寻求精神寄托的庇护所，并在最后成为玛丽和埃米尔的情爱圣堂。但实际上，白桑林的意义远非这么浪漫，相反却见证了西部农业投机失败的历史，以及美国对这一段国家历史的隐藏。在西部，小麦和玉米一直是主要作物。为了加快拓荒进程、增加农民收入，联邦政府意图调整西部的经济结构，为此积极促进丝绸业的发展，希望种桑和养蚕能成为从密西西比河谷一直到西部的主要农业经济。这一联邦计划参照了美洲殖民时期的经验。美洲尚处于西班牙和英国的殖民统治时，殖民当局便非常重视发展当地的丝绸业。美利坚合众国成立之后也于1828年正式在西部推行养蚕取丝的政策。这不仅是一项经济工程，更是雄心勃勃的政治工程。因为种桑养蚕是不需要重体力的 "家庭化" 产业，妇孺老弱皆可为之，可以最大限度地利用劳动力，同时促使拓荒者在当地定居。美国政府希望这一措施能够在驯服荒野的同时，也促进社会稳定。该措施使美国整个中西部陷入了一场疯狂的投机，很多移民家庭和拓荒者向丝绸产业投入了大量的资金。到了凯瑟撰写《啊，拓荒者！》的20世纪10年代，该行业已经成了一个吞噬金钱和精力的经济黑洞，其中既有气候的原因，也有指导思想失当的缘故。外行的联邦官员为农民选择了错误的树种。美洲本地的树种是红桑树（*Morus rubra*），但是原产于亚洲的蚕只以白桑树（*Morus alba*）的叶子为食。即便美国引进种植亚洲的白桑树种，桑叶也因生长环境的变化而多有变异。食物的不适应导致蚕种大量死亡，注定了美国丝绸业失败的命运。在不断寻找树种、推进养殖的过程中，投机产生了。精明的树苗、蚕卵、机器等的供应商利用联邦政府的扶持政策从农民手里赚取了大量金钱，却对产业的效益不闻不问，由农民自己承担失败的后果。原本寄予厚望的桑树从经济作物沦为纯粹装饰性的风景和树荫，这便是《啊，拓荒者！》中的白桑林 "浪漫" 形象的缘起。但联邦政府仍然对这一国家计划大加宣扬，声称这是农民快速致富的途径[1]。在小说中，白桑林指代亚历山德拉的成功神话所掩藏的历史：在经济上，白桑林见证了卡尔一家的投资失败；在文化上，它见证了弗兰克与玛丽的婚姻解体、玛丽与埃米尔的爱情遭受毁灭。在美国的国家历史中，种桑养

---

1. 对于这一话题的详细论述，参见Mark D. Noe, "White Mulberry Economics in Willa Cather's Nebraska," *ANQ* 22.3 (2009): 30-36, pp.30-33.

蚕这个具有明显异域特征的经济行业终究未能成为美国文明的一部分，
而被埋藏在记忆的最深处。

3. 庇护所：荒野、农田和监狱

随着亚历山德拉的农业经营对美国国家历史的书写，美国的自然空
间也经历了政治的塑造，通过不同形象体现了美国作为庇护所的国家身
份。小说呈现了拓荒者凭借"进步"理念对空间的政治塑造所导致的自
然与社会景观的变迁，体现了美国庇护所的形成、对"好人"的庇护，
以及对异质因素的压制等三个层面的意义。在小说中，这三个层面分别
由荒野、农田、监狱等意象所指代。

在秉持"进步"理念的拓荒者眼中，西部草原不过是"史前"的美
国，是毫无"人类奋斗的记录"的空白之地。但在不同的政治视角观照
下，这一"空白"却呈现出针对不同群体的庇护所意象。在自认与动物
有着亲缘关系、将生病的母马称为"姐妹"（OP 36）的伊瓦尔眼中，草
原具有神圣的功能，是上帝赐予动物的庇护所。这从他时刻翻读的挪威
《圣经》对自然的描写中体现出来：

> 耶和华使泉源涌在山谷，流在山间。
>
> 使野地的走兽有水渴；野驴得解其渴。
>
> 佳美的树木，就是利巴嫩的香柏树，
>
> 是耶和华所栽种的，都充满了汁浆，
>
> 鸟在其上搭窝。至于鹤，松树是他的房屋。
>
> 高山为野山羊的住所；岩石为沙番的藏处。（OP 41）

这段描写中充满了神圣的庇护所意象，庇护的对象是动物以及遵照自然方式生活的伊瓦尔。此外，从美国国家历史书写中的遗忘政治来看，草原还庇护着与伊瓦尔一样崇尚自然的印第安民族。他们与空间等同的存在模式，和以所有权为基础的美国空间塑造具有根本性的抵触，因而被驱逐出拓荒者所书写的历史之外，进而使西部草原呈现出空无人烟的"荒野"意象。

拓荒进程强加美国的经济模式于荒野草原，将之变成了玉米田和小麦田。这些经济作物是美国商品市场在草原的再现，将原本属于所有动物和人的土地变成了私人的、与外界经济体系紧密相连的生产工具。在小说中，亚历山德拉与农田互为表征，她的住所、身体和思想都与田野融为一体。每当人们走近亚历山德拉的住所时，总会感觉"亚历山德拉真正的住宅是那辽阔的旷野，在她最能表现自己的土地里"（OP 81）。为了突出亚历山德拉与土地的联系，小说不再像开篇那样凸显她身为拓荒者的男性气质，转而展现其女性特质，将其比作谷物和土地：她有时"感觉自己和周围平坦、褐色的世界特别接近，好像土壤中的活泼生机都融进了身体里"（OP 183-184）；有时幻想自己成了"一捆麦子"，被散发着"成熟玉米地气息"的男子抱走（OP 185-186）。最后，亚历山德拉的思想也被比作了农田："她的思想就是一本白色的书，上面清晰地写着有关天气、牲畜以及万物生长的事"（OP 185）。女拓荒者在身体和思想层面与农田的联系使得评论家一致将她誉为美国的"谷物女神"[1]。这一形象与伊瓦尔"美国的自然神"形象形成了有趣的呼应，造成了亚历山德拉与

---

1. J. Russell Reaver, "Mythic Motivation in Willa Cather's *O Pioneers!*," *Western Folklore* 27.1 (1968): 19-25, p.19, p.23.

伊瓦尔同属于自然主义者的幻象。此立场将伊瓦尔所认同的草原与拓荒者所表征的农田混淆为同一片空间，未能区别两者在本质上的差异。女拓荒者对空间的表征，体现的是所有权和美国的商品经济思想。在小说中，"进步"的美国以亚历山德拉的大白房子为主要象征，发挥着庇护所的功能。庇护的对象涵盖了过去、现在和未来等各个层面。"过去"的对象指自然经济的代表伊瓦尔。在新的空间中，这个竭力脱离人类群体的人也会参与农业生产，在农忙时帮人采收玉米。丧失了土地所有权的他在亚历山德拉的房子里得到了庇护，充满感激地称呼亚历山德拉为"衣食父母"（*OP* 87）。"现在"的对象指那些虽然参与了拓荒，但仍然眷念自然生活方式或故国文化的老移民，以李太太为主要代表。他们不适应现代美国的生活方式，保持着赤脚、用木盆洗澡等习俗。亚历山德拉要"为这些旧式的人建造一个庇护所"（*OP* 91），让他们免受技术进步对旧式习惯的压制。但这一庇护所的疆域不尽于此，还纳入了体现"未来"的孩童：社区建立了"孤儿庇护所"（*OP* 192）。孩童和年轻人是美国"进步"理念得以再生产的前提和基础，因而获得了美国的刻意庇护。

然而，拓荒作为体现"进步"理念的政治进程，也导致空间在社会性层面的同质化，并由此催生了社会控制机制。空间中的居民在政治上被分化为符合理念的"好人"群体与不符合理念的异质群体，而特定政治理念的实施意味着后者在"正常"社会空间的消失与被禁锢。正如评论家梅利莎·瑞安（Melissa Ryan）所指出的，被亚历山德拉所庇护的"过去"与"现在"在性质上都是"非正常"的，空间塑造过程中的体制化使他们变成了威胁的代名词[1]。消除威胁的内在要求在小说中体现为"农

1.　Melissa Ryan, "The Enclosure of America: Civilization and Confinement in Willa Cather's *O Pioneers!*," *American Literature* 75.2 (2003): 275-303, pp.283-284.

田"意象向"监狱"意象的转变。

这种建构同质化社会、限制异质因素的意图浓缩在小说的卷首诗《草原之春》的土地意象中。诗歌引用了波兰浪漫主义诗人亚当·密茨凯维奇（Adam Mickiewicz）所作《塔杜施先生》（*Pan Tadeusz*，1834）中的一句话："那些田野哟，五谷染色的田野！"各种颜色暗喻在美国土地上劳作的不同肤色的各族移民，因而整部小说是关于土地、种族和新旧世界之间的关系[1]。但诗歌并非全篇都是浪漫主义式的赞美，对田野的刻画暗示了美国社会存在被玷污的焦虑："生长的小麦，滋生的杂草。"在象征进步主义商业经济的小麦和玉米统治的田野中，"杂草"的出现颇为耐人寻味。从广义上看，农田中的"杂草"指代一切与"进步"理念不相符的行为。空间塑造的结果之一便是要求社会性的同质化，让"所有人都必须行动一致"（*OP* 88）。亚历山德拉的两个弟弟便具有极强的从众心理，抵触任何形式的差异：他们"讨厌新实验，而且从来看不出有什么值得为此花力气的。……也不喜欢做任何跟邻居不一样的事……觉得这样就使他们与众不同，让人说闲话"（*OP* 47）。在同质化的社会中，"与众不同"是令人生畏的文化标记，标示着对社会规范的偏离，结果必将被当成杂草般的异类。比如，伊瓦尔落得了"疯子"的绰号，因为"肚子里有蛇"（很有可能是移民由于卫生条件不佳而感染了寄生虫）而饮食怪异的彼得被当成社区里的洪水猛兽关了起来。

从政治层面看，玉米、小麦与杂草之间的区分表现了与同质化相反的社会进程，即群体的分化。由于构成社会单位的群体立场与利益各不相同，社会在追求同质化的过程中往往陷于群体利益的纷争，进入"部

---

1. Maire Mullins, "'I bequeath myself to the dirt to grow from the grass I love': The Whitman-Cather Connection in *O Pioneers!*," *Tulsa Studies in Women's Literature* 20.1 (2001): 123-136, p.125.

落化"状态。亦即，特定的利益群体挪用了社会的根本理念，以之作为构建自身身份的基石，而将其他群体他者化。群体的分化与社会的同质化乃是一体两面，都反映了对社会控制机制的追求。在小说中，这业已成为导致阶级、区域和种族之间争斗不休的体制。每个群体都以"进步"之名论证自身利益的合法性，而将对立群体描绘成社会福音的敌对者。在阶级领域，西部农民中的"政治不安分者"开始煽动仇富情绪，编造很多富人为富不仁的故事（OP 136）。地区之间的争斗——主要发生在西部农民与东部银行家之间——通过卢与卡尔之间的对话得以间接地表现。卡尔刚从东部城市回到西部时，卢向他特意提到了西部与华尔街之间的矛盾，尤其是银币问题。由于美国采取金本位的货币制度，黄金决定了物价水平。美国在1890年遭遇经济危机，物价水平的下降使从东部银行贷款的西部农民承受了在债务上更高的事实价值，经济负担雪上加霜。西部平民主义政治家指出，如果能够使用西部矿藏丰富的白银作为货币金属，通过此法增加货币供给，那么便能提升物价，在价值上减少西部农民的债务。1896年，来自西部的总统候选人威廉·詹宁斯·布赖恩（William Jennings Bryan）便是这一方案的积极倡导者[1]。这也是小说中卢追问卡尔"纽约对布赖恩怎么看"、发誓"西部会发出它自己的声音"，并威胁要"炸掉华尔街"的原因（OP 104）。卡尔的回答却表明了争端的

---

1. 莱曼·弗兰克·鲍姆（Lyman Frank Baum）所著的著名儿童文学作品《绿野仙踪》（*The Wonderful Wizard of Oz*，1900）影射了当时的这一政治争端。在作品中，"黄砖路"通往的"奥兹国"显然在色彩和名称上隐喻黄金。在故事结尾，多萝西意识到"黄金国"帮不了她，她最终依靠"银拖鞋"而不是"黄砖路"回到了家。1939年此书被改编成电影时，多萝西的拖鞋被换成了红宝石材质。这一改编损害了原书的主旨，却体现了当时的电影制片商炫耀彩色影片这一新技术的时代特征。参见Hugh Rockoff, "The 'Wizard of Oz' as a Monetary Allegory," *Journal of Political Economy* 98.4 (1990): 739-760.

不可避免性:"那只不过是浪费火药。同样的生意会在另一条街上出现"
(OP 105)。卢只看到了争端的表象,而未认识到导致争端的根源恰恰在
于进步主义社会机制。

　　最后,群体争端也表现在种族领域。美国的庇护所身份建构遵循盎
格鲁-撒克逊新教标准,它被鼓吹成真正体现"进步"理念、代表人类文
明史顶端的价值观。相应地,移民与这一标准的适宜度也被用来判定他
们是否是值得庇护的"好人"。在小说里,这一主题体现在第四卷《白桑
树》之中。这一部分描写了玛丽与丈夫弗兰克、情人埃米尔之间的情感
纠葛,看似偏离了拓荒主题而引起了评论家的诸多解读[1]。既有评论没有
涉及的细节是,玛丽和弗兰克夫妇是波希米亚人,是进步主义时期美国
控制和防范的异质因素。对这一群体异质性的区分从埃米尔与玛丽的闲
聊中可以看出:

　　"不管怎么样,你们为什么要把扬·胡斯烧死呢?这可引起
了很大的争论,到现在他们还在历史课上叨唠这个呢。"
　　"碰到同样情形,我们大多数人还会这么做的。"年轻姑娘
激动地说,"要不是波希米亚人,你们到现在还是未开化的土耳

1.　凯瑟自己将这部小说称为"两部分的田园诗",声称拓荒故事和情爱故事是有机的整体
(Elizabeth Shepley Sergeant, *Willa Cather: A Memoir*, Lincoln: University of Nebraska Press, 1953,
p.86)。早期评论多认为两部分并不相容,伤害了小说的艺术完整性(David Daiches,
Willa Cather: A Critical Introduction, Ithaca: Cornell University Press, 1951, p.29)。近期评论倾向
于强调两部分的内在统一性,如莎伦·奥布赖恩(Sharon O'Brien)认为两部分都是关
于激情和自我身份的描写(Sharon O'Brien, "The Unity of Willa Cather's 'Two-Part Pastoral':
Passion in *O Pioneers!*," *Studies in American Fiction* 6.2 (1978): 157-171),苏珊·罗索夫斯基认为
小说的第二部分通过不同于浪漫主义梦想的"人类之爱"表现亚历山德拉的性格成长
(Susan J. Rosowski, "Willa Cather's Women," *Studies in American Fiction* 9.2 (1981): 261-275, p.264)。

其异教徒呢。难道你们历史课上没教给你们这点吗？"

　　埃米尔继续闷头割草。"一点儿没错，你们捷克人就是一个惹不起的小集团。"他回头叫道。（*OP* 77）

　　埃米尔与玛丽之间早已彼此暗生情愫，他们之间的称呼"你们"便显得出乎意料地生分。"我们"与"你们"这对表示区分和对立的称呼体现了种族政治。波希米亚人因为他们的天主教信仰阻碍"进步"的新教改革而没有成为美国人"我们中的一员"，并在新教美国的国家历史中成为他者化的对象。玛丽的反唇相讥也体现了对"进步"理念和种族等级的内化，将自身的文明和天主教信仰都置于了"土耳其异教徒"之上，客观承认了种族文明的等级链条。

　　从进步主义时期的社会语境来看，"波希米亚特质"偏离了强调理性和自我控制的政治理念，这是捷克人成为"惹不起的小集团"的原因，也是小说中弗兰克和玛丽夫妇的悲剧根源。"波希米亚"之名原指中欧的一个王国（现捷克共和国境内），秉持流浪文化的吉卜赛人（亦即罗姆人）于11世纪前后来到欧洲此处。法国作家亨利·米尔热（Henri Murger）的《波希米亚人的生活情景》（*Scènes de la vie de bohème*，1851）和乔治·杜·莫里耶（George du Maurier）的《特里比》（*Trilby*，1894）等作品使这一称谓有了更广泛的文化含义，多指对抗社会主流的反叛文化。19世纪后期，波希米亚群体持续激发大众文化对他们的想象，在报纸和舞台上不断出现。在这些刻画中，波希米亚人具有独特的外貌、衣着和举止，远离灯火通明的城市中心，聚集在藏污纳垢的阴暗角落里。波希米亚人是性爱现代意识的启蒙者，提倡"自由之爱"（free love）。这不仅与性行为有关，也包括对性爱（尤其是女性欲望）的谈论和书写，形成了偏离社会规范的情爱话语。波希米亚人认为，真正让夫妻之情变得神圣的是他们之间的感情和思想交流，否则他们所建立的家庭只不过是一个"功能性"的外壳，不能强迫任何一方继续履行忠诚义务。"自由之爱"思想自1830年起在美国萌生，与其他反圣像主义一起构成了自由主义思想传统，到《啊，拓荒者!》创作的20世纪10年代达到了高峰[1]。《啊，拓荒者!》对玛丽的刻画显然影射"自由之爱"的思想[2]。她一生的经历都体现了爱之天性对体制禁锢的反叛：18岁的时候从修女学校逃离，与一无所有的弗兰克结婚（OP 111）；在婚姻不幸时，又"无法自制地"爱上了能够理解她的埃米尔（OP 208）。无论是修女学校还是婚姻都是压抑"自由之爱"的社会体制，期待、召唤并强迫个体进行早已规范好的社会表演。未能响应召唤的玛丽滑出了社会的"轨道"，招致最为彻底的清除。"自由之爱"的内在流动性威胁到了美国这个"好人的庇护所"的稳定，这从玛丽与亚历山德拉的对比中体现出来。代表理性的亚历山德拉与玉米田相融合，表现为玉米意象；玛丽则与绚丽却危险的罂粟花相联系。玛丽的帽子上装饰着罂粟花，脸庞也像一朵罂粟花（OP 76）。古希腊神话中，农业女神得墨忒耳在女儿珀耳塞福涅被冥王掳走做妻子后，到田野里寻找罂粟花解忧。古希腊神庙中的得墨忒耳雕像手里拿着的不是玉米叶，而是罂粟；神坛上装饰的也是罂粟花。古罗马神话中，

---

1. Christine Stansell, *American Moderns: Bohemian New York and the Creation of a New Century*, New York: Metropolitan Books, 2000, p.274, p.251, pp.277-278.

2. 玛丽的原型应来自莫里耶《特里比》的同名女主人公。《特里比》1894年1月开始在《哈珀月刊》（*Harper's Magazine*）上连载后，迅速成为美国最畅销的小说，并被搬上了舞台。大学时代的凯瑟酷爱看剧，对此应有所了解。作品中的特里比是大众情人，每个人都爱上了她。玛丽的境况也呼应了这一点。她幼时便是所有男孩的小甜心，结婚后依然是很多男子的暧昧对象。

罂粟是睡眠和死亡的象征，在维吉尔（Virgil）的《农事诗》（Georgics）里多次出现[1]。亚历山德拉和玛丽代表着拓荒成功后的田野中相辅相成的因素：理性与非理性、社会与情感、生产与死亡等等。

在异质因素的威胁下，社会采取控制机制以保证自身的纯洁。在《啊，拓荒者!》中，这种控制机制有着空间化的比喻。小说描写亚历山德拉的富裕农场时，饱含诗意柔情的景观下暗藏着庇护所政治的核心原则：农场的美和力量体现在"井然有序和细致的管理"（OP 81）。社会规范统治了整个草原生活，完全控制了居民的思想和身体，促使美国的庇护所形象从庇护性的农田转向限制性的监狱。

在小说中，思想的限制并没有采用宏大的意识形态方式得以呈现。西部平民主义政治运动只不过在卢与卡尔的交谈中偶一闪现，小说并未呈现这一政治运动对草原精神生活的影响。限制更多地体现在日常的活动中，如玩具和流言。玛丽小时候的玩具是一位吸水烟、做滑稽动作的土耳其夫人（OP 127）。吸水烟和做滑稽动作显然偏离了维多利亚时期的女性规范，但这一玩具的可笑之处更在于它的"土耳其"性。正如玛丽和埃米尔关于波希米亚人的对话所显示的，土耳其人充当着美国社会最彻底的他者之一，成为一切群体论证自身生存合法性与文明进步性的对立参照物。美国庇护所的种族政治被转化为性别政治，侵入大众的日常生活甚至潜意识之中，在孩童的玩具中得到了象征性的再现，找到了思想再生产的良好载体。在成人之间，维护社会规范的工具则是闲话和流言。亚历山德拉的两个弟弟奥斯卡和卢便极端讨厌与众不同，因为那

---

1. Martin Booth, *Opium: A History*, New York: St. Martin's Griffin, 1996, p.17, p.20; Evelyn Helmick Hively, *Sacred Fire: Willa Cather's Novel Cycle*, Lanham: University Press of America, 1994, p.79.

样会"让人说闲话"（*OP* 47）。他们反对亚历山德拉与卡尔结合的意向，主要的理由也是人们开始"说闲话"了（*OP* 150）。闲话和流言发挥着监督与纠正的功能，并通过话语的传播形成了价值的共同体，完成了对异质因素的控制。

　　闲话和流言所形成的群体信奉的价值便是进步主义时期以"所有权"为基础的商品经济思想。这一"伟大思想"对社会个体的规训在小说中表现为将女性的身体、意愿与所有权概念绑定在一起，构成了有关婚姻和情爱的政治，约束着"自由之爱"。这种约束限制个体的欲望表达和情感倾诉：在玛丽抱怨自己婚姻不幸时，亚历山德拉认为这样的交流"没什么好处"（*OP* 178）。偏离社会规范的后果是，玛丽被视为他者而从物理及社会的优位空间中驱逐出去[1]，与承载着拓荒失败历史的白桑林相联系，最终成为"土地中出来的阴影"和"不安的幽灵"（*OP* 208）。婚姻的神圣性来源于私有财产的神圣性，夫妻间的情爱关系被转化为男性对于女性的占有关系，反叛婚姻便成了动摇社会根基的严重行为。因此，玛丽的情感不容于整个社会："如果一个女孩曾经爱过，当那个男人还在世的时候再爱上另一个，每个人都知道该怎么看她"（*OP* 223）。进步主义的代言人亚历山德拉将"所有权"关系阐释得更加直白：玛丽是"沙巴塔的妻子，这就没什么好说的了。……埃米尔是个好孩子，只有坏男

1.　根据人文空间理论，空间分布、地理经验和身份建构三者之间存在相互影响。地理景观是折射和蕴含人类价值观念的"象征系统"，其形成和结果体现了社会权力的分布和运作方式。物理空间在政治权力对其塑造的过程之中开始具有"优位空间"与"劣位空间"之分，人的地理分布也转而成为其社会身份的印记。参见John D. Eyles, "Approaches to Reading the Landscape," *The National Geographical Journal of India* 37 (1990): 10-19; Philip L. Wagner, "Foreword: Culture and Geography: Thirty Years of Advance," *Re-Reading Cultural Geography*, ed. Kenneth E. Foote, et al., Austin: University of Texas Press, 1994, 3-8.

孩才会追求已婚妇女"（OP 253）。对"所有权"的尊重再次成为"好人"的标准，被视为获得美国庇护资格的前提。玛丽和埃米尔的情爱悲剧既是个人情感和种族情感双重意义上的欲望越界，更是对弗兰克所有权的侵犯，因为挑战进步主义时期美国的商品经济原则而招致了毁灭。

禁锢甚至消灭身体是小说中更加严厉的规训手段，也最能体现美国庇护所身份的"监狱"形象。追求同质化的美国社会对异质因素的恐惧已经发展成为一种类似驱魔的群体迷狂。如伊瓦尔所说，"任何头脑里或身体上有不一样的地方，人们就把他送到庇护所去"（OP 88）。这里的庇护所其实是疯人院。行为偏离或生理差异都被定性为医学范畴的"疯癫"，将文化迫害蒙上了理性与科学的面纱，从"进步"主义的基本信条处获得镇压的合法性。理性是主体性的基础，被监禁的个体冠以疯癫之名后丧失了"人"的特征。比如，弗兰克在监狱中"忘记了英语"，"看起来不太像人类了"（OP 261）；平时没有人称呼他的名字，而叫他"大个儿的波希米亚人""1037号"（OP 258, 259）。小说暗示，个体自身的非理性是造成他们身陷囹圄的原因。弗兰克的开枪杀人被描绘成激情杀人，杀人后不知发生了什么（OP 252, 262）。他的悲剧被归于自身"根本性的……阴郁的性格"（OP 198），这是他"不能挣脱的……牢笼"（OP 234）。从这个意义上讲，监狱的确为这些"非理性"的人提供了庇护所，凭借进步主义时期的监管伦理将他们教育成为具有理性和自尊的"好人"。在亚历山德拉探访弗兰克时，监狱长这样解释犯人打扫卫生的劳动："我们必须使他们保持干净"（OP 258）。犯人的自身劳动被形容成进步主义社会对他者的恩赐和提升，监狱成了施行这一恩典的"教育"机构。正因为如此，监狱长热情邀请亚历山德拉"参观一下整个机构"（OP 264），炫耀这一"庇护所"所体现的"伟大思想"。从根本上说，监狱意象表达了进步主义时期美国对不受欢迎的移民的清除,这最为清楚不过地体现在弗兰克最终的"明悟"中:他说自己如果被赦免,将"不再给这个国家添麻烦,会回到他原本的地方"(*OP* 263)。

《啊,拓荒者!》明确点出了监狱成为整个进步主义时期的美国身份意象的主题,并刻画了农田向监狱的转化过程。探访弗兰克之后,亚历山德拉心想:"从今以后这大地于我 / 只是一座巨大的牢狱"(*OP* 264)。这句诗出自拜伦(George Gordon Byron)《锡雍的囚徒》("The Prisoner of Chillon",1816)第322—323行,也呼应了德国社会学家马克斯·韦伯(Max Weber)的《新教伦理与资本主义精神》(*The Protestant Ethic and the Spirit of Capitalism*,英译本1930)中关于社会体制的"铁笼"比喻(the Iron Cage)[1],表达了理性对于激情的控制和个体自由的禁锢。监狱的范围拓展到了"大地",既体现它已经成为整个美国社会的运行机制,也表现了农田性质的变化。农田向监狱的变化是进步主义时期的美国建构自身庇护所身份的必然结果,在拓荒进程的早期便已显露端倪。尽管自己成就了拓荒伟业,亚历山德拉却期望埃米尔能够上大学,一再要求他"不要再拓荒",声称他们"已经有了足够多的土地"(*OP* 109)。土地对她来说已经成为单调和束缚的空间:"倘若世界就是我的玉米田那样大,如果除此之外别无他物,那么劳作也就没什么意思了"(*OP* 114);她期待埃米尔能够"应付世界,不被犁刀所束缚,拥有脱离土地之外的个性"(*OP* 191)。在卡尔说自己买不起任何一块玉米地时,亚历山德拉说自己"宁愿要你的自由,而不是我的地"(*OP* 113)。卡尔和埃米尔代表外面的世界,是拓荒理念的外延。在卡尔和埃米尔准备离开西部时,亚历山

---

1. Max Weber, *The Protestant Ethic and the Spirit of Capitalism*, trans. Talcott Parsons, New York: Routledge, 1992, p.123.

德拉便意识到了农田内涵的被清空："在一天之内，我失去了一切"（OP 164）。农田性质变化的根源是社会同质化，社会规范的盛行导致个体的想象力"被渺小的人们所包围"（OP 163），最终不免泯灭的命运。

概括说来，《啊，拓荒者！》通过拓荒者对美国西部草原的重新塑造，表现了基于所有权概念的"进步"理念对于美国庇护所身份建构的影响，呈现了美国庇护所身份从"荒野"到"农田"再到"监狱"的意象变化。监狱意象表现了凯瑟对进步主义时期美国社会同质化的些许犹疑，但这种犹疑终究消散在对美国的无比信心中。所以小说在结尾处一扫亚历山德拉探访过后刚走出监狱的情感波动，极为抒情地写道："幸运的乡野，将类似亚历山德拉的人们的热情收纳进自己的腹胸，并再次吐出，展现在黄灿灿的麦子上、摇曳的玉米中和青年人明亮的眼眸里"（OP 274）。拓荒者的热情与农田的活力再次互相应和，共同表现出进步主义时期美国的希望。

三、"美国母亲"：《我的安东妮亚》中的怀旧与教育

作为凯瑟最著名的小说，《我的安东妮亚》通过叙述者吉姆·伯丹的回忆描写了波希米亚移民安东妮亚一家到美国拓荒的经历。由于对美国西部草原拓荒和移民经历的描写符合当时"美国成年"派知识分子对美国文学新传统的期待，这部小说在问世之初便受到盛赞，被门肯誉为"所有美国人——无论东部还是西部，早期还是当代——迄今所写的最好小说之一"[1]。在"美国成年"派的眼中，小说的价值在于它的美国性，即通

1.　Margaret Anne O'Connor, ed., *Willa Cather: The Contemporary Reviews*, Cambridge: Cambridge University Press, 2001, p.89.

过拓荒生活展现了美国的移民庇护所身份：小说"想象着自己的故土、自己的人民、一块民主的土地和一群普通的人民，……是我们最近阐释美国生活的最好作品之一"；这个"美国生活"最显著的特点当属移民，小说"让人理解了美国现代生活中的种族差异和矛盾"，并展示了美国发挥"熔炉"作用的"美丽与高贵"[1]。

但《我的安东妮亚》除了展现美国"熔炉"的优越外，也刻画了诸多不和谐的暴力和死亡。和谐与暴力之间的张力对小说意义的统一性构成了挑战，也引发了一系列值得思考的问题：小说在何种意义上呼应了当时的社会话语，参与到美国身份建构的进程之中？在此进程中，移民到底扮演什么样的角色？那些暴力和死亡的意象是否暗示"移民"这个集合概念经历了分化？评论家围绕小说中的移民形象，就这些问题进行了激烈论辩。有评论家认为，小说破除了当时的种族文化成见，塑造了积极的"新移民"形象，展现了他们在美国建设过程中的伟大贡献[2]。与此观点完全相反的评论则认为，小说秉承"本土现代主义者"立场，致力于保持"白人文化的纯洁"[3]；小说中美国生活与暴力死亡的不和谐体现了"移民对美国秩序的挑战"[4]。在这两派针锋相对的观点之外，另有评论采取了调和立场，认为凯瑟本人虽然有意识地反对美国主流社会同化移

---

1. Margaret Anne O'Connor, ed., *Willa Cather: The Contemporary Reviews*, Cambridge: Cambridge University Press, 2001, pp.81-82, p.93.

2. Tim Prchal, "The Bohemian Paradox: *My Ántonia* and Popular Images of Czech Immigrants," *MELUS* 29.2 (2004): 3-25.

3. Walter Benn Michaels, "The Vanishing American," *American Literary History* 2.2 (1990): 220-241; Walter Benn Michaels, "Race into Culture: A Critical Genealogy of Cultural Identity," *Critical Inquiry* 18.4 (1992): 655-685.

4. Joseph Murphy, "Cather's Re-Vision of American Typology in *My Ántonia*," *Willa Cather: Family, Community, and History*, ed. John J. Murphy, et al., Provo: Brigham Young University Humanities Publication Center, 1990, 213-219, p.217.

民的文化策略，但其创作无疑受到了"百分百的美国性"的思想影响，成为美国化话语的一部分[1]。

　　实际上，理解《我的安东妮亚》主旨的核心在于其叙事者的选择。整部小说采取了"百分百的美国人"吉姆·伯丹所写的回忆录的形式，借助进步主义时期弥漫于美国思想界的"创新性怀旧"这一情绪，表达了美国建构"好人的庇护所"身份的国家意图，同时刻画了这个庇护所对异质因素的清除。这一国家认同是种族话语和国际政治共同作用下的产物：通过将不符合国家利益的人群等同于有道德缺陷者，美国不仅为实施限制移民政策找到了合法性，也为自身确立了一个优越的民族国家形象。在小说中，这一身份建构意图主要通过吉姆·伯丹对波希米亚移民安东妮亚一家的"教育"过程得以呈现，清除他们作为移民的异质性，培养他们的"美国品质"，最终使之成为受到美国庇护的"好人"。

1．"我的"安东妮亚：进步主义时期的"创新性怀旧"

　　小说在开篇交代了正文部分"执笔人"吉姆的身份——铁路公司的法律顾问。这一头衔明确指出吉姆是美国"进步"理念的体现者，属于进步主义时期的文化领袖阶层。在当时，火车与铁路是工业化乃至现代性的最典型也是最普遍的比喻。铁路的发展颠覆了传统的美国"自耕农"神话，展示了工业化社会中现代农业与城市经济之间的相互依存，以及这种联系对商品经济及交通运输的依赖。威斯康星大学经济学、政治学和科学史等系科的创建人理查德·埃利（Richard Ely）曾这样形容进步

1.　Guy Reynolds, *Willa Cather in Context: Progress, Race, Empire*, New York: St. Martin's Press, 1996, pp.73-98; 许燕：《"谁"的安东妮亚？——论〈我的安东妮亚〉与美国化运动》，《外国文学评论》2011年第2期，133—144。

主义："让开轨道！进步的火车正在驶来！"芝加哥社会学派的创始人之一威廉·托马斯（William Thomas）则把连接他的故乡小镇与大城市的铁路比作"从乡村到20世纪城市"穿越了"三个世纪"的纽带[1]。交通的发达造成地方色彩迅速消失，融入"现代美国"这个跨边界的群体身份之中。《我的安东妮亚》中的吉姆坐着火车来回穿梭于美国的东西部，但他并没有提及途中任何区域的独特风土人情。火车打破了不同地区之间的界线，让彼此变得毫无二致，被统一纳入吉姆的经验和记忆之中，表现了一个无边界的群体意识，即"美国"意识[2]。驾驭了火车的吉姆显然与《啊，拓荒者！》中的亚历山德拉一般成了"进步"美国的代言人。这一身份在他"法律顾问"的头衔上得到了强化。法律在美式民主中一直占据神圣地位，托克维尔（Alexis de Tocqueville）在《美国的民主》（De la démocratie en Amérique）中便已指出了美国社会制度中两者之间的紧密联系："律师行当这个贵族成分，是唯一无需暴力就可以和自然的民主要素融合的贵族成分。它永恒地和民主成分结为一体，这一结合具有极大的优势。"[3]美国进步主义运动的主要目标是追求社会福音、倡导社会改革，对法律的尊重是运动的核心特征之一。因此，作为铁路公司法律顾问的吉姆，毫无疑义地确立了自身"百分百的美国人"身份。对他来说，"故土"便是美国本身，是一个打上引号的概念，而不像其他移民的来处

---

1. 转引自Daria Frezza, *The Leader and the Crowd: Democracy in American Public Discourse, 1880-1941*, trans. Martha King, Athens, GA: University of Georgia Press, 2007, p.36.

2. Keith Wilhite, "Unsettled Worlds: Aesthetic Emplacement in Willa Cather's *My Ántonia*," *Studies in the Novel* 42.3 (2010): 269-286, p.275.

3. Alexis de Tocqueville, *Democracy in America*, trans. Henry Reeve, New York: Harvard College Library, 1839, p.270.

一样是其他国家[1]。也正因为如此，吉姆有了书写美国史诗的资格。

《我的安东妮亚》便是吉姆以回忆录的形式书写的美国史诗[2]。与《啊，拓荒者!》中的移民卡尔不同，身为地道"美国人"的吉姆拥有怀旧的资格，他的回忆不是对美国的否定和背叛，而是美国身份建构在个人意识层面的显化，彰显着美国的起源。因而，尚是荒野的美国在吉姆的回忆中已经具有了庇护所特性，被美化成了和谐与美的天堂。在吉姆到达西部草原的当夜，他看到的是吞噬人类主体性的蛮荒空间："除了土地之外，什么也没有：毫无乡村的影子，只有建造乡村的原材料。……我有一种感觉，世界已被抛在身后，我们已经到达它的边缘，走出了人的管辖权之外。……在那方地与那片天之间，我感觉自己被一笔勾销了"（MA 7-8）。评论家汤姆·林奇（Tom Lynch）指出，"除了……之外，什么也没有"这一表示"缺失"的句式是欧洲移民殖民主义对于新大陆的文化想象的基本特征和常用修辞，其实质表现了对本土动物、植物和居民之存在的完全否认，以及对自身文化身份被吞噬的极端恐惧，进而就此后凭借暴力重构以欧洲文化秩序为旨归的空间塑造与英雄自我身份建构提供了前提[3]。但在吉姆的记忆中，荒野随后不久便转化成一个庇护所

---

1. Willa Cather, *My Ántonia*, Boston: Houghton Mifflin Company, 1954, p81. 以下本书中对此作品的引用，将以缩写形式MA直接在文中夹注页码。

2. 评论家本·雷尔顿（Ben Railton）将《我的安东妮亚》中的吉姆·伯丹这个角色称为"作者-叙述者"，认为他的回忆录并非个人经历的记录，而是意在呈现个人在"美国梦"这一宏大叙事中的作用。参见Ben Railton, "Novelist-Narrators of the American Dream: The (Meta-)Realistic Chronicles of Cather, Fitzgerald, Roth, and Díaz," *American Literary Realism* 43.2 (2011): 133-153.

3. Tom Lynch, "'Nothing but land': Women's Narratives, Gardens, and the Settler-Colonial Imaginary in the US West and Australian Outback," *Western American Literature* 48.4 (2014): 374-399, p.382, pp.379-380.

意象：他在祖母家的花园里躺着，像回归母体的胎儿一般充满安全感，"完全满足"，觉得自己"融进某个完满伟大的存在之中"（*MA* 18）。虽然西部的田地已经进入了商品流通领域，成为财产交换的媒介，但吉姆的怀旧刻意遗忘或淡化了这一点，使草原转而成为"纯洁"美国的象征，隐藏了基于"所有权"的空间划界以及其中的经济与政治关系。这一"原初"美国甚至带有一丝童话色彩："有一些白杨树的树叶已经黄了，黄黄的树叶和闪亮的白树皮，使它们看起来像童话故事里的金银树"（*MA* 21）。

童话般的荒野描绘是吉姆怀旧的浪漫产物，就如文中理性的代表弗朗西斯·哈林评价吉姆时所指出的，他的特点是"太浪漫化了"（*MA* 229）。这个荒野庇护所与《啊，拓荒者!》中伊瓦尔居住的自然庇护所迥然不同。造成它们差异的根源是，吉姆的荒野想象作为进步主义时期美国的"创新性怀旧"，始终浸透着国家身份建构的意图。荒野是展现和承载国家荣光的基础，将经由拓荒者的改造体现美国的移民庇护所身份。这一意图通过与西班牙殖民者的对照得以更鲜明地体现。吉姆在一次游玩时，发现了"在荒野中心碎而死"的西班牙殖民者科罗纳多（Francisco Vázquez de Coronado）曾留在美洲的痕迹：一把破烂的铁剑（*MA* 244）。通过这一历史对照，吉姆展示了新美国在美洲土地上存在的适宜性。美国移民凭借犁刀的拓荒比西班牙人凭借铁剑的戮杀更有效地征服了这片土地，拓荒之后的美国变成了移民在身体、经济和精神上的庇护所：

> 天上没有一丝云影，太阳在清澈、镀了金似的天空往下坠落。正当那通红的圆盘底边紧靠着地平线，停歇在高处的田野上时，一个大黑影突然显现在太阳的表面。……在某个高地的

农场上，有人把一把犁留下插在田里。太阳正好在它后面下沉。水平的落日光越过一段距离把它放大了，凸显在太阳上，而且恰好在圆盘之内；犁把、犁尖和犁头——在那熔铁似的红色背景上乌黑乌黑的。它就在那里，放大了许多倍，成了画在太阳上的一幅图画。

就在我们悄悄地议论着的时候，奇景消逝了；圆球往下沉，往下沉，直到通红的圆顶沉入地下。我们下面的田野一片昏暗，天空变得灰白起来，而那把被遗忘的犁，在大草原上某个地方，回到它原来的渺小形态。（MA 245）

这个曾被用作小说封面的场景被评论界视为小说的核心隐喻，图画中的犁刀和太阳都是"书写"的象征，借助拓荒这一行为传达着整部小说的艺术主旨[1]。吉姆说这幅图画是"我对新召唤的全部答复"（MA 262）。这也是作家凯瑟的回答，小说《我的安东妮亚》便是她对当时美国身份建构这个"新召唤"的"全部答复"，重现了美国被遗忘的民族经历，为美国精神找到了真正的"可使用的过去"。过往的民族经历与当下社会的新召唤都揭示了一个作为庇护所的美国形象。小说开篇不久便暗示了这一形象：吉姆从南方家里投奔住在草原上的祖父母后，发现了一些两旁种着向日葵的道路。这些路有着令他着迷的传说："在摩门教徒遭到迫害的时期，他们离开密苏里，逃进荒野，想找一个地方可以用他们

---

1. Anne Goodwyn Jones, "Displacing Dixie: the Southern Subtext in *My Ántonia*," *New Essays on* My Ántonia, ed. Sharon O'Brien, Cambridge: Cambridge University Press, 1999, 85-109, p.103; Robert Gregory, "Cather in the Canon," *Modern Language Studies* 15.4 (1985): 95-101, p.99; Robert J. Nelson, *Willa Cather and France: In Search of the Lost Language*, Urbana: University of Illinois Press, 1988, p.41.

自己的方式来膜拜上帝，一路撒下了向日葵种子。第二年夏天，大队的大车载着所有的妇女和孩子过境的时候就有向日葵来给他们引路。……这个传说给我留下了难忘的印象，我总觉得两旁长着向日葵的路就好像是自由之路"（*MA* 28-29）。这段传说通过从南方到西部的空间转换体现了庇护所的含义，点明了荒野的"自由"本质。虽说这一空间转换发生在美国内部，却丝毫不影响庇护所成为美国国家认同的象征。这是美国叙事的典型策略：南方因为奴隶制而偏离了美国精神，独自承担着压制自由的罪恶，与美国本身无关[1]。因而，摩门教徒所投奔的乃是一个作为庇护所的美国。

从这个意义上理解，整部小说描写移民的美国，或美国的移民，强调了移民与美国两者身份建构的相互性。在描写安东妮亚、莉娜、丹麦姑娘、波希米亚的玛丽们这些移民姑娘时，吉姆用极为浪漫的笔调写道："如果人世间没有像她们这样的姑娘，便没有诗"（*MA* 270）。在论述中西部文学时，拉泽尔·齐夫说道："当一个农场的孩子感到要写些什么时，从他的笔下源源写出的往往是些古代骑士的传奇或在荒野里顶风冒雪开创新天地的姑娘，它们都是……美德的一种生动具体的理想化。当内战后出生的中西部孩子成年时，他们越来越感到有必要使家乡的美德更加理想化。"[2] 这一评论同样适合书写了"'我的'安东妮亚"的吉姆。他对移民姑娘的赞美其实是书写美国史诗的内在要求：美国为她们提供了庇护所，而她们则证明了美国的庇护所身份。

然而，这个被浪漫渲染的庇护所并非对所有寻求庇护的人一视同

---

1. Blithe Tellefsen, "Blood in the Wheat: Willa Cather's *My Ántonia*," *Studies in American Fiction* 27.2 (1999): 229-244, p.238.

2. 拉泽尔·齐夫：《一八九〇年代的美国——迷惘的一代人的岁月》，夏平、嘉彤、董翔晓译，上海：上海外语教育出版社，1988年，第77页。

仁，而是在实践过程中受到政治、经济、种族等各种社会话语的影响。小说为庇护所设定了作为标准的"好人"，即强烈认同美国及其原则的、具有"盎格鲁–撒克逊美德"的移民。在吉姆的眼里，祖父家的雇工奥托和杰克是好人的代表。他充满深情地回忆道："他们是多么好的人哪，他们知道的事情那么多，在多少事情上他们又是那样忠实可靠！"（*MA* 67）吉姆的感情得以形成的政治原因是，"好人"的标准与种族政治息息相关，奥托他们属于在美国享有文化优势地位的老移民族裔。同时，祖母和杰克谈到"好的基督徒也会容易忘记他们是其他兄弟的守卫人"（*MA* 78），这更是展现了美国的庇护所性质，即美国以基督教文化为根本信条，所庇护的也只会是承认这一信条的"兄弟"，而不会是反对基督教信条的"敌人"。

2. "教——教，教——教我的安东妮亚！"：庇护、教育与控制

对于美国进步主义时期的庇护所机制来说，"教育"是实践的重心。进步主义者以大众的福祉为口号，认为发动公众是民主得以贯彻的唯一方式，宣扬通过教育使大众成为知理善事的好公民。在群体心理机制下，他们与美国民众很快形成了"代言–教育"的双向关系，媒体和印刷也因此获得重要地位[1]。美国的种族政治通过教育塑造庇护所中的集体或个人的思想、言语和行为，并通过受众自愿或无意识的重复、再现和推进得以再生产。教育于是承载着塑造国家的重任，使得进步主义者能够引导那些获得美国庇护的"好人"移民消除自身的异质性，接受美国价值，展现美国荣光。在小说中，吉姆祖母家的房屋"一直是安东妮亚的庇护所"

---

1. 参见Joseph R. Hayden, *Negotiating in the Press: American Journalism and Diplomacy, 1918-1919*, Baton Rouge: Louisiana State University Press, 2010, pp.1-10.

（*MA* 310），安东妮亚融入美国的教育过程也正是在这一空间中展开的。

拓荒者安东妮亚一家是波希米亚人，对于以盎格鲁-撒克逊新教文化为基础的美国来说属于异质因素。在小说中，他们的异质性体现在语言方面[1]。安东妮亚一家刚到美国时不会说英语，不仅频频遭受经济损失，更确立了他们"外国人"的身份。在进步主义时期，"美国化"的一个重要方面便是采用英语作为交流语言。这被当成建构美国这个民族国家的基础，很多人将"盎格鲁-撒克逊人"称为"说英语的民族"，而不是"盎格鲁-撒克逊民族"。西奥多·罗斯福总统在1889年发表著作《西方的胜利》（*The Winning of the West*），其中一章名为《英语民族的扩散》，将过去三百年中英语人群对"空白之地"的占有称为"世界上最显著的特征"[2]。用"英语民族"取代"盎格鲁-撒克逊民族"扩展了美国作为移民

1.　关于捷克移民在美国的边缘化境遇和公共形象，参见Joseph Slabey Roucek, "The Passing of American Czechoslovaks," *American Journal of Sociology* 39.5 (1934): 611-625; Tim Prchal, "The Bohemian Paradox: *My Ántonia* and Popular Images of Czech Immigrants," *MELUS* 29.2 (2004): 3-25. 关于20世纪初期"美国化"运动中英语地位的问题，以及该话题在《我的安东妮亚》中的表现，参见Guy Reynolds, *Willa Cather in Context: Progress, Race, Empire*, New York: St. Martin's Press, 1996, pp.73-98.

2.　Paul A. Kramer, "Empires, Exceptions, and Anglo-Saxons: Race and Rule between the British and United States Empires, 1880-1910," *The Journal of American History* 88.4 (2002): 1315-1353, p.1321, p.1325. 19世纪90年代，英美两国的政治领域与公共话语热烈讨论以"盎格鲁-撒克逊民族"为领导者的"英语民族"大联盟的可能性。英国侦探小说家柯南·道尔（Arthur Conan Doyle）将他的历史小说《白衣纵队》（*The White Company*，1891）献给"未来的希望，英语民族的联合"。科幻作家H. G. 威尔斯（H. G. Wells）在1902年想象一百年后世界将出现一个由白人英语民族治理的"世界国家"。1903年，美国小说家约翰·罗德里戈·多斯·帕索斯的父亲、律师约翰·伦道夫·多斯·帕索斯（John Randolph Dos Passos）发表《盎格鲁-撒克逊的世纪与英语民族的联合》（*The Anglo-Saxon Century and the Unification of the English-Speaking People*）一书，明确将英语与盎格鲁-撒克逊价值相联系。参见 Duncan Bell, "The Project for a New Anglo Century: Race, Space, and Global Order," *Anglo-America and Its Discontents: Civilizational Identities beyond West and East*, ed. Peter J. Katzenstein, London: Routledge, 2012, 33-55, pp.39-44.

庇护所的涵盖范围，淡化了原来狭隘的血统观念，更加强调语言和文化因素。于是，英语成为新移民转化身份的媒介、融入美国的象征。学校也担负起了"教育"重任，强制要求新移民学习英语。面对英语的强势，很多移民领袖忧心忡忡，在族群聚集区推行母语学习，敦促移民不要忘记自己的种族身份和故土文化。但实际情况是，移民，尤其是年轻人，对继续学习故国语言并没有太大热情。"故国"与"美国"一样，也是一个想象的概念。因此，"纯正"的故国语言对于那些年轻移民来说不过是远方塞壬的呼唤而已[1]。

凯瑟曾回忆道，一次她在故乡的威尔伯街道上走了一整天都竟然没有听到英语单词[2]。这个"例外状态"并非一定表明凯瑟赞同西部草原的文化多元性，而是指出英语已经成为美国身份的能指这一事实。凯瑟的"草原小说"系列都强调了这个主题。在《啊，拓荒者！》中，英语与"美国性"的关联已经有所体现：亚历山德拉的家庭聚会上交谈语言全部是英语；奥斯卡的妻子来自密苏里州，她"为自己嫁了个外国人感到羞愧"，教导孩子只说英语；卢夫妇平时说瑞典语时担心被邻居听见（OP 94）。非英语化已经成为"外国身份"的文化标记，成为耻感的来源。耻感通常来自外在制约，是群体对偏离行为规范的个体施加的心理压力[3]。英语作为美国社会运转的标准已经被内化为道德律令。在《我的安东妮亚》中，英语也是"好人"的特征。"好"移民的代表奥托很少用自己的

---

1. Jonathan Zimmerman, "Ethnics against Ethnicity: European Immigrants and Foreign-Language Instruction, 1890-1940," *The Journal of American History* 88.4 (2002): 1383-1404.

2. James Woodress, *Willa Cather: A Literary Life*, Lincoln: University of Nebraska Press, 1987, p.38.

3. 美国人类学家露丝·本尼狄克特（Ruth Benedict）在其名著《菊与刀》（*The Chrysanthemum and the Sword*, 1946）中比较了耻感与罪感的差异。耻感来自外界压力，罪感则来自内在审判，是个体对善恶标准的内化。参见露丝·本尼狄克特：《菊与刀》，北塔译，上海：上海三联书店，2007年，第157—158页。

母语，给远在故国的家人写信时需要全神贯注地回忆（*MA* 85-86）；波希米亚移民安东·耶利内克和他的孩子一起努力地学英语（*MA* 105）。不说英语的移民则与"缺陷"联系在一起：祖母与外国人说话时总是非常大声，"仿佛他们是聋子"（*MA* 22）。吉姆第一次见到"外国人"、听到"外国话"时，他的好奇心很快受到了社会约束。杰克告诫说："从外国人那里可能会传染到疾病的"（*MA* 5-6）。疾病与新移民的等同在《啊，拓荒者！》中也有类似呈现。小说在描述玛丽小时候打耳洞的情景时，将大批移民来到美国之前的时光称为"那些没有细菌的日子"（*OP* 193）。这是当时最新的"细菌理论"与种族政治的荒诞结合。美国在1849至1854年、1866年两次暴发霍乱，引起了美国人对城市卫生状况的担忧。19世纪70年代，德法科学家相继发现炭疽热、伤寒、肺炎、肺结核、霍乱等细菌，指出不良的卫生习惯是致病夺命的罪魁祸首。这一发现使得美国那些蜗居在脏乱地区的贫民成为声讨对象，并迅速向移民和种族话题转化[1]。华人更是成了医学理论发展过程中的替罪羊。当时的美国人广泛相信，华人携带的陌生细菌会导致美利坚民族体格衰弱。海关检疫逐步加强，一切来自亚洲尤其是中国的船只都被检查，以防止陌生细菌进入美国。美国的唐人街被视为一切传染病的根源，是"道德炼狱"。1882年5月2日的《马蜂》杂志刊载了一幅漫画，画中"疟疾""天花""麻风"三个骷髅瘟神正在唐人街和运送华人的船只上肆虐，而远方基督教堂庇护下的地区却安然无恙[2]。在《我的安东妮亚》中，作为新移民的安东妮亚

---

1. Jon A. Peterson, *The Birth of City Planning in the United States, 1840-1917*, Baltimore: Johns Hopkins University Press, 2003, p.38.

2. Joan B. Trauner, "Chinese as Medical Scapegoats, 1870-1905," *California History* (Spring, 1978). http://foundsf.org/index.php?title=Chinese_as_Medical_Scapegoats,_1870-1905.

一家初到美国时，体现了非英语化、道德与疾病的综合关联。夏默达太太爱抱怨和贪小便宜，安布罗施多疑、精明、冷漠。马雷克则在字面上体现了对新移民缺陷的指责：他患有并指症，一点英语都说不了，只会发出公鸡般的声音。夏默达先生虽然尽力保持自身的艺术气质，却沉迷于旧日的回忆中而无法面对美国的新生活，成为第一个消失在拓荒史中的人物。

进步主义时期的美国教育"外国人"的旨归在于将他们"净化"为与美国文化标准相符的、"可吸收的"文化个体。这个教育过程在《我的安东妮亚》中时有显现。在安东妮亚一家刚到草原的第一个圣诞节，夏默达先生来到吉姆祖父家，获得了片刻受庇护的温暖。点燃圣诞树上蜡烛的那一刻，身为天主教徒的夏默达先生在树前跪倒祷告。这在新教徒的眼中属于不可饶恕的偶像崇拜，浸染着新教徒之所以来到美洲的血腥政治记忆。"这棵树以前没什么不对劲的地方，但是现在，有人对它下跪，偶像，蜡烛……"然而，"在宗教信仰上有点狭隘的"祖父"只是把指尖放在眉毛上，低下他那年高德勋的脑袋，以此来使气氛新教化"，说"一切善良人的祷告都是好的"（MA 87-88）。祖父的行为有别于历史上的宗教对抗，实践了庇护的美德。但他不动声色的"纠正"行为与关于"好人"的判断产生了张力，揭示出美国庇护所在伦理、道德、法律和文化上的新教标准。这一标准在祖母的言行中体现得更为明显。当挪威公墓的负责人拒绝接受自杀身亡的夏默达先生时，祖母说："要是这些外国佬这样排外的话，……我们得办一个思想更加开通一点的美国公墓。……如果我发生了什么意外，可不希望那些挪威人问长问短，看看我是不是足够好，有资格跟他们躺在一起"（MA 112）。在夏默达先生的天主教葬礼上，她要求奥托唱赞美诗，"这样可以冲淡一点异教色彩"

（*MA* 118）。一方面，祖母实践着"思想开通"这个"美国"原则，将公墓变成了庇护所的另一表现；另一方面，她将葬礼强行新教化，体现了美国庇护所政治和教育机制的预设立场。

小说中吉姆和安东妮亚的关系集中体现了这一教育过程，是整个国家叙事的隐喻，而与两性关系无关。安东妮亚一家初到美国时因为不懂英语吃尽了苦头，夏默达先生急切地恳请吉姆"教——教，教——教我的安东妮亚!"（*MA* 27）在草原上，安东妮亚不停地问吉姆："名字，什么名字？"在知道一些事物的英语名称后，"她指指自己的眼睛，摇摇头，然后又指指我的眼睛，指指天空，拼命点头。'噢，'我嚷道，'是蓝，蓝天'"（*MA* 25-26）。在这里，吉姆是语言老师，而安东妮亚是焦虑而积极的学生。这一幕是整部小说的著名场景，点明了美国国家建构的主旨。吉姆是掌握语言权力的教育者，在社会的身份命名过程中占据主导地位，而安东妮亚通过习得英语融入新的共同体，并在这个新的社会体系中奠定了自身相对于吉姆的臣服地位。本尼迪克特·安德森（Benedict Anderson）指出，神圣的语言和文人阶层是共同体中具有战略地位的因素："所有伟大而具有古典传统的共同体，都借助某种和超越尘世的权力秩序相连［联］结的神圣语言为媒介，把自己设想为位居宇宙的中心。"[1] 民族国家的形成是"神圣共同体"逐步分裂、多元化以及领土化的过程。《我的安东妮亚》中吉姆的英语教育则调和了这两个相互矛盾的社会形态。从政治层面讲，他的英语教育是布尔迪厄（Pierre Bourdieu）所谓的政体形成过程中通过特殊的用法和规范确立官方语言的地位，保证政治

1.　本尼迪克特·安德森：《想象的共同体：民族主义的起源与散布》，吴叡人译，上海：上海人民出版社，2005年，第12页。

统一的完成[1]。而从情感层面讲，教会移民英语的目的是建立"美国"这个新的想象共同体并赋予它一个神圣传统，使其处于"宇宙的中心"；吉姆身为"百分百的美国人"，便充当了掌控神圣语言的"文人阶层"。无论是哪种情况，吉姆教授安东妮亚用英语命名新世界的场景都体现了语言与象征权力之间的联系。如布尔迪厄指出，语言并非像镜子一样反映现实，而是隐秘地再现社会权力：其力量来源于说话人置身其中的权力场，以及他们在场中所占的机构位置，而命名行为帮助说话人确立了现代社会的复杂结构；统治阶级代表以集团发言人的身份说出神奇口号的同时，获得了集团授予的言说与行动力量[2]。

吉姆教安东妮亚"说话"的场景召唤着美洲大陆的殖民记忆，以转喻的方式彰显了种族等级政治，奠定了美国这个庇护所的政治结构。种族政治体现在它重现了鲁滨逊教星期五说英语的场景。英国人鲁滨逊对于荒岛的空间塑造是凯瑟"草原小说"系列乃至她整个创作中持续出现的意象。《啊，拓荒者！》中，卡尔的一部幻灯片是关于鲁滨逊的故事；亚历山德拉的妈妈柏格森太太也被比喻为女性的鲁滨逊。但在《我的安东妮亚》中，拓荒情景在主客体上有了一个完全的反转：不再是安东妮亚代表的欧洲文明改造美国荒野中的"原始民族"，而是吉姆代表的美国文明在提升老旧的欧洲文明——努力学英语的安东妮亚变成了女性的星期五。酷爱读鲁滨逊故事的吉姆（MA 66, 100）通过教育安东妮亚，创造了自身和新移民各自的主体性，并将它们固定在层级关系之中。女性星

---

1.   Pierre Bourdieu, *Language and Symbolic Power*, ed. John B. Thompson, trans. Gino Raymond, and Matthew Adamson, Cambridge: Polity Press, 1991, p.48.

2.   Pierre Bourdieu, *Language and Symbolic Power*, ed. John B. Thompson, trans. Gino Raymond, and Matthew Adamson, Cambridge: Polity Press, 1991, p.105.

期五的存在不仅体现了美国当时女权主义主体性思想与种族问题和殖民史之间的纠缠[1]，更重要的是对"美国"这个空间进行了定性。美国的"蓝色"天空与白人的"蓝眼睛"（eye/I）颜色一致，呼应了《啊，拓荒者!》中亚历山德拉与玉米田互为表征的刻画：带有族裔身份的身体标记与带有国家身份的自然空间的相似性证明并强化了特定族裔主宰美国空间的合法性，并获得了新移民安东妮亚的全心认可。对这一事实的接受标志着文化上的"差异性偏离"[2]——通过接受教育，承认英语及其象征权力的合法性，安东妮亚原来的文化意识趋向解体，只能遵从命名者的话语逻辑，承认自身在空间中的他者地位。异族的安东妮亚因为愿意接受"教育"而建立了与吉姆的关系，成为可以获得美国庇护的对象。为了促成"美国"这个想象的共同体，安东妮亚必须背叛故国的语言与历史，接受白人新教文化的规训。安东妮亚的转化展现了帝国形成机制的必要步骤。帝国形成的前提是从血亲伦理走向帝国伦理，消解臣民对原有出身的认同感，用官方语言的传播不断地生产和再生产主宰叙事，认证和欢庆自身的权力，建构自己的形象[3]。安东妮亚从夏默达先生的安东妮亚变成吉姆的《我的安东妮亚》，所有权的变化是美国庇护所身份形成的语言

1.　详见刘禾：《帝国的话语政治：从近代中西冲突看现代世界秩序的形成》，杨立华等译，北京：生活·读书·新知三联书店，2009年，第207—215页。有关鲁滨逊"教导"星期五说英语这一场景所蕴含的种族政治、殖民话语、主体性认知与知识-权力关系，参见姜小卫：《他者的历史：被砍掉"舌头"的礼拜五》，《外国文学评论》2014年第2期，101—115。

2.　布尔迪厄：《国家精英：名牌大学与群体精神》，杨亚平译，北京：商务印书馆，2005年，第179—183页。

3.　哈罗德·伊尼斯：《帝国与传播》，何道宽译，北京：中国人民大学出版社，2003年，第38页。

机制在个人层面的表现，体现了现代国家对公民身份的书写[1]。

　　吉姆的教育者角色从其名字上可见一斑。他的姓氏为"伯丹"（Burden），点明了他作为本土美国人的"责任负担"。此词在美国19世纪后期到进步主义时期的社会改革话语中持续出现，具有鲜明的种族和帝国色彩。1875年美国国会第一次对外来移民实行控制，宣布禁止妓女和罪犯入境，后来范围扩大到精神病患者、智力障碍者等"可能成为社会负担"的人。进步主义时期美国的庇护所改革目的正是避免那些异质分子成为社会负担。"白人的负担"这一短语则阐释了美国的"天定命运"。1899年鲁德亚德·吉卜林（Rudyard Kipling）在凯瑟后来担任编辑的《麦克卢尔杂志》发表《白人的负担》（"The White Man's Burden"）一诗，恳请美国人担负起照拂"野蛮"民族的重任。在这个语境下，吉姆的姓氏无疑折射了整个美国对自身形象的定位，暗示着他担负的民族使命。这种使命感是吉姆所有行事的原因，所以在小说第三卷《莉娜·林加德》中他压制了个人欲望，决然离开了让他动心的莉娜。莉娜的温柔让他沉迷，"整个星期天的早上都呆呆地坐在那儿看着她"（MA 282）。这让吉姆警觉不能因私废公，对莉娜说："我同你在一起，永远也不会有更高的要求"（MA 292）。这个更高要求便是民族责任。"伯丹"身份在文中有一个喜剧性的反讽：波兰移民奥丁斯基先生也爱上了莉娜，将自己视为与吉姆一样的"负有义务的上等人"（noblesse oblige），以保护莉娜的

1.　霍滕丝·斯皮勒斯（Hortense J. Spillers）对美国女性黑奴身份的分析与此例有相似之处。母亲与自己的孩子之间有天然的亲缘，也因此拥有自然法意义上的相应权利。但在奴隶制政治经济中，女奴的孩子只是经济生产中的一部分，完全归奴隶主所有，与女奴没有任何关系。"亲缘"的丧失是征服逻辑的一部分。参见Hortense J. Spillers, "Mama's Baby, Papa's Maybe: An American Grammar Book," *Diacritics* 17.2 (1987): 64-81.

骑士自居。他自封的庇护责任甚至拓展到了充当美国的教育者这个角色：他写文章攻击林肯市民缺乏音乐品位，尽管无人理会，却"深信林肯市的公民已经温顺地接受了'粗俗的野蛮人'这个形容词"（*MA* 288）。实际上他因为新移民的身份饱受贫苦和歧视，是吉姆的对应面。

吉姆作为教育者的身份还体现在他的大学经历上。吉姆从草原到小镇，再到波士顿的哈佛大学，无不体现了美国庇护所形象构建过程中的教育实践。大学这个教育机构的本质是美国作为庇护所的国家认同在进步主义时期所展现的特殊形态。19世纪末，美国社会职业化和规则标准化进程的迅速发展催生了现代大学的产生。大学成为专业化文化得以成熟的母体，专家确立权威的中心，个体寻找可使用的历史、经济、政治和社会的科学知识的场所。追寻"可使用的过去"的使命与进步主义时期知识分子的文化立场完全相合，大学于是成了彰显美国身份的特殊场所。大学校长在就职演说中都强调，大学必须明确体现美国性，它是一个体现"国家历史与品质"之独特性的国家机构。康奈尔大学第一任校长安德鲁·迪克森·怀特（Andrew Dickson White）在就职演说中将大学定位为"迎合美国人民、美国的需要、我们的时代"[1]。这在进步主义时期即是迎合商品经济，坚持顾客导向和消费者导向。吉姆所上的"赠地大学"便体现了这一导向，意在让劳工阶级子弟能获得实用的大学教育。这些措施致力于"推广民主"、增加美国的财富和提高美国的国际地位。因此，赠地大学并非是脱离社会的象牙塔，而是接受"进步"理念、以商品经济为发展基础的社会机构。《我的安东妮亚》中的西部大学履行了

---

1. Caroline Winterer, *The Culture of Classicism: Ancient Greece and Rome in American Intellectual Life, 1780-1910*, Baltimore: Johns Hopkins University Press, 2002, pp.288-293.

它们的进步主义使命，接受了许多"直接从玉米地里过来，口袋里只有一夏天的工钱"的农村学生；而大学本身"从草原中抬起头来不过短短数年，有一种努力向上、满怀期望和感到前程似锦的气氛"（MA 258）。此处有关大学的描写与《啊，拓荒者!》中对玉米田的描写极为相似，体现了"大学"与"玉米田"两个庇护所意象在本质上的一致性。

在大学里，吉姆没有选择实用的专业，而是专修古典文学。从表面来看，这个学科与吉姆最终的职业（铁路公司的"法律顾问"）毫不相关，甚至相互矛盾，可它却恰恰体现了吉姆作为进步主义时期美国代言人的地位以及他的"创新性怀旧"。在赠地大学的出现及其运转过程中，拥有大片土地的财团和铁路公司攫取了大学运作的诸多权力，打着"改善社会状况"旗号为自身获取精英地位[1]。吉姆的铁路工作也与西部教育进程联系在一起。他"怀着个人的深情热爱着他的铁路经过那里或正扩展支线通向那里的广大农村。他对于土地的信心和知识，对它的发展起了重要作用"（MA "Introduction"）。吉姆的"信心和知识"催生的不仅是铁路公司的发展，更是西部教育的发展，让当地孩子能够"谈论他们的学校和新来的教师"（MA 216）。所以吉姆一再提及他的精神导师克莱里克推崇的维吉尔，声称自己能够体察维吉尔写《农事诗》的感受："以一个好人的感激心情对自己说：'我是第一个把诗神缪斯带进我的故土的人'"（MA 264）。将这一自我定位置于当时铁路与教育之关系的历史语境下，便可见吉姆对于国家进程的参与。维吉尔的诗歌写于罗马帝国最繁盛的

1.   Alan Dawley, *Changing the World: American Progressives in War and Revolution*, Princeton: Princeton University Press, 2003, p.63; Catherine Chaput, "Democracy, Capitalism, and the Ambivalence of Willa Cather's Frontier Rhetorics: Uncertain Foundations of the U.S. Public University System," *College English* 66.3 (2004): 310-334.

时期, 而吉姆学习古典文学无疑是有意为之的怀旧之举, 彰显了他对"帝国"的信心。在18世纪和19世纪前半期的美国, 古典主义深入公民教育之中, 对现实生活起着"经验的明灯"般的指导作用。掌握古典文学最多的人是律师。而在19世纪末期的美国大学, "应用型科学"大行其道, 拉丁文、希腊文等古典课程在美国大学里失去了核心地位, 选课的学生比例逐年下降。就如吉姆所言, 拉丁文"不在我们高中的课表之上"(*MA* 227)。古典人文学科不再为当下政治提供指导, 成为"现代性"和"有用性"的对立面。古典学者对此反击道, 人文学科从来都与"有用"无关。哈佛的艺术史学家查尔斯·埃利奥特·诺顿(Charles Eliot Norton)便将古典文学誉为"反对物质权力和占有之虚荣的先锋"。它不为学者提供实用利益, 而是提供更高的精神真实: "文化"(culture)。"文化"概念产生于19世纪中期, 19世纪后期开始流行。古典主义者以"文化"为基础提出社会政治结构的设想, 倡导一个"向大众敞开的贵族体制"。这个体制以"民主贵族"(democratic nobility)阶层为核心, 通过公共图书馆、博物馆等这些"教育和提升人民的合法工具"普及"美学文化", 满足国家在物质的、工业的和精神层面的利益[1]。古典主义者的社会构想维护了当时知识分子的精英地位, 符合"专家–民众"的教育模式。因此, 吉姆的古典文学爱好者与铁路公司法律顾问两个头衔相辅相成——毕竟当时的中上层阶级对古典艺术品的追求依赖于工商业对那些艺术品的大量仿制和批量生产——共同体现了吉姆超然的教育者地位。

吉姆中产阶级精英的身份在小说中还通过一个镜像角色体现出来:

---

1. Caroline Winterer, *The Culture of Classicism: Ancient Greece and Rome in American Intellectual Life, 1780-1910*, Baltimore: Johns Hopkins University Press, 2002, pp.17-18, pp.114-115.

流浪汉。在小说第二卷《帮工姑娘们》中，吉姆一家搬到黑鹰镇上生活，听到了一则年轻流浪汉的故事。此人来到镇上，声称自己"厌倦了不停流浪"（MA 178），之后跳进打麦机里自杀，口袋里留下一首从报纸上剪下的诗歌。那首诗名为《旧橡木桶》（"The Old Oaken Bucket"，1817），抒发了对家乡和童年的回忆。这些主题与吉姆对安东妮亚和西部草原的回忆非常类似，有评论家因此认为"流浪汉的故事是吉姆故事的模板"[1]。这一看法没有考虑流浪汉和吉姆的身份、地位等诸多差异。最重要的差异是他们对周围世界的认知：吉姆对待移民的态度是选择性的，欢迎那些具有"良好的品质"、经过教育能够融入美国的移民；但流浪汉对移民完全排斥。在小镇上，他对周围人说："啊呀天哪！原来是挪威人哪？我还以为这里是米国呢"（MA 178）。他充满敌意的话带有极端本土主义色彩，对无论好坏的移民一概排斥的态度违反了美国的庇护所形象构建主旨。因而，流浪汉被大家认为是"疯子"，受到了道德谴责。老移民对他的死不屑一顾：哈林太太随意地打断了故事，注意力早就转到太妃糖上了。流浪汉形象是吉姆身份的反衬，展示了未能承担"责任"的美国人是失败的"教育者"，最终反而成为庇护所的负担。20世纪初，流浪汉不再像19世纪中后期那样遭人厌恶，而是被中产阶级报刊浪漫化为特立独行的、对抗工商业经济破坏传统社会结构的旧式英雄，代表着"从受人尊敬到衣衫褴褛"的逆反美国梦[2]。但这不过是进步主义者的怀旧而已，目的在于掩盖或美化美国未能为流浪汉提供庇护的事实。在凯瑟的

1.   Judith Fryer, *Felicitous Space: The Imaginative Structures of Edith Wharton and Willa Cather*, Chapel Hill: University of North Carolina Press, 1986, p.286.

2.   Kenneth L. Kusmer, *Down and Out, On the Road: The Homeless in American History*, New York: Oxford University Press, 2002, pp.99-121, pp.181-183.

"草原小说" 系列中, 流浪汉一直被视为社会威胁。《啊, 拓荒者!》中亚历山德拉的两个弟弟反对她与卡尔结合的理由, 便是卡尔像个没有钱的 "流浪汉", 将会攫取她的 "财产"(*OP* 150-151)。《我的安东妮亚》同样认为流浪汉偏离了美国建构庇护所身份的国家进程, 因而连新移民都不如。安东妮亚说: "怎么有人会在夏天想到自杀? 还是在打场的时候! 那时候到处都好极了"(*MA* 115)。流浪汉的行为与夏默达先生的自杀相互衬托, 都体现了对美国这个庇护所的背叛。

吉姆与流浪汉的身份对比展现了美国建构国家形象过程中的阶级、种族和帝国政治。造成流浪汉无栖息之所的根源恰恰是吉姆所代表的铁路公司, 以及美国在国家形象塑造过程中的一些措施。然而, 流浪汉谴责的对象不是铁路和美国政府, 却是那些新移民。吉姆从城市回草原探亲、流浪汉能够从外地一路来到乡村, 都依赖于铁路的发展。但也正是这个发展造成了流浪汉的境况。在进步主义时期, 美国国际地位上升, 在国内大肆兴建地标建筑以展示经济技术实力和帝国气度。由于铁路公司举足轻重的地位, 当时最气派的两栋建筑是1907年华盛顿特区建造的联合火车站和1910年纽约建造的宾州火车站。为了这两项工程, 华盛顿特区的斯万普德尔(Swampoodle) 贫民区和纽约的地狱厨房(Hell's Kitchen) 贫民区被清除, 大量贫民沦为流浪汉[1]。这种违背庇护所原则的行为却打着 "改良" 庇护所的旗号得以实施, 是当时 "城市美化运动" (City Beautiful movement) 的一部分。该运动开始于1897年, 意在改善美国乡镇和城市的衰败面貌, 到1902年成为了与进步主义社会改革融为

1.　Alan Dawley, *Changing the World: American Progressives in War and Revolution*, Princeton: Princeton University Press, 2003, pp.24-25.

一体的全国性运动。这场运动的思想基础是维护公共福祉的公民爱国主义，要求每一位居民都成为承担起各自责任义务的"好公民"[1]。其受欢迎的原因在于提出了超越族群、阶级等差异的主张，用国家理想整合不同团体。然而在实践过程中，国家理想遮掩而非清除了阶级和种族政治。阶级和种族弱势群体成为国家进程中的牺牲品，却把自身境况归咎于其他群体。《我的安东妮亚》中的流浪汉怀念一个没有移民的"原初"美国，便是将自身所受的阶级不公转化成了种族政治。

3. "这些外国佬就是不一样"：异质因素的清除

美国的庇护所身份建构过程中除了"教育"机制外，还有"清除"机制。如果移民威胁到庇护所的合法性和纯洁性，或者缺乏对庇护所的绝对忠诚，则终将被边缘化，乃至完全被排除在外，在美国历史叙事中缺席。《我的安东妮亚》中，教育机制表现为怀旧，清除机制则表现为遗忘。那些不能被教育，从而不能被美国吸收的异质因素被强行压入国家历史的最底层，丧失了在美国空间的存在痕迹。正如评论家所言，暴力是美国的国家构建过程的关键一环，对暴力历史的"记忆与遗忘"是国家叙事中的基本特色[2]。暴力与遗忘的合法性来自种族血统的道德化。比如，小说中奥托这样评论移民："他们和我们不同。这些外国佬就是不一样。你不能相信他们会光明正大。……他们不值得信任。"吉姆也说，他们"本质上"都与"寄生虫"克拉纪克一样（MA 130）。将道德缺陷与

---

1.   Jon A. Peterson, *The Birth of City Planning in the United States, 1840-1917*, Baltimore: Johns Hopkins University Press, 2003, pp.100-101.

2.   Blythe Tellefsen, "Blood in the Wheat: Willa Cather's *My Ántonia*," *Studies in American Fiction* 27.2 (1999): 229-244, p.231, p.235.

种族血统在"本质上"相联系的思维模式在历史上促成了《排华法案》的通过，在小说中则将印第安人、黑人、不受欢迎的"疯子"移民以及俄国人驱逐出了叙事空间之外。

对美国作为庇护所的合法性构成最大威胁的是印第安人。美国的国家起源篡夺了印第安人在新大陆定居的自然权利，从根本上违背了庇护所原则。印第安人也因而成为美国庇护所身份叙事中不能言说的存在，在小说中遭到了象征性的毁灭。吉姆和安东妮亚到草原后不久，便在吉姆祖父母家的果园里打死了一条大蛇。吉姆把蛇比喻成伊甸园里的恶魔，吹嘘这一"伟绩"确立了自己的男子汉地位："一定是在白人最初来的时候就已经在这里了，还是野牛和印第安人时代遗留下来的。……它简直像古代最久远的恶魔"（MA 47）。吉姆以驱魔仪式证明打蛇行为的正义性，他的态度却夹杂了不正常的仇恨和急切的自我辩解："我现在为了泄恨而拼命砍"（MA 46），以及"人世间并没有让响尾蛇舒舒服服活下去的义务"（MA 49）。尽管小说也曾将克拉纪克比作一条寄生响尾蛇，但引起吉姆焦虑的这一意象主要与印第安人联系在一起。在欧洲人起初对于美洲大陆的"天堂"和"庇护所"的想象中，印第安人本以"高贵的野蛮人"（noble savage）的形象与纯真、自然相联系，彰显新大陆重新开启"黄金时代"的可能。然而在欧洲人建立殖民地后，印第安人的生活方式对欧洲基督教文明构成了严重威胁。这导致印第安人在欧洲想象中的形象转化成恶魔撒旦的代表[1]。在基督教文明之中，蛇与恶魔的联系毋庸赘言。词源考究表明，草原游猎原住民苏人的名称（Sioux）的意

1. Bernard W. Sheehan, *Savagism and Civility: Indians and Englishmen in Colonial Virginia*, Cambridge: Cambridge University Press, 1980, pp.37-64.

思便是"蛇"；《我的安东妮亚》问世后，当时的评论界和普通读者也都这么理解小说中蛇的意象[1]。小说中"黑鹰镇"之名来源于拼死抗争白人侵占土地的印第安酋长黑鹰。1832年5月"黑鹰之战"后，千余人的印第安部落被屠杀至不到一百人。在新教语境下，印第安人的妖魔化成了理所应当，美国人借此消弭了剥夺他们居所的罪恶感。小说中，吉姆还指责草原上的蛇经常袭击"毫无抵抗之力的"猫头鹰和狗，占有它们舒服的屋子，吃掉它们的蛋卵和幼崽（MA 30），破坏了草原上"有序和友善的生活"（MA 44）。这影射了欧洲殖民者与印第安人早期相遇时的情景，体现了美洲历史的扭曲性想象。当时殖民者非常缺乏粮食，极端依赖与印第安人的贸易交换甚至他们的救济，有时还采取偷窃或抢劫的手段，美其名曰"借"。但殖民者的记载为了掩盖自身的窘境而把自己美化成"宁匮乏，不相借；宁饿死，不相赖"的高尚人士，却把印第安人描绘成偷盗成性、破坏白人生活的恶棍[2]。对印第安人的妖魔化想象在《我的安东妮亚》中深入人心，如杰克和奥托这两位"好人"的代表非常肯定地说："那些印第安人围着圆圈跑马的时候，会严刑折磨绑在中央一根火刑柱上的囚犯"（MA 62）。

在进步主义时期，美国国会、政府与民众在讨论印第安事务的政策时总是在一系列二元对立中进行：印第安人要么融入美国文化成为文明人，要么灭亡。1881年，海勒姆·普赖斯（Hiram Price）在《印第安事务专员年度报告》（Annual Report of the Commissioner of Indian

---

1. Michael Gorman, "Jim Burden and the White Man's Burden: *My Ántonia* and Empire," *Cather Studies 6*, ed. Steven Trout, Lincoln: University of Nebraska Press, 2006, 28-57, p.37.

2. Michael A. LaCombe, *Political Gastronomy: Food and Authority in the English Atlantic World*, Philadelphia: University of Pennsylvania Press, 2012, pp.90-107.

Affairs）中说："劳动是文明得以产生的最基本要素……政府能够施与印第安人最大的善意就是教导他们劳动以养活自己，发展真正的男性特质，进而使他们变得自助自强。"另一位印第安事务专员弗朗西斯·沃克（Francis A. Walker）则说，印第安保留区是驯服他们"道德的荒野"，"无法控制的、强烈的动物欲望"的场所。政府应该对他们进行指导，使其接受严格的改造从而变得"勤劳""节俭"[1]。这些言论明显反映了进步主义时期的庇护所理念，试图通过"教育"使印第安人归化为"真正的好美国人"，实现不了这一意图便付诸暴力毁灭。"劳动"成为国家美德，印第安人因为独特的生活方式被视为懒惰和非人。小说中那条在草原上"已经生活了很多年"的响尾蛇因为"生活太安逸"而丧失了活力，这里便是隐喻印第安人的懒惰特征。小说称草原为"空白之地"，这一处女地神话将开垦荒地的功劳全部归功白人，声称没有让响尾蛇般的印第安人活下去的义务，这鲜明体现了美国在塑造自身形象过程中的合法性建构和控制欲望。

小说中另一个与种族"缺陷"相联系而无法教育的代表是黑人盲人音乐家达尔诺。小说对他的描绘具有显著的种族主义色彩："那是一种亲切柔和的黑人的嗓音，就像我记得在很小的时候听到过的那种嗓音，带着驯良奉承的腔调。他的脑袋也长得像黑人，简直没有后脑勺，耳朵后面除了剪短的羊毛似的卷发下面起褶的颈子外，什么也没有。如果他的面孔不是那么和蔼愉快的话，那就会使人感到反胃"（*MA* 184）。描写呼应了当时黑人"温顺""弱智""劣等"的刻板印象，强化了黑人与美

1.　转引自Melissa Ryan, "The Enclosure of America: Civilization and Confinement in Willa Cather's *O Pioneers!*," *American Literature* 75.2 (2003): 275-303, pp.289-290.

国社会的不同，致使评论家伊丽莎白·安蒙斯认为凯瑟具有种族主义态度[1]。无论作者凯瑟的立场如何，这个角色都体现了强烈的"疏离感"，无法被以盎格鲁—撒克逊裔白人新教文化为基础的美国所吸收，因而成为美国历史压制和忘却的因素[2]。真正导致达尔诺不能受到美国庇护的"道德缺陷"是他的混血身份，以及与吸食鸦片这一"东方恶习"的联系。小说多次强调他的黑白混血身份，将其"黄色"的皮肤形容为异乎寻常的"丑陋"和"愚蠢"。在整个凯瑟的创作中（如《教授的房屋》），黄色都是一种带有文化含义的禁忌肤色。在《我的安东妮亚》中，最令人反感的人物威克·卡特老了之后"像一只黄色的猴子"（MA 361）。这一肤色描写呼应了19世纪末20世纪初的"黄祸"论（Yellow Peril），将达尔诺和卡特与当时的华人移民联系在一起，明确点出了他们相对于美国的"不可吸收"性。他们皮肤发黄的原因应该是吸食鸦片，因为达尔诺癔症发作时用的是"鸦片药"（MA 188）。这种行为触犯了进步主义时期美国的国家禁忌，属于不可容忍的异族行为。鸦片在美国的使用自殖民时代便已开始，当时它被视为古老的万能圣药，尤其多用于痛经等妇科病。1856年现代医用注射器的发明使鸦片摄入的方式变成静脉注射，导致"成瘾"（addiction）的概率大大增加。19世纪后半期，随着医疗技术的进步与文

1.　Elizabeth Ammons, "My Ántonia and African American Art," New Essays on My Ántonia, ed. Sharon O'Brien, Cambridge: Cambridge University Press, 1999, 57-83.

2.　Keith Wilhite, "Unsettled Worlds: Aesthetic Emplacement in Willa Cather's My Antonia," Studies in the Novel 42.3 (2010): 269-286, p.278; Lisa Marie Lucenti, "Willa Cather's My Ántonia: Haunting the Houses of Memory," Twentieth Century Literature 46.2 (2000): 193-213, p.206; Linda Joyce Brown, The Literature of Immigration and Racial Formation: Becoming White, Becoming Other, Becoming American in the Late Progressive Era, New York: Routledge, 2004, p.102; Jeffrey Swenson, "Art and the Immigrant: The Other as Muse in Cather's My Ántonia and Rølvaag's Boat of Longing," MidAmerica 32 (2005): 16-30, p.26.

化背景的变化,医生意识到了成瘾对人类主体性的威胁,开始呼吁弃用鸦片。成瘾是极端依赖的体现,让人类成为丧失理性和自主性的欲望奴隶[1]。致人成瘾的药物都是鸦片提炼的生物碱,如吗啡、海洛因等,医学界认为它们会导致本已在工业化时代高度紧张的人体神经系统退化,并随着遗传机制传给后代[2]。

随着文化思想的变化,鸦片的吸食开始与种族的"道德缺陷"联系起来,成为"东方"的,尤其是华人的堕落行为。1868年第一位白人在唐人街贫民区染上烟瘾,引起了美国医学界的高度警觉[3]。他们大声疾呼鸦片将导致美国的衰弱,并触发道德崩溃;一位医生将在封闭空间中吸食鸦片与在恶魔庙里崇拜撒旦联系在一起。美国民众也都认为,鸦片是当时(晚清)中国社会进步停滞、国力衰退并陷入国际困境的根本原因。于是,吸食鸦片被等同于华人的种族低劣性,被认为是违背基督教信仰的恶魔行为。加之吸食鸦片会使人的皮肤变得黑黄发乌,英美医学界将之称为"东方病征",惊呼吸食鸦片会使盎格鲁-撒克逊白人堕落成为

---

1. 19世纪末,美国出现了一种裹挟整个社会的文化焦虑,开始担忧个体理性的丧失。自启蒙运动以来,"自我"概念指独立的个体理性意识,个体理性被认为是主体性的绝对前提和基础。但进入工商业高度发展的现代之后,尤其是19世纪末,社会经济、技术和思想理论的发展在各个层面冲击了个体的理性独立,导致了"自我"身份的危机。公司经营式的资本主义运营模式脱离了人类的掌控;技术的发展减弱了人类劳作的重要性;而达尔文(Charles Darwin)的进化论、弗洛伊德(Sigmund Freud)的潜意识等都否定了人的理性对自身欲望和命运的掌控权。这些冲击使个体丧失了以往的"独立"性而变得相互依赖,引发了美国人的恐慌。在医学界,这一焦虑被称为"美国狂躁症"(Mania Americana),参见Timothy A. Hickman, "'Mania Americana': Narcotic Addiction and Modernity in the United States, 1870-1920," *The Journal of American History* 90.4 (2004): 1269-1294.

2. David T. Courtwright, *Dark Paradise: Opiate Addiction in America before 1940*, Cambridge, MA: Harvard University Press, 1982, pp.126-128.

3. Martin Booth, *Opium: A History*, New York: St. Martin's Griffin, 1996, p.17, p.103, p.194.

"东方人"。一位英国人给美国研究鸦片史的专家约翰·帕尔默·加维特
（John Palmer Gavit）写信道："只有低等和堕落的种族才会犯下这种嗜
药的道德恶行，并受它的奴役；因而任其自由发展，甚至有意鼓励贩药
商业是件好事，可以把那些贱民人口全部消灭，进而让低等民族灭亡。"[1]
到了19世纪90年代，对鸦片的医学警告已经从专业的医学期刊拓展到大
众媒体和学校的教科书，鸦片的种族化成为全民的共识。成瘾人群也随
之从之前的中上层阶级白人女性患者转变为寻求感官刺激的城市下层健
康男性[2]。吸食人群的变化导致美国人对鸦片的态度愈发严厉。在1870年
以前，中产阶级女性的鸦片成瘾只被视为正常人的意志不坚定；但到了
进步主义时期，鸦片成瘾却被等同于精神变态和性格扭曲，成为"该死
的麻烦"。医生要求将成瘾者送到远离城市的农场"庇护所"中，强制他
们工作。对于政策制定者来说，这是"为他们自身着想，为社会安全着
想"[3]。《禁烟法案》（Smoking Opium Exclusion Act, 1909）与《哈里森毒
品税法》（Harrison Narcotics Tax Act, 1914）的颁布在法律上确认了鸦片
吸食的严重性和异质性。

在这样的语境中，驱逐鸦片于是成为承载社会控制理念、维持美国
社会纯洁的文化行为。面对白人女孩与华人在唐人街的烟馆里厮混在一

---

1. John Palmer Gavit, *Opium*, New York: Brentano's, 1927, p.62.

2. David T. Courtwright, *Dark Paradise: Opiate Addiction in America before 1940*, Cambridge, MA: Harvard University Press, 1982, pp.42-54, pp.124-125. 关于鸦片吸食与贫穷的关系，另参见 Martin Booth, *Opium: A History*, New York: St. Martin's Griffin, 1996, pp.51-66.

3. Martin Booth, *Opium: A History*, New York: St. Martin's Griffin, 1996, p.63; David T. Courtwright, *Dark Paradise: Opiate Addiction in America before 1940*, Cambridge, MA: Harvard University Press, 1982, pp.137-138, p.142. 与这些"禁毒所"相对应的空间形象是"中国人的吸烟室"，以阴暗、肮脏、烟雾缭绕的环境呈现了身份的丧失。参见Anthony W. Lee, "In the Opium Den," *PMLA* 125.1 (2010): 172-176.

起这一"令人恶心"的状况，美国医学界呼吁政府必须保护本国的人民："当竭力维护种族之纯洁……阻止与劣等民族相融合。"种族玷污的焦虑在当时的流行歌曲中有所反映，如《钟熙罗和玛丽》（"Chung Hi Lo and Mary"）这首歌描写了一位白人少女出于好奇进入中国人钟熙罗的鸦片馆，有人"塞给她一只戒指，一个金色的东西"，结果她染上毒瘾后被杀害并抛尸河中[1]。这只戒指要么暗喻婚戒，要么是一份环形的熟鸦片。无论哪种情况，都引发了美国人对于种族玷污的强烈焦虑。《我的安东妮亚》可能挪用了这首歌。在吉姆教安东妮亚学英语这一场景中，安东妮亚为了表示谢意，执意要把自己的戒指送给吉姆。吉姆对此反应非常激烈："我坚决拒绝了。我不想要她的戒指，而且感到她这样想把她的戒指送给一个以前从没见过面的男孩子，有点太随便了。如果这些人就是这样待人接物的话，难怪克拉纪克能够拿捏住他们"（MA 27）。真正让吉姆退避三舍的并非性别行为的不恰当，而是尚未归化的安东妮亚身上的异族性对纯粹"美国性"的威胁，所以他将对安东妮亚个人行为的不满上升到对"这些人"这一种族整体的指责。在小说中，他者种族身份的标记便是鸦片之类的食物：只有夏默达太太和黑人一样吸食鸦片，"边干活边嚼罂粟子"（MA 121）。祖母烧掉了夏默达太太送给她的野蘑菇干，因为它们来自异族移民的故乡森林。祖母在安东妮亚一家初到草原、百事艰难之时施以援手，给他们家送去食物。作为回报，夏默达太太"郑重其事"地给祖母一些干蘑菇，夸耀它们"好得很。你们国家没有"。祖母回答道："我宁愿吃我们这里的面包，不愿吃你们那种"（MA 78）。祖

1.　Diana L. Ahmad, "Opium Smoking, Anti-Chinese Attitudes, and the American Medical Community, 1850-1890," *American Nineteenth Century History* 1.2 (2000): 53-68, pp.59-61.

母不认识那些"古怪的"东西，既"不敢吃"也"不想吃"。祖母对异族食物的摈弃是净化美国的控制行为。在凯瑟的创作中，鸦片这一"食物"和"药物"是进步主义美国阳光下的黑色阴影，凡是与之相联系的人与事都被清除出美国庇护所之外，就如《啊，拓荒者！》中与罂粟花相联系的波希米亚人玛丽最终香消玉殒一样。

"道德缺陷"的种族化与社会控制机制在小说的疯癫角色中得到了极端体现，为美国的庇护所身份增加了一个奇怪的变体："疯人院"。病患概念在进步主义时期逐步有了阶级、种族和性别的偏见。从1890到1930年，病患——无论是精神层面的还是肉体层面的——在医生的眼里从需要治疗的群体变成了需要强力控制的危险人群[1]。"意志薄弱"（feeble-mindness）与堕落成为同义词。在凯瑟的小说中，这些异质个体蜷缩在美国这个庇护所的最边缘，只能通过沉淀在文中的穿插故事显现自身存在。安东妮亚患有并指症的弟弟马雷克在外人的眼里就是一只"弱智"的动物，不知冷暖，不会正常说话。不会说英语的他是异族性与"缺陷"相等同的"完美"角色：他极力讨好别人，拼命干活，最终还是"因为发痫变得暴力，早就被送到一个教养院里去了"（MA 314）。实际上，并指畸形患者一般都神志健全，而且即便在智力受损的最严重情况下也不会暴力伤人[2]。马雷克最终被家人送到以限制和清除为职能的"教养院"，真正原因显然是全家只有他这个"弱智"学不会种玉米（MA 132）。相对于美国的无用性注定了马雷克被视为"疯癫"而遭到清除的命运。这

1. Gregory Michael Dorr, "Defective or Disabled?: Race, Medicine, and Eugenics in Progressive Era Virginia and Alabama," *The Journal of the Gilded Age and Progressive Era* 5.4 (2006): 359-392, p.360.
2. Patrick Shaw, "Marek Shimerda in *My Ántonia*: A Noteworthy Medical Etiology," *ANQ* 13.1 (2000): 29-33, p.32.

一形象是跨文化交际中的畸形秀（freak show），就如吉姆打死的那条蛇一样是"马戏团的畸形怪物"（*MA* 45），展示了弱势种族在白人关于自我的想象中被动物化、边缘化的过程[1]。另外一个例证是疯子玛丽。她本是一位使放荡的水手丈夫奥勒"改邪归正""规规矩矩"的好妻子，到了美国后却被关进了疯人院。她并非神志不清，所做的不过是将家里的烦心事不断讲给邻居听，心理失衡时威胁烧掉邻居的谷仓；从疯人院逃回家后"承诺要变好"才获得留在家中的资格。她"不正常"的真正缘由是美国这个"庇护所"给夫妻俩造成的经济压力："倒运成了习以为常的事"（*MA* 166）。奥勒成天盯着漂亮的挪威姑娘莉娜，其实是想缓解压力，却引得玛丽醋意大发，屡次持刀追杀莉娜。这个场景被小说处理得轻描淡写，甚至颇具喜感，用两性道德问题掩盖了以容貌为基本特征的种族暴力。在吉姆的眼中，玛丽是"丑八怪"（*MA* 282）。这样的言辞尤其被用来形容"低等"种族：爱尔兰人安森·柯克帕特里克"非常自负，丑得像只猴子"（*MA* 183）；"拉普女人又胖又丑，有一对斜视的眼睛，像中国人那样"（*MA* 242）。容貌与种族优劣性的联系是社会达尔文主义者的发明，用优生学说将外貌作为种族特性的表征，与注视、主体等概念联系在一起，影响到美国的民族想象。

对于美国的国家身份建构而言，属众的忠诚和对国家的信心亦至关重要。移民的忠诚表现为切断与故国的情感联系，转向认同美国，这是他们成为"好美国人"的必要条件。安东妮亚说她父亲夏默达先生不愿来美国时，遭到吉姆"正颜厉色"的训斥："不喜欢这个国家的人应当待

---

1. 参见 Thomas Fahy, *Freak Shows and the Modern American Imagination: Constructing the Damaged Body from Willa Cather to Truman Capote*, New York: Palgrave Macmillan, 2006.

在自己的国家里，我们又没有请他们来"（*MA* 89）。对美国缺乏认同感的夏默达先生最终开枪自杀，通过死亡放弃了美国的庇护。他的背叛是个人行为，因此能在小说中得到呈现。但吉姆的情绪却不是面对死亡应有的悲伤低沉，而是充满欢悦，"带着兴奋期盼着新的危机"（*MA* 94）。在文化相遇的过程中，强势文化在完全征服了弱势一方之后，愉悦感总是伴随怀旧感出现——柔软的感伤遮掩了征服的暴力，也确认了弱势种族消失的不可避免性[1]。这种文化心态在奥托的行为上得到了印证。奥托为夏默达先生抬棺时哼着德语歌，"仿佛这事情将他带回了旧时光"（*MA* 110）。怀旧的情绪与死亡和棺材联系在一起，所表达的正是对当下的强调、对美国效忠的要求。

　　小说中，对移民不忠的谴责主要通过嵌入的"彼得的故事"表达出来。俄国犹太移民彼得和帕维尔是"被拔了根的人"，"由于极麻烦的事"逃到美国（*MA* 33）。他们对美国也有认同，将之当作自由的庇护所，说"他的国家富人才会拥有奶牛，而这儿任何人只要愿意都可以拥有"（*MA* 35）。但他们显然并没有被美国接纳，一直属于这个庇护所的异质人群。他们最引人注目的行为是吃西瓜。西瓜在20世纪的美国出于未知的原因（可能是因为原产自非洲）被与黑人联系在一起，具有强烈的种族否定意味[2]。他们的异质性导致了自身的边缘化和妖魔化："人们对他们感到害怕，连提都不愿提到"（*MA* 51）。其中的缘故在帕维尔临死前的忏悔中得到了解释：他们一直背负着过去的阴影。两人在故乡迎亲时遇

---

1.   Pauline Wakeham, *Taxidermic Signs: Reconstructing Aboriginality*, Minneapolis: University of Minnesota Press, 2008, p.20; 另参见Michelle Burnham, *Captivity and Sentiment: Cultural Exchange in American Literature, 1682-1861*, Hanover, NH: University Press of New England, 1997.

2.   John Leland, *Aliens in the Backyard: Plant and Animal Imports into America*, Columbia: University of South Carolina Press, 2005, p.12.

见狼群，惊恐中把新娘扔下马车喂狼，也顺手推下了解救新娘的新郎。他们逃回村庄后被愤怒的村民赶走，只好逃到美国安身。这个故事的原型应该是1842年的"霍尔姆斯案"（United States v. Holmes）。在这个案件中，一艘从利物浦驶往费城的移民船在海上发生事故下沉，水手霍尔姆斯为了减轻救生艇的负载而将一些乘客抛进大海。他在法庭上辩解自己的行为属于紧急避难，获得了大陪审团的同情[1]。《我的安东妮亚》将这一案例挪用到俄国移民身上，有着超乎道德之外的国家政治因素。从某种层面来说，抛弃新娘的行为隐喻美国在进步主义时期抛弃女性化"过去"、迎接现代性的国家经历，与小说中很多抛弃女性气质的细节形成了呼应——如吉姆在圣诞节送给雅尔佳的童书以《拿破仑宣布与约瑟芬离婚》为标题（MA 81）、莉娜对妻子和母亲角色的拒绝等等。这一行为本应获得美国社会的认可，但彼得和帕维尔却因此被驱逐出美国的空间建构和历史建构之外。评论家约翰·马修斯（John T. Matthews）认为，这个插曲体现了经济社会的弱肉强食性：美国人是遵从丛林法则的野狼，扑食以夏默达先生为代表的新移民；新移民成了国家进步过程中的献祭品[2]。但导致俄国人彼得和帕维尔成为献祭品的却并非美国的丛林法则，而是故国经历。美国对他们的驱逐，更应该被理解为美国拒绝背叛，只为真正的"好人"提供庇护。从当时的历史语境看，他们的族群身份使

---

1. 这一案例与1884年的"女王诉达德利与斯蒂芬斯案"（Regina v. Dudley & Stephens）都是挑战人类道德体系、引起法律界巨大争议的著名案例。法学家朗·富勒（Lon L. Fuller）曾专门虚构了一个"洞穴奇案"，探讨不同的法律哲学立场对案件的不同判决。详见彼得·萨伯：《洞穴奇案》，陈福勇、张世泰译，北京：生活·读书·新知三联书店，2012年。

2. John T. Matthews, "Willa Cather and the Burden of Southern History," *Philological Quarterly* 90.2-3 (2011): 137-165, pp.143-144.

得这一故事在美国呈现出不可饶恕的道德罪恶。故事中，狼群在夜里像军队般成群地集结，追杀参加婚礼的人们；吉姆则从这个故事获得"既痛苦又独特的乐趣"，将被狼吃掉的人比作"献祭品"，并在想象中将故事发生的地点挪到了美国，变成了美国的故事（MA 61）。这些细节暗示故事乃是一则政治寓言，隐喻《我的安东妮亚》成书前即将结束的第一次世界大战，呈现了俄国犹太人在爱国问题上与美国本土主义的冲突。彼得和帕维尔抛弃新娘的行为可被视为战争隐喻，呼应了当时美国对犹太移民"不爱国"的指责。战争期间，犹太人心系在故土仍然被沙皇压迫的同胞，特别期盼德国能够打败属于协约国的俄国，为此不希望美国参战，并逃避兵役。这一行为引起了美国公民的强烈不满。在这一背景下，彼得和帕维尔的个人道德罪恶变成了犹太人集体的政治不忠，他们也因此丧失了美国的庇护资格。帕维尔的死和彼得的不知所终，是庇护所对不忠分子的清除。

4. "你确实是我的一部分"：新移民的归化

为了服务于美国的庇护所形象构建，吉姆这样的"教育者"选取那些被美国接纳的移民，消除他们的异族特质，使之成为体现国家荣光的个体。其手段便是通过怀旧手法，提高他们在美国国家想象中的地位，转而证明现实秩序的合法性。《我的安东妮亚》中的怀旧对象是安东妮亚。吉姆对她说："我真希望有你做我的情人，或是妻子，或是母亲、姐姐——只要是女人对男人来说能成为的角色，什么都行。你的想法是我思想的一部分；你影响了我的爱憎、我的趣味，在不知不觉中影响了我千百次。你确实是我的一部分"（MA 321）。吉姆对安东妮亚的认可，体现了移民不再只是接受美国庇护的弱者，而是为这个庇护所建设做出贡献的公民。对于安东妮亚而言，美国的教育机制在她的思想和身体上打下了印记，让其成为了美国历史的载体[1]。她的身份也经历了从 "外国人"到 "美国母亲" 的转化，最终成为 "真正的" 美国人。

安东妮亚的身份转化首先是对女性特质的规训，将原本属于个人的欲望纳入国家历史进程之中。吉姆对安东妮亚的定位囊括了女性对男性可能成为的所有角色，唯独没有考虑到女性的自我身份，由此体现了这一内涵。在小说中，女性特质的规训场所是黑鹰镇的哈林家。哈林家是进步主义时期美国的象征：哈林先生是粮食经销商，在铁路运输为基础的农商业中体现着现代美国的扩张性[2]；哈林太太是 "美国母亲"，将儿子送入海军学院；哈林家的儿子后来在 "加勒比海某处巡航的战舰上"（MA 305）参与美帝国的扩张事业。当时的美国社会认为，一支强大的海军是美国人的生命和家园得以保全的必要条件。家庭主妇相信，只有在军队的保护下，她们才能履行自身的母亲职责。新成立的海军协会妇女分会（Women's Section of the Navy League）、美国革命女儿会（Daughters of the American Revolution）和各个女性俱乐部里充斥着这样的思想和言谈[3]。在她们看来，远洋的海军并非是在进行海外侵略，而是在守卫美国庇护所。1899年威廉·麦金利总统说："南方邦联将军的追随

---

1. 在《我的安东妮亚》中，国家进程和个人经历对个体身份的塑造都是通过印记、书写等隐喻表现出来的，个人的身体成了被书写的对象。比如，吉姆在去西部的火车上遇到的售票员身上佩戴着各种组织的徽章，"比埃及的方尖碑记号还多"（MA 4）。而同样经历丰富的水手奥勒则有很多主题为 "水手回家" 的纹身，使他看起来 "像一本图画书"（MA 282）。

2. Allison Carruth, *Global Appetites: American Power and the Literature of Food*, New York: Cambridge University Press, 2013, pp.19-48.

3. Alan Dawley, *Changing the World: American Progressives in War and Revolution*, Princeton: Princeton University Press, 2003, pp.110-111.

者和北方联邦将军的追随者在古巴、波多黎各、菲律宾以及其他远方的岛国肩并肩地战斗，为他们共同热爱的旗帜战斗、牺牲。这面旗帜比世界上其他任何一面旗帜更能代表全人类最美好的希望和梦想。"[1] 这样的表述通过帝国主义扩张战争悬置了国内的种族问题，为边疆封闭后的美国创造了新的边疆，重建了一个统一的民族国家和世界帝国。

因此，安东妮亚到黑鹰镇哈林家的经历大有深意，是吉姆教授她英语之后的另一教育过程。从这个意义上讲，哈林家对安东妮亚的接纳象征了美国对她的庇护。在庇护之前，哈林太太特意考察安东妮亚的品行；考察通过之后，她便体现出庇护的担当，说"那女孩在这里会幸福的，她会忘记那些事儿的"（MA 154）。在这一庇护所中，安东妮亚执意参加舞会而被驱逐，表明移民女性的个人欲望与国家机制的冲突。由黑人乐师和女工组成的舞会呼应了进步主义时期美国有关性欲的刻板印象：对于北方的白人知识界来说，黑人与工人阶级都是性生活混乱的代表。以任何方式（如罢工）威胁到社会稳定的女工都可能被冠以"妓女"的污名[2]。《我的安东妮亚》中，那些来自农场的女孩朝气蓬勃，引发了小镇男孩的浪漫情思，跨种族和跨阶级的恋爱严重影响到了小镇的社会结构。虽然吉姆谴责小镇生活的压抑和无聊，声称"这种戒备的生存方式就像是活在独裁之下。……一切个人的兴趣、一切自然的欲望，都被套上了谨慎的枷锁"（MA 219），但是他（或者作者凯瑟）绝非20世纪20年代才开始流行起来的欲望解放运动的支持者，而是体制的维护者。吉姆也走

1.　Harilaos Stecopoulos, *Reconstructing the World: Southern Fictions and U.S. Imperialisms, 1898-1976*, Ithaca: Cornell University Press, 2008, p.18.

2.　Christine Stansell, *American Moderns: Bohemian New York and the Creation of a New Century*, New York: Metropolitan Books, 2000, p.296.

过了经受"自然欲望"的诱惑并最终将其摆脱的成长历程，最终承担起属于自己的"负担"。他的诱惑来自莉娜。莉娜是安东妮亚的对立角色，代表无法被机制化的女性身体和女性欲望。她具有"与生俱来"的性诱惑，认为"问题"在于自己的"拉普女人"血统（*MA* 242），在身体和思想两个层面抵制美国西部拓荒的"生产"——明确拒绝结婚生子，而且决心"再也不做农活了"（*MA* 161）——从而背离了国家在经济、文化、人口各个层面的再生产机制。送母亲礼物时，她挑选的手帕绣的是代表母亲名字的字母缩写，而不是代表"母亲"这个字眼的字母缩写（*MA* 171-172），这一举动表达了对女性个体性的强调和对社会化角色的抵制。正因为如此，她被认为是"永远活在草原上的野东西……从来不住在屋檐下"（*MA* 165）。在吉姆的梦中，莉娜光着脚、穿着短裙、手里拿着镰刀，像朝霞一般从丰收的谷田里向他走来，轻柔地说："现在他们都走了，我可以随心所欲地吻你了"（*MA* 226）。莉娜的"自然欲望"与镰刀在吉姆的梦中同时出现，表现了吉姆潜意识中对女性自由性欲的畏惧[1]。就如吉姆最后决然离开莉娜去追求"更高的要求"所展示的，不受控制的性魅力被正统社会视为理性的绝大威胁。莉娜迷住奥勒之后，奥勒的妻子"疯子"玛丽叫嚷着要拿"玉米刀"给她"修理掉一些身材"，让她"不会那么标标致致地扭来扭去对男人抛媚眼了！"（*MA* 168）玉米田是美国国家机制的体现，通过"玉米刀""修理"威胁社会稳定的女性特质，其内在机制与《啊，拓荒者！》中对"自由之爱"的清除如出一辙。安东妮亚因为参加舞会而被哈林家解雇的经历因此体现了驯化女性身体

---

1. Blanche H. Gelfant, "The Forgotten Reaping-Hook: Sex in *My Ántonia*," *American Literature* 43.1 (1971): 60-82.

的国家机制。"自然欲望"带给安东妮亚的都是灾难：她被解雇后赌气去
了威克·卡特家当女佣，致使吉姆被误认为是她而受到卡特的性攻击；
后来她又被火车售票员拉里·多诺万欺骗和遗弃。她与多诺万的故事颇
为类似于西奥多·德莱塞的名著《嘉莉妹妹》（*Sister Carrie*，1900）中破
产后的赫兹特伍德与嘉莉妹妹的情节。但与最后在城市中取得成功却在
摇椅里茫然摇摆的嘉莉不同，安东妮亚最终回到草原和玉米田，担负起
美国赋予她的"特殊使命"（*MA* 367）。在吉姆的怀旧中，她不是渴望实
现"美国梦"的个人，而是美国建构庇护所身份的素材。

安东妮亚融入美国这个庇护所之后，被赋予如哈林太太一样的崇高
地位，即"美国母亲"。多年后吉姆重回草原探望她，赞颂她为"丰富
的生命的矿藏，就如那太古民族的奠基人一般"（*MA* 202）。祖父预言安
东妮亚"将帮助某个家伙在世界上前进"（*MA* 126），结果她的丈夫库扎
克成了她"特殊使命的工具"（*MA* 367）。这一特殊使命便是生育美国公
民。这般赞誉并非如以往评论所认为的将安东妮亚刻画成"大地女神"，
而是将她的生育与美国作为民族国家的命运联系在了一起。当时，人口
数量被认为是国际力量中至关重要的因素，生育率的下降被认为是危险
的"单方面裁军"。各国对"低等"种族引发的马尔萨斯危机大为警觉。
在美国，盎格鲁-撒克逊裔白人的出生率低于南欧、东欧移民，且低于
"黄祸"亚洲人和"劣等"拉丁美洲人。进步主义的代表人物西奥多·罗
斯福总统为此发出"种族自杀"的警告，号召美国妇女发动"摇篮的战
争"，增加自己族裔的人口[1]。在《我的安东妮亚》中，功成名就的吉姆却

---

1.   Aristide R. Zolberg, *A Nation by Design: Immigration Policy in the Fashioning of America*, Cambridge, MA: Harvard University Press, 2006, pp.206-207.

没有子嗣,便体现了这一危机。子嗣对于美国的重要性从小说最后一卷的题名中体现出来:吉姆与安东妮亚的重逢却被冠名为《库扎克的儿子们》。孩童,尤其是男童,代表着美国的种族希望,这便是安东妮亚对于美国的重要性。当时的评论界对此显然有所意识,对安东妮亚这个生了十多个子女的家庭主妇成为小说女主角表示赞同,意味深长地评论道:"在库扎克家的农场上,现在应该有一面红边的旗帜,居于中央的那些星星一定组成了一个光辉的星座。"[1] 这一评论将美国国旗的光辉与母性特质结合在一起,以极其浪漫的笔调凸显了当时"美国母亲"通过生育保卫美国的使命。

"美国母亲"完成使命的进一步方式是像哈林太太一样将自己的儿子送到海军服役,确保美国军队的力量。小说诸多细节暗示归化后的安东妮亚将会和哈林太太一样成为美国的奉献者,刻意强调她们之间的相似之处:"安东妮亚和她的女主人之间有一种本质的和谐。……在她们的心灵深处,都有着一种由衷的欢乐、一种生活的兴趣,并不过分精致,却是非常补益的"(MA 180)。对生活的热爱被纳入美国国家建构的政治进程中之后,便成为对美国的热爱;这种情感的传承,便成为美国的爱国"教育"。安东妮亚特别强调哈林太太对她的母性"教育":"我在哈林家学到了一些好的习惯,使我能把孩子抚养好。……要是没有哈林太太对我的教育,我想我会把他们抚养成像野兔子一样"(MA 344)。经过"教育"的安东妮亚用自身的身体承载着美国进步与发展的希望,成为美国历史的载体。

1. Margaret Anne O'Connor, ed., *Willa Cather: The Contemporary Reviews*, Cambridge: Cambridge University Press, 2001, p.81.

"美国母亲"身体与美国空间的相契合是《我的安东妮亚》呈现美国身份建构主题的两个层面。哈林太太被比作她的房子（*MA* 148），与安东妮亚身体等同的美国空间是玉米地。土地占有的合法性曾经引发了吉姆强烈的焦虑，但在美国国家构建的进程中，这片土地隐藏了它的印第安本源，成为彰显盎格鲁–撒克逊人"教导"各族移民劳作、共铸国家荣光的根基。在玉米地里，就如印第安人曾经教会盎格鲁–撒克逊裔移民种植玉米那样，如今成为土地主人的盎格鲁–撒克逊后裔开始教导新移民同样的技术。虽然场景相似，但教育行为不再源自发乎自然的热情好客，而是服务于政治目的。或许正是出于这个原因，《我的安东妮亚》中老移民对新移民的教育多通过负面的冲突场景得以表现。比如，夏默达太太经常向吉姆打听"有用的农事情报"，尤其是祖父什么时候种玉米；得到答案之后却又疑神疑鬼，说"他又不是耶稣"（*MA* 121）。杰克骂他们"是一帮天杀的忘恩负义的家伙，你们这一家人统统是，……我看伯丹家没有你们照样过活。你们才是专给他家添麻烦的"（*MA* 130）。只有祖父这个德高望重的美国人不参与冲突，总是给安东妮亚一家农事上的忠告。"添麻烦"这类词将新移民比喻成老移民的负担，呼应了当时美国人的"责任"意识，也强调了美国的庇护所性质。那些冲突和祖父的忠告从不同侧面共同体现了美国以玉米地为载体促使新移民归化的过程。

再者，玉米地体现了各族移民的劳作，展示了他们勤劳、自助等符合美国价值的"良好的品质"。小说中，安东妮亚一家克服了气候的严酷、语言文化的差异、夏默达先生的死亡等偏离故土生活的变化，在美国草原上开荒，种上了玉米等庄稼。连身为女性的安东妮亚都在玉米地里展示出"男子气概"，帮邻居做剥玉米之类的零工来贴补家用。在移民的努力下，美国的自然空间和思想空间都发生了巨大的变化："过去的草地如今正在不断地开垦成一块块的麦田和玉米地，红色的牧草正在消失，整个乡村的面貌在起着变化。……人们所做出的全部努力，换来了大片大片连绵不断的出息丰饶的沃土。这种变化在我看来美而和谐；仿佛眼看着一个伟大的人或伟大的思想在成长"（MA 306）。这个"伟大"呼应了小说开始时吉姆对草原的感受。孩童吉姆躺在草原的太阳下，感觉到与大地的融合。从草原到玉米地不仅是美国民族风景的变迁，更是移民劳作的结果。他们通过自身的优良品质证明了自己是值得美国庇护的好人，也给美国带来了积极的变化。

在所有移民的共同努力下，玉米地成为了美国的代言。它不再是单纯的自然土地，而是成为国家经济、政治和外交的一部分："那浓烈灿烂的酷热使得堪萨斯和内布拉斯加两州成为世界上最好的玉米产地。……这些玉米田将不断地增加和扩大，直到有一天它们不再是夏默达家的玉米田，或布希家的玉米田，而是属于全世界的玉米田了；它们的出息，成为一种伟大的经济事实——犹如俄国的小麦收成——不管是在战时还是和平时期，都是人们一切活动的基础"（MA 137）。这段浓烈的抒情描写将美国的玉米地与俄国的小麦田相比，不经意间将美国的发展置于国际舞台当中，明显呼应了当时美国知识界的"美国的成年"论。凯瑟在他处也曾描写过美国平原："从东到西，这个平原绵延五百英里，看起来就像俄罗斯的小麦田，这么多年一直养活着欧洲大陆。和小俄罗斯一样，浑浊的河流缓缓流过它……"[1]这个"小"（little）字用来形容国力强盛的俄国不免让读者愕然，与《我的安东妮亚》中形容美国的"伟大"

---

1. L. Brent Bohlke, ed., *Willa Cather in Person: Interviews, Speeches, and Letters.* Lincoln: University of Nebraska Press, 1986, p.95.

之语相互印证，不难看出当时美国自满自得的国家意识。正因为如此，吉姆刻意压制"美洲"的印第安文明史和西班牙殖民史，代之以"美国"史，宣扬其作为庇护所的合法性甚至必要性[1]。玉米地集中体现了以吉姆为代表的美国人和以安东妮亚为代表的"好移民"的关系，在复杂的政治机制下成为服务于国家形象构建大业的载体。它的发展是美国公民的集体记忆，所以吉姆在小说结尾说他与安东妮亚走的是"命中注定的道路"，"预先决定了要再次交叉"；拓荒经历是吉姆与安东妮亚共同拥有的"那无法以言语表达的宝贵的往事"（MA 372），被圣化为美国民族的精神遗产。

　　总而言之，凯瑟创作第一阶段的草原小说以美国西部草原上的移民和拓荒历史作为题材，描写了美国对于移民的政治身份塑造和移民对于美国空间景观的改变，以此呈现美国的庇护所身份建构进程。《啊，拓荒者!》和《我的安东妮亚》选择女性移民为主角，分别从思想和身体两个层面描绘了拓荒者与美国玉米田之间互为指涉、互相塑造的关系，不仅呼应了进步主义时期美国的"新女性"运动和移民问题，还介入了思想界对美国历史的重新建构，为美国在新时期的身份建构提供了"可使用的过去"。

---

1. Michael Gorman, "Jim Burden and the White Man's Burden: *My Ántonia* and Empire," *Cather Studies* 6, ed. Steven Trout, Lincoln: University of Nebraska Press, 2006, 28-57.

第三章

"替代"与"继承"：庇护所的身份危机

他本应有自己的儿子来照顾的；自然充满了这样的替代，
但它们总是让我充满了伤感。

——《教授的房屋》

20世纪20年代，经历过第一次世界大战的洗礼后变得强大和富足的
美国却转而被一种焦虑不安的情绪所笼罩。知识分子和作家似乎陡然陷
入莫名的精神迷惘，开始质疑和反思十余年前乐观昂扬的国家文学。首
位获得普利策戏剧奖的女剧作家佐娜·盖尔（Zona Gale）将以往的乐观
视为"感伤主义与冗词赘语""偶像和幻想"，呼吁美国大众不要再将时
间浪费在廉价的畅销书上，而要呼应知识界的这份忧虑，多读反映美国
现实生活的严肃作品[1]。然而那些"严肃作品"却只给大众带来了身份危
机。时任哥伦比亚大学教授马克·范多伦（Mark Van Doren）评价道，
它们"比前十年的文学更加苦涩。……人们显然缺乏一种美国能够被'拯
救'的信念。从何物手中被拯救？不知道。为了什么被拯救？也不知道"[2]。

1.　Zona Gale, "Out of Nothing into Somewhere," *The English Journal* 13.3 (1924): 176-179, p.177.
2.　Mark Van Doren, "This Decade," *The English Journal* 17.2 (1928): 101-108, p.102.

原本承载"伟大思想"的美国庇护所突然堕落到需要被拯救且拯救无望的地步，这是一个剧烈的认知变化。

令人惊讶的是，知识分子将国家的堕落归咎于其缔造者——拓荒者。范多伦认为，首次踏足美洲大陆的清教徒从欧洲文化的花园去往蛮荒的异域丛林，这是文明的一次倒退。与"优雅的"欧洲文明脱离之后，清教徒过于强调征服自然的个人主义和物质成功，并将之奉为美国的国民性，这导致了不宽容、工业化和美国主义这一系列的"野蛮主义"[1]。文学评论家范怀克·布鲁克斯在《创造一个可使用的过去》（"On Creating a Usable Past"，1918）中已经流露出对拓荒者的不满，认为拓荒者变成了唯利是图的商人，他们建设的美国是没有艺术的文化沙漠[2]。这极大地影响了本将拓荒者视为建国先驱的美国思想界。门肯在1924年的一篇社论里辛辣地攻击农民，称他们为美国政治中"宠物中的宠物"，虽然被视为美国"民主"的代言人，却只会利用这个特殊身份来满足自己的贪婪欲望[3]。

可见，对于边疆精神的过度迷恋到了20世纪20年代已经不合时宜。第一次世界大战使得美国成为国际交流中心，导致美国的国家身份建构不能再在简单的"人–自然"场景下进行，而必须置于与西欧和东方民族的关系网之中[4]。一方面，美国开始以世界领袖的姿态面对旧欧洲帝国，彰显自身的庇护所身份；另一方面，庇护所身份实践带来的大量移民冲击着盎格鲁–撒克逊文化传统，"百分百的美国性"受到了威胁。美

---

1. Mark Van Doren, "The Repudiation of the Pioneer," *The English Journal* 17.8 (1928): 616-623, p.618.
2. Van Wyck Brooks, "On Creating a Usable Past," *The Dial* 64.7 (1918): 337-341.
3. H. L. Mencken, "Editorial," *The American Mercury* 1.3 (1924): 292-296, p.292.
4. Henry Seidel Canby, "Defining the Indefinable," *The North American Review* 215.798 (1922): 633-640, pp.634-635.

国人被移民替代的焦虑直接导致鼓励移民的威尔逊总统疲于应付各种社会问题，在国内饱受批评。正如评论家海因茨·伊克施塔特（Heinz Ickstadt）所指出的，整个20世纪20年代都充斥着关于美国国家文化继承的争辩，探寻究竟什么才是正确的传统、合法的祖先、美国的真正含义[1]。在"美国例外论"与"国际主义"相互撕扯的语境中，到底"什么是（合时宜的）呢？我们该如何面对和继承（拓荒者）传统呢？"[2]从心理学层面上讲，美国年轻一代的知识分子将社会堕落的原因归咎于拓荒者其实是"影响的焦虑"，是他们意图确立新的文化标准而实施的"弑父"行为。就如范多伦所承认的那样：既然拓荒者已经征服了所有的空白之地，我们能干什么呢？[3]因而，拓荒者不过是充当了当时美国问题的替罪羊。

引发美国社会焦虑的真正原因是，当时有关美国的文化争论围绕着国内与国际事务，始终在两个极端间摇摆，要么怀念过去单一文化的乐园，要么渴望跨文化的乌托邦[4]。而现实情况是，美国的庇护所身份正面临着"替代"这一重大危机。美国担心自身对于欧洲的替代会被重演，使美国这个庇护所最终被"劣等"民族占领。在拼命排除这种可能性的同时，美国人对于"替代"本身的信心也产生了动摇：新移民正在替代盎格鲁–撒克逊裔美国人成为庇护所的主人，这如果令人痛心疾首的话，那么美国对于旧欧洲的替代是否同样如此呢？换言之，"欧洲–拓荒者的

1. Heinz Ickstadt, "Trans-National Democracy and Anglo-Saxondom: Fears and Visions of a Dominant Minority in the 1920's," *Ethnic Cultures in the 1920's in North America*, ed. Wolfgang Binder, Frankfurt am Main: Peter Lang, 1993, 1-15, p.3.

2. Mark Van Doren, "This Decade," *The English Journal* 17.2 (1928): 101-108, p.108.

3. Mark Van Doren, "The Repudiation of the Pioneer," *The English Journal* 17.8 (1928): 616-623, p.617.

4. Heinz Ickstadt, "Trans-National Democracy and Anglo-Saxondom: Fears and Visions of a Dominant Minority in the 1920's," *Ethnic Cultures in the 1920's in North America*, ed. Wolfgang Binder, Frankfurt am Main: Peter Lang, 1993, 1-15, p.9.

美国–20世纪20年代的美国–新移民的国度"是一个不可避免的堕落链条吗？美国人如果想跳出"退化论"这个替代魔咒，证明自己是美国庇护所的永恒守卫者，就必须在庇护所身份修辞的框架下，阐明美国替代欧洲的合法性以及排斥移民的合法性。

薇拉·凯瑟的"危机小说"系列呼应了美国社会的主导情绪，文风发生了从乐观昂扬到阴郁压抑的转化。"房屋"成为小说中象征美国的核心意象，而"替代"情节则喻指美国社会定义自身与旧欧洲和新移民之间关系的两难境地。"危机小说"系列通过刻画新时代美国人对于拓荒前辈的替代情结，隐秘呈现了美国相对于旧欧洲和新移民建构自身庇护所身份的努力。作为20世纪20年代美国年轻一代知识分子的"父亲"，拓荒者在这场身份建构中被赋予旧欧洲的形象：在论证美国必然替代旧欧洲时，知识分子挪用了拓荒者的"建国"伟绩，将其视为注定要被时代淘汰的失败者；在论证美国人不能被新移民替代时，他们转而将拓荒者视为文明艺术的化身和自身的血缘先辈，把商业美国的危机归咎于新移民。

一、替代的链条：庇护所修辞中的"国际主义"与"本土主义"

在美国相对于旧欧洲和新移民建构自身的庇护所身份时，出现了两种截然相反的立场："国际主义"和"本土主义"。国际主义是美国获得世界主导权后采取的立场，意在彰显自身替代旧欧洲成为世界庇护所的荣光。本土主义则是美国在庇护所身份实践中，痛感盎格鲁–撒克逊文化传统受到冲击，为了限制和挑选"适宜的"移民而采取的保守立场。这两种立场相互抵牾，实质上都是美国庇护所修辞在不同语境中的变体。

美国思想界为了平衡这两个立场，证明盎格鲁–撒克逊白人是天定的庇护所主人，发明了"民主公众"这一概念。

1. "各个国家的意图退居幕后"：针对"旧欧洲"的国际主义

第一次世界大战为美国以欧洲为对象实践庇护所身份提供了契机。英国、法国、德国和沙俄等老牌欧洲帝国的殖民利益争夺尘埃落定之后，自身的经济和军事力量遭到了极大削弱，无力再以直接占领海外领土的方式进行帝国扩张。美国参战后，打着守护文明的旗号出兵欧洲。它的国家身份建构意图通过将欧洲女性化的形式表现出来。战争期间，美国政府做了一系列的宣传以强调自身参战的正义性，其中一幅宣传画尤为意味深长。这幅画标题为《过来，帮助我们！》（"Come Across and Help Us!"，1917），将饱受战乱蹂躏的欧洲描绘成一位急需帮助的法国姑娘[1]。这幅画的奇特之处在于角色的性别。在1916年发表的《英国人，我们需要你——赶快过来》（"Britishers, You're Needed—Come Across Now"）宣传画中，隔着大洋握手的美国和法国尚且是两名男性形象[2]。法国国内的宣传画将自身画成一个手持刺刀、直面前方的男性士兵[3]。然而到了1918年，美国宣传画中的欧洲形象遽然变成了柔弱的女性。当年12月7日出版的大会师宣传画《英国，并肩走！》（"Side by Side—Britannia!"）中，并肩战斗的英美两国不再是兄弟情谊，而变成了骑士救

---

1. Allison Carruth, *Global Appetites: American Power and the Literature of Food*, New York: Cambridge University Press, 2013, p.35.

2. Walton Rawls, *Wake Up, America!: World War I and the American Poster*, New York: Abbeville Press, 1988, p.51.

3. Mona L. Siegel, *The Moral Disarmament of France: Education, Pacifism, and Patriotism, 1914-1940*, Cambridge: Cambridge University Press, 2004, p.65.

美的范式——英国成为需要美国保护的女士[1]。

美国大众想象中欧洲性别形象的变化实际上体现了美国人对于世界文明体系的再想象，以及欧洲在新文明体系中地位的下降。第一次世界大战之后，欧美知识分子对欧洲文明进行了反思，将之视为给欧洲带来战争和苦难的根源，并把美国视为世界领导权的继承者[2]。从民族心理的角度讲，英国的权力放弃对于美国尤其重要。1922年土耳其挑起"恰纳卡莱危机"（Chanak crisis）之后，英国意欲裹挟自治领向土耳其宣战，引发了英国公众和自治领的一致反对。这不仅导致戴维·劳合·乔治（David Lloyd George）内阁的垮台，也促成1923年"帝国会议"（Imperial Conference）的召开。在这场会议上，自治领剥夺了英国的统治权，英国也放弃了"世界警察"角色[3]。美国成了英国权力的继承者，意得志满地登上了"文明"体系的巅峰。1921年11月至1922年2月，美国提议召开华盛顿会议，并在列强限制海军军备的条约中获得了与英国同等的配额地位。华盛顿体系的初步确立标志着英国海上霸权的终结，迎来了英美两国的权力交接，真正完成了伍德罗·威尔逊在1910年为美国所设想的光辉前景：

> 我们都亲眼所见，现在的美国已经走过了她的年幼和准备时期，在世界列强中站稳了脚跟。她朝气蓬勃、依然年轻，却

---

1. Walton Rawls, *Wake Up, America!: World War I and the American Poster*, New York: Abbeville Press, 1988, p.268.

2. Sigmund Freud, *Civilization and Its Discontents*, trans. James Strachey, New York: W. W. Norton & Co., 1989, p.38.

3. Martin Thomas, Bob Moore, and L. J. Butler, *Crises of Empire: Decolonization and Europe's Imperial States, 1918-1975*, London: Hodder Education, 2008, pp.17-46.

不再是民族大家庭中的新来者，而更是一位领导者、世界事务中的和平守护者。……以往一心关注国内发展的国度，现在已经大致完成了它第一阶段的任务，开始将好奇的目光投向外部更广阔的世界，寻求它在权力结构中特殊的份额和地位。没有人能够预测的新时代已经到来。历史是理解新时代的关键；美国的历史则在现代历史中占据中心地位。[1]

与旧欧洲帝国不一样的是，美国打着"反殖民"的旗号，赋予自身的庇护所身份以超越单一国度的崇高地位，成为"启蒙人类的共同目标"。威尔逊声称，欧洲帝国的殖民事业给世界带来了深重灾难，已经是明日黄花；美国具有光荣的反殖民传统，坚守"自由民主"原则，具有足够资格带领世界走向新时代[2]。在面对美国倡导的"共同目标"时，其他国家的"自私"意图必须让位。如威尔逊所言，

> 这场大战的独特之处在于，政治家似乎在考虑他们的目标，有时立场和观点变化不定；但本该由那些政治家教育和领导的大众，他们的观念却愈来愈清晰，愈来愈明晓他们在为何而战。各个国家的意图越来越退居幕后；启蒙人类的共同目标替代了它们的位置。普通民众的建议在各个方面都比富有经验

---

1. Woodrow Wilson, "Preface: The Significance of American History," *Harper's Encyclopedia of United States History from 458 A.D. to 1909*, Benson John Lossing, New York: Harper & Brothers, 1910, xxi-xxvi, p.xxi, pp.xxv-xxvi.

2. Walter LaFeber, "The American View of Decolonization, 1776-1920: An Ironic Legacy," *The United States and Decolonization: Power and Freedom*, ed. David Ryan, and Victor Pungong, New York: St. Martin's Press, 2000, 24-40, pp.35-36.

的居庙堂者更加简单、直白和一致，那些政治家仍然认为他们在玩一场赌注颇高的权力游戏。因此我才说，这是一场人民的战争，不是政治家的战争。政治家必须服从已被阐明的大众思想，否则便是灭顶之灾。[1]

美国通过这套崇高的说辞，使得自身的庇护所身份凌驾于其余各国的国家利益之上，逼迫它们放弃自身利益而服从美国理念。这是一次面向欧洲的"美国例外论"输出，标志着美国首次在话语体系上替代欧洲成为文明的代言人。威尔逊总统以"理性"为基础建构了一套国际理论，并将之付诸实践建立"国联"（League of Nations）。这一国际组织反映了威尔逊总统对美国作为世界领袖角色的认知，通过一个乌托邦性质的政治产物实现了他所设想的有别于"旧欧洲"殖民主义的"新道路"，其本质乃是对美国庇护所身份的兜售[2]。

正是在这一语境下，美国建构了自己作为世界庇护所的身份。早在1916年，伦道夫·伯恩在《跨国美利坚》一文中已经指出，美国不能够再盲目地将盎格鲁–撒克逊文化视为唯一的标准，"追求令人厌倦的旧式国族主义——好战的、排外的、现在我们所见的正毒害欧洲的那种——就是把爱国主义变成空洞的赝品（hollow sham），违背我们自己的宣传，认为美国只能充当其他国家的追随者而不是领导者"[3]。伯恩认为，美国从世界大战中最应该吸取的教训是，"熔炉"并非一个合适的国家象征。德

---

1. 转引自Edward Hallett Carr, *The Twenty Years' Crisis, 1919-1939: An Introduction to the Study of International Relations*, New York: Palgrave, 2001, p.33.

2. 对于威尔逊总统有关美国如何建构新国际秩序的思考，参见王立新：《我们是谁？威尔逊、一战与美国国家身份的重塑》，《历史研究》2009年第6期，127—151，第134—147页。

3. Randolph S. Bourne, "Trans-National America," *The Atlantic Monthly* 118 (Jul. 1916): 86-97, p.91.

国人、斯堪的纳维亚人、波希米亚人、波兰人等移民本该在成为美国公民后融入社会，结果却是依然保持故国认同的隔绝群体。这个"令人非常不快"的事实并不是"美国化"的失败，而是因为美国人不了解"美国主义"的正确含义：欧洲式的国族主义对于美国来说并不适宜，美国不是一个由"美利坚民族"组成的民族国家，而是公民基于"跨国主义"（trans-nationality）和"世界主义"（cosmopolitanism）所组成的国度；所幸美国成功完成了自身的庇护所身份建构，"在一个梦想建立国际主义的世界，我们发现自己在无意中已经建成了第一个国际国家"[1]。

2. "白人的负担"：针对"新移民"的本土主义

美国社会的国际主义立场并不意味着对移民的完全接受，排外的本土主义情绪一直存在。即便是呼吁"跨国美利坚"的伯恩，也反对不识字的移民享有与盎格鲁—撒克逊人同样的地位，而是说他们是可以经由"教育"成为好公民的原材料。随着第一次世界大战爆发，激进的本土主义在美国迅速抬头，号称要捍卫"百分百的美国性"。这一狂热左右了轰动一时的"萨科和万泽蒂案"的结果。尼古拉·萨科（Nicola Sacco）和巴尔托洛梅奥·万泽蒂（Bartolomeo Vanzetti）这两位无犯罪记录的移民因为持有无政府主义立场而被疑似诬告为1920年马萨诸塞州布伦特里一桩银行抢劫杀人案的案犯，最终被处以电椅死刑。一位读者在写给《新共和》编辑部的信中说："萨科和万泽蒂不配享有民事权利，……美国是美国人的美国，而不属于那些该死的外国人。"这个案例引起了美国乃至整个西方世界的关注和抗议，它不仅违背了美国对世界移民的庇护承

---

1. Randolph S. Bourne, "Trans-National America," *The Atlantic Monthly* 118 (Jul. 1916): 86-97, p.93.

诺，更触碰了以政治观点迫害公民的底线。但在种族意识主导的20世纪20年代的美国，"民主政治"实践被等同于阻隔外来移民，将本土主义情绪推到了高峰。

颇具意味的是，对于美国性的捍卫往往以保护白人女性贞节的名义实施。格里菲思（D. W. Griffith）导演的著名默片《一个国家的诞生》（*The Birth of a Nation*，1915）作为当时的核心文化事件，明确将美国身份等同于反移民立场。影片中呈现了一个逃避黑人强奸而跳下悬崖的女性角色弗洛拉，不仅呼应了当时3K党（Ku Klux Klan）的主张，也呼应了名噪一时的"费根案"。1915年威廉·西蒙斯（William J. Simmons）在亚特兰大附近的石山上重新建立3K党组织，意在确立盎格鲁-撒克逊白人对于黑人、罗马天主教徒、犹太人、亚裔及其他移民的绝对优势地位，其核心主张之一就是白人女性不能被"劣等"血统玷污。弗洛拉场景对应的"费根案"则体现了反犹立场。1913年4月26日，佐治亚州13岁的女童工玛丽·费根（Mary Phagan）被奸杀，曾与她调情的犹太裔美国人利奥·弗兰克（Leo Frank）成了最大的嫌疑人。崇尚平等和"民主"的美国公众认为，这是一个阶级和种族混杂的问题，"我们的小女孩"遭到了富裕的犹太人的欺凌。弗兰克及其律师坚称无罪，断定罪犯来自"偏爱撒谎和谋杀的"黑人种族。弗兰克被定罪时民众举城欢庆，两年后一帮自称"费根的骑士"的暴徒将他从狱中劫走并私刑处死[1]。本土主义借助最能煽动大众情绪的性别政治想象点燃了种族政治，在美国这个庇护所中烧起了排外的烈火。

以性别政治为修辞的本土主义实质上反映了盎格鲁-撒克逊人被替代

1.　Albert S. Lindemann, *The Jew Accused: Three Anti-Semitic Affairs (Dreyfus, Beilis, Frank), 1894-1915*, Cambridge: Cambridge University Press, 1991, pp.235-272.

的恐惧，女性身体所有权的丧失在象征层面上代表对美国国土和社会掌控力的丧失。人口数量的减少以及美国文化传统的变化都是引起他们不安的缘由。1926年，体现东部上流保守知识分子立场的《北美评论》（*North American Review*）在3月期发表了两篇文章：一篇是3K党头目"帝国巫师"（Imperial Wizard）海勒姆·韦斯利·埃文斯（Hiram Wesley Evans）的《3K党为美国主义的战斗》（"The Klan's Fight for Americanism"），另一篇是日后担任美国驻土耳其大使的查尔斯·谢里尔（Charles H. Sherrill）的《白人的负担》（"The White Man's Burden"）。这些言论都将美国主义和白人主义相等同，把异族移民视为美国社会的"杂质"。

本土主义的一个常用手法是质疑移民的道德，把他们塑造成侵害"民主"肌体的毒素，从而达到将之从美国庇护所中驱逐的意图。第一次世界大战之后，美国社会对德裔移民充满恶意，怀疑他们对于美国的忠诚度。为了在文化层面抹灭"美国性"中的德国因素，美国社会不允许公立学校教授德语，并对德语媒体进行了严格审查，试图在道德层面证明德国人不适宜美国庇护。1918年，美国参议院司法委员会借助禁酒的名义对德裔和俄裔美国人进行道德审查，发布《啤酒、白酒利益与德国、布尔什维克的宣传》（"Brewing and Liquor Interests and German and Bolshevik Propaganda"）报告。报告声称："全国范围内有组织的白酒流通是邪恶的利益，因为它不爱国，在行为和立场层面表现出亲德倾向。至少在我们参战之前，那些大型的酿酒组织几乎都属于德国出生的富人，他们在情感上偏向德国；现在这些组织影响力日益增强，阻止德国移民成为真正的美国人。"[1] 报告痛斥这些酒企让来自德国的年轻移民心怀

---

1. "Senate Calls on Palmer to Reveal Brewers' 'Deal'," *The Evening Star* Sep. 19 (1918): 1.

故国，而没有帮助他们接受美国价值。因此，禁酒对美国来说与其说是一场道德运动，不如说是一场本土主义战争，是庇护所对于不忠移民的一次清洗。自19世纪末开始，美国科学界和思想界就开始呼吁，酗酒使人们丧失"理性"与自制力，是"低贱、原始的"种族才会罹患的"意志的疾病"；为了保证美国先进文明的延续，避免美国人种从文明进化链上的顶端堕落，必须禁酒[1]。从这个意义上讲，禁酒将本属于改变公民习惯的国内行为升华为捍卫美国文明的种族之战。禁酒法案从经济角度摧毁了美国社会中的德国文化影响。酒馆的取缔不仅剥夺了许多德裔美国人的安身立命之本，还间接影响到依靠酒业、酒馆广告收入的德裔报纸，剥夺了他们的发声渠道。这些措施表明，美国在自身的庇护所身份遭受威胁时，表现出强烈的闭合趋势。

3. "民主公众"："继承性"的国家身份

在"国际主义"和"本土主义"两种思潮的撕扯下，焦头烂额的盎格鲁–撒克逊裔新教徒为了捍卫美国庇护所的身份修辞，对于"美国身份"的定义进行了一次重大改革。他们为自身创造了一个"民主公众"的身份。就内涵而言，这一身份不是"遗传性"的种族血统，避免美国在生理决定论的道路上走向完全闭合，从而失去庇护所功能；也不是"获得性"的公民权利——任何异族移民只要承认美国主权、接受美国文化

1.　参见Clarence Miller, "The Public Health Aspects of Alcoholism," *The Public Health Journal* 7.1 (1916): 6-10, p.6; Mariana Valverde, "'Slavery from Within': The Invention of Alcoholism and the Question of Free Will," *Social History* 22.3 (1997): 251-268, pp.260-261. 这甚至被帝国主义用来证明自身殖民统治的合法性，如法国将酗酒视为异族的恶习，声称自己的殖民帮助提升了"野蛮"文明。参见 Owen White, "Drunken States: Temperance and French Rule in Cote d'Ivoire, 1908-1916," *Journal of Social History* 40.3 (2007): 663-684, p.665, p.673.

便能成为完全意义上的美国人——避免庇护所无限扩张，从而危及自身在社会、政治、文化等各个层面的领导地位。相反，他们将"民主公众"身份定义为"继承性"的文化标记，即同时强调文化包容性和血统纯洁性的矛盾统一。简言之，美国依然秉承欢迎移民、吸纳各国文化的政策，但成为美国公民却只能通过血统继承的方式。美国身份从"遗传性""获得性"到"继承性"的文化转向鲜明地体现在1924年通过的《约翰逊-里德法案》（Johnson-Reed Act）中。该法案为美国吸纳新移民设定了配额，而配额标准就是美国社会现有人口的种族比例。这赋予美国政府挑选移民的权力，为当时美国的国家种族主义提供了法理基础。其造成的直接后果是，美国的庇护不再是能够被任何个体所获取的自然权利，而成了一个基于血统的特权。

　　"民主公众"身份对继承性的强调深刻影响了当时的文化艺术理念。评论家沃尔特·迈克尔斯总结道，美国身份"从能（通过归化）获得的事物变成了只能（通过父母）继承的事物"，所继承的内容"不仅仅是生理特征，还包括文化"[1]。比如，美国进步主义时期的建筑设计界掀起了一场殖民时期风格复古热，表明当下的文化是殖民时期的唯一继承者。当时的建筑原则是："简单"（simplicity）、"诚实"（honesty）、"自然"（naturalness）和"有机统一"（organic unity）[2]。这个看似纯美学的原则其实含有文化政治意图。所谓"简单"，即要强调实用性，拒绝繁复和虚夸美；所谓"诚实"，即要凸显原材料，拒绝赝品和模仿。所谓"自然"，

---

1. Walter Benn Michaels, *Our America: Nativism, Modernism, and Pluralism*, Durham: Duke University Press, 1995, p.8, p.37.
2. Bridget A. May, "Progressivism and the Colonial Revival: The Modern Colonial House, 1900-1920," *Winterthur Portfolio* 26.2/3 (1991): 107-122, p.109.

即要强调建筑完美体现建筑理念和现实条件；所谓"有机统一"，即房屋要与周围环境和谐一致。这四个建筑原则抵制了旧欧洲文化的繁文缛节以及新移民的模仿和归化，凸显了白人和美国"天然的"不可分割性，其实就是美国建构国家身份的隐喻。

正是在继承性的面向上，美国主流社会将"民主公众"视为"美国性"的体现者和守卫者，即真正的"美国人"。这个群体意图实现两个层面的目标：首先将自身塑造成美洲大陆的天定继承人，以证明美国对于欧洲的替代并不是"令人伤感"的；其次彰显自身的"理性"和"民主"制度唯一实践者的身份，以证明自身对于美国的掌控不能被新移民替代。因而，由盎格鲁–撒克逊裔新教徒主导建构的"美国人"就吊诡地变成这样的形象：他能够继承所有古老文明，却在生理层面剥夺其他族群获取"美国性"的可能性。这在他们对印第安人的态度上得到了最好的展现。在19世纪末将印第安人赶进单独划定的"保留区"，消弭了这一文化群体的所有威胁之后，美国社会态度大变，为了证明自身继承印第安文明的合法性而开始美化它。比如，经济学家索尔斯坦·凡勃伦在《工艺的本能和工业艺术的状况》(*The Instinct of Workmanship: And the State of Industrial Arts*，1914) 中提出，原始文明并非都是残暴低劣的；相反，那些民族是和平的，而且具有工艺本能，能够不断进化到先进的文明。美洲大陆上的原始文明在荒野上安宁地生活，这与托马斯·杰斐逊所设想的农业文明形态完全一致，因而预示着进步主义时期的美国文明[1]。根据凡勃伦的逻辑，当下的美国文明与美洲大陆的印第安文明有着内在的继承关系；在文明层面而非生理层面上，美国人是其唯一合法的后裔。

---

1.   Thorstein Veblen, *The Instinct of Workmanship: And the State of Industrial Arts*, New York: B. W. Huebsch, 1918. 对于凡勃伦这一观点在凯瑟作品中的体现，参见 Guy Reynolds, *Willa Cather in Context: Progress, Race, Empire*, New York: St. Martin's Press, 1996, p.139.

20世纪20年代，美国社会的身份危机成为思想界普遍关注的现象。正如杜威所言，精神迷惘和物质主义让美国社会陷入"分裂"和"对立的两端"[1]。凯瑟与杜威的观点不谋而合。她在随笔中感叹"在1922年左右，世界分裂成了两半"[2]，在《教授的房屋》中声称"从社会意义上讲，这个国家已经分裂成两半；我不知道它还会不会重新走到一起"[3]。对于凯瑟来说，她的危机感同样和"替代"有关。尽管她在早期的"草原小说"系列中对各个种族的移民多有溢美之词，但从根本上来说她将自己视为老移民的一员，即"好的、可靠的、东海岸的弗吉尼亚人"，认同"文明世界就是欧洲世界"[4]。她将美国社会的精神堕落归咎于新移民群体，在强调"民主"的进步主义时期采取了精英主义的姿态。她不认为"民主"包括欧洲文明之光未能照耀的"乌合之众"，将他们排除在自身作品的阅读群体之外。出版商费里斯·格林斯利特（Ferris Greenslet）基于"出版民主化"的立场想推出凯瑟作品的经济版，认为精装版"对于不断增加的贫穷公众是一个打击"。凯瑟明确表示拒绝，回应说期待"更少、更好的读者"[5]。在《我的安东妮亚》被翻译成法语时，她特意请求好友多萝

1. John Dewey, *The Later Works of John Dewey, 1925-1953, Volume 2: 1925-1927*, ed. Jo Ann Boydston, Carbondale: Southern Illinois University Press, 1984, p.277.

2. Willa Cather, "Prefatory Note," *Not under Forty*, New York: Alfred A. Knopf, 1936, p.v.

3. Willa Cather, *The Professor's House* (Scholarly Edition), Lincoln: University of Nebraska Press, 2002, p.106. 以下本书中对此作品的引用，将以缩写形式*PH*直接在文中夹注页码。

4. Ellen Moers, "Comment," *The Art of Willa Cather*, ed. Bernice Slote, and Virginia Faulkner, Lincoln: University of Nebraska Press, 1974, 62-64, p.62.

5. 转引自Lise Jaillant, "Canonical in the 1930s: Willa Cather's *Death Comes for the Archbishop* in the Modern Library Series," *Studies in the Novel* 45.3 (2013): 476-499, p.488, p.477. 有关凯瑟小说经济版的更多研究，参见Kari A. Ronning, "Speaking Volumes: Embodying Cather's Works," *Studies in the Novel* 45.3 (2013): 519-537, pp.533-536; Sharon O'Brien, "Possession and Publication: Willa Cather's Struggle to Save *My Ántonia*," *Studies in the Novel* 45.3 (2013): 460-475, p.461.

西·坎菲尔德·费希尔过目译文，以免"冒犯睿智的法国读者"[1]。不过，这并不意味着凯瑟为了抵抗新移民而完全转向了旧欧洲。自始至终，她都秉承美国知识分子的立场，担忧美国庇护所形象的危机。

　　凯瑟对于美国身份的担忧在"危机小说"系列中的体现是持续出现的"替代"（substitute/substitution）主题。比如，《我们中的一员》将世界视为理念的替代品、信仰视为品质的替代品[2]。《教授的房屋》中的替代具体化为家庭关系：女婿会"在丈夫爱意不再时代替丈夫的位置"（PH 158）；布莱克对汤姆的兄长关怀被形容为"他本应有自己的儿子来照顾的；自然充满了这样的替代，但它们总是让我充满了伤感"（PH 184）。实际上，凯瑟笔下的替代主题是对当时美国政治情境和身份危机的隐喻，最终的指向还是美国的庇护所身份建构问题，这是其"危机小说"系列的核心特征。

二、"光耀的某物"：凯瑟"危机小说"中的国家危机

　　凯瑟的"危机小说"系列尽管通篇弥漫着迷惘的气息，但始终存在一抹追求超验理念的亮色。这个理念就是美国的庇护所身份，它不仅是

---

1. 转引自Françoise Palleau-Papin, "Slowly, but Surely: Willa Cather's Reception in France," *Studies in the Novel* 45.3 (2013): 538-558, p.539. 有关凯瑟小说经济版的更多研究，参见Kari A. Ronning, "Speaking Volumes: Embodying Cather's Works," *Studies in the Novel* 45.3 (2013): 519-537, pp.533-536; Sharon O'Brien, "Possession and Publication: Willa Cather's Struggle to Save *My Ántonia*," *Studies in the Novel* 45.3 (2013): 460-475, p.461.
2. Willa Cather, *One of Ours*, New York: Vintage Books, 1971, p.46, p.130. 以下本书中对此作品的引用，将以缩写形式OO直接在文中夹注页码。小说引文的翻译参考了曹明伦译：《我们中的一个》，载《威拉·凯瑟集：早期长篇及短篇小说》，北京：生活·读书·新知三联书店，1997年。

所有作品的最终旨归，也是作品中危机感的来源。如何替代欧洲并阻止自身被"野蛮"文明替代，这一当时美国社会的重大关切成为凯瑟小说的根本主题。概括来说，《我们中的一员》通过战争主题表达了国际主义视域下美国对旧欧洲的替代；《迷失的夫人》和《我的死对头》通过怀旧主题表达了新移民对拓荒者的替代。

1. "愿西部之鹰飞向……"：国际主义的折戟

《我们中的一员》是凯瑟根据堂弟格罗夫纳·佩里·凯瑟（Grosvenor Perry Cather）的经历改编而成。格罗夫纳1900年在大学写作课上创作了一个农场男孩参军的故事，18年后他自己实践了这一梦想，且牺牲在法国战场上。尽管凯瑟与格罗夫纳没有多少私人交集，却对他的经历非常自豪，并将这份热烈的情感倾注到《我们中的一员》的写作中。在凯瑟看来，这部小说描写的只是一个草原男孩的故事，她原来拟定的小说题目是主人公的名字《克劳德》。后来凯瑟的朋友范妮·布彻（Fanny Butcher）和出版商艾尔弗雷德·克诺夫（Alfred Knopf）建议改为《我们中的一员》[1]。这一改动超越了凯瑟的个人情感，更深刻地反映了当时的社会情绪，因而让小说获得了1923年的普利策奖。

然而，这部广受大众欢迎的作品却没有得到评论界的青睐。不少评论家认为凯瑟没有把握当下美国的境况，依然沉浸在其"草原小说"系列所建构的浪漫虚幻的美国梦之中："她只有在没有涉及当下事件或社

---

1. Richard C. Harris, "'Pershing's Crusaders': G. P. Cather, Claude Wheeler, and the AEF Soldier in France," *Cather Studies* 8, ed. John J. Murphy, Françoise Palleau-Papin, and Robert Thacker, Lincoln: University of Nebraska Press, 2010, 74-90, p.87.

会问题时才是最好的创作状态。"[1] 在现实主义评论家看来，《我们中的一员》充满了"不可饶恕的感伤主义"，与伊迪丝·华顿歌颂第一次世界大战的《战地英雄》（*A Son at the Front*, 1923）一起被贬为"我们美国最好的两位作家所创作的两部最差的作品"[2]。对凯瑟前期作品赞赏有加的评论家门肯和作家辛克莱·刘易斯（Sinclair Lewis）也持有同样的负面看法[3]。欧内斯特·海明威（Ernest Hemingway）在给评论家埃德蒙·威尔逊（Edmund Wilson）的信中甚至用"凯瑟化"[4]来概括《我们中的一员》针对战争的描写，讽刺凯瑟对于战争"真实"的无知[5]。凯瑟显然拒绝接受批评，在多年后把这些尖酸刻薄的年轻作家称作"反偶像主义者"和"古墓破坏者"，认为他们"以破坏传统为业"，"唯一给大众提供的新东西就是对传统的蔑视"，其实体现了他们因为未能实现自身文学思想的突破而产生的绝望和迷茫[6]。

　　将凯瑟视为脱离实际的浪漫主义作家确实有失公平。包括《我们中的一员》在内的整个凯瑟"危机小说"系列表达出强烈的现实关注，加之小说借角色之口发出"这绝不是使民主在全世界得到保障，也不是为了任何这类豪言壮语"（*OO* 348）等反讽威尔逊总统战争动员的评论，因而现在大多数学者认为，《我们中的一员》的表层文本表现了以官方的战争宣传和传统的英雄理想为核心内容的"社会与权力话语"，而潜文本嘲弄和颠覆了上述话语，讽刺了物质主义主导下"美国生活的粗鄙现

1.　Percy H. Boynton, "Willa Cather," *The English Journal* 13.6 (1924): 373-380, p.380.

2.　John Farrar, "Toward Paths of Peace," *The English Journal* 19.7 (1930): 519-525, p.523.

3.　James Woodress, *Willa Cather: A Literary Life*, Lincoln: University of Nebraska Press, 1987, p.333.

4.　"凯瑟化"的英文为Catherized，与"麻醉"（etherized）一词谐音。

5.　Ernest Hemingway, *Selected Letters 1917–1961*, ed. Carlos Baker, New York: Scribner's, 1981, p.105.

6.　Willa Cather, *Willa Cather on Writing: Critical Studies on Writing as an Art*, Lincoln: University of Nebraska Press, 1988, p.25.

实"，揭示了战争的残酷本质和主人公克劳德"浪漫理想的不正常"[1]。关于《我们中的一员》的争论围绕战争到底是好是坏、凯瑟到底是否了解战争、小说到底是否存在反讽等问题展开，得出了截然相反的结论。达里尔·帕尔默（Daryl W. Palmer）批评了这种非此即彼的二元对立思维，认为这样无助于理解凯瑟小说的复杂性。他认为，凯瑟其实在作品中呈现了亨利·伯格森（Henri Bergson）的"直觉"（intuition）思想。工商业时代的科学技术理性对日常生活的控制日益严密，凯瑟通过克劳德的成长经历探索了个人在第一次世界大战之后的机械时代如何借助"直觉"寻找真正自我的问题[2]。

　　但以上解释都没有追问凯瑟笔下战争的超验含义，也没有深入探究战争对于进步主义时期美国的意义。威廉·詹姆斯（William James）1906年在斯坦福大学发表的演讲《战争的道义等价物》（"The Moral Equivalent of War"）指出，"如果战争真的全部停止，我们不得不再次发明它……为了将生活从平庸堕落中拯救出来"，人们必须保持"男子气概"与尚武精神，认识到"无畏、摈弃柔弱、放弃私利、服从命令是民族国家得以屹立的基石"，坚决反对女性化的"愉悦经济"（pleasure-

1. David Stouck, *Willa Cather's Imagination*, Lincoln: University of Nebraska Press, 1975, p.84, pp.91-92; John Rohrkemper, "The Great War, the Midwest, and Modernism: Cather, Dos Passos, and Hemingway," *Midwestern Miscellany* 16 (1988): 19-29, p.22; Merrill Maguire Skaggs, *After the World Broke in Two: The Later Novels of Willa Cather*, Charlottesville: University Press of Virginia, 1990, p.40; Travis Montgomery, "(Mis)uses of War: Reading Willa Cather's *One of Ours* with William James' 'The Moral Equivalent of War'," *American Literary Realism* 41.2 (2009): 95-111, p.98; 李公昭：《文本与潜文本的对话——重读薇拉·凯瑟〈我们的一员〉》，《外国文学评论》2007年第1期，60—67，第62—63页；胡亚敏：《薇拉·凯瑟〈我们的一员〉与美国边疆神话》，《外国语文》2013年第4期，1—5，第2—4页。
2. Daryl W. Palmer, "Ripening Claude: Willa Cather's *One of Ours* and the Philosophy of Henri Bergson," *American Literary Realism* 41.2 (2009): 112-132, p.112.

economy）[1]。这番充斥厌女情绪的讲演体现出当时的美国从美西战争中不仅获得了殖民利益，更获得了替代旧欧洲成为新帝国的强大自信。其帝国雄心在第一次世界大战期间变得更加不可遏制。1915年10月，杂志《新共和》写道："我们没有因为处于风暴之外而对上帝充满感激，反而在各个方面觉得缺少了些什么。"[2] 这种缺失感是理解美国对待战争态度的核心要素：个体的历险和成长一直是美国文化最为看重的部分，那么，未能参战就剥夺了美国人精神成长的机会，毫无疑问违反了美国的国民性。将参战等同于美国成长这一理念贯穿了美国的所有征兵广告，如海军陆战队征兵广告《旅游？冒险？》（"Travel? Adventure?"，1917）描绘了海边沙滩上的一个白人士兵手拿刺刀，满面笑容地骑在一头金钱豹身上。配词是"旅游？冒险？答案是——加入海军陆战队！"[3] 美国政府拯救欧洲的宣传画鲜明呈现了对异域和自然的征服主题，内中自有身份建构的深意。

《我们中的一员》将战争视为身份建构的例外情境。小说的扉页题词和第五卷的题名都是"愿西部之鹰飞向……"，这个短语显然呼应了威尔逊总统1919年9月9日在明尼阿波利斯市的演讲。那次演讲中，威尔逊认为美国人只有两个选择：要么成为躲避危险、装聋作哑的"鸵鸟"，要么成为翱翔在国际上空的"雄鹰"。他敦促国民要像雄鹰那样，"飞向高空，用清晰的眼光审视人类事务，看美国事务如何与世界的事务联系在

1.   William James, "The Moral Equivalent of War," *Peace and Conflict: Journal of Peace Psychology* 1.1 (1995): 17-26, p.20, p.24.

2.   J. A. Thompson, "American Progressive Publicists and the First World War, 1914-1917," *The Journal of American History* 58.2 (1971): 364-383, p.380.

3.   Walton Rawls, *Wake Up, America!: World War I and the American Poster*, New York: Abbeville Press, 1988, p.250.

一起"，以领导者的身份承担拯救世界的重任[1]。凯瑟同时代的评论家意识到了《我们中的一员》对于威尔逊这一比喻的挪用。对凯瑟"拓荒小说"系列赞誉有加的芝加哥大学教授珀西·博因顿（Percy H. Boynton）认为，虽然凯瑟的描写并不符合参战士兵精神幻灭的现实，但是"她绝对没有抛弃她最好作品中的主题——为了自我实现而努力"[2]。文学评论家爱德华·瓦根内克特（Edward Wagenknecht）则写道：

> 凯瑟小姐没有将战争理想化。她意识到了它的徒劳。像她那样清晰的头脑不可能没有意识到这一点——所有战争都是徒劳的。但是她的视野不限于此。那些职业宣传家无法意识到的是，多少有些粗俗的争斗背后隐藏着充沛的慷慨情感，和一个敏感灵魂的英勇绽放。这就是令身为艺术家的她着迷的地方，也是她致力于在书中表现的地方。[3]

正如小说所言，战火纷飞"说明人们仍然可以为一种理想献身，也可以为留住他们的梦想而烧毁自己创造的一切"（*OO* 357）。这句几乎有歌颂战争嫌疑的描述是"充沛的慷慨情感"的最好注脚，佐证这种情感并非仅是个人对于美国农场生活的逃离[4]，而有着值得关注的精神含义。

---

1. 转引自王立新：《我们是谁？威尔逊、一战与美国国家身份的重塑》，《历史研究》2009年第6期，127—151，第143页。

2. Percy H. Boynton, "Willa Cather," *The English Journal* 13.6 (1924): 373-380, pp.378-379.

3. Edward Wagenknecht, "Willa Cather," *The Sewanee Review* 37.2 (1929): 221-239, p.238. 另参见Guy Reynolds, *Willa Cather in Context: Progress, Race, Empire*, New York: St. Martin's Press, 1996, p.120.

4. Merrill Maguire Skaggs, *After the World Broke in Two: The Later Novels of Willa Cather*, Charlottesville: University Press of Virginia, 1990, p.40.

凯瑟的同侪对战争的解读侧重于个体层面，但实际上这种"慷慨情感"为当时美国人所共有，展现了他们对于美国在世界大战中成为"经济和军事帝国"的群体热情[1]。可以说，《我们中的一员》中的战争蕴藏着美国国家身份建构意图，阐释了重塑世界文明等级、替代旧欧洲成为文明守护者的主题。不过，无论这种集体情感何等崇高，主人公克劳德的惨烈牺牲暗示了国际主义路径的失败。

《我们中的一员》中的国家建构意图首先通过对于现状的不满呈现出来。小说用浪漫唯美的修辞表达了对美国乡村现状的深刻忧虑："乡村原野在冬天面前的顺从包含着某种美的东西。它使人满足——也令人悲哀"（OO 74）。结合20世纪20年代美国的社会背景来看，"乡村的顺从"指代农村对工商业文化逻辑的迎合。这种转变体现在小说中的拓荒者代表、克劳德的父亲纳特·惠勒身上。他是美国拓荒历史的见证者，是美国民族起源式的人物，"早在周围还有印第安人和野牛时就来到了内布拉斯加的这一地区"，目睹美国西部奔向工业化的迅猛发展，"有点儿飘飘然地觉得这一切都是他自己的事业"（OO 7-8）。这句看似颂扬和善意调侃的描述实质上隐含一丝道德谴责。惠勒的道德堕落不是因为他将地区发展归功于自身的虚荣之举，而是他的确要为拓荒事业的变质负责："他早年按宅地法定居于此，然后又收买和租赁了多得足以使他富有的土地。如今他只消把地租给那些喜欢干活的好农夫就能坐享其成——他不喜欢干活，而且他对此毫不隐讳"（OO 8）。原本与土地保持亲密联系的拓荒者却积极将土地变成抽象的"资本"进入流通环节，成为美国工商业资本体系中的一分子，与《啊，拓荒者!》中亚历山德拉发家致富的手段如出

---

1.   Joseph R. Urgo, *Willa Cather and the Myth of American Migration*, Urbana: University of Illinois Press, 1995, p.144, p.145.

一辙。拒绝农事生产而通过土地的所有权获利，这符合詹姆斯称之的"愉悦经济"，使得拓荒者纳特成为索尔斯坦·凡勃伦所言的"有闲阶级"[1]。小说详细描写了从传统的农业经济转变为工商业经济之后的文化变质：

> 农民耕种、饲养和售卖的东西都有它们自身的价值；小麦和玉米比之世界上任何其他地方生长的都毫不逊色，猪和牛也是最好的品种。但他们得到的却是质量极差的工业产品；华而不实的家具，容易褪色的地毯和布料，让英俊的男人穿起来像小丑的衣服。他们的大部分钱都花在了机器上——那些玩意儿也经常散架。蒸汽打谷机也用不长；三台机器还不如一匹马活得长。
>
> 克劳德坚信，在他小的时候，在所有邻居都还穷的时候，他们、他们的房屋、他们的农场比现在更有个性。那时候农民精心在土地上种植美丽的杨树林，沿着各家的地界种上桑树和橙树的篱笆。如今这些树都被砍伐一空，连根拔起。谁也不知道这究竟是为了什么；它们使土地贫瘠……它们使雪堆积……反正谁家都不再有树。繁荣昌盛带来了一种冷漠无情；人人都想毁掉他们过去常常引以为豪的东西。二十年前被精心照料的果园，现在却变得荒芜。开车进城买水果比自己种植果园要省事得多。
>
> 人本身也变了。他还记得这一带所有农民都和谐相处的时光；可如今他们诉讼缠身。他们的儿子要么吝啬贪婪，要么奢侈懒惰，老是没完没了地无事生非。显而易见，消费财富比创造财富更需要智慧。(*OO* 88-89)

1.　参见Thorstein Veblen, *The Theory of the Leisure Class: An Economic Study of Institutions*, New York: Macmillan, 1899.

　　这段描写应和了伯恩批判美国实用主义状态的文章。伯恩慨叹原本美国的拓荒移民"丢失了自己曾有的本土文化，替代的却是美国最幼稚的文化——廉价的报纸、'电影'、流行歌曲、无处不在的汽车等"[1]，变得利欲熏心。《我们中的一员》同样批判了现代美国的千篇一律和平庸无奇，借助对农业社会的怀旧凸显了当下美国社会对情感和理念的漠视。从这个意义上讲，小说呼应了美国自然主义流派的农场小说，颠覆了19世纪末以来新英格兰乡土文学将农村描写成"花园神话"的传统，把后拓荒时代的农场生活描绘为堕落的代名词[2]。

　　在工商业语境下，工具理性成为主导美国社会的思维范式，导致人与人之间的关系异化以及精神追求的式微。农场的雇工粗野邋遢，失却了拓荒者对待田野和家畜的亲密情感，反而将之当成束缚自身的劳动枷锁，动辄暴力破坏这些工具。工业的发展带动了物质的丰富，却阻碍了精神的成长——人们买各种家用电器"以跟上事物发展之日新月异的步伐"（OO 18），但没有带来幸福感，反而让女性成为了这些工具的奴隶。小说评论道："不管机器能做些什么，它们都不可能造就欢乐。它们也不可能造就和蔼可亲的人"（OO 39）。工具理性压制了所有超验的目标——这也是为何克劳德的家人都不关心他到底上哪所大学的原因——使美国文化逐步变得保守平庸，日益成为"旧欧洲"的翻版。这一点通过克劳德的哥哥贝利斯体现出来。贝利斯身为拓荒者纳特·惠勒的长子，却成了心胸狭窄、唯利是图的精明商人，在品格上保守阴鸷。他的名字和身

---

1. Randolph S. Bourne, "Trans-National America," *The Atlantic Monthly* 118 (Jul. 1916): 86-97, p.90.

2. Florian Freitag, "Naturalism in Its Natural Environment?: American Naturalism and the Farm Novel," *Studies in American Naturalism* 4.2 (2009): 97-118, p.99. 关于新英格兰乡土文学对于农村的美化，参见B. D. Wortham-Galvin, "The Fabrication of Place in America: The Fictions and Traditions of the New England Village," *Traditional Dwellings and Settlements Review*, 21.2 (2010): 21-34.

体状况等细节暗示了他男子气概的丧失。贝利斯（Bayliss）与"没有月桂"（bay-less）谐音，而月桂正是古希腊罗马文化中英勇的优胜者得到的奖赏[1]。贝利斯身体瘦弱且消化不良，孱弱的身体是美国国家肌体的象征，指代当下美国人的精神腐败。在小说中，这种扼杀活力的文化模式被称为"惠勒方式"（the Wheeler way），与《啊，拓荒者！》中的奥斯卡和卢如出一辙："不可能允许自己采取引人注目的行动，更不用说别出心裁的行动，除非那种行动是日常生活的组成部分"（OO 266）。在这种气氛下，美国人只会浑浑噩噩地享受物质生活，丧失了追求超验意义的动力，美国生活于是变成了死水一潭。小说哀叹道："当使这些东西变得珍贵的感情一旦不复存在，这些东西本身是多么可悲，多么难看！人类生活的残剩物比自然界枯萎和腐烂的东西更无价值，更为丑陋。垃圾……渣滓……他脑子里再想不出任何东西可以如此暴露和谴责所有那些单调乏味、令人生厌但是一再重复的人类行为，所有的生活赖以一天天延续的人类行为。毫无意义的行为……"（OO 192-193）。可见，只有理念才能使日常生活"变得珍贵"，丧失精神追求的物欲不过是"残剩物"，无法充当建构美国身份的基石。这是美国拓荒时代的"低贱替代"（OO 31），其实是向拓荒者起初逃离的"腐败旧欧洲"的返祖，为克劳德在"后拓荒时代"克服前辈影响的焦虑、重现拓荒伟绩提供了契机。

在工商业文化语境下，克劳德对理念的执着使他变成美国社会中不合时宜的人。克劳德一直感到寂寞、害怕和窒息，就如小说中的飞鸟比喻所暗示的，他在社会规范的铁笼中已然迷失，找不到通往自由的道路（OO 152）。他被实用主义者和宗教主义者一致抵制，对于想象共同体的

---

1. Travis Montgomery, "(Mis)uses of War: Reading Willa Cather's *One of Ours* with William James' 'The Moral Equivalent of War'," *American Literary Realism* 41.2 (2009): 95-111, p.102.

渴求一直无法安放。在实用主义者的眼里，他是个与大众品位格格不入的理想主义者。他鄙视只强调物质消费的农场生活，认为"如果金钱就是一切，那生活就毫无价值"（*OO* 34），所以平时总是喜欢与"精神自由"的波希米亚青年埃内斯特·哈维尔闲聊。克劳德将日常生活视为理念的注脚，"每天早上醒来都发现铺展在他面前的又是金灿灿的一天，像一块华丽的地毯，通向……?"（*OO* 69）"通向"后面的省略号既暗示克劳德对于理念的执着，也暗示他尚未找到理念的具体内涵。超验理念在小说中以"光耀的某物"（something splendid）的形象多次出现，与平庸的农场生活构成了鲜明对比，指引克劳德走向海外和宿命。有意思的是，如此痴迷理念的克劳德也遭到了宗教主义者的抵制。这一群体是指将基督教信仰奉为行为圭臬的教徒，他们把不遵从教义的克劳德当成"未获拯救的人"，试图劝他皈依。这种"虔诚"甚至压制了夫妻关系等最亲密的人类情感，致使伊妮德抛弃家庭、远赴中国传教，进而让克劳德对日常生活彻底失望。

克劳德尽管在小说中显得异类，却被刻画为一个"天然的"美国人，体现了纯粹的国家主义精神。他"天生喜欢有条理，就像他天生有棕红色的头发一样。那是一种个人特征"（*OO* 30）。此处对于"天生"的强调明显呼应了进步主义时期美国将"理性"归于种族生理特质的看法，暗示克劳德是"民主公众"的一分子，从而是美国真正的拥有者和建设者。小说用浪漫到稍显夸张的描写强化了这一暗示："这些月亮的孩子，这些怀着未予满足的渴望和不会实现的梦想的孩子，是一个比太阳的子孙更为优秀的种族"（*OO* 179）。此处小说通过影射英国小说家威廉·萨默塞特·毛姆（William Somerset Maugham）的名著《月亮与六便士》（*The Moon and Sixpence*，1919）的主题和修辞，表现了克劳德对工商业资本主义笼罩下的现实生活这一"牢狱"（*OO* 178）的精神超越。种族话语体现了鲜明的美国意识，将克劳德圣化为"美国人"这个"更为优秀的种族"的代表。

克劳德代表"美国人"的崇高地位来自他的国家主义精神，通过他对群体和国家的情绪表现出来。对他来说，"生命是如此短暂，倘若它得不到某种持久情感的不断充实，倘若芸芸众生来来去去的只身孤影没有衬托一个凝为一体的背景，它将毫无意义"（*OO* 345）。小说没有明确谈论这一情感到底是何物，却通过克劳德对想象共同体的看重阐释了它的国家精神本质。克劳德虽然对家庭和周围环境非常不满，却始终把自己定位为"我们中的一员"，并竭力维护他想象中的共同体。朋友伦纳德打了哥哥贝利斯之后，克劳德尽管与贝利斯并不亲近，却也选择坚定地维护家人："我和他相处得并不好，但我不想让你以为你什么时候高兴都可以掴我们家任何人的耳光"（*OO* 16）。这一选择是克劳德的"本能"，因为克劳德自己都不理解"为什么一个人有时候非得感到他对其性格与自己水火不容的人的行为负有责任"（*OO* 16）。针对不喜之人的"家庭"意识是小说的中心隐喻之一，阐释了想象的共同体在本质上无视个体品性，而是同一文化体系下所有个体的集合，同时也彰显了克劳德对于"美国"这个想象共同体的信仰和捍卫。虽然厄内斯特·盖尔纳（Ernest Gellner）指出民族"作为一种自然的东西，作为上帝划分人的类型的方式，作为固有的但姗姗来迟的政治命运"是人为建构的神话[1]，但《我们中的一员》中克劳德的国族意识恰恰充满宿命般的神话色彩："当他抬眼望天上的星星时，他比以往更觉得它们与国家民族的命运有某种联系，

---

1. 厄内斯特·盖尔纳：《民族与民族主义》，韩红译，北京：中央编译出版社，2002年，第64页。

与这个世界上正在发生的莫名其妙的事情有某种联系。……对老年人来说，这些事件是思考和谈论的题目；但对像克劳德这样的小伙子来说，它们却是生与死，却是命运"（OO 197-198）。与本尼迪克特·安德森在《想象的共同体》（*Imagined Communities: Reflections on the Origin and Spread of Nationalism*，1983）中认为的不同，《我们中的一员》中的"美国"得以被想象并非借助于"生产体系和生产关系（资本主义）、传播科技（印刷品）和人类语言宿命的多样性"[1]这三者之间的相互作用，而是借助于历史和空间。尤其特别的是，克劳德的美国意识超越了空间距离上国家的边界，而是基于国际主义视野的帝国建构。

克劳德的国家意识主要从两个方面体现出来：时间层面的国家历史和空间层面的国家领土。克劳德对于历史具有非比寻常的兴趣，这一细节有着隐秘却深刻的美国建构意图。有评论家认为，凯瑟作品反对"历史帝国主义"，拒绝为了个体或国家身份的建构而盗用过去的人物或事件资源[2]。但实际情况并非如此，在凯瑟笔下，"历史"一直是应对当下的"理念"。在《我们中的一员》中，克劳德眼中的历史是"……他觉得极其重要的学科，这门学科涉及的不是词汇和语法，而是事件和思想。……这世界上充满了振奋人心的事物，一个人活着并能去弄清它们是一种幸运"（OO 34）。将历史与"思想"相联系是凯瑟"危机小说"系列的一个常见主题，克劳德因此与《教授的房屋》中的历史学家圣彼得教授形成了一个意味深长的呼应。圣彼得通过撰写《西班牙探险史》体现了美国对欧

1.　本尼迪克特·安德森：《想象的共同体：民族主义的起源与散布》，吴叡人译，上海：上海人民出版社，2005年，第42页。

2.　Kelley Wagers, "Against the American Grain: Willa Cather's History Troubles," *Texas Studies in Literature and Language* 57.1 (2015): 106-127, p.107.

洲帝国的替代,克劳德却像汤姆·奥特兰一样通过参战身体力行地贯彻这个国家意图。他在部队中找到了自己的同道——工兵上尉欧文斯虽然上大学时对古典文学艺术没有兴趣,但第一次世界大战却让他"复活"了凯撒(Julius Caesar),经常把"那位古罗马将军在西班牙建功立业"和"霞飞将军在马恩河力挽狂澜"混为一谈(OO 315)。这个看似滑稽荒诞的错误其实是对"美国意图"的强调:当下参战的美国人正在重复欧洲历史上英雄的行为,通过占有和挪用欧洲历史将战争变成了美国以旧欧洲为客体建构自身庇护所身份的场域。这也符合真实的历史。第一次世界大战期间,美国掠夺和挪用了法国的历史与文化传统,将之化为美国彰显自身英雄主义的外壳。美国的战时宣传大量使用了法国圣女贞德(Joan of Arc)的形象,《时代周刊》在1918至1919一年间发表有关贞德的文章达17篇之多[1]。美国政府在战争储蓄邮票的宣传画《圣女贞德拯救法国》("Joan of Arc Saved France", 1918)中使用了戎装圣女贞德的画像并配词:"美国女性拯救你们的祖国,请购买战争储蓄邮票。"[2]《我们中的一员》敏锐地呈现了当时美国社会这一隐秘的"替代"心理,为后拓荒时代的美国找到了绝佳的身份建构方式。正是在这个意义上,评论家认为《我们中的一员》展现了一种"创新性怀旧",即借助回望过去以开创未来[3]。

---

1. 有关美国对圣女贞德形象的使用,以及《我们中的一员》中贞德形象的历史语境与意义,参见Janet Sharistanian, "Claude Wheeler's Three Joans in *One of Ours*," Diane Prenatt, "From St. Joan to Madame Joubert: Pilgrimage and Ethnic Memory," *Cather Studies 8*, ed. John J. Murphy, Françoise Palleau-Papin, and Robert Thacker, Lincoln: University of Nebraska Press, 2010, 91-109, 110-124.

2. Walton Rawls, *Wake Up, America!: World War I and the American Poster*, New York: Abbeville Press, 1988, p.217.

3. Guy Reynolds, *Willa Cather in Context: Progress, Race, Empire*, New York: St. Martin's Press, 1996, p.102.

对于"美国"的痴迷使得克劳德以浪漫化的视角看待自身周围的自然景观，将之想象成美国的"国土"。自然风景成为国土的条件是经过国家意识的加持，被圣化成国家不可分割的一部分，并成为国民的情感承载物和智识体系中的客体。将一块地方政治化、视之为"历史的和特别的"国土的行为类似于人文地理学家胡安·诺格（Joan Nogué）所言的"领土意识形态"，即认为领土是"民族认同的组成部分，是其强调所谓特殊性、例外性和历史性的根据……共同享有一块领土的人们，仅凭空间联系就应使他们拥有某种共同利益"[1]。在小说中，自然风景的浪漫化通过克劳德的名字体现出来。"克劳德"指代17世纪法国著名风景画家克劳德·洛兰（Claude Lorrain）和以其名字命名的"克劳德镜"。克劳德·洛兰的绘画特征是对自然景色加以处理和取舍，"克劳德镜"也发挥着同样的功能。当时的游客在游览美国风景时，都会戴上这种带有特殊金彩的带框眼镜，通过观看框定在镜中的景色感受"风景画"的魅力。他们欣赏的不是自然本身，而是他们对自然的想象，这是一种特殊的美国想象方式[2]。《我们中的一员》将主人公命名为"克劳德"，经常通过他的视角呈现"如画"风景，这同样具有将空间转化为美国国土的意图。他急迫的国家建构意识经常以忧郁的形式投射在自然风光中：夕阳下的落基山脉"是一种孤独的光耀，其苍凉感更加深了他心头的痛楚。他到底怎么啦，他像是在哀求似的自问道"（OO 104）。崇高的国家意识使得风景变得"光耀"，将平淡无奇的乡村变成激动人心的"国土"："为什么能说'我

1.　胡安·诺格：《民族主义与领土》，徐鹤林、朱伦译，北京：中央民族大学出版社，2009年，第22—23页。

2.　Jean Schwind, "The 'Beautiful' War in *One of Ours*," *Modern Fiction Studies* 30.1 (1984): 53-71; Leo Marx, *The Machine in the Garden: Technology and the Pastoral Ideal in America*, New York: Oxford University Press, 1964, p.89.

们的小山'和'我们的小河'会使人这般快意？为什么感觉到这种特殊的干泥在靴底下咔嚓作响会使人这般满足？"（*OO* 215）这是对于美国国土的想象性占有，土地通过群体的想象而被纳入文化象征体系之中成为"国家"，具有了国家所应该有的文化特质。正因这个"国家化"的过程，原本单调乏味的故乡在克劳德眼中变得宽广且丰富多彩。以拯救者的身份站立在法国土地上的克劳德打量它的浪漫城镇时，感觉"一点儿都不如在家里看到的战争照片所表现的那样如画般的诗意"（*OO* 323）。欧洲"如画般"光晕的消退是一种必然，因为它不过是"跨国美利坚"身份想象中的幻景，而与其本身美感并无关联。身处欧洲大陆的克劳德在观看异域风景时，他的"本土"意识得到了升华，在世界范围内定义了"美国"的崇高性质。

克劳德为美国所想象的完美身份是自由的庇护所。建构庇护所的意图在《我们中的一员》中随处可见，如惠勒太太欢迎波希米亚移民埃内斯特、供养无家可归的黑人厨娘马哈丽；克劳德保护德裔移民福格特太太免受"爱国者"的欺凌，他的住所则对于格拉迪丝·法默来说"一直都是躲开法兰克福城的一个庇护所"（*OO* 223）；伊妮德同情从未去过的异域"中国"："在这儿只要肯去抓取，我们人人都有机会。那些中国人却没有。上亿人在愚昧中生生灭灭，想到就令人不寒而栗"（*OO* 110）。对美国庇护所身份的凸显是宣扬美国文明优越性的必要之举，也是第一次世界大战期间挽救美国形象的政治任务。战争发生后，美国激进的本土主义者多次暴力攻击无辜的德裔平民，最轰动的事件是1918年4月5日伊利诺伊州德裔移民罗伯特·普拉格尔（Robert Prager）被一群"爱国者"私刑处死。德国的战时宣传机关抓住这个机会抨击美国所谓的"民主"不过此。颜面无光的威尔逊总统于7月26日严厉谴责暴众行为："任何热爱美国的人，任何真正珍爱她美名、荣耀和品格的人……都不会认为暴众行为是正义的……任何参与暴众行为或对之有一丝赞同的人，都不是这一伟大民主的真正儿女，而是它的叛徒……"[1] 在他的讲话中，威尔逊把"理性"和"秩序"视为民主的本质，把庇护移民视为民主的表现，把理性对待德裔移民视为区分"真正的美国人"与"叛徒、暴众"的试金石。《我们中的一员》呼应了这一国家关注，意图恢复美国的国家名誉，通过自由女神像这个意象凸显了庇护主题。这座铜像是法国赠与美国的国礼，"置身于大海和天空构成的背景之中，有世界各地的船只来往于她的脚下"（*OO* 234），这不仅强化了美国赴法参战的合法性，更勾勒出一个笼罩整个世界版图的美帝国形象。

20世纪20年代，庸俗化的现实无法安放和庇护美国人的精神渴求，美国作为庇护所的崇高身份陷入解体的危机。在《我们中的一员》中，解决这一危机的契机被前置到了第一次世界大战期间。作为一个政治事件和文化事件，战争的功能在于为美国提供了在国际体系中定义自身的特定情境。世界范围内文明的崩塌使得美国社会能够想象一个"例外的"美国庇护所，为自身的平庸现状赋予超验的、浪漫的色彩。英国历史学家爱德华·哈利特·卡尔（Edward Hallett Carr）在研究第一次世界大战引起的国际政治格局变化时指出，国家力量除了军事力量和经济力量外，还包括"观念力量"（power over opinion），即通过舆论宣传"理念"。这是现代工商业发展带来的必然结果：大规模生产聚集了大众，也使操控和顺应大众舆论成为"民主"政治的运行模式。第一次世界大战

1.　转引自 Christopher Capozzola, "The Only Badge Needed Is Your Patriotic Fervor: Vigilance, Coercion, and the Law in World War I America," *The Journal of American History* 88.4 (2002): 1354-1382, p.1354.

美国的胜利便是军事力量、经济力量、观念力量三者合力的结果[1]。而美国的观念力量从一开始便以"旧欧洲"为假想敌。早在19世纪末, 弗雷德里克·特纳就警告说, 美国的历史学研究"过度强调了德国起源, 太少注意到美国因素。边疆是迅速、有效的美国化的界线"[2]。这位历史学家在国际学术场合强调"美国因素"与"德国起源"的差别, 启动了美国国家建构的"去欧洲化"工程。到了第一次世界大战结束时, 这种情绪已经变成了"抑欧洲化", 将欧洲文明贬低到了近乎他者的地步, 正如埃兹拉·庞德(Ezra Pound)在长诗《休·塞尔温·莫伯利》(*Hugh Selwyn Mauberley*, 1920)的第五首短诗中写道: "千万人死去了 / 他们中有着最优秀的菁英 / 就为了一个老得掉了牙的婊子 / 一个崩坏的文明。"[3]

《我们中的一员》中的"抑欧洲化"情绪非常隐秘, 却是整部作品的主要基调。在小说中, 美国用以建构自身身份的客体是德国和法国。这两个敌对国家本质上都是年轻美国用以定义自身的"旧欧洲"。法国虽然是克劳德同情的对象, 但在美国人的想象中却是"民主"美国的文化对立物: 它在政治上让人想起"国王"(*OO* 145), 在信仰上是"天主教"国家, 总之是一个"邪恶"(*OO* 146)的异邦。这种文化对立通过士兵克劳德在法国参战时的家园意识表现出来。面对他曾经充满浪漫想象的欧洲风景, 克劳德却有着鲜明的"异邦"(*OO* 114, 204, 315)意识, 其情感所指向的一直都是"家"(*OO* 214, 215, 241)和"美国人"(*OO* 328, 331, 369, 371)。德国则被流言建构成专制和独裁的代表, 用以反衬美国的"民

---

1. Edward Hallett Carr, *The Twenty Years' Crisis, 1919-1939: An Introduction to the Study of International Relations*, New York: Palgrave, 2001, pp.120-125.

2. Frederick Jackson Turner, *The Frontier in American History*, New York: Henry Holt and Co., 1920, pp.3-4.

3. Ezra Pound, *Hugh Selwyn Mauberley*, London: The Ovid Press, 1920, p.13.

主"。德裔移民福格特太太经常遭到美国邻居的言语攻击，他们污蔑她的祖国是把穷人当奴隶的地方。这是一个颇有意思的指责，因为奴隶制实际上是美国自身在南北战争前的历史罪恶，却通过投射的方式转嫁到德国身上，达成反衬美国"民主"的目的。这呼应了美国在第一次世界大战时的应对策略。美国社会重视流言的作用，利用学术研究、大众媒体、日常闲聊等方式创造出了德国这个"他者"和"敌人"。战争初起时，美国的《文学文摘》（*The Literary Digest*）对国内媒体编辑进行民意调查，结果显示105人倾向英国所在的协约国，250人表示中立，20人支持德国所在的同盟国。此后，美国和英国当局开始加强英美同气连枝的舆论宣传，塑造美国民众对德国的恐惧和憎恶。英国成立专门的政府宣传机构，招募了包括历史学家詹姆斯·布赖斯（James Bryce）、阿诺德·约瑟夫·汤因比（Arnold Joseph Toynbee）在内的各个领域的人才。这个被汤因比称为"扯谎部"（Mendacity Bureau）的机构与美国传教团合作，致力于向美国社会宣传同盟国的战争暴行[1]。宣传达到了预期效果，半年

---

1. 威廉·麦克尼尔：《阿诺德·汤因比传》，吕厚量译，上海：上海人民出版社，2020年，第100—101页。汤因比的个人经历与凯瑟的《教授的房屋》之间似乎存在某种跨越空间的奇异呼应。汤因比是小说中汤姆·奥特兰和圣彼得教授的综合体。他在牛津求学时成为吉尔伯特·穆雷（Gilbert Murray）教授"亲生儿子的替代"，日后娶了穆雷的女儿罗萨琳德（Rosalind）（第35页）。他本科写过一篇论文《机器：二元论问题》（"The Machine: A Problem of Dualism"，1911），对生命和现代性进行了探究。这些与汤因·奥特兰的经历非常相似，唯一不同的是汤姆成为了参加第一次世界大战并牺牲在战场上的"民族英雄"，而汤因比一生都在为逃避兵役而羞愧。汤因比在历史学领域成就颇丰，年仅30岁时便成为伦敦大学国王学院的全职教授，并在20世纪30年代出版了六卷本的《历史研究》（*A Study of History*，1934，1939）。这些酷似圣彼得的个人经历。汤因比的历史观——"西方经历着兴衰，周而复始地重复着自己的过去；东方则只是在一跃进入文明水平后陷入了沉睡"（第133页）——在凯瑟作品中时有回响。学界对于这一文学关系尚无深入挖掘。

后几乎所有的美国民众在情感上都倾向于同情协约国[1]。美国政府成立公共情报委员会（Committee on Public Information），负责监控与其政策相左的流言，推动传播符合美国意图的宣传，将战争从单纯的前线士兵肉搏战拓展成由教授、文秘、作家等"教育者"领导和推动的"白领战争"。在当时的美国人看来，这是"民主国家……获得一个教育世界的机会"[2]。这一态势在《我们中的一员》中通过日常生活细节展示出来：

> 当克劳德洗手洗脸准备吃饭时，马哈丽拿着一张揭露德国人暴行的报纸漫画专页来到了他跟前。对她来说报上的画都是照片——她不知道图片还可以用别的方法制作。
>
> "克劳德先生，"她问，"这些德国人怎么全都这样丑呢？约德一家和这周围的德国人并不这么难看呀。"
>
> 克劳德迁就地敷衍她："也许出去打仗的都是长得丑的，而像我们的邻居那样好看的全都留在家里。"（OO 185）

可以看出，对于身处战争的美国人来说，德国是想象性的、被大众传媒扭曲建构的敌人，是逃离农场生活的借口，而不是能够真实感知的威胁。

相较于影响整个世界的战乱，克劳德决定远赴欧洲参战的决定是个人的、微小的，但在小说中的政治和文化意义丝毫不下于第一次世界大

1. Frank Luther Mott, *American Journalism: A History of Newspapers in the United States through 250 years, 1690-1940*, New York: Routledge, 2000, p.616.
2. 详见Joseph R. Hayden, *Negotiating in the Press: American Journalism and Diplomacy, 1918-1919*, Baton Rouge: Louisiana State University Press, 2010, pp.17-27.

战。他的这个决定在小说中导致了从美国到欧洲大陆的空间转换，为美国在行为层面上借助欧洲来建构自身的庇护所身份提供了可能。实际上，克劳德的参战行为在个人层面上是他摆脱拓荒前辈影响的焦虑，远赴欧洲进行的反向"文化拓荒"，在国家层面上象征美国摆脱"旧欧洲"文化的焦虑，通过参战成为文明的捍卫者。

在个人层面上，克劳德赴法参战是对前辈拓荒的仿拟。评论家盖伊·雷诺兹认为，凯瑟描写的法国是理想化美国的幻象，只是在空间上被投射到欧洲而已[1]。这个空间投射对于小说的"替代"主题至关重要，因为它为克劳德这个后辈重现拓荒提供了场所。小说明确指出，克劳德对"理念"的痴迷其实体现了他对拓荒前辈影响的焦虑："信仰是他所崇拜的男性气质的替代物"（OO 46）。这与当时美国政府的征兵宣传高度一致。在官方宣传画《美国军队造就男人》（"American Army Builds Men"，1917）中，一个美国男兵在地球仪前面昂首挺立，旁白表示他拥有三项美德：品德（character）、技艺（crafts）、体格（physique）[2]。这幅画表明第一次世界大战对于美国来说是一个具有全球视野的身份建构工程，对于个体来说则是一个获得品格的成长仪式。这一雄心在《我们中的一员》中被呈现得明白无误："他认识到这是一桩奇妙的事情：一个人居然可以这样使自己不朽；凭一幅画像、一个字眼或只言片语，一个人就能在一代代人心中复活，在孩子的心中一次又一次地再生"（OO 56）。小说将战争理想与男子气概紧密联系[3]，意在为主人公克劳德替代拓荒前辈

1.　Guy Reynolds, *Willa Cather in Context: Progress, Race, Empire*, New York: St. Martin's Press, 1996, p.119.

2.　Walton Rawls, *Wake Up, America!: World War I and the American Poster*, New York: Abbeville Press, 1988, p.239.

3.　参见Jonathan Goldberg, *Willa Cather and Others*, Durham: Duke University Press, 2001, p.91.

提供契机。他的成长仪式与美国的帝国扩张和对"旧欧洲"的拯救合而为一:"下面广场上那尊骑在马背上的基特·卡森雕像指着西方;但如今已不再有那种意义的西部可开拓。可还有南亚美利加;他也许可以在巴拿马地峡以南发现什么。这儿的天空像一个盖子笼罩着世界;他母亲可以在那后面看见圣人和殉道者"(*OO* 104)。基特·卡森(Kit Carson)是印第安事务特派员,他的拓荒"伟绩"主要是屠杀和殖民印第安人。克劳德雄心勃勃地想要替代这位前辈,他要征服的对象不再是美国本土的印第安人,而是世界的"他者"——这便是他远赴欧洲参加世界大战的最终目的。

在国家层面上,克劳德赴法参战执行了美国的"国际主义"意图,在军事和文化领域完成了对欧洲的替代。评论家曾经抱怨《我们中的一员》的第四卷在技巧上显得拙劣,伤害了小说内容的连贯性,认为这一卷作为反面教材证明了在美国和欧洲这两个世界间架起桥梁本质上是不可能的[1]。这种理解囿限于技巧层面,没有发现小说的第四卷和第五卷凸显美国身份意识的内在共通性。这两部分着重刻画美国作为庇护所和世界文明守护者的角色,通过造船这个颇具大航海扩张意味的意象得以呈现:

> 他曾以为造船就意味着锻炉、机械、大群的工人和嘈杂喧嚣。眼前的景象简直像个梦。他想象的一切几乎都没有,只有绿茸茸的草地、灰蒙蒙的海湾、染上夕阳余晖的玫瑰色飘浮的薄雾、被晚霞映红的像幻影般慢慢飞翔的海鸥——还有水边

---

1. Guy Reynolds, *Willa Cather in Context: Progress, Race, Empire*, New York: St. Martin's Press, 1996, p.112.

支架上那四个正面向大海沉思的船壳。

克劳德对船和造船都一无所知，但那些船壳看上去不像是用钉子钉拢，而和雕塑一样是个整体。它们使他想到非手工建造的房屋；它们好像简单而伟大的思想，在大西洋静默海湾旁的宁静中慢慢形成的意图。他对船一无所知，但他无需知晓；那些船壳的形状，那坚固而必然的轮廓，便是它们的故事，讲述着人类在大海上的全部冒险经历。

木船！当极大的热情和高涨的士气搅动一个国家时，在其海岸上建造的木船便是它勇气的显示。克劳德见过、听过、读过、想过的任何东西都不曾像这些尚未沾水的船壳一样，如此清晰地展示这份勇气。它们是真正的动力，它们是潜在的行动，它们是越洋过海，它们是上弦的利箭，它们是尚未吼出的呐喊，它们就是命运，它们就是明天！……（*OO* 230）

这段激情飞扬的描写混杂了第三人称的旁观叙述和第一人称的内心独白，通过"木船"这一形象为美国的军事行动进行了浪漫化的辩护。"船"这个意象在中西方文明中一直是国家的隐喻，在美国经典文学中多次出现[1]。《我们中的一员》中，木船同样象征着国家。克劳德和战友

---

1.   Tracy B. Strong, "'Follow Your Leader': Melville's *Benito Cereno* and the Case of Two Ships," *A Political Companion to Herman Melville*, ed. Jason Frank, Lexington: University Press of Kentucky, 2013, 281-309, pp.281-282；陈雷：《〈比利·巴德〉中关于恶的两种话语——兼谈与蒙田的契合》，《外国文学评论》2014年第4期，163—176，第167页；张陟《船如国家：〈领航人〉中的海洋书写与库珀的革命历史想象》，《中国海洋大学学报（社会科学版）》，2020年第4期，99—107。这一意象在当时的中国文学中也有出现，如刘铁云1903年发表于《绣像小说》半月刊上的《老残游记》，就把大清帝国比作航行在太平洋上的"危船"，随时都有沉没的危险。

去往法国的船是"安喀塞斯"号（*The Anchises*），取名于罗马"种族缔造者"埃涅阿斯（Aeneas）的父亲，明显影射了维吉尔的《埃涅阿斯纪》（*The Aeneid*）。通过这一影射，木船上的士兵不再是迷惘的农场小伙，而成了"帝国建构者"和为国献身的美德体现者[1]。小说接下来引用亨利·沃兹沃思·朗费罗的《造船》（"The Building of the Ship"，1869）一诗，借助浪漫主义笔调再次强调了克劳德乘船远赴欧洲参战所内蕴的国家意图和"文明"意识。小说中的维吉尔作品和《我的安东妮亚》中吉姆·伯丹所阅读的古典作品一致，"简单而伟大的思想"和"慢慢形成的意图"也与其描写美国玉米田的词汇如出一辙，都明显呼应了威尔逊总统关于第一次世界大战的演说，表达了美国重构世界秩序、成为新领导者的国际主义主张。美国国家话语被提升为"人类……的全部冒险经历"，夸张的"代表"意识表露出傲慢和优越感，体现了文明进化论的深度影响。

美国军队出征欧洲并非为了捍卫抽象的"民主"共同体或"自由世界"，而是自我中心的主体建构行为。正如评论家黛安娜·普雷纳特（Diane Prenatt）所指出的，克劳德去法国致敬的是其国内文化，是"民族性，而非国家性"[2]。在小说中，抵达法国的美国军人"都在寻找熟悉的东西，而不是发现新奇的事物"（*OO* 289）。对美国而言，保卫欧洲的重要性不在于延续被埃兹拉·庞德咒骂的欧洲文明，而在于美国终于能够从欧洲的模仿者转变为保护者，完成了替代的伟业："眼下他最乐意去做

---

1. Travis Montgomery, "(Mis)uses of War: Reading Willa Cather's *One of Ours* with William James' 'The Moral Equivalent of War'," *American Literary Realism* 41.2 (2009): 95-111, p.104.

2. Diane Prenatt, "From St. Joan to Madame Joubert: Pilgrimage and Ethnic Memory," *Cather Studies 8*, ed. John J. Murphy, Françoise Palleau-Papin, and Robert Thacker, Lincoln: University of Nebraska Press, 2010, 110-124, p.117.

的事就是作为一块砖石加入在那座城市面前砌了又塌、塌了又砌的血肉之墙，因为多少个世纪来那座城市一直具有非常重要的意义，而且眼下具有的意义比以往都更重大。它的名字已具有了一个抽象概念之纯洁性"（OO 149）。小说将"法国"视作概念，侧重点不在于维护"法国"的国家统一，而在于以这个客体为基础建构美国的胜利者和保卫者身份。正是因为如此，美国军队入境欧洲才在法国人心中引发矛盾的情感。一方面，法国人将粗鲁的美国军队的到来等同于德国的入侵："这是一次侵略，和另一次侵略一样。前一次侵略摧毁了物质财产，这次侵略却威胁着每个人的正直"（OO 278）。另一方面，他们对美国这位"新人"和"拯救者"表现出应有的感激："那是一个崭新的民族！他们有那么敏锐的头脑，那么严明的纪律，那么崇高的目的。……他们像是命运之神派来的士兵"（OO 332）。这个看似宿命论的断语实质上与小说的深层意图一致，体现了美国替代欧洲的不可避免性。这便是为何一直与巴黎格格不入的克劳德"觉得自己已经被充分理解，不再是一个陌生人"（OO 332）。他有关民族命运的崇高理念需要欧洲客体的臣服才能最终完整。正是在这一意义上，克劳德去往法国战场的意义呼应了"愿西部之鹰飞向……"，让美国这个后来者的精神飘荡在旧欧洲的上空。

美国的跨国意图隐含在小说两条不同叙事线索之间的对比和冲突之中。小说的主叙事是克劳德赴法参战，次叙事是伊妮德去往中国传教。次叙事的重要性不容低估，它甚至是主叙事得以产生的前提——正是伊妮德抛弃小家这一"不守妇道"的行为才导致了克劳德的远赴欧洲。从性别政治的角度来说，伊妮德去往中国传教是对当时女性与战争关系的重大颠覆。法国在第一次世界大战后掀起了一场反思自身军事失败的讨论，把原因归咎于人口欠缺，认为在战争这个纯粹男性化的领域中取胜的唯一方式，就是女性要为国家多生儿子[1]。非常关注法国事务的凯瑟却在小说中描写了一位另类的"新女性"，背离了女性应该担负的妻子和母亲义务。评论家安格斯·弗莱彻（Angus Fletcher）对此大加赞赏，认为女性的进步激发男性冒险这一手法体现了达尔文进化论的"性别选择"，女性道德不再被动地对男性施加可怜的影响力，而是开始积极主动地塑造男性和社会，催生了新的男性特质。这是《我们中的一员》不同于传统浪漫小说之处，也是引起海明威等男性读者反感的原因[2]。

实际上，这两个并置叙事构成的意义张力远远超出了性别政治的范畴。伊妮德去往中国传教并非仅仅是克劳德参战的导火索，更是围绕美国建构这个宏大目标的男女分工。盖伊·雷诺兹认为，克劳德和伊妮德代表了进步主义运动的两个对立层面：一是广泛意义上的救赎热忱；一是地区性的道德圣战，意图通过各种运动来使美国更纯洁[3]。这一解读尚未揭示这两个叙事所蕴含的跨国意图。伊妮德感兴趣的两件事情是伺候花园和去往中国协助当传教士的姐姐传教："花卉和国外传教团——她的花园和中国那片广大的国土，她的深切关怀中有一种异乎寻常并令人感动的东西"（OO 111）。这个语焉不详的"异乎寻常并令人感动的东西"便是美国的国家意图：对"中国"的关注与小说对"欧洲"的关注意图一致，分别从文化和军事层面凸显了美国对于古老帝国文明的"拯救"

1. Mona L. Siegel, *The Moral Disarmament of France: Education, Pacifism, and Patriotism, 1914-1940*, Cambridge: Cambridge University Press, 2004, p.69.
2. Angus Fletcher, "Willa Cather and the Upside-Down Politics of Feminist Darwinism," *Frontiers: A Journal of Women Studies* 34.2 (2013): 114-133, p.125.
3. Guy Reynolds, *Willa Cather in Context: Progress, Race, Empire*, New York: St. Martin's Press, 1996, p.106.

和"替代"。克劳德参加了军事层面的战争，伊妮德则参加了文化层面的战争。从这个意义上说，小说的那句"愿西部之鹰飞向……"的省略号便显得意味深长：克劳德和伊妮德这一对代表美国的"西部之鹰"不仅飞向了西方的"旧欧洲"，也飞向了东方的"旧中国"。

伊妮德服务于美国国家工程的含义通过她对夫妻生活的拒绝体现出来。这一举动与其说是凯瑟本人的同性恋取向使然，不如说显示出小说对于性别政治的淡化，以及对于美国国家政治的强调。克劳德和伊妮德两人是彼此的镜像，都为了理念而抛弃日常生活，都通过拯救古老帝国实现美国的身份建构目标。与克劳德一样，伊妮德是纯粹理念的追求者。她"反感任何与男人拥抱有关的事情；这种事会给女人带来痛苦，比如说分娩——这也许是夏娃的越界带来的后果"（OO 180）。她对性爱的拒斥表面看起来似乎导致了她与克劳德的分道扬镳，但从本质上讲却在强调他们的相似性——因为这一举动使她成为克劳德的同志，投身到通过异邦传教建构自身美国公民身份的文化运动之中。

《我们中的一员》刻画女性传教的最终意图是将当时的中国纳入美国的文明论体系之中。19世纪末20世纪初，美国去往亚洲的女性传教士发挥了与士兵及外交官不一样的作用。男性在公共政治层面改变亚洲国家，女性传教士则深入当地女性的日常生活，潜移默化地将异邦纳入美国新教文明，同时也激发了美国人对于东方异域的兴趣和想象[1]。在当时美国大众的认知视域中，"我们的东方姐妹"（our Eastern sisters）的生活方式古老原始，并且懒散无序，美国女性传教士担负的神圣使命就是

---

1.   Gülen Cevik, "American Missionaries and the Harem: Cultural Exchanges behind the Scenes," *Journal of American Studies* 45.3 (2011): 463-481.

教会亚洲女性采取符合基督教文明的持家方式[1]。在美国文学史上，赛珍珠（Pearl S. Buck）的经历是这一思潮的最好注脚。凯瑟小说显然对此采取肯定态度。伊妮德的父亲在得知她要去中国传教时，沮丧地想："他的女性家属没有为世界的温暖和舒适做出什么贡献。不管她们想做什么，这是她们一定要做到的"（OO 214）。这句话看似评论美国的性别政治，却隐含对文明世界的定义：去往中国传教，或者给予中国人帮助，并不算"世界的温暖和舒适"。不过，从伊妮德的视角看来，这恰恰证明了到中国传教对于美国国家身份建构的必要性——美国替代"野蛮原始"的异族文明被认为是人类文明发展史的必然结果。小说中伊妮德的姐姐在中国染病是一个意味深长的细节。这一方面为伊妮德执意前往中国提供了理由，符合当时美国女性海外传教士甘愿牺牲的奉献和前赴后继的接力[2]，另一方面暗示了中国的风土人情对于美国女性传教士健康的威胁，证明中国是最不适宜欧洲人的"蛮荒"之地，以及传教中国的必要性[3]。

　　总而言之，中国在美国身份建构过程中扮演的角色与欧洲完全不同：

---

1. 对于这一话题的展开论述，参见Barbara Welter, "She Hath Done What She Could: Protestant Women's Missionary Careers in Nineteenth-Century America," *American Quarterly* 30.5 (1978): 624-638; Manpreet Kaur, "Definitions and Perceptions: Accounts on 'Women's Work for Women' in the Late 19th Century," *Proceedings of the Indian History Congress* 72 (2011): 793-803.

2. Cheryl M. Cassidy, "Dying in the Light: The Rhetoric of Nineteenth-Century Female Evangelical Obituaries," *Victorian Periodicals Review* 35.3 (2002): 206-213.

3. 《我们中的一员》中出现美国人在中国染病这一细节可能与1920至1921年满洲里肺鼠疫再次出现有关。1910年10月12日，满洲里确诊第一名肺鼠疫患者，此后迎来大暴发，导致近六万人死亡，引起了国际社会的高度关注。后来清政府委派伍连德（Wu Lien Teh）博士领导防疫，成功地控制了瘟疫，在1911年4月结束疫情。1920至1921年，肺鼠疫卷土重来，但已有防疫经验的民国政府将疫情封锁在了当地，死亡人数降至8500人。参见Wu Lien Teh, Chun Wing Han, and Robert Pollitzer, "Plague in Manchuria", *The Journal of Hygiene (London)*, 21.3 (1923): 307-358, p.308.

作为美国在第一次世界大战中的政治和军事同盟，中国对美国而言既不
是独裁的敌人，也不是民主的伙伴，而是需要启蒙和控制的"种族玩偶"
（racial doll）。在美国驻华公使芮恩施（Paul Samuel Reinsch）的影响下，
民国政府和知识界的绝大部分人与美国的外交政策保持一致，支持与德
国断交、对德国宣战。西方诸强于此心知肚明，德国方面就当时民国政
府的"玩偶"角色评价道："中国是美国最小的一张王牌，她没有独立的
意志。"[1]《我们中的一员》让女性的伊妮德来到中国担负传教使命，这是
典型的"种族主义之爱"，是当时中国和美国的文学作品在刻画中美关系
时都乐于表现的主题[2]。通过采取柔性教化的文化战略，美国成功地将中
国纳入自身所主导的世界秩序中，取代欧洲成为"西方"的代表和"远
东"的驯服者[3]。这正是伊妮德跨越重洋来到中国传教的政治含义——"西
部之鹰飞向"之处，便是"跨国美利坚"的疆界所在之处。

　　《我们中的一员》在临近结尾时描写了竖着白色十字架的法国士兵墓
和竖着黑色十字架的德国士兵墓，整整齐齐排列得像一张棋盘，并问了
一个令人深思的问题："谁把棋子放在上面，而且下这盘棋有什么好处？"
（OO 336）这个问题无疑代表了当时美国社会对于第一次世界大战的疑
问：到底谁为棋子？这场战争的意义是什么？小说虽然质疑了威尔逊总

1.　转引自郭宁：《中国参加一战的美国因素——以驻华公使芮恩施为中心的考察》，《民国
档案》2014年第1期，93—103，第96页。关于当时美国对中国非凡的文化影响力，可参
见马建标：《"进步主义"在中国：芮恩施与欧美同学会的共享经历》，《复旦学报（社
会科学版）》2017年第2期，120—130。

2.　"种族主义之爱"主题的一个例证是赛珍珠与冰心的创作。参见张敬珏、周铭：《赛
珍珠和冰心：跨太平洋女性文学谱系中的后殖民政治》，《外国文学》2019年第2期，
124—132。

3.　马建标、林曦：《跨界：芮恩施与中美关系的三种经历》，《历史研究》2017年第4期，
140—157，第143页。

统"让世界的民主更安全"（*OO* 348）的出兵号召，却没有质疑美国国家建构工程的必要性、建立以美国为主导的"国际联盟"的必要性。在小说看来，这是"给世界带来一个新的理念"（*OO* 348）。面对国家建构的需求，个体被裹挟进这一宏大工程之中，但帝国荣光的铸就背后是浪漫主体的鲜血和生命的代价。

2. "幸福的旧时光"：本土主义的伤逝

如果说《我们中的一员》展示了从国际主义角度建构美国身份的折戟，《迷失的夫人》则呈现了本土主义努力的危机。这部小说被评论界公认为凯瑟作品中技巧"最完美"[1]，却在主题方面遭受了最多的误解。凯瑟同时代的评论家震惊于小说中女主人公的通奸行为，斥责整部小说缺乏高雅的"品味"和"根本的道德"，哀叹像凯瑟这样写过"草原小说"系列的作家本应该追求"更高的主题"[2]。现今的女性主义评论家也聚焦于这一点，将该小说与美国19世纪以霍桑的《红字》为代表的"通奸小说"传统联系起来，试图证明女性反抗的正义性[3]。

凯瑟的同侪所期待的"更高的主题"无非是其草原系列中的民族和国家主题，这其实也是《迷失的夫人》的中心思想。这部小说的题名影射20世纪20年代陷入精神危机而无所适从的美国，内容笼罩在对神圣往昔的追忆气氛之中，是将社会问题归结于移民、意图通过回归拓荒时代恢复"百分百的美国性"的一次本土主义尝试。在小说中，以福里斯特

---

1. Robert N. Lasch, "Midwestern Writers: Willa Cather," *Prairie Schooner* 1.2 (1927): 166-169, p.167.
2. J. B. Edwards, "*The Lost Lady* by Willa Cather," *The Sewanee Review* 31.4 (1923): 510-511, p.511.
3. 参见Nancy Morrow, "Willa Cather's *A Lost Lady* and the Nineteenth Century Novel of Adultery," *Women's Studies* 11.3 (1984): 287-303.

上尉为代表的"美国人"对于"幸福的旧时光"有着一种近乎仪式感的执念："像是一个严肃的时刻，像是叩于命运之门的声响；所有的时光，无论幸福与否，都隐藏在那之后。"[1] 整部小说展现了这个神话的营造和最终的幻灭，表明本土主义视角建构美国身份的徒劳。

小说中"幸福的旧时光"其实就是福里斯特上尉的拓荒史，是一个典型的美国男性通过征服自然、异族和女性以确认个人英雄身份，进而幻化为美国民族起源的成长神话。他的拓荒伟绩在于修建了连接草原和大山的铁路，将工业文明引进尚未开垦的美国西部地区。福里斯特初到草原时的经历充满神话色彩，颇类似于伊甸园中的亚当形象：在那"六百英里宽的草的海洋"中，他"不再计数星期和月份的天数，每一天都和其余日子相似，闪耀着光荣的辉彩；尽兴的狩猎，足够的羚羊和野牛，无尽的晴空，浩瀚无垠的草原，狭长的水塘边长满了黄花，迁徙的野牛会偶尔停留在其中饮水、洗澡和打滚"（*LL* 42）。在这一浪漫的自然背景下，上尉对自然的征服被圣化为美国民族经历的象征，最终凝结成房屋这个外在意象：

> 房屋位于一座低矮的圆山顶，离小镇大约一英里地；白色墙体拱着飞檐，屋顶是便于积雪下滑的大斜坡。房屋四周环绕着狭窄的门廊，按现代标准一点也不舒服；支撑门廊的是繁琐且脆弱的花柱——当时每根结实的木材都被车床折磨加工成令人生厌的东西。要是没有了周围的蔓藤灌木，房屋本身很可能

---

1. Willa Cather, *A Lost Lady*, New York: Vintage Books, 1990, p.41. 以下本书中对此作品的引用，将以缩写形式*LL*直接在文中夹注页码。

算不上漂亮。它刚好坐落在一片茂密的三叶杨林中间，左右有舒展的枝条遮盖，后面的整个山坡都是杨林。处于山上这个位置，加之树林相托，它是人们乘车进入甜水镇时最先进入视野的东西，也是离去时最后消失的。……除了福里斯特上尉，其他所有人都会抽干山脚地里的水，把它变成肥沃的良土。但他很久之前挑选这块地，就是因为他觉着漂亮，也碰巧喜欢他的草地上有小溪流过，溪旁的河岸上长满薄荷、各种杂草和叶片光莹的垂柳。那时他很富有，也没有子女，有能力实现自己的幻想。（LL 4, 5）

从空间上，这座房屋是小镇的"山巅之城"；从时间上，它贯穿了人们进入甜水镇的所有经历。这些细节暗示上尉的房屋在甜水镇的特殊地位：作为甜水镇的发展源头，它既是甜水镇本身，又独立和超越于甜水镇的日常生活之外，成为当地文化记忆的物理显化。正如美国南方作家尤多拉·韦尔蒂（Eudora Welty）对凯瑟笔下的房屋意象所作的评价，"凯瑟的小说充斥着强烈的建造房屋的欲望，用来居住或膜拜。对她来说，它填补了过去的空白，赋予当下以意义，也是未来的来源：房屋是物质的表象和证据，证明我们活过、在活着；它证明我们曾经活过，是对抗时间争议和历史骗局的证据"[1]。整座房屋不仅是福里斯特上尉个人成功的体现，更是整个美国民族罗曼司的缩影。

除了房屋之外，福里斯特上尉的拓荒对于美国民族经历的影射还在

---

1. Eudora Welty, "The House of Willa Cather," *The Eye of the Story: Selected Essays and Reviews*, New York: Vintage Books, 1978, 41-60, p.56.

于他对妻子玛丽安的征服。在男权社会中，女性与土地相互等同，共同充当着男性身份建构的客体。如评论家所言，"女性和土地一样，需要被发现、进入、命名、授精，最重要的是被拥有……女性和土地在象征层面上相互等同，被放逐于历史之外，也因此与历史叙事和政治叙事之间的关系非常别扭。更重要的是，女性被视为专属于男性的财产，天生便与争夺土地、财富和政治权力这些男性游戏无缘"[1]。在美国拓荒历史中，女性的客体角色表现得尤为明显。整部美国拓荒史是男性闯入处女地成为"美国亚当"的历史，女性在其中并没有一席之地。《迷失的夫人》里，玛丽安身为福里斯特上尉的爱妻，实质不过是一件彰显男性身份地位的尤物。福里斯特上尉对玛丽安的宠爱聚焦于"表象性"：他乐于用首饰打扮她，原因在于"男人为妻子买首饰是为了表达自己无法亲口承认的事情。那些首饰肯定造价贵重；它们意味着他买得起，而她配得上"（LL 41-42）。在小说中，表象或装饰为日常物品笼罩了一层光晕，增加了拓荒者生活的浪漫性。就如福里斯特上尉的同侪、尼尔的舅舅波默罗伊法官藏书不是用来看的，而是用来装点的（LL 66）。正是这个文化逻辑定义了玛丽安在拓荒历史中的角色——如果说首饰是给玛丽安的装饰，那么玛丽安就是福里斯特上尉乃至整个拓荒生活的装饰。她的优雅气质被放大成让所有男性赞叹和心动的魔力，目的在于为福里斯特上尉的经历蒙上一层神秘色彩，强化"幸福的旧时光"的真实存在。

福里斯特上尉的房屋动人心弦的原因在于它漂亮的表象，但其内在并非如此。拓荒者所迷恋的"幸福的旧时光"在浪漫化的表象背后是血

1.　Anne McClintock, *Imperial Leather: Race, Gender and Sexuality in the Colonial Contest*, New York: Routledge, 1995, p.31.

腥的替代。整部小说有个关乎土地"所有权"的替代链条。上尉先是占据了印第安人的土地（在此过程中获得他的夫人），然后他的私人所有权（土地和女人）再次经历了转手。换言之，福里斯特上尉的拓荒在本质上是对印第安人的驱逐和消灭，与现在的商人彼得对他的替代别无二致。他建造铁路的过程，就是将印第安人休养生息的土地进行标记、划界和占有的过程。如小说所刻画的，他遇见了一个印第安人的营宿地，在那片土地插上砍下的柳条标为己有，下决心有一天会在那里建造自己的房屋（LL 42-43）。这一行为再现了刚踏上美洲大陆的欧洲移民对待印第安人的态度。他们用欧洲有关"占领"（occupation）和"拥有"（possession）的文化标准去衡量印第安人与土地的关系，得出自己所踏足的土地是"空白之地"（terra nullius）的结论，并在驱逐印第安人之后将"自然"土地私有化[1]。英国哲学家约翰·洛克（John Locke）声称，上帝将土地赐予整个人类群体，期待他们能从其中获得最大福祉，因此土地不能维持共有和未开发的状态，它属于那些（通过劳动获得所有权的）勤劳和理性的人，而获得自然资源所有权的个体负有将利益最大化的义务："如果一个人的地产中草坪自生自灭，或水果疏于采集而腐烂，这片地哪怕是个人私产，也将被视为荒野（waste），可以为任何其他人所拥有。"[2] 洛克将"私有"与"开发"（cultivate）相联系，认为这才是唯一道德的经济形态；

---

1. Laurelyn Whitt, *Science, Colonialism, and Indigenous Peoples: The Cultural Politics of Law and Knowledge*, New York: Cambridge University Press, 2009; Laurie Anne Whitt, "Indigenous Peoples, Intellectual Property and the New Imperial Science," *Oklahoma City University Law Review* 23.1-2 (1998): 211-259; Laurie Anne Whitt, "Value-Bifurcation in Bioscience: The Rhetoric of Research Justification," *Perspectives on Science* 7.4 (1999): 413-446.

2. John Locke, *Two Treatises of Government*, 2nd ed., ed. Peter Laslett, Cambridge: Cambridge University Press, 1970, p.310.

占有土地而不开发是违背自然法的"浪费"[1]。欧洲殖民者正是秉承这一道德经济逻辑消灭了美洲大陆上的印第安人，并强占了他们的土地。评论家约瑟夫·厄戈（Joseph R. Urgo）指出，福里斯特上尉建造伯灵顿铁路的区域是"黑山"（the Black Hills）。根据1868年美国政府与印第安苏人签订的条约，黑山被划为印第安保留区，归印第安苏人永久使用。然而1874年，军官乔治·卡斯特（George A. Custer）带领一帮淘金者和铁路建造者占领了黑山，在引发冲突之后美国军队屠灭了当地全部苏人[2]。《迷失的夫人》中，这段血腥的历史被隐藏于"幸福的旧时光"的浪漫神话之后，用来烘托福里斯特上尉的拓荒伟业，体现了20世纪20年代本土主义者对于"美国"所谓"神圣起源"的粉饰与美化。

《迷失的夫人》真正焦虑的是"替代"逻辑带来的后果。如果说福里斯特上尉拓荒的神圣性来自"替代"的不可避免性和进步性——欧洲文明对于印第安文明的替代，美国对于"旧欧洲"的替代——那么美国20世纪20年代面临的一个无法解释的社会现象就是工商业时代平庸大众对于拓荒先驱的替代。小说的后半部分刻画了拓荒神话的脱冕和祛魅，最为明显的事件是上尉生病后，他那座房屋成了平常人任意进出的场所，丧失了以往的神秘和威严："上尉的病患起到了复兴社会的作用"，使得一群平庸之人变得志得意满（LL 118）。这个替代却能够"复兴社会"，小说的这一用词或许呼应了19世纪末的"殖民文艺复兴"（Colonial

---

1.　英文中"荒野"与"浪费"都是waste一词。另参见David Boucher, *The Limits of Ethics in International Relations: Natural Law, Natural Rights, and Human Rights in Transition*, Oxford: Oxford University Press, 2009, p.108.

2.　Joseph R. Urgo, *Novel Frames: Literature as Guide to Race, Sex, and History in American Culture*, Jackson: University Press of Mississippi, 1991, p.170.

Revival）的怀旧情绪，通过讽刺平庸大众表达了对遵循精英主义原则的"原初美国"的渴望。同时，这一细节也呼应了凯瑟的精神导师朱厄特对于"栅栏"的看法。朱厄特在《哀民书》（"From a Mournful Villager",1881）中哀叹镀金时代的花园不再像以前一样竖起栅栏，导致家庭空间与公共空间的界限逐步消解，沦为被"外人"随意践踏的地方，破坏了社交的得体原则和人们的身份感：

> 现在那些古老坚固的木门比以往任何时候打开得都快，因为许多的栅栏门已经消失，访客进来时再也没有门闩的响声来提示了。想到这个我觉得很有意思。现在门环或者门铃都是毫无征兆地响起来，村妇还没有看清来者是谁，访客就已经到了门口。以前，访客在小道上走的时候是可以被看见的。透过新式门的磨砂玻璃往外看可能也还不错，我也相信有些门后面装了盖板就不再有窥视孔了。但听到栅栏门开关的声音还是更好些，它们很容易卡住或者发出吱呀的声音，这样你就永远有时间透过窗户，好好地看一眼那来访的朋友。[1]

《迷失的夫人》中甜水镇村民对上尉房屋的随意探访已经远远超出了朱厄特所描绘的社交礼仪变迁的层面，象征着拓荒时代的落幕，以及拓荒遗产落入工商业大众之手的文化替代。在小说中，福里斯特上尉的房屋和妻子玛丽安最终被"有毒的"的商人彼得攫取，正如《我们中的一

---

1. Sarah Orne Jewett, *Novels and Stories*, ed. Michael Davitt Bell, New York: Literary Classics of the United States, 1994, p.591.

员》中贝利斯夺走了象征旧时光的特雷弗庄园一样[1]。这一替代逻辑贯穿了整部小说，正如评论家所言，"就像他驱逐了古老的印第安人一样，上尉也等到了艾维·彼得和其他的律师及商人对他的驱逐——那些人是他殖民事业的合法继承者"[2]。

《迷失的夫人》对于拓荒神话的解构呈现了福里斯特上尉被替代这一令美国本土主义者扼腕的现象的必然性。福里斯特上尉在新时代对土地和妻子玛丽安的占有从三个方面违背了当时美国社会有关"民主"庇护所的文化准则：自由行路权、土地占有义务和实用性。首先，福里斯特上尉的房屋作为甜水镇的圣地，从根本上讲属于封建式的农业经济所导致的空间闭合，为自然景观赋予了等级性而排除普通人的进入。这违背了"自由行路权"这一西方法理尤为看重的准则。其次，根据欧洲的土地占有原则，土地归于能够"真正使用"它的人，闲置土地将在道德上和法理上被剥夺所有权。福里斯特上尉属于索尔斯坦·凡勃伦所言的"有闲阶级"，他并不开垦自己的荒地，只看重它的艺术效果和象征功能。将漂亮的水塘抽干变成麦田的彼得才是真正的土地使用者和拓展国际商业市场的"新"人，因而自然成为福里斯特上尉财产的继承人。这一逻辑也适用于彼得对上尉妻子玛丽安的"继承"：上尉与玛丽安没有性爱，对

---

1. 小说中绰号为"毒藤"（Poisonous Ivy）的角色艾维·彼得（Ivy Peter）原型应是1914年科罗拉多州拉德洛大屠杀（the Ludlow massacre）中维护资本家利益的公共关系专家艾维·李（Ivy Lee）。1914年4月20日，科罗拉多州政府在小镇拉德洛残酷镇压罢工矿工，造成了大约21人死亡（其中大多数为幼童和妇女）的血腥事件。艾维·李受雇为洛克菲勒家族在媒体上进行危机公关，将其刻画成明智商人而非强盗资本家的形象。为此，艾维·李被劳工方称为"有毒的"。参见Alan Dawley, *Changing the World: American Progressives in War and Revolution*, Princeton: Princeton University Press, 2003, pp.28-29.

2. Nina Schwartz, "History and the Invention of Innocence in *A Lost Lady*," *Arizona Quarterly* 46.2 (1990): 33-54, p.50.

她的态度与对土地的态度一样，不过是将其视为装饰而已。他与玛丽安的"老少配"多少影射了《红字》中齐灵渥斯与海丝特的婚姻，隐晦地暗示了玛丽安被彼得占有的必然性。最后，福里斯特上尉的房屋景观设计强调"美感"，偏离了美国进步主义时期强调实用性的主张。他的安排太过浪费且贵族化，并不符合美国的"民主"传统[1]。彼得将其草地变成麦田是工商业时代对拓荒神话的仿拟，揭示了拓荒神话与先进物质主义的内在同质性。

　　上尉被替代的必然性还通过时间意象表现出来。福里斯特上尉失去财产后，只能坐在玫瑰园中凝视太阳的阴影慢慢移过日晷，"看着时间被吞噬"（LL 94）。身为把铁路引入草原的拓荒先驱，上尉与日晷时间的等同表现了退化的主题。日晷时间服从自然律动，缓慢且周而复始，是农业生活的典型特征[2]，而与铁路相连的上尉本应该认可工业时间。铁路在草原上建成后，很快变成中西部时间与空间观念的核心修辞，被誉为"自然命运"（natural destiny）的"非自然工具"[3]。铁路的运行对精确时间要求苛刻，以自然为衡量尺度的地方时间被标准时间——机械钟表所显示的抽象时间——完全代替。1883年11月18日，美国采用了统一的铁路时间。1884年10月13日，在华盛顿召开的20多个国家派出代表参加的国际天文学家代表会议决定，以经过英国伦敦东南格林尼治的经线为本

---

1. Leo Marx, *The Machine in the Garden: Technology and the Pastoral Ideal in America*, New York: Oxford University Press, 1964, p.93.

2. Mark Storey, "Country Matters: Rural Fiction, Urban Modernity, and the Problem of American Regionalism," *Nineteenth-Century Literature* 65.2 (2010): 192-213, p.209; E. P. Thompson, "Time, Work-Discipline, and Industrial Capitalism," *Past & Present* 38 (1967): 56-97, p.60.

3. Mark A. R. Facknitz, "Changing Trains: Metaphors of Transfer in Willa Cather," *Cather Studies 9*, ed. Melissa J. Homestead, and Guy J. Reynolds, Lincoln: University of Nebraska Press, 2011, 67-92, p.70.

初子午线，作为计算地理经度的起点和世界时区的起点，格林尼治国际标准时间从此诞生。机械时间奠定了整个工商业时代的秩序，形塑了资产阶级和工人阶级的时间观和劳动习惯[1]。对凯瑟有着巨大影响的法国哲学家亨利·伯格森在博士论文《时间与自由意志》（*Essai sur les données immédiates de la conscience*，1889）中也指出工业化的"测量时间"或"物理时间"与连绵的个体生命的抵牾。在现代的"时间"概念转型中，原本各不相同的农业区域被统一的国家空间所埋没，个人的身份被民族的宏大身份所吞噬，原始的文明被欧洲殖民者强行改造[2]。凯瑟小说对于工业时间多有关注，刻画了很多反映"个人的真实"的记忆和承载民族起源的"历史时间"，如《我的安东妮亚》中夕阳下的铁犁，《教授的房屋》中教授一家的"现在"、汤姆的"回忆"与古印第安遗迹的"历史"，《死神来迎大主教》中被掩盖的当地生活和印第安人的历史，等等[3]。《迷失的夫人》中上尉时间观的丧失，明确不过地表达了美国人对于拓荒神话解体并消逝在历史潮流之中的焦虑。丧失时间观的福里斯特上尉失去了代表美国人的资格，也因此被强调"进步"的美国进步主义时期所抛弃。在小说中，这种抛弃表现为血脉上的降格——他被比喻成"印第安人"

1.　E. P. Thompson, "Time, Work-Discipline, and Industrial Capitalism," *Past and Present* 38 (1967): 56-97, p.63; Cecelia Tichi, "Pittsburgh at Yellowstone: Old Faithful and the Pulse of Industrial America," *National Imaginaries, American Identities: The Cultural Work of American Iconography*, ed. Larry J. Reynolds, and Gordon Hunter, Princeton: Princeton University Press, 2000, 83-103.

2.　Jeff Webb, "Modernist Memory; or, The Being of Americans," *Criticism* 44.3 (2002): 227-247, p.232. 欧洲殖民者认为活在当下的印第安人欠缺时间观念：他们缺乏长久打算的意识，在丰收的时候吃喝无度，不懂得储存钱粮备用，因此在困难的时候只能忍饥挨饿。参见 Bernard W. Sheehan, *Savagism and Civility: Indians and Englishmen in Colonial Virginia*, Cambridge: Cambridge University Press, 1980, p.109.

3.　Dayton Kohler, "Time in the Modern Novel," *College English* 10.1 (1948): 15-24, p.19.

和"中国老官吏"，这在美国当时的文化语境下无疑是种族堕落和退化的表现。在凯瑟作品中，种族之间具有本质的差异，且总是与时间概念相互指涉。她笔下的中国人一般都与"过去的文明"和"死亡"形象联系在一起，与美国的现代性、进步和国家建构进程格格不入[1]。《哈珀周刊》（ Harper's Weekly ）1869年9月25日刊载的漫画《家庭的最后成员》（ "The Last Addition to the Family" ）中，美国被刻画成一位年轻女性，怀里抱着留着辫子的清朝人模样的婴儿。但那婴儿却满脸皱纹，显得年老体衰[2]。老年与婴儿意象既对立又统一，这种"异时性"表现了美国对于中国这个现代"不合时宜者"的文化想象。

　　总而言之，在《迷失的夫人》中，美国用来区别于腐败旧欧洲历史的拓荒叙事实质上是本土主义建构的理想神话[3]。它内蕴的"替代"逻辑主导了工商业资本主义的飞速发展和国际秩序的剧烈变化，使得美国身份不再是抽象静止的崇高物，而成为主体之间永不停歇的争夺和取代，因而造成了20世纪20年代美国的精神危机。

3. "我的死对头"：国家的退化危机

　　《迷失的夫人》表明本土主义视角建构美国身份的失败，将拓荒传统进行浪漫化并非解决工商业时代美国危机的适宜之道。《我的死对头》则将《迷失的夫人》中被视为装饰的女性角色推到了舞台中央，把展现"美

1. Julia H. Lee, "The Chinaman's Crime: Race, Memory, and the Railroad in Willa Cather's 'The Affair at Grover Station'," *Western American Literature* 49.2 (2014): 147-170, pp.151-152.
2. http://immigrants.harpweek.com/ChineseAmericans/Illustrations/113LastAdditionToTheFamilyMain.htm.
3. Nina Schwartz, "History and the Invention of Innocence in *A Lost Lady*," *Arizona Quarterly* 46.2 (1990): 33-54, p.36.

国人"的荣光这一任务交给了以女主人公米拉·亨肖为代表的美国知识
分子。他们既抛弃了拓荒者的"粗鄙"，又逃离着新移民的"庸俗"，却
始终无法脱离物质欲望的束缚，最终使自身引以为豪的雅仪和体面成为
极具讽刺意味的身份操演。这并非米拉个人的失败，而是她这个群体建
构美国身份的失败。正如评论家所言，《我的死对头》是一个刻画努力想
要维护和重新获得庇护所却终究徒劳无功的故事，亨肖太太是凯瑟所刻
画的失败艺术家的最好代表[1]。鉴于这一原因，这部小说被称为凯瑟"所
有作品中最苦涩的一本"[2]。

在小说中，已经成为历史的拓荒时代呈现出令人不安的两面性，为
当下美国留下了物质层面的庇护所和精神层面的压制这两大遗产。拓荒
者约翰·德里斯克发迹于密苏里湿地，最后以国家银行总裁的身份退
休。他与福里斯特上尉一样，留下了一座彰显拓荒伟绩的房屋：他那坐
落在十英亩的树林里、由高高的铁栅栏围护的"宽敞石屋"是当地"最
好的家业"，"对镇上的年轻人总是敞开的"[3]。这个庇护所提供了富足的物
质生活和良好的艺术教育，是米拉成长故事的起点。拓荒传统被神圣化
和浪漫化了，成为美国想象的一部分：

> 德里斯克没有去往教堂；教堂来迎接他了。……他们环绕
> 着，迎接着，他们像是把老约翰·德里斯克的遗体吸收进了教
> 堂的身体之中。……以后的岁月里，我参加的其他葬礼都死板

---

1. Kim Vanderlaan, "Sacred Spaces, Profane 'Manufactories': Willa Cather's Split Artist in *The Professor's House* and *My Mortal Enemy*," *Western American Literature* 46.1 (2011): 4-24, p.9, p.13.

2. James Woodress, *Willa Cather: A Literary Life*, Lincoln: University of Nebraska Press, 1987, p.380.

3. Willa Cather, *My Mortal Enemy*, New York: Alfred A. Knopf, 1926, p.18, p.19. 以下本书中对此作品的引用，将以缩写形式*MME*直接在文中夹注页码。

压抑；这时我便会想，约翰·德里斯克逃脱了凡体肉身的宿命；

就好像他被转译了，避开了华章的阴暗尾篇，也避开了我们的

新教牧师所说的"坟墓中的黑夜"。（*MME* 26-27）

这段描写对于20世纪20年代的美国读者来说带有强烈的本土主义色彩，在赋予拓荒经历崇高地位的同时表达了对于"黑夜"般美国现状的焦虑。

较之《迷失的夫人》，《我的死对头》对于拓荒传统的祛魅更加彻底和干脆。此时的拓荒传统丧失了追寻崇高理念的原初热情，退化成一心为了金钱的低级欲望。约翰·德里斯克被刻画成与文化绝缘的野蛮人："粗鄙的怪老头，大字不识几个，拿笔的时候浑身不自在"（*MME* 20）。他似乎完全不理解拓荒传统对于美国历史的重要性，粗暴地将之降格到金钱的维度："在这个世界上，做条流浪狗都比做个没钱人要好。我两个都做过，所以我知道。穷人遭人嫌弃，连上帝都讨厌他"（*MME* 22）。此外，他仅仅把米拉这个女性后辈当成彰显自身荣耀的象征物，要求她像玩偶一样在自己的王国中扮演静默公主的角色，用"美貌与活力"满足他的虚荣心（*MME* 19-20）。米拉被剥夺了自身意志，必须完全听从这位专制家长的命令，放弃与哈佛毕业生奥斯瓦尔德·亨肖的浪漫爱情。拓荒前辈的庸俗和独裁把自身的物质成就变成了精神坟墓，使后辈陷入死气沉沉的状态："在我看来，这个地方像是中了一个魔咒，就如睡美人的宫殿一般；自从爱神在那个冬天离开这里去挑战命运女神之后，这个地方便陷入了迷睡，躺在花丛之中，就如一具漂亮的尸体"（*MME* 25）。这一修饰在多重意义上呼应了欧洲文化传统和美国当下文学想象：首先，它呼应了古希腊神话中农业女神得墨忒耳为了追寻被冥王哈迪斯掳到冥

府的女儿珀耳塞福涅，离开大地而使人间处于毫无生气的寒冬，暗示德里斯克的房屋是一个缺乏爱与美的荒芜之地；其次，它呼应了欧洲的"睡美人"童话，暗示米拉在父辈／国王的统治下陷入死亡并等待王子的爱情复活；最后，它暗喻美国后拓荒时代的社会实景，呼应了艾略特（T. S. Eliot）在《普鲁弗洛克的情歌》（"The Love Song of J. Alfred Prufrock"，1920）中的"那么我们走吧，你我两个人，／正当朝天空慢慢铺展着黄昏，／好似病人麻醉在手术桌上"的诗句[1]。就此而言，《我的死对头》呈现了20世纪20年代美国文化界对拓荒传统的不满情绪。年轻一辈知识分子对美国的物欲横流和文艺衰微非常焦虑，将之归咎于拓荒者。他们认为，繁重的工作使拓荒者无暇顾及艺术的追求，其实用主义立场导致了物欲的泛滥和文雅品味的缺乏；相应地，女性不得不承担起传承文化与艺术的使命，结果导致美国文化充满女性气息，变得温情却虚弱[2]。

在这一语境下，《我的死对头》将浪漫的光晕赋予了米拉，围绕她的生活经历展现了女性知识分子在20世纪20年代的美国寻找意义的努力。这位后拓荒时代的"新女性"替代拓荒者德里斯克成为大众的新偶像，通过仿拟"新王取代旧王"的童话情节表现了新时代神话的诞生。米拉与奥斯瓦尔德的私奔借助睡美人童话获得了浪漫色彩，并在日后经由大众的口口相传而最终成为对抗拓荒传统的爱情神话。如小说所言，"米拉的所有朋友都被卷进了她的浪漫传奇所编织的网络"（MME 21）。与凯瑟琳·安妮·波特（Katherine Anne Porter）的名篇《斯人已去》（"Old Mortality"，1936）中米兰达记忆里有关艾米姑妈的传奇一样，米拉的品

1.　T. S. Eliot, *Collected Poems: 1909-1962*, New York: Harcourt, Brace & World, Inc., 1963, p.3.

2.　Guy Reynolds, *Willa Cather in Context: Progress, Race, Empire*, New York: St. Martin's Press, 1996, p.34.

味和情感成为他们"单调无趣"的生活中"最有趣"甚至是"唯一有趣"的话题（*MME* 10）。在商业主义盛行的庸俗生活中，美丽聪明的米拉敢于抛弃丰厚的遗产而逐爱天涯，这种魄力使她成为激发大众想象的传奇：莉迪亚姑妈经常绘声绘色地给小说叙述者奈莉讲述米拉私奔的那个晚上，将之称为自己"生命中最激动"的一天（*MME* 23）。在大众的想象中，米拉是"圣洁的女神"，拥有"动人心魄的、激情的、征服性的无名之物"（*MME* 60-61）。这种"新王加冕"的神话被不断生产，最终固化为一段光耀的历史被教授给幼童，成为他们深信不疑的历史事实。奈莉说："我在15岁时第一次见到米拉·亨肖，但自从刚刚开始记事的时候，我就知道她了"（*MME* 9）。

与将一切归结到金钱多寡的拓荒者德里斯克形成鲜明对比的是，女性知识分子的本质特征被定义为"文雅"，即与经济资本无关的文化魅力。浪漫化话语将米拉推到一个超越庸常生活的神圣地位："她不是普通大众!"（*MME* 92）区隔米拉和普通大众的标记物是艺术和雅仪。《我的死对头》认为艺术和金钱不可共存，艺术层面的富足往往等同于物质层面的匮乏。而米拉恰恰喜欢与艺术家交往。米拉探望病危的贫困女诗人安妮·艾尔沃德时相谈甚欢，营造了一个特殊的文雅氛围："她们似乎在一起说着一种极有味道的特殊语言"（*MME* 54）。作为工商业社会的对抗力量，艺术使得日常交谈从闲聊变成充满神秘魔力的"特殊语言"，通过创造象征资本填补了金钱资本的缺失。同时，艺术抵抗着规模化生产的逻辑，体现了对个体性的尊重。米拉在说到所爱之人的名字时，"嗓音似乎为那个名字增添了一种优雅。若是喜欢一个人，她总是在交谈时很多次地叫他们的名字；无论那名字多么平庸，她总是以极具感染力的方式发音……"，让名字的所有者变得更加"个体化"，不再是"想当然的、习以为常的印象"（*MME* 54-55）。这样的关怀与米拉为爱私奔的传说互相映照，建构了后拓荒时代女性知识分子的"文雅"身份。

然而，《我的死对头》作为凯瑟"危机小说"系列中最阴郁的一部，其真正的意图并非赞颂"文雅的"年轻一辈替代拓荒传统的成功，而在于揭示这一替代的内在危机。以米拉为代表的知识分子离开拓荒者安身立命的土地，走向代表艺术和雅仪的工业城市，一方面表现出对于农业传统的超越，另一方面也陷入商业化的藩篱。小说中的城市景观描写隐秘地体现了这一点。对于米拉来说，麦迪逊广场这个"城市的中心"替代德里斯克的老宅成为她的心灵寄托：

> 麦迪逊广场在那时正处于风格的分界点，有着双重性格：一半商业化，一半生活化，南边是商店，北边是居家。在看够了我们破破烂烂的西部城市之后，它给人感觉很漂亮；到处是良好的教养和谦恭有礼——使它像一间露天的画室。……我在喷泉旁逗留了很久。它喷水的节奏就如同这个地方的嗓音。它上升、下降，就像是什么东西在幸福地深呼吸；声音富有乐感，如同来自春天的喉咙。……这里，我感觉冬天并不萧索；它被驯服了，就像北极熊被套上绳套，牵在一位漂亮女士的手中。（*MME* 33-34）

喷泉节奏被比喻为"春天的深呼吸"，呼应了《啊，拓荒者!》中的土地书写："犁头到处，泥土发出轻柔的、幸福的叹息"（*OP* 74）。这个意象呼应显示，被驯服的城市公园取代了被拓荒者驯服的土地，成为新一代知识分子的身份建基客体。但这美轮美奂的景色描写中飘荡着危险的阴影，"商业化"和"生活化"的"双重性格"喻示了工业化城市中主体身份潜在的撕裂。在进步主义时期的美国，美国城市的怡人景观是"城市美化运动"的结果，但这一"社会设计"的主要内容是驱逐贫穷的边缘群体，使他们成为城市中无家可归的幽灵[1]。《我的死对头》在讴歌城市的浪漫语调最浓烈之际，不忘提及一句"公园长凳上的流浪汉"（*MME* 41），暗示了米拉美梦中灰暗的经济底色，以及整个年轻一辈后拓荒时代的身份危机。

米拉的身份危机不仅体现在贯穿全文的"加冕-脱冕"的叙事框架中，也体现在镶嵌于这一框架中的诸多细节。在小说中，民谣《爱尔兰洗衣女工》（"The Irish Washerwoman"）被一带而过（*MME* 36）。这首经典民谣在欧美广为传颂，它的歌词明显暗示了米拉私奔后在经济和精神层面的双重动荡：

> 曾在家时，我是多么快乐如意 / 爸爸养猪，妈妈卖着威士忌 / 叔叔有钱，从来都是那么小气 / 直到我入了伍，跟了个下士名叫卡西。/ 啊，卡西下士 / 我亲爱的小谢拉，我以为她会伤心哭泣 / 当我跟随卡西下士，前行的脚步两情依依 / ……
>
> 我们参了战，面对爆炸我淡定如常 / 它们在我头顶上呼啸，却打动不了我的心房 / 谁第一个迎接了死亡，哎呀 / 那是卡西下士，我的好朋友，品德高尚 / 啊，卡西下士 / 我想你沉默之后，我的日子变得舒适 / 没有他的陪伴，我八年守在了战场。

---

1. 详见本书第117—118页所述及两个注释1。

不仅"爱尔兰洗衣女工"在生理上指代具有爱尔兰血统的米拉，而且米拉的爱情经历被比作离家奔赴战场，最终遭遇"死亡"——米拉因为家庭经济拮据而与丈夫奥斯瓦尔德的感情遭受考验，而"我"则在战场上目睹生命的丧失。他们本以为告别过去是要走向光辉灿烂的未来，却陷入了经济的窘境和精神的荒原。

现实生活中，"文雅"的知识分子需要金钱支撑高档品位的生活，因而在雅仪和财富之间陷入分裂，这是整部小说中"我的死对头"的真正含义。对"文雅"身份的操演要求米拉混迹于艺术家群体之中，同时不停地送出昂贵的礼物。这是一个充满悖论的群体身份空间，一方面通过排斥金钱展示文雅品味，另一方面又依赖金钱维持礼物经济，巩固这个"文雅共同体"。因而，米拉只能在不同的交际之中呈现不同的面目："一类是艺术家朋友——演员、音乐家、文学家——对这些人她总是展现出自己最好的一面，因为她敬爱他们；另一类是她所谓的'金钱'朋友（她似乎挺喜欢这个词），她告诉我这些朋友是为了奥斯瓦尔德而交的。……那些商业朋友似乎都是德国人……在这些人中间，米拉采取了最高傲、最挑衅的态度"（*MME* 49-50）。德国移民在这里再次充当了美国道德腐败的替罪羊。米拉明确意识到了自己所追求的文雅身份对于金钱的依赖，所以在中央公园偶遇某位富家太太时慨叹道："做个穷人是很让人不舒服的事情"（*MME* 53）。米拉的这一感受和当初约翰·德里斯克警告她的话惊人相似，与她年轻时不顾一切地为爱私奔构成了一个富有讽刺意味的呼应，反映了米拉在艺术与物质财富之间的矛盾和迷惘[1]。

---

1.   Mathieu Duplay, "'The Thrill of His Own Poor Little Nerve': Art and the Ambivalence of Voice in *My Mortal Enemy*," *Cather Studies 8*, ed. John J. Murphy, Françoise Palleau-Papin, and Robert Thacker, Lincoln: University of Nebraska Press, 2010, 246-262.

在米拉的文雅身份实践中，她对送礼仪式的依赖不仅导致家庭经济入不敷出，也导致她与勤俭持家的丈夫奥斯瓦尔德在感情上渐行渐远。美国进步主义时期强调物品的实用性，米拉对于"排场"的讲究明显违反了这一文化原则。她不顾自家的经济窘迫和丈夫的感受，将丈夫的新衬衫全部送给门卫的儿子，声称那些衣装不符合她的品味："你不该穿那些让你胸部显得鼓鼓囊囊的衬衫，哪怕我们穷到去救济院也不行。你知道的，我忍受不了你穿不合适的东西"（*MME* 16）。米拉维持体面幻象的典型活动是英国中上层阶级的下午茶：她"不厌其烦地调自己的茶；能用上她自己的银茶具和她一直带在随身行李中的三个英国杯子，这让她觉得不那么潦倒"（*MME* 86）。对于表象的强调是米拉近乎强迫性的行为模式，也是她与他人交往的根本特征。她送给朋友莫杰斯卡夫人的圣诞礼物是最好的冬青树，为这个不实用的礼物不惜花费重金："'这个天生就是属于她的。'米拉夫人说。她丈夫耸了耸肩：'这玩意儿天生就是最贵的。'米拉夫人抬起头来：'不要小家子气，奥斯瓦尔德。夫人并不需要羊毛裙或者棉手套'"（*MME* 40）。这段对话显示了两种文化观念的根本分歧。奥斯瓦尔德遵从实用主义逻辑，注重礼物所需要的经济代价。而米拉注重礼物的象征资本，将"文雅"身份与贵重礼物相等同，认为这才是"合适"的。不过，这种身份实践在本质上依然依赖金钱，而且让本已窘迫不堪的家庭雪上加霜，这是年轻一辈知识分子既无法面对也无法逃离的尴尬。

《我的死对头》展现了文雅身份与金钱之间的复杂关系，对年轻一辈知识分子的身份童话进行了脱冕，展示了他们替代拓荒传统寻求新出路的徒劳。脱冕主题在小说中主要通过叙述者奈莉的所见所闻得以表现。童年时期的奈莉在听到莉迪亚姑妈关于米拉的爱情童话时，以孩童的纯洁和天真突破了渲染表象的成人话语游戏规则，问了一个直达本真的"幼稚"问题：他们幸福吗？莉迪亚姑妈愕然地说："幸福？哦，当然！和绝大多数人一样幸福"（*MME* 25）。这句回答是一个"反高潮"（anti-climax），与米拉爱情童话所传扬的浪漫和文雅构成了极大的对立。正如奈莉所言，它"很令人沮丧；他们故事的唯一主旨就是他们应该比其他人要幸福得多才是"（*MME* 25）。此外，米拉的婚姻在现实层面也被撕开了梦幻般的美好面纱，显露出日常生活中的一地鸡毛。她和丈夫陷入了情感危机，经常为了小事争吵，失去了扶持和信任的爱情堕落成为"非理性"的灾难：他们的房间原来充满着"轻松的心态和迷人的礼仪"，现在却"分崩离析"；"我身边的一切都显得很恶毒。当人们不再和善时——哪怕是一小会儿，都会让我们感到害怕，好像理性也随之而去。它若离开了一直存身的地方，就像是一场船舶失事；我们从安全之处沉入险恶的无尽深渊"（*MME* 64）。用"船舶失事"（shipwreck）来比喻男女情爱是凯瑟作品中的常见手法。比如在《啊，拓荒者！》中，女拓荒者亚历山德拉感觉"和弗兰克一起被同样的风暴掀翻了"（*OP* 264）；在《教授的房屋》中，圣彼得教授对他的妻子说："我们结婚成家、写书著史、步入中年，都是一个错误。我们本应该在年轻时候优雅地携手沉船的"（*PH* 92）。这固然呼应了凯瑟作品中一以贯之的反异性婚姻立场，但更重要的是将个体之间的情感纳入宏大的美国政治文化传统之中。正如《我们中的一员》已经展现的，凯瑟对于政治修辞中"船"被作为国家的隐喻非常熟悉，那么"船舶失事"无疑也指代国家所面临的危机。约翰·温思罗普在著名的布道词《基督仁爱的典范》中，便警示"美利坚"民族如果耽于物欲，将会导致"覆船"："我们若堕落到去拥抱现世，汲汲于满足肉欲，为我们和我们的后代寻求好东西，耶和华必要向我们发烈怒，报复这样一个发伪誓的民族，使我们知道违反这个契约要付出何种代价。而今，避免覆船的唯一途径，也是提供给我们的后代的唯一途径，就是遵从弥迦的建议，行公义，好怜悯，存谦卑，与我们的上帝同行。"[1]《我的死对头》对温思罗普一文的呼应似乎谴责了拓荒传统的物质主义，但同时也揭示了米拉所代表的新一代美国人对文雅身份的追寻最终依然堕落到了物欲层面。

后拓荒时代建构文雅身份的文化工程本就建基于雄厚的经济基础之上，对金钱的拒斥是话语建构的需要，意在摆脱拓荒前辈影响的焦虑。这本属于盎格鲁–撒克逊裔文化圈中自然更替的代际冲突，正如米拉在生命的最后阶段所意识到的："当我们年龄渐长，我们变得越来越像传承自前辈的东西。……当我们年轻时，我们觉得自己是如此独特，被人极端误解；但我们的血液里承载的天性依然在那里，静静等待，如同我们的骨骼"（MME 98-99）。但在小说中，这一同族间的代际冲突被转化成了种族冲突，新一辈知识分子把新移民选作替罪羊，认为他们是导致自身身份建构失败的罪魁祸首。米拉对于新移民的厌恶从经济原因上升到文化层面，形成了鲜明的排外主义特征。她将新移民贬为只追求身体欲望的动物，不断辩解自己需要金钱的目的并非像拓荒前辈那样用来炫耀，而是用来建构超越动物性的文明身份，即祛除肉体欲望，获得精神和审美领域的"清净"和"尊严"："贫穷的残酷之处在于，你要受这群猪狗的气！金钱是一种保护和庇荫；它能买到清净，以及某种形式的尊严"（MME 83）；"我必定是死在这些粗鄙的生物手上"（MME 89）；"我需要的是金钱"（MME 91）。对于米拉来说，自身的金钱缺失变成了一个持

---

1. John Winthrop, "A Model of Christian Charity," *The American Puritans: Their Prose and Poetry*, ed. Perry Miller, New York: Columbia University Press, 1956, 79-84, p.83.

续的刺激和提醒，让她一直生活在年轻时放弃拓荒遗产的悔恨中。她有意忽视文雅身份的内核其实是奢侈物品的消费和流通，而将这被包装的欲望得不到满足的恨意转嫁到了新移民这个抽象集体之上，促使其形成了与美国进步主义时期"文明"进化论一致的看法：新移民被视为"愚蠢的、无序的存在"（MME 81），"没有任何情感——一个缺乏秩序和教养的族群……他们的精力一文不值"（MME 82）。那些新移民有着"蝰蛇般的"喉咙和眼睛，在生理上与《迷失的夫人》中最终替代拓荒者上尉的"有毒的"艾维·彼得如出一辙。以米拉为代表的新一辈美国知识分子预感到，最终成功替代美国拓荒前辈的将是那些"粗鄙"的新移民，而非在文明程度上更加"进步"的自身，这种被替代的焦虑足以让他们陷入歇斯底里的疯狂。

在《我的死对头》中，作为知识分子代言人出现的米拉对文雅身份的执迷已经到了一种失去"理性"的地步，因而不再适合充当美国文化的领导者。小说呈现了美国退化成"旧欧洲"的危险。美国知识分子将艺术视为自身在后拓荒时代克服前辈影响、确立身份的出路，却无意间重演了历史：他们对于雅仪、体面和艺术的追求使得自身过度文明化，成为了美国"开国之父"那一代拓荒者所极力逃离的"旧欧洲"人，也成为了20世纪10年代哈佛大学学生所极力反叛的"过度文明""不接地气"的人群，完成了一个非常讽刺的历史循环。"旧欧洲"在面对年轻美国的经济竞争时节节败退——就如贵族在面对资产阶级的竞争时那般——只能依靠"文雅"这个象征资本维持文化领导权，通过营造"文雅生活"这个昂贵的商品获得经济来源[1]。第一次世界大战前的美国作家去往欧洲

1.　对于这一观点的论述，参见程巍：《伦敦蝴蝶与帝国鹰：从达西到罗切斯特》，《外国文学评论》2001年第1期，14—23。

进行"精神"朝圣，便是基于这一原因。到了20世纪20年代，正如《我们中的一员》所慨叹的"消费财富比创造财富更需要智慧"（*OO* 89），缺乏足够文化支撑的美国社会陷入了物欲横流的迷梦之中。吊诡之处在于，此时的美国知识分子似乎召唤了旧时代的幽灵，成为"旧欧洲"的化身：他们既看低缔造年轻美国的拓荒者，也憎恨不断进入美国并跻身中产阶级的新移民，将其都归于"粗鄙"之列。与他们刻意超越的拓荒传统相比，这一"返祖"行为表面上体现出进步性，却在集体记忆层面引发了美国人的疑虑，怀疑自身替代"旧欧洲"的合法性。

这一退化是美国人的梦魇，威胁着他们最本质的民族身份，以致小说用一个极端的类比来彰显问题的严重性：中国。小说中，米拉在最为落魄潦倒的时候穿着"中国式的睡袍"（*MME* 76），病痛难忍时不限量地服用鸦片和可待因（*MME* 108, 109）。与《我的安东妮亚》中的混血儿达尔诺一样，米拉与鸦片的联系标志着她成为美国社会的弃儿。米拉与中国的联系与《迷失的夫人》中被时代抛弃、成为"中国老官吏"的福里斯特上尉的描写极其相似。在凯瑟笔下，成为华人标志着文明和道德的堕落，昭示后拓荒时代文雅身份建构的彻底失败。这也是为什么米拉在病危时痛苦诘问："为何我要这样死去，孤独无依，只有不共戴天的宿敌相伴？"（*MME* 113）。这里的"宿敌"不会指她自己"有时会反噬自身……伤害他们自己和所有他们所膜拜的事物"（*MME* 113）的炽热天性，也不会指曾经与她一起建构并演绎了爱情童话、在童话脱冕后不离不弃支持她实践文雅身份的丈夫，而在于自身最后退化成美国文明绝不可容忍的"旧欧洲"甚至"旧中国"。种族堕落才是美国新一代知识分子无法接受的自身之殇，因而最后米拉会通过在悬崖上看日出这个类似宗教洗礼般的神圣仪式净化自身。如米拉所言，"当我割断一切，与一个德国自由思想者私奔时，我已经脱离了教会；但我仍然相信圣言和圣礼"
（*MME* 102）。作为终极关怀，宗教是文明的本质表征之一。《我的死对
头》最终借助宗教的神圣力量超越了世俗的国家文化身份之争，为凯瑟
的"危机小说"系列暂时提供了一个颇具无力感的解决之道。

三、"民主公众"：《教授的房屋》中的国家起源与继承

在20世纪20年代美国知识分子的眼中，美国不再是拓荒时代"处女
地"那样纯净的客体，仅需承载一个原型般的"人–地"关系便缔造出了
一个光耀的民族传统；当下，它已经成为"国土""美国人"和"外来者"
等概念缠绕交织的政治和文化概念。这片古已有之的"国土"何以属于
当下的"美国人"而不是那些"外来者"？这是知识分子必须回答的天问，
否则他们任何寻找新身份的努力终究都是无根之萍。在凯瑟的"危机小
说"系列中，《教授的房屋》是唯一深入探析后拓荒时代美国知识分子在
寻求美国新身份过程中复杂心态的作品。

一直以来，《教授的房屋》被评论界视为凯瑟作品中"最令人困惑
的""意义最含混"的一部作品[1]，充满了"分裂和断离"[2]。可能恰恰是这一
非常规的特征吸引了当时读者，让这部小说在1926年与《迷失的夫人》
一起被选入当年"不可不读的"的推荐书目[3]。目前学界研究《教授的房

---

1.   Jo Ann Middleton, *Willa Cather's Modernism: A Study of Style and Technique*, London: Associated University Presses, 1990, p.103; Hermione Lee, *Willa Cather: Double Lives*, New York: Pantheon Books, 1989, p.193.

2.   Hermione Lee, *Willa Cather: Double Lives*, New York: Pantheon Books, 1989, p.224.

3.   H. D. Robertis, "Vacation Reading—An Unbalanced Diet of Late Books," *The English Journal* 15.6 (1926): 462-464, p.462.

屋》这部"最接近自传"的凯瑟小说有一个公认的模式和结论，即结合20世纪20年代商业化的社会背景，分析小说中"奥特兰"这一房屋的隐喻义和圣彼得教授的焦虑感，认为作品表达了"对拜金社会的抨击"和"对正确归宿的寻找"[1]。但问题是，无论是作者凯瑟、小说人物圣彼得教授还是当时这部小说的读者，都不太可能赞同"反商业"的结论。凯瑟自己用这部小说的稿费买了一件非常奢侈的貂皮大衣[2]；小说中的圣彼得教授"绝不是一个禁欲主义者"（PH 27），"知道自己在个人享受方面非常自私"，到"大城市"豪奢旅游时也"非常高兴"（PH 89）。虽然评论家将圣彼得的享受美化为本雅明式的"都市漫游"[3]，但历史事实是，在进步主义时期，反物质化的理想主义不过是大学教授维持自身"文化精英"身份的策略性立场[4]，他们对物质生活的介入和妥协其实远超过大众的想象。同时，《教授的房屋》起初以连载的形式发表于《科利尔》（Collier's）杂志，这对于当时读者理解小说的方式产生了决定性的影响。《科利尔》

1. James Woodress, "Willa Cather and History," *Arizona Quarterly* 34.3 (1978): 239-254, p.241; Janis P. Stout, "Autobiography as Journey in *The Professor's House*," *Studies in American Fiction* 19.2 (1991): 203-215, p.212; 谢葵：《论薇拉·凯瑟〈教授的房子〉中自我和社会的冲突》，《江西师范大学学报（哲学社会科学版）》2012年第2期，66—70，第67页；张健然：《论薇拉·凯瑟〈教授的房子〉的审美现代性》，《天津外国语大学学报》2012年第4期，76—80，第76页。

2. 转引自Demaree C. Peck, *The Imaginative Claims of the Artist in Willa Cather's Fiction: "Possession Granted by a Different Lease"*, Selinsgrove: Susquehanna University Press, 1996, p.194. 关于凯瑟的创作对商业的迎合及其策略，参见Matthew Lavin, "It's Mr. Reynolds Who Wishes It: Profit and Prestige Shared by Cather and Her Literary Agent," *Cather Studies 9*, ed. Melissa J. Homestead, and Guy J. Reynolds, Lincoln: University of Nebraska Press, 2011, 158-181.

3. John N. Swift, "Willa Cather in Space: Exile, Vagrancy, and Knowing," *Cather Studies 8*, ed. John J. Murphy, Françoise Palleau-Papin, and Robert Thacker, Lincoln: University of Nebraska Press, 2010, 297-311.

4. Frank Stricker, "American Professors in the Progressive Era: Incomes, Aspirations, and Professionalism," *The Journal of Interdisciplinary History* 19.2 (1988): 231-257, p.244.

杂志面向的读者群是西、北欧裔的中下阶层白人，刊载内容多是带有很强实用目的的广告和插图。在这样的读者看来，反商业就是反美国，他们完全不可能从反商业的角度来解读《教授的房屋》[1]。

评论界较少注意到的是，《教授的房屋》中存在一个表述欲望和关系的通用模式："替代"。在圣彼得教授的家庭关系中，路易替代汤姆·奥特兰成为罗莎蒙德的丈夫；司各特替代汤姆成为凯瑟琳的爱人；路易替代圣彼得教授成为莉莲的关心对象。此外，还有引起了背叛、否认和死亡的替代关系：在布莱克与汤姆之间，汤姆是布莱克的替代性儿子；在教授和汤姆之间，汤姆是教授的替代性灵魂伴侣；在方山上的"幸福家庭"中，亨利是替代性的女性持家人[2]。评论家沃尔特·迈克尔斯注意到了犹太人路易替代汤姆成为教授的女婿和美国的成功商人这一情节，认为小说表达了对于"不受欢迎的外国人"混进美国这个"家庭"的焦虑。通过将"灭绝的"印第安文明认可为美国历史的开端，盎格鲁-撒克逊裔美国人巧妙地把自己塑造成美洲大陆"合法的"继承者。这种继承关系阻止犹太人等新移民成为美国的一员[3]。迈克尔斯将"替代"视为当时美国身份政治的修辞，认为《教授的房屋》刻画了美国社会中的种族身份焦虑，为解读小说提供了一个深刻的文化政治视角。不过，他仅仅分析了美国内部的"替代"现象，却没有探讨在国际舞台上美国出于身份危

---

1. Charles Johanningsmeier, "Determining How Readers Responded to Cather's Fiction: The Cultural Work of *The Professor's House* in *Collier's Weekly*," *American Periodicals* 20.1 (2010): 68-96, pp.70-71.

2. Anna Wilson, "Canonical Relations: Willa Cather, America, and *The Professor's House*," *Texas Studies in Literature and Language* 47.1 (2005): 61-74, p.70.

3. Walter Benn Michaels, "The Vanishing American," *American Literary History* 2.2 (1990): 220-241, p.237.

机感而践行的替代政治。实际上，在进步主义时期，美国国家身份建构的核心便是"替代"问题。尤其在第一次世界大战之后，美国取代欧洲老牌强国成为国际政治和经济秩序构建的主导，受到威胁的欧洲嘲笑美国文化"处于婴儿期"，意图通过文化资本保持相对于美国的优越性。欧洲的这一文化措施触发了美国人强烈的情绪反弹。作为应对，美国选择印第安文明为策略性的替代对象，借此重构自身的国家历史，反衬新教美国的民主美德，最终目的在于论证其替代"旧欧洲"的合法性。

《教授的房屋》介入了这一国家文化建构工程，通过考古和历史主题表达了美国对印第安文明的继承、对旧欧洲的替代，通过"奥特兰"这个既是空间名又是人名的词概括了后拓荒时代的理想美国和美国人形象，进而借助表面的反商业主义表达了对新移民的心理排斥和想象性驱逐。

1. "祖母夏娃"：考古与民族起源

无论在叙事结构抑或文本意义层面，《教授的房屋》的中心都是《汤姆·奥特兰的故事》。这个镶嵌故事讲述了汤姆·奥特兰、布莱克和亨利三人组成一个考古小组，在方山上发现了古印第安文明遗迹，以及最后汤姆和布莱克因为对文物的处置方式发生争执而分道扬镳。这一故事情节取材于1888年理查德·韦瑟里尔（Richard Wetherill）对弗德台地印第安峭壁居所的考古发现。在进步主义时期，考古学在学术界和大众文化领域都非常流行。大众传媒将韦瑟里尔的发现包装成探险故事，鼓励读者体验"印第安之旅"，掀起了一场消费考古热。凯瑟对考古也非常感兴趣，她曾经说："当我是个小姑娘的时候，没有什么能像想到那些峭壁居住者、想到我们之前的文明将我与这片土地紧密相连那样让我兴奋莫名。"[1]1915年，凯瑟圆了自己幼时的梦想，在韦瑟里尔弟弟的陪伴下游览了弗德台地，听他讲述了韦瑟里尔取得这一考古发现的过程[2]。

《汤姆·奥特兰的故事》在小说中的位置和意义似乎与描写圣彼得教授苦闷生活的首尾两卷格格不入，因而引起了评论家的强烈不满。早期评论家从传统的现实主义小说创作模式出发，认为这是一个明显的"技巧性错误"，破坏了小说本身的叙事结构[3]。但现今学界开始从文化政治的角度重新思考考古情节的含义。评论家尼莎·马诺哈（Nisha Manocha）指出，这一情节与小说的其他部分并不脱节，与小说中汤姆的遗嘱、教授的历史著作以及汤姆读过的《鲁滨逊漂流记》（Robinson Crusoe，1719）、《格列佛游记》（Guilliver's Travels，1726）、《埃涅阿斯纪》等文本共同构成了一个模糊的意义场，塑造着圣彼得教授一家人的当下生存状态[4]。对于大多数评论家来说，圣彼得教授的生存之所是物质主义盛行的商业美国，汤姆发现的方山则是没有被商业气息污染的世外桃源，体现了艺术和生活的完美融合[5]；但是，小说中的文物最终被贩卖给德国商人，则体现了理想主义到商业主义的堕落，反映了外部世界对方山的侵蚀[6]。

1. 转引自Glen A. Love, "Nature and Human Nature: Interdisciplinary Convergences on Cather's Blue Mesa." *Cather Studies 5*, ed. Susan J. Rosowski, Lincoln: University of Nebraska Press, 2003, 1-27, p.10.

2. Guy Reynolds, *Willa Cather in Context: Progress, Race, Empire*, New York: St. Martin's Press, 1996, pp.16-17, p.127, p.155.

3. Alfred Kazin, *On Native Grounds: An Interpretation of Modern American Prose Literature*, New York: Reynal & Hitchcock, 1942, p.255.

4. Nisha Manocha, "Reading Documents: Embedded Texts in *The Professor's House* and *The Shadow-Line*," *Studies in the Novel* 44.2 (2012): 186-207, p.198.

5. James F. Maxfield, "Strategies of Self-Deception in Willa Cather's *Professor's House*," *Studies in the Novel* 16.1 (1984): 72-86, p.79.

6. Caroline M. Woidat, "The Indian-Detour in Willa Cather's Southwestern Novels," *Twentieth Century Literature* 48.1 (2002): 22-49; Paula Kot, "Speculation, Tourism, and *The Professor's House*," *Twentieth Century Literature* 48.4 (2002): 393-426.

这些评论过于强调作品中的物质主义主题,忽视了小说的美国身份建构内涵,即评论家萨拉·威尔逊(Sarah Wilson)所言的"国家历史"主旨[1]。

实际上,《教授的房屋》中的印第安文化本身并没有具体意义,根本无法为美国人提供一个脱离拜金现实的对位空间;真正产生意义的是印第安文化所有权不断变化的过程。换言之,印第安文物只有在流动过程中才产生了当下美国社会所需要的意义。对于小说中的印第安干尸这个"物体"而言,白人在不同时代的行为凝聚成了一个完整的标本制作过程。这具干尸首先被杀死,然后被做成标本符号(taxidermic sign),再被后来的白人命名和当成纪念物收藏。标本制作是欧洲殖民者认识世界的方法,他们搜集和研究异域的动植物,将之命名和定义之后成为"客观事实"纳入殖民知识体系之中,塑造了有关殖民地的文化想象。到了19世纪末20世纪初,欧洲在标本制作领域所建立的作为全球自然界阐释者的地位逐步被美国取代[2]。在小说中,女性干尸死亡的原因被白人牧师解释为道德堕落,强化了有关印第安民族的刻板印象。对汤姆而言,他并不在乎印第安人活着时候的逸事(即印第安文化本身),只考虑这一"标本"的命名权、所有权、制作者身份等问题,因为这是属于当下美国的"遗产"。这份遗产的处置权关乎美国国家历史的建构,因此必须留在美国,这便是汤姆和布莱克的根本分歧所在,也是小说致力呈现的主题。

汤姆将印第安女尸命名为"祖母夏娃"(PH 213),视那些古文物为"属于我的老祖母"的物品(PH 242),出人意料地在自身与这件"标本"之间建立了亲密的血脉关联。评论家伊恩·贝尔(Ian F. A. Bell)认为,

1. Sarah Wilson, "'Fragmentary and Inconclusive' Violence: National History and Literary Form in *The Professor's House*," *American Literature* 75.3 (2003): 571-599.

2. Pauline Wakeham, *Taxidermic Signs: Reconstructing Aboriginality*, Minneapolis: University of Minnesota Press, 2008, p.10.

小说中对印第安女性干尸的命名在汤姆和她之间建立了某种联系，但最终女性干尸跌落悬崖而消失无踪，只留下男性化的耸立建筑供人瞻仰，表明美国在自身的身份想象中拒斥与女性的关联，本质上还是男性化的艺术观[1]。但是，将这一事件仅仅归为性别政治的实践降格了它的文化意义。"祖母夏娃"这个名称不仅将印第安女尸基督教化了，而且在汤姆与女尸间建立了一个跨越种族的亲缘谱系。从现在的考古界法律和伦理来看，印第安古尸作为文化和宗教遗产本该属于她的后裔。但汤姆剥夺了印第安部落对自身历史和文化的所有权，自己摇身一变成了遗迹的阐释者，将本该是"异质"的古文明强行吸纳进新教美国的历史之中[2]。汤姆看重的并非古印第安文明本身，而是对美洲大陆原住民文明的所有权，其原因在于对这一古文明的拥有和继承有助于推动评论家盖伊·雷诺兹所言的"美国的统一"（incorporation of America），即通过驯服异质文明因素建构国家身份，驯服的工具便是考古学与博物馆[3]。

汤姆的考古行为与当时学术界和大众文化对待考古学的态度是一致

1.　Ian F. A. Bell, "Re-Writing America: Origin and Gender in Willa Cather's *The Professor's House*," *The Yearbook of English Studies* 24 (1994): 12-43, p.17, p.20.

2.　1996年，小说情节成为现实。当时美国华盛顿州哥伦比亚河附近发现了肯纳威克人（Kennewick Man）遗骨。科学家与当地的印第安人就遗骨归属问题付诸公堂，最后法院裁决科学家胜诉。此案例被学者认为反映了建构美洲"白色"历史的欲望（Larry J. Zimmerman, "Public Heritage, a Desire for a 'White' History for America, and Some Impacts of the Kennewick Man/Ancient One Decision," *International Journal of Cultural Property* 12.2 (2005): 265-274）。有关考古学应遵循的伦理和法律、文化挪用、群体身份的知识建构，以及由此产生的原住民群体的权利丧失，参见James O. Young, *Cultural Appropriation and the Arts*, Malden: Blackwell, 2008; Geoffrey Scarre, and Robin Coningham, eds., *Appropriating the Past: Philosophical Perspectives on the Practice of Archaeology*, New York: Cambridge University Press, 2013, pp.42-62, pp.82-97, pp.195-221, pp.239-256.

3.　Guy Reynolds, *Willa Cather in Context: Progress, Race, Empire*, New York: St. Martin's Press, 1996, pp.124-149.

的，都体现了国家身份建构的旨归。20世纪初，尤其是1920年之后，新兴的人类学和考古学成为美国大学里的专门学科。考古学对于古印第安文明的"学术兴趣"在本质上是一场殖民文化政治运动。抵达美洲的欧洲殖民者给印第安人带来的是致命的病菌和将他们赶尽杀绝的政策：在欧洲人踏足北美地区之前，印第安人的人口数量大概有500万，而到了20世纪初，这一数字已经降到25万。"印第安大屠杀"导致的后果是印第安人在观念上和实际上成为了"消失的民族"。但欧洲殖民者一方面在生理层面消灭印第安人，一方面又极力搜集和收藏"真正的"印第安物品，甚至包括印第安人的遗骸——连著名人类学家弗朗茨·博阿斯（Franz Boas）都曾经做过夜里去印第安墓地盗取骨骸的勾当——用来满足他们的帝国主义怀旧，意图在思想层面重现消失的文明以供缅怀。早期的博物馆展览体现了明显的殖民主义知识体系建构的意图，印第安人常常与恐龙等古动物或一些古老的植物放置在一起，强化这一人种在生物学意义上"已经消亡"的印象[1]。他们被认定为"没有意愿和能力进行自我发展、必然遭到自然淘汰"的劣等民族，已经像无用肮脏的灰尘一样被扫入历史的角落[2]。印第安人在当下叙事中被建构出来的"不在场性"为美国商业所利用——"印第安性"（Indianness）变成了稀有的商品。"消失的种族"之名来自约瑟夫·狄克逊的著作《消失的种族》以及赞恩·格

---

1. Amy Lonetree, *Decolonizing Museums: Representing Native America in National and Tribal Museums*, Chapel Hill: University of North Carolina Press, 2012, pp.9-16. 考古学界意识到了印第安文化博物馆的权力逻辑，开始在博物馆展览中重视与印第安人的合作，致力于淡化"外人"对印第安文化的呈现，转而加强印第安人自己对于其文化的理解和呈现。这一努力被艾米·孤树（Amy Lonetree）称为"博物馆的去殖民化"。

2. T. J. Ferguson, "Native Americans and the Practice of Archaeology," *Annual Review of Anthropology* 25 (1996): 63-79, pp.63-64.

雷（Zane Grey）的小说《消失的美国人》（*The Vanishing American*，1925）。两本书的经销商都是约翰·沃纳梅克。这位精明的商人支持狄克逊周游美国拍摄印第安人，把当下印第安人的日常生活变成影像里的"文明"和"文物"，形容其为"美国公民共同享有的、不能变卖而只能崇敬的遗产"[1]，不仅强化印第安人已经灭绝的印象，而且将之刻画成颇具历史风情的遗物供美国大众消费。

《教授的房屋》里，汤姆在修辞和想象中把古印第安遗迹的所在地方山纳入美国的"庇护所"身份修辞传统，凸显这一地方的"美国性"："对我来说，一切都如此宝贵：那每一寸的土地，松树根部每条优美的曲线，山崖中每条小道，还有那曲径通幽，尽头处是枝繁叶茂的安宁。……我再次体验了那光耀之感——身处方山，置身于世界之上的世界——在其他地方从未有过这种感觉"（*PH* 239）。将方山拔高为"世界之上的世界"，与其说汤姆在颂扬它超越了当下美国的商业化，不如说他把这块本属于印第安人的地方再次比喻成了温思罗普口中的"山巅之城"。通过呼应美国庇护所身份修辞传统，汤姆将"发现"古印第安遗迹的自己类比为乘着"五月花"号抵达北美的第一代清教徒殖民者——那些缔造"美国"的真正先驱。因此，小说中的方山不是见证古印第

---

1. Susan L. Mizruchi, *The Rise of Multicultural America: Economy and Print Culture, 1865-1915*, Chapel Hill: University of North Carolina Press, 2008, pp.136-137. 直到20世纪70年代，印第安人在大众传媒、教科书和民众想象中，仍被刻画成一个"外来的""正在消失的""与美国格格不入的"民族。在印第安人依然活跃的美国西南部地区同样如此。连本该了解实际情况的考古学家也在公共项目研究中秉持并强化这一论调。在大众文化中，考古学家被刻画成致力于解开古人类消失后留下谜题的英雄，如1981年好莱坞大片《夺宝奇兵》（*Raiders of the Lost Ark*）中的印第安纳·琼斯博士。他们暗示，那些考古地点被遗弃，只是为了等待白人的征服。参见Randall H. McGuire, "Archeology and the First Americans," *American Anthropologist* 94.4 (1992): 816-836, p.826.

安人生离死别的生活场所，而是开启美国作为一个国家之历史的"原初国土"。有评论者受人类学家弗朗茨·博阿斯的文化相对论（culture relativism）影响，认为遗迹的存在对19世纪"普世文化观"构成了挑战，彰显了"区域现代主义"立场[1]。但实际上，这个遗迹并非在强化"区域性"，而是呈现了现代主义时期美国强化统一国家身份的意图。

美国将自身"替代"地位合法化的逻辑前提是古印第安文明没有其他的合法继承者，因此美国人推行否认现存印第安人文化地位的政策。熟稔美国考古学发展的凯瑟无疑知晓这一点，其整个创作经历都极力淡化印第安人在"美洲／美国"这个空间领域和政治概念中的存在。小说中，此立场体现在剥夺他们对遗迹的所有权上。汤姆发现遗迹后，一再割裂它与现存印第安人的关系。他将之称为"消亡文明之城"（*PH* 200），切断了它与现存印第安人之间的承继关系：

> 我们当然知道这里曾经布满了印第安人，但我们肯定印第安人不用石器已经很多年了。古时这里肯定曾有普韦布洛印第安人居住过：安土重迁的，如陶斯印第安人和霍皮印第安人，而不是像纳瓦霍那样的游牧人。（*PH* 192）
>
> ……他们的生活较之我们的游牧纳瓦霍人，要复杂多了。（*PH* 218）

---

1. Eric Aronoff, "Anthropologists, Indians, and New Critics: Culture and/as Poetic Form in Regional Modernism," *Modern Fiction Studies* 55.1 (2009): 92-118; Kelsey Squire, "'Jazz Age' Places: Modern Regionalism in Willa Cather's *The Professor's House*," *Cather Studies* 9, ed. Melissa J. Homestead, and Guy J. Reynolds, Lincoln: University of Nebraska Press, 2011, 45-66.

在这段近乎辩解的自白里，游牧印第安人是对现今美国仍然构成威胁的因素，因此被完全否认了与遗迹的联系。这一联系被交给"安土重迁的"印第安群体，不仅因为这符合美国的"自耕农"理想[1]，更因为易于定域和控制。小说对古印第安的农业文明高度赞扬，将之视为"原始艺术"的基础，也基于同样的目的。"没有文化和定居美德"的游牧民族不仅被视为"野蛮"，而且被视为毁灭农耕文明的罪魁祸首。文中多次出现"我们"和"我们的"这些复数词汇，如汤姆将方山形容为"我们的城市"（PH 211），将遗迹视为"解开我们国家历史上一些重要问题的答案"的钥匙（PH 220）。韦瑟里尔的弟弟艾尔弗雷德（Benjamin Alfred Wetherill）回忆他与凯瑟一同观看遗迹时也多次使用了这些词："我们知道，如果我们不闯入这个令人沉迷的世界，其他人也会；但那些人不会像我们一样热爱和尊敬这些古时的符号。这种感觉很奇怪：可能所有这些都置于我们的掌管之下，直到有比我们更适合的人出现。"[2] 这些表述呼应了《啊，拓荒者!》中对土地所有权的描述："我们来来往往，唯有土地长存。那些爱它的、懂它的人们才能拥有它——暂时地"（OP 272-273）。但艾尔弗雷德的重点并非在于暂时性，而是在于所有权。"我们"这一集体称呼的不断使用不仅强化了"美国人"这个想象共同体，而且强调了对美洲文明与土地等"无主之物"的所有权。汤姆他们多次自我比喻或被称呼为"鲁滨逊"（PH 186, 236），将自己说成是踏足方山的"第一人"（PH 185）。而且正如鲁滨逊通过把原住民命名为颇具基督教色彩

---

1. Sarah Wilson, "'Fragmentary and Inconclusive' Violence: National History and Literary Form in *The Professor's House*," *American Literature* 75.3 (2003): 571-599, pp.580-581.

2. 转引自Caroline M. Woidat, "The Indian-Detour in Willa Cather's Southwestern Novels," *Twentieth Century Literature* 48.1 (2002): 22-49, p.25.

的"星期五",从而强行割断他与原文明的联系、使他进入基督教文化
一样,汤姆也将古印第安遗迹强行纳入了基督教文化阐释的框架之中。
他在思考遗迹圆塔的建造时间时想道:"不知那圆塔造成之后,度过了多
少个圣诞节?"(PH 202)他不忍心猎杀"牧师一样的"山羊来充饥,转
而向野牛下手。这些行为都说明,汤姆眼中的遗迹既不是中性的自然风
景,也不属于古印第安人的日常生活,而是按照基督教的标准来记载和
衡量的客体,明显不过地体现了汤姆这个后辈对古文明的"阐释"。显而
易见,身为盎格鲁-撒克逊后裔的汤姆将自身当成了古印第安文明的首要
替代者,排除了现存印第安人的继承资格。他如此行为在进步主义时期
的美国具有法理上的合法性。当时的人类学观点被用来定义公民身份,
决定他们是否有资格具有财产所有和支配权。曾帮助联邦政府制定印第
安政策的明尼苏达大学人类学教授艾伯特·欧内斯特·詹克斯(Albert
Ernest Jenks)便声称"对美国移民的吸收问题在本质上是人类学的"[1]。缺
乏"占有"意识的印第安人被认为是原始种族,天然与财产所有权无缘[2]。

---

1. Albert Ernest Jenks, "The Relation of Anthropology to Americanization," *The Scientific Monthly* 12.3 (1921): 240-245, p.242.

2. 自然法与自然权利是欧洲人信奉的普遍规则,也是他们用来解决文化相遇问题的标准。西班牙在征服美洲时,遇到的问题是:一个外国政权以何种理由才能"合法"占领其他人民的居住地并夺取其财产?他们为占领像印第安这样的"原始种族"的土地寻找符合自然法的理由,构建了现代财产理论。根据这一理论,任何人的生命财产受到威胁,第三方(无论个人还是国家)都可以发动"正义之战"进行"人道主义干预",无论这一干预是否受被害者欢迎。西班牙声称,印第安人食人、人祭等习俗侵害了被害者的自然权利,他们有义务进入美洲进行干预。作为原始种族,印第安人天生具有服从西班牙文明人的义务。他们阻止西班牙人占有和通行"空白之地"是对西班牙人自然权利的侵害,必须遭到杀戮。参见David Boucher, *The Limits of Ethics in International Relations: Natural Law, Natural Rights, and Human Rights in Transition*, Oxford: Oxford University Press, 2009, pp.104-108. 在现代财产理论的话语体系下,印第安人被认为是"文明"的弃儿。参见Susan L. Mizruchi, *The Rise of Multicultural America: Economy and Print Culture, 1865-1915*, Chapel Hill: University of North Carolina Press, 2008, p.102, p.115.

1906年国会开始根据印第安人的血统"纯度"，即白人血统的多少，来决定他们可以买卖土地的数量[1]。这一政治语境保证了美国作为古印第安文明"替代"者的身份。

《教授的房屋》对于美国是印第安文明"继承者"身份的反复强调折射出强烈的焦虑情绪，但它的焦虑对象并非再也威胁不到当下美国的印第安人，而是欧洲强国。这是一场美国与欧洲之间的文化资本较量，也是美国摆脱欧洲文化影响的焦虑、建构自身"美洲"起源的文化工程。对欧洲文化影响的焦虑早在进步主义初期便已成为美国思想界的显意识。在《教授的房屋》中，正是这种焦虑感引发了汤姆对美国博物馆的抱怨："他们不在乎我们的东西。他们只想要来自克里特岛的或是埃及的东西"（PH 118）；他痛斥史密森学会的会长和专家只想在欧洲的学术界混个虚名，根本不在乎考古这一事业的伟大。他再次用了"我们的"这个复数指代美国，对欧洲或其控制下的古老文明表现出强烈的不满情绪。这一民族国家层面的敌意自然导致对欧洲因素的清除。小说通过深入日常生活的小细节呈现这个隐秘主题。比如，圣彼得教授的名字中原来有一个中间名"拿破仑"，后来被他去掉了（PH 161）。汤姆的三人考古队本是个"幸福的家庭"（PH 196），结果布莱克因为与德国人做交易而离开，英国人亨利被蛇咬而死亡。这一细节可能通过"被蛇咬"隐喻第一次世界大战中英国遭受了德国的攻击。在美国"国土"上寻找遗迹的这个考古队中，凡是与欧洲有关的因素都消失了，留下来的只有坚持民族传统的美国人汤姆。最能体现美国拒斥欧洲影响焦虑的情节是

1.　Mark Soderstrom, "Family Trees and Timber Rights: Albert E. Jenks, Americanization, and the Rise of Anthropology at the University of Minnesota," *The Journal of the Gilded Age and Progressive Era* 3.2 (2004): 176-204, pp.190-191.

汤姆在听说布莱克将文物卖给了德国商人之后的发怒："它们不是我用来卖的私人物品——也不是你的！它们属于这个国家、这个州、所有的人民。它们属于你我这样的家伙，没有其他传统继承的家伙。你把它们卖给了一个自己有足够古董的国家。你出卖了自己国家的秘密，和德雷富斯一个样"（*PH* 242）。这段情感爆发提到了"德雷富斯案"，指1894年12月法军上尉阿尔弗雷德·德雷富斯（Alfred Dreyfus）被法军以向德国使馆出卖国家秘密为由判处终身监禁。两年后证据表明叛徒另有其人，但法军坚持原判。作家埃米尔·左拉（Émile Zola）认为，德雷富斯遭迫害的真正原因是他的阿尔萨斯犹太裔身份，于是在1898年1月13日的《震旦报》（*L'Aurore*）头版发表致法国总统的公开信《我控诉……！》（"J'accuse...!"），指责政府的反犹政策。这一案件的公开引起了法国社会的大分裂，直至1906年德雷富斯被宣告无罪。反犹情绪和对德帝国的憎恨是法国民意寻找德雷富斯作为替罪羊的两个深层原因。德雷富斯被认定叛国是明显的冤案，对法国社会文化非常关注和了解的凯瑟也认为他是法国民族主义政治的牺牲品[1]。但《教授的房屋》依然声称德雷富斯"出卖了自己国家的秘密"，这是民族主义政治的产物。汤姆用德雷富斯来类比布莱克，被恼羞成怒的布莱克称为是在发表"七月四号讲演"（*PH* 244），再明显不过地点明了考古行动的国家建构性质。汤姆意识到美国历史的薄弱，相较于那些"有足够古董"的欧洲国家，美国除了欧洲根源之外"没有其他传统继承"。因此，他与德国商人争夺干尸"夏娃"，本质上是在建构一个"去欧洲化"的美国历史，从欧洲人那里夺得世界秩序的阐释权。对于文化弱势的美国来说，那些文物在跨国范围内的流

---

1. Sarah Wilson, "'Fragmentary and Inconclusive' Violence: National History and Literary Form in *The Professor's House*," *American Literature* 75.3 (2003): 571-599, p.574.

通非但没有体现出文化的区域性和相对性，反而是毁灭性的资源剥夺，埋葬了美国公民通过某种载体形成想象共同体的可能性。正如本尼迪克特·安德森在描述欧洲早期殖民者的权力扩散时所指出的，常用方法之一是宣称自己"继承"了被铲除或征服的土地统治者的所有权，重建新财产的历史——特别是针对其他欧洲人[1]。这种"替代"政治意识遗传给了他们的后裔。美国人通过考古学煞费苦心地将自己塑造成为印第安文化的继承者，目的恰恰是甩脱欧洲传统的影响焦虑。

2. "西班牙探险者儿子"：历史与替代意图

以"旧欧洲"为参照物的美国庇护所身份建构贯穿整个进步主义时期。美国人通过生产"旧欧洲"理念，意在建构"民主美国"形象，最终实现合法化美国替代欧洲成为价值引导者的角色的政治意图。这一形象生产席卷了美国整个社会，比如在体育界，芝加哥白袜棒球队1888年10月8日开始了一次引人注目的环球巡演，使命是"向弥漫着贵族气息和军国主义的旧世界展示美国特性：一个建基于技术革新、蓬勃民主精神的美国，一个崇尚实际行动、男性气概和种族等级的文化"[2]。在美国大学中，橄榄球则被视为体现"自我控制"的文雅运动[3]。这一国家情感在《教授的房屋》中有着隐秘的体现：小说中的投机者兰特里便是从"玩橄榄球的农场孩子"变成大学教授的（PH 57）。

1.　　本尼迪克特·安德森：《想象的共同体：民族主义的起源与散布》，吴叡人译，上海：上海人民出版社，2005年，第164页。

2.　　参见Thomas W. Zeiler, "Basepaths to Empire: Race and the Spalding World Baseball Tour," *The Journal of the Gilded Age and Progressive Era* 6.2 (2007): 179-207, p.180.

3.　　参见Brian M. Ingrassia, "Public Influence inside the College Walls: Progressive Era Universities, Social Scientists, and Intercollegiate Football Reform," *The Journal of the Gilded Age and Progressive Era* 10.1 (2011): 59-88.

建构"新美国"的努力在汤姆牺牲的第一次世界大战时达到了顶点。很多美国人将"旧欧洲"视为旧文化秩序的产物：中世纪残存下来的封建秩序导致了欧洲的穷兵黩武，欧洲的军事行动维护的是君主而非人民的权利[1]。于是，美国将自身的参战宣传成一场道德拯救运动，历史上第一次雄心勃勃地想要成为欧洲这个文化父辈的拯救者。比如，在意大利的美国红十字会积极推行"良善和进步"的国家形象，强化了美国在进步主义时期替代欧洲成为理念生产者的地位[2]。凯瑟踊跃参与了这一国家运动，《我们中的一员》便最好地体现了她的爱国热情。尽管她是欧洲文化的崇拜者，却仍然对老帝国的人群素质、社会经济等各方面进行了嘲笑。在欧洲游玩时，她把英国的穷苦工人称为"运河一族"，说："如果达尔文想进一步研究环境对物种区分的作用，没有比运河人更好的例证了。"[3] 英国人居然被暗示是原始种族，个中的讽刺和恶意既不是阶级的，也不是种族的，而是国家和文化意义上的，表达了新美国对于旧欧洲的身份自信。

《教授的房屋》中，美国对于欧洲影响的焦虑和替代欧洲的意图集中体现在圣彼得教授的"历史学家"身份上。小说借路易之口揭示了圣彼

---

1. J. A. Thompson, "American Progressive Publicists and the First World War, 1914-1917," *The Journal of American History* 58.2 (1971): 364-383, p.369.

2. Julia F. Irwin, "Nation Building and Rebuilding: The American Red Cross in Italy during the Great War," *The Journal of the Gilded Age and Progressive Era* 8.3 (2009): 407-439, pp.410-411. 当时英国出于自身利益支持美国的殖民扩张，协同美国推行"盎格鲁-撒克逊主义"（Paul A. Kramer, "Empires, Exceptions, and Anglo-Saxons: Race and Rule between the British and United States Empires, 1880-1910," *The Journal of American History* 88.4 (2002): 1315-1353）。但对急于与欧洲划清界限的美国来说，国家的概念超越了种族而成为美国身份的核心要素；这也是"民主"话语至少表面的要求。

3. Charlotte Beyer, "'The Living Fabric of the World': Willa Cather's Travel Journalism," *European Journal of American Culture* 28.3 (2009): 207-223, p.215.

得教授历史创作中的替代意图："你的孩子们是在旧书房出生的。不是你的女儿们——而是儿子们，光耀的西班牙探险者儿子"（ PH 162 ）。西班牙探险者本是拓荒先驱，却被称为后辈历史学家的"儿子"。这个奇异的"父子"身份翻转在圣彼得和汤姆的关系中也有出现：汤姆本是圣彼得的学生和准女婿，却因为考古而变成圣彼得的"前辈"，所留下来的日记充满想象力，成为圣彼得历史书写的影响焦虑来源。换言之，小说中有一个"父子"关系的链条：考古者汤姆–历史学家圣彼得教授–西班牙探险者。圣彼得教授强烈意识到汤姆对自身而言的"影响的焦虑"。他承认自己的作品因为汤姆而变得更好，因为他"最大的不足是缺乏早期生活经历，没有趁年轻的时候去令人神往的西南部体验生活，而那里是他所记录的冒险家经历发生的场所"（ PH 259 ），这正是汤姆所具有的优势。汤姆记录考古经历的日记是第一手的"历史记载"，"让人感觉到闪耀的想象力"（ PH 262 ）。有学者认为，圣彼得教授这个历史学家针对考古探险者汤姆的危机与竞争意识体现了"语言想象力"的影响焦虑。汤姆的日记威胁着圣彼得历史书写的"原创性"，将之置于了危险的"赝品"位置。圣彼得为汤姆的日记写序无非就是将汤姆的作品"转译成粗俗的语言"，明显颠覆了他对罗莎蒙德的声明。他的历史创作于是沦为对前驱经历的重复、具体化或"替代"，这正是引发圣彼得教授危机感的来源[1]。

---

1.   Fritz Oehlschlaeger, "Indisponibilité and the Anxiety of Authorship in *The Professor's House*," *American Literature* 62.1 (1990): 74-86; Michael Leddy, "*The Professor's House*: The Sense of an Ending," *Studies in the Novel* 23.4 (1991): 443-451, p.447; Michael Leddy, "*The Professor's House* and the Professor's Houses," *Modern Fiction Studies* 38.2 (1992): 444-454, p.449; Anna Wilson, "Canonical Relations: Willa Cather, America, and *The Professor's House*," *Texas Studies in Literature and Language* 47.1 (2005): 61-74, p.70. 对于圣彼得历史创作中焦虑感的更多解读，可参见孙晓青：《历史如何言说——〈教授的房屋〉中的历史书写焦虑》，《外国文学》2020年第3期，40—50。

《教授的房屋》中"父子"关系的翻转颠覆了历史时间顺序，其内在的逻辑在于与美国身份建构工程联结的紧密程度。在第一次世界大战战场上牺牲的汤姆是最"美国"的先辈，西班牙探险者是美国的"他者"，历史学家圣彼得教授则处于这个链条的中间，担负着传承"美国性"、贬低"他者"的书写任务。这一使命与进步主义时期美国社会对于历史学科的实用主义认知有关。历史不再被认为是能给现世提供经验和借鉴的镜子，也不再是能够烘托当下进步的背景，而成为对公共政治"无用"的学科，只能提高个体的知识和文化修养[1]。即便当时最著名的美国古典学者巴兹尔·吉尔德斯利夫（Basil L. Gildersleeve）也认为，"古典语文如果与我们的日常生活相脱离，是没有未来的"[2]。在这一思潮的影响下，强调实用性的社会科学取代了人文学科成为社会新宠。作为"进步"理念的彰显，社会学科承担解决工业化、城镇化、民主化和移民等诸问题

---

1. 启蒙时代的"历史"理论是，过去与现实并不是分离的，而是通过经验和榜样得以联合。历史对现实有指导作用，现代人可以将过去的经验运用到现实事务中来，这种"想象的亲缘"对于国家政治很重要。1816年的一篇文章写道："有关古希腊、古罗马、迦太基一切事情的准确信息都对我们管理我们的共和国有不可估量的价值，教导我们什么是安全且可以模仿的，什么是需要小心避免的"（Caroline Winterer, *The Culture of Classicism: Ancient Greece and Rome in American Intellectual Life, 1780-1910*, Baltimore: Johns Hopkins University Press, 2002, p.18）。然而，到了美国第一次文艺复兴时期，即1830年左右，美国历史观抛弃了启蒙运动中的"环形"历史观，转而秉持线性的进步历史观。历史不再是警戒性的，而成为歌颂性的叙事，体现现今的进步，这是浪漫主义历史观的典型特征。1833年，艾菲厄斯·克罗斯比（Alpheus Crosby）在《美国季刊观察家》（*American Quarterly Observer*）发表《古典研究：人文教育之一部分》（"Classical Study, as a Part of a Liberal Education"）一文，反驳了启蒙运动关于世风日下的"老套观念"，宣扬浪漫主义进步史观，称之"一般而言总是一种改进（a general law of improvement）"（Caroline Winterer, *The Culture of Classicism: Ancient Greece and Rome in American Intellectual Life, 1780-1910*, Baltimore: Johns Hopkins University Press, 2002, pp.79-80）。
2. 转引自Caroline Winterer, *The Culture of Classicism: Ancient Greece and Rome in American Intellectual Life, 1780-1910*, Baltimore: Johns Hopkins University Press, 2002, p.156.

的重任，因而被赋予类似宗教的特性，带有道德净化的功能。与此对应的是，历史学科经历了地位的降格。1886年，哥伦比亚大学经济学家约翰·贝茨·克拉克（John Bates Clark）评论道："历史能够帮助我们确定起步的地点、指明社会发展的方向，却不能提供任何包含我们寻找的原则的事实……研究材料还是隐藏在当下和不久的将来。"[1] 在美国社会看来，历史学家在故纸堆里的翻找不是基于对现实生活的把握，而是无意识中对可怕未来的恐惧，体现了"对情感的极端压制"。20世纪文学浸透着这股敌意，《教授的房屋》中的圣彼得教授也被归于这类"无用"的历史学家之列[2]。对历史学的敌意在高等教育领域的表现是，圣彼得教授所从事的历史课教学被社会学课所取代。美国全国教育协会1916年的报告说："四年制的历史课教学突然走到了尽头，而有关群体公民和民主问题的课程成为主流。"[3] 这在1917年海军征兵的宣传画中有着直接体现：宣传画的背景是飘在半空中的美国女神，一手拿着美国国旗，另一手持剑；图正中一个神情颇有点不耐烦的美国海军士兵对着一个手拿文献的学生叫嚷："不要读美国历史，去创造它！"[4] 这便是《教授的房屋》中为了美国的荣耀而参加第一次世界大战的汤姆成了圣彼得的"父亲"的原因。

---

1. 转引自Caroline Winterer, *The Culture of Classicism: Ancient Greece and Rome in American Intellectual Life, 1780-1910*, Baltimore: Johns Hopkins University Press, 2002, pp.107-108.

2. Matthew Wilson, "Willa Cather's Godfrey St. Peter: Historian of Repressed Sensibility?," *College Literature* 21.2 (1994): 63-74. 另参见Thomas D. Fallace, "From the German Schoolmaster's Psychology to the Psychology of the Child: Evolving Rationales for the Teaching of History in U.S. Schools in 1890s," *The Journal of the Gilded Age and Progressive Era* 10.2 (2011): 161-186.

3. 转引自Thomas D. Fallace, "From the German Schoolmaster's Psychology to the Psychology of the Child: Evolving Rationales for the Teaching of History in U.S. Schools in 1890s," *The Journal of the Gilded Age and Progressive Era* 10.2 (2011): 161-186, pp.161-162.

4. Walton Rawls, *Wake Up, America!: World War I and the American Poster*, New York: Abbeville Press, 1988, p.75.

　　在小说中，历史同时也是摆脱"旧欧洲"文化影响、建构美国民族身份的重要手段。这种起源焦虑像幽灵一样飘荡在美国社会。美国虽然已经在第一次世界大战中取得了胜利，在科学和技术方面领先其他国家，但在文化层面依然处于盲目崇拜和拙劣模仿欧洲传统的程度。圣彼得教授的同事兼敌人贺瑞斯·兰特里教授"穿着每年夏天在伦敦例行度假时买的英式衣服"（PH 53），行为举止总是模仿英伦范；他甚至抛弃了原本从事的"不受欢迎的"美国史专业，摇身一变成为"文艺复兴史"系主任，受到大量涌入大学的农场孩子的崇拜（PH 57）。缺乏文化支撑的国家是无源之水，这正是为何圣彼得教授会抨击进步主义时期的根本原则"科学"，宣扬"精细的仪礼"才能给人们带来"尊严和目标"：

> 我不认为科学是人类发展史上的一个阶段。它给了我们许多新奇的玩意儿，将我们的注意力从真正的问题上转移开去。……人类的思想只有在思索古老的谜题时才更有趣，即便是一无所得。科学没有给我们带来任何新的震撼，除了我们看到的一些技巧性的表面玩意儿。它没有像文艺复兴那样给我们提供更丰富的愉悦，也没带来新的罪恶——丝毫没有。……当摩西意欲在最短的时间内将一群奴隶变成一个独立的种族时，他发明了精细的仪礼，以给予他们尊严和目标。（PH 67-69）

　　在这段课堂上的公共演讲中，圣彼得教授想向美国年轻人阐明的"真正的问题"是：只有"一个独立的种族"才是尊严和目标的附着物。小说中，美国的"独立性"正是通过圣彼得的历史书写得以体现，所选中的"欧洲他者"则是20多年前在美西战争中战败的没落帝国西班牙。圣彼得教授长得像西班牙人，对其地理和历史知之甚深，却在自己的想象中将西班牙的内华达山脉（Sierra Nevada）当成了探索和征服之地，正如历史上西班牙人征服美洲一样；而这一地方历史上曾为阿拉伯人所占领[1]。对历史的想象性反转并不符合圣彼得教授的"历史学家"身份，却是美国追求独立性、实现征服旧欧洲野心的体现。在小说中，圣彼得教授与汤姆一起前往美国西南部，拿着的地图为西班牙传教士加尔塞斯（Francisco Garcés）所绘制，绘制时间被富有深意地定在了美国独立战争刚发生不久的1775年，隐晦地呈现出美国主体在空间巡游中从"殖民美洲"到"独立美国"的意识形态变化。圣彼得教授花了十五年的时间把自己前往西班牙、美国西南部、旧墨西哥、法国的巡游经历"消化和分类，将它们编织到他的历史中属于它们的合适位置"（PH 26），最终完成了获得牛津历史奖的八卷本《西班牙人北美历险记》。本该客观的历史成为个人经历的编织，这一反差潜藏的意义便成为值得探究的问题。

考虑到20世纪初期美国对于西班牙的文化情感，圣彼得教授的这部看似向西班牙"父辈前驱"致敬的"美洲史著作"融汇了美国从18世纪后期便已出现的反西班牙话语，蕴含着建构美国身份的意图。历史学家戴维·韦伯（David J. Weber）指出，处于领土扩张阶段的美国为了给自身与老牌殖民者争夺美洲地盘找到道德合法性，构建出一个"黑传奇"，声称残暴、贪婪、背叛、迷信等道德缺陷导致西班牙人对美洲的统治非常黑暗邪恶。其中最严重的"反自然"罪行是与印第安人进行跨种族通婚，结果孽生出智力、体格和道德都十分低下的混血儿。美西的国家利

---

1. Manuel Broncano, "Willa Cather's Hispanic Epiphanies and *The Professor's House*," *Cather Studies 8*, ed. John J. Murphy, Françoise Palleau-Papin, and Robert Thacker, Lincoln: University of Nebraska Press, 2010, 379-395, pp.385-386.

益之争于是变成了种族与道德之争，被宣传成"杂种的西班牙-印第安种族"对"文明和盎格鲁-撒克逊裔美国人"发动的野蛮战争。然而，1846年美国取得西南部地区的绝对统治之后，对西班牙的态度发生了从贬抑到颂扬的变化。与"消失的印第安人"一样，西班牙因为影响力基本消失的缘故而成为美国人表达怀旧情绪的安全工具。19世纪末，对西班牙文化的欣赏成为美国社会的主流。这种热情高涨到浪漫化扭曲的地步，影响了整个艺术、艺术品和建筑领域。比如，西班牙时期的加州居所本是简陋的一层土砖房，却被美国人想象成有着雕栏阳台和水景喷泉的雅致楼房。他们重新"还原"了那些建筑，将之命名为"教会复兴风格"（Mission Revival），在1893年的世界博览会上大受欢迎。历史学家重新想象了西班牙传教士与印第安人的关系。西班牙的美洲史不再是"黑传奇"所描绘的血腥征服和无良统治，反而变成了良善的基督徒对虔诚印第安人的苦心引导。为了强化这一文化想象，美国开始重建殖民时期的教堂，以供保存历史文物。但这一"重建"工程无视考古发现和历史记载，完全是美国想象的产物。韦伯认为，美化曾经的西班牙殖民其实是在对美西战争中战败的现代西班牙表示蔑视；"戏说"战败者的物品和纪念碑已经成为安全的事情[1]。1898年的漫画《美国的胜利》（"An American Triumph"）才体现了美国人心目中真正的西班牙形象。画作正中是右手持剑的山姆大叔，面带笑容地看着被他左手高举在半空中的西班牙。西班牙是身材矮胖、面孔狰狞猥琐的恶棍形象，手里拿着枪和滴血的匕首。画面以海滩为背景，一位印第安妇女在亲人的尸体旁悲痛欲绝，周

---

1. David J. Weber, "The Spanish Legacy in North America and the Historical Imagination," *The Western Historical Quarterly* 23.1 (1992): 4-24, pp.6-13.

边跪着的族人对"美国拯救者"感激涕零。左侧美国军队的马车挂着的旗幡写着"为了拯救人性"（In Humanity's Cause）[1]。信奉种族进化论的历史学家约翰·菲斯克（John Fiske）认为，印第安人固然是处于种族链最底端的"野蛮人"，但西班牙人也是"劣等"白人——这个深陷中世纪的老古董没办法接受政治进化论中最先进的思想，即美国"民主"。只有德国人、英国人和美国人才配在"那些可殖民的地区"征服和吸收其他种族。因而，他对印第安人遭受西班牙的征服表示同情[2]。《教授的房屋》将圣彼得教授与菲斯克相类比的细节（PH 33）表明，小说对西班牙的怀旧隐藏着美国式的傲慢。圣彼得教授对"西班牙儿子"的书写不时揭露出西班牙统治的血腥底色——就如印第安女尸"祖母夏娃"的致命伤口，虽然被解释为自身婚姻不忠的后果，实质将印第安人消失的原因与西班牙人的美洲史捆绑在一起，从侧面证明了盎格鲁-撒克逊裔美国人占领北美的和平性与正义性。

反西班牙话语是汤姆的考古行为与圣彼得教授的历史书写的意义交汇点，其真正的历史语境是进步主义时期的美墨关系。受西班牙文化影响的墨西哥一直是美国领土和观念扩张的障碍，加之1910年墨西哥爆发的革命影响到巴拿马运河以北国家和地区的社会和经济稳定，导致美国将墨西哥视为与德国同等危险的敌人，很快出兵占领了韦拉克鲁斯港（Vera Cruz）并逐步扩展到墨西哥北部。两国关系的紧张持续到《教授的

---

1. Walton Rawls, *Wake Up, America!: World War I and the American Poster*, New York: Abbeville Press, 1988, p.48.

2. Matthew Wilson, "Willa Cather's Godfrey St. Peter: Historian of Repressed Sensibility?," *College Literature* 21.2 (1994): 63-74, pp.64-65; Guy Reynolds, *Willa Cather in Context: Progress, Race, Empire*, New York: St. Martin's Press, 1996, p.132.

房屋》开始创作的1923年，在短暂的缓和之后（即小说出版的1925年），再次因为墨西哥政府限制美国石油公司的活动而恶化。美国的反击首先是营造政治舆论：一些政客声称，墨西哥正向中美洲进行布尔什维克宣传，还向美国海军占领下的尼加拉瓜的叛军提供武器。此外美国还启动了一个釜底抽薪的文化项目，即卡内基研究院提出的玛雅考古项目。通过对"哥伦布之前的文明"的研究，考古学家得出的"科学"结论是：现代墨西哥的主权与其领土原本的历史毫无关系，因为它所占据的美洲中北部地区原有的古文明被西班牙的殖民打断了[1]。这一考古论断否定了墨西哥人对自己领土的继承权，与小说中汤姆的考古行为在意图上刚好相反：它剥夺而非固化了某一群体对自己领土之所有权的合法性。这两种考古行为虽然表面意图对立，却都在建构服务美国利益的国家历史，反衬美国"替代"者身份的"天赋"性。

作为"一个独立的种族"，美国人尤其在意自身在世界文明等级中的作用和地位，这种集体无意识已经渗透到美国人的日常生活之中。圣彼得教授的妻子莉莲在与他讨论洗澡间的时候说："如果你的国家至少在这一点上对文明有所贡献，为什么不要它呢?"（PH 12）日常的琐碎与"文明"的对比颇有喜剧的效果，但却真实反映了当时美国大众急于在文明层面独立的文化态度。这也是小说刻意描绘英国学者拜访圣彼得教授这一细节的原因。埃德加·斯皮林爵士千里迢迢专门"向圣彼得博士请教一些（西班牙史）资料"，"太急于在美国入乡随俗，于是就穿了礼服"（PH 37）。英国贵族对于美国"乡俗"的看重，以及欧洲学者对于美国学

---

1. Thomas C. Patterson, "The Last Sixty Years: Toward a Social History of Americanist Archeology in the United States," *American Anthropologist* 88.1 (1986): 7-26, pp.12-13.

者的请教，呈现出的权力翻转关系与小说所呈现的宗旨一致，都在欢呼"美国的成年"。

3. "奥特兰"：作为庇护所的国家和作为民主公众的公民

《教授的房屋》中存在两种类型的叙事，一个是以汤姆和圣彼得教授为主角的超验叙事，另一个是以圣彼得教授家人为主角的日常叙事。在超验叙事中，无论是汤姆的考古行为还是圣彼得教授的历史书写，建构国家和种族记忆的主旨非常明确。他们所捍卫的"原初真实性"与真实历史无关，而与建构的当下目的有关：小说通过"替代"和"继承"这两个主题表达了对印第安文明和欧洲文化传统的扬弃，体现了美国在国际视野下确立国家身份的意图[1]。小说的日常叙事与超验叙事相辅相成，透过"家庭罗曼司"的情感和利益纠葛题材折射出国家建构意图——"奥特兰"（Outland）这个房屋名兼人名意象是所有矛盾的汇聚点，承载着"真正的美国"和"真正的美国人"的定义。

美国的日常生活以物质主义为特征，这是导致美国家庭分崩离析的根本原因。物质主义致使大部分美国人过着"鸡毛蒜皮的""奴隶"般的生活（PH 230, 232），也在政治和情感领域撕裂了美国社会。圣彼得教授的大女儿蒙受前未婚夫汤姆·奥特兰的遗泽，让丈夫路易把汤姆的专利商业化而致富，却对金钱有着近乎扭曲的占有欲：她拒绝帮助穷困的克莱恩教授，还对父亲极端吝啬小气。金钱造成了阶级分化，威胁到了美

---

1. Ian F. A. Bell, "Re-Writing America: Origin and Gender in Willa Cather's *The Professor's House*," *The Yearbook of English Studies* 24 (1994): 12-43, p.18; Catherine Morley, "Crossing the Water: Willa Cather and the Transatlantic Imaginary," *European Journal of American Culture* 28.2 (2009): 125-140, p.129, pp.130-131.

国引以为豪的"平等"。同时，罗莎蒙德炫耀奢华的衣装引起了妹妹凯瑟琳的忌妒，标志着"美国家庭"情感认同的丧失。政治和情感领域的双重冲击使得美国这个"家庭"分崩离析，陷入了身份危机。小说借美国本土主义者司各特之口说："从社会意义上讲，这个国家已经分裂成两半；我不知道它还会不会重新走到一起"（PH 106）。这种状况显然是对美国庇护所身份修辞传统的违反和背离，因而圣彼得教授看见汤姆曾经工作过的物理系大楼还亮着灯光，慨叹道："奥特兰在实验室里点亮的灯光，曾照亮了远处深夜的黑暗，难道就是为了这个结局吗？"（PH 89）

美国社会的"堕落"被归因为以犹太人路易为代表的新移民。小说通过对路易夫妇的刻画在犹太性和女性之间建立了强烈的指涉关系，使它们成了"非理性"物欲的象征。在20世纪20年代的美国，"非理性"主要表现为狂热的商业消费，催生了大量约翰·杜威所言的"迷失个体"[1]。小说将女性和犹太人与商业相联系而突出其消费欲望，将之定义为"非理性大众"[2]。路易是一个具有良好私德的犹太人，"慷慨且富于公益心"（PH 72），高度热爱美国。为了展现自身的归化程度，他竭力营造自己的美国"血缘"和情感认同，在装修"奥特兰"新居时声称自己"非常幸运在所有细节方面都做得正确"（PH 41）。考虑到"奥特兰"新居针对20世纪20年代美国的隐喻性，这体现了路易对于美国规范的极力遵从和融入美国的迫切愿望。此外，他很高兴能与圣彼得教授撰写的美国史扯上关系，还把汤姆·奥特兰这个"美国人"的代表人物称为"兄弟"（PH

---

1. John Dewey, *Individualism Old and New*, New York: Prometheus Books, 1962, p.103.
2. 对于这一话题的进一步论述，可参见Anne Baker, "'Terrible Women': Gender, Platonism, and Christianity in Willa Cather's *The Professor's House*," *Western American Literature* 45.3 (2010): 252-272.

162-163）。然而，美国主流社会从来没有回应路易的叩求，反而在修辞层面将他变成了道德堕落的代表。他建造的新房"奥特兰"被视为非理性商业社会的象征。他的妻子罗莎蒙德物欲强烈、冷酷无情，也被认为是受到了他的坏影响："她已经变成了路易"（PH 85）。在这样的认知中，"路易"成为负面指代的原因与他的个人品性和德行无关，而只与他身为"外国人"的身份有关。正如圣彼得教授所想的那样，"他本想说，她对路易的态度应该和他一样：路易如此格格不入，本应像教育外人一样对待他，丝毫没有把这么一个外国味儿太浓的人接纳进家庭圈子的意思"（PH 78）。在圣彼得的眼里，"他工作室下面的死寂空虚的房子"与路易所代表的东方民族移民联系在一起，造成了"令人不愉快的变化"（PH 16）。这个房屋象征脱离控制的移民美国，是堕落的商业化"赝品"（PH 17）对原初美国的替代。房屋中的"黄"墙纸进一步证实了种族政治的存在：墙上和天花板"盖满了黄墙纸，曾经极端丑陋，但现在退色到不那么引人讨厌的程度了"（PH 16）。黄色显然指代当时美国的排华情绪。在小说中，华人聚居的地方被称为"黄区"（PH 180）；圣彼得教授的好朋友兼房东的孩子死在了义和团运动中（PH 100）。更重要的是，华人是"替代"危机中的重要存在，与"赝品"紧密联系在一起。奥古丝塔反对戴假发，引用口口相传的故事为佐证："他们说绝大多数是从死掉的中国佬的头上剪下来的"（PH 24）。这个大众想象把堕落和虚伪视为华人特征，体现了美国身份认同政治的种族化本质[1]。在美国这个"家庭"中，犹太人路易的阶级地位和美国认同只是徒有其表的华袍，并不能庇护处于美国文化凝

---

1. 这个细节或许也呼应了1901年美国印第安事务局发布的"短发令"（Short Hair Order）。该法令要求印第安人必须蓄发，不得脸涂油彩，禁止跳某些宗教舞蹈。在凯瑟的创作中，印第安人与中国人的等同是一个常见主题。

视下的异族身体免遭筛选、标记和隔离。路易也意识到了这一点，在参加圣彼得教授家庭宴会时这样解释自己与自诩为"百分百的美国人"的连襟司各特之间的分歧："事实是，我喜欢所有司各特的口味，他不喜欢我的！他是不宽容的一方。……许多事情上都是这样"（*PH* 108）。

美国社会在哲学、生物学等思想层面建构"东方民族"和"西方民族"的对立为区隔路易提供了合法性。作为东方民族的一员，犹太人路易被认为情感和欲望过于充沛，冲淡了他的"理性"。"理性"被认为是西方民族的独有特征，也是西式"民主"能够付诸实践的唯一原因。在圣彼得教授和妻子莉莲有关路易的争辩中，圣彼得讨厌路易的"华丽"（floridity），莉莲则为女婿辩护："华丽如果被用来遮掩缺失、替代某物，那我不喜欢。但如果它来自丰溢，我从来没有不喜欢它。那无非是重彩而已"（*PH* 48）。莉莲敏锐地意识到了种族话语中"情感/理性"的二元对立，试图通过为情感正名来维护路易在美国生存的合法性。夫妻俩的对话折射出他们所理解的东西方民族的根本差异：

> 莉莲问道："一个人如果喜欢他的妻子、房子或个人成功，却不应该说出来，这在礼仪的历史中到底从什么时候开始的?"
>
> "哦，那时间可长了。我觉得这始于骑士时代——亚瑟王的骑士。那时候的任何人都觉得，一个人做了好事儿不应该宣扬，不应该对他心仪的女子直呼其名，而应把她誉为菲莉丝或妮科莉特。这是个很好的理念，把最深的情感隐藏起来，让它们时刻光鲜。"
>
> "东方民族没有骑士时代。他们也不需要。"莉莲说，"这个隐藏——它本身就成了浮华，是自诩光耀的虚荣。"（*PH* 49）

圣彼得认为西方的骑士传统将美好的事物理念化，彰显了理性和节制的美德；莉莲则揭示了西方"理性"传统的自我主义本质，主张情感欲望的自然流露。东西方文化的差异本属自然现象，然而在文明等级论的视角下却呈现出别样的道德意蕴。在圣彼得看来，莉莲有着"热切呼应生活与艺术的天性，对身边无足轻重的人和事有着强烈的好恶，常常反应过度"（PH 50）。这样的论断体现出鲜明的厌女情结，将女性定义成依照本能判断并经常"过度"的"非理性"个体，从而使女性和野蛮人之间的相互指涉成为可能。

通过把犹太性和女性与物欲绑定在一起并将它们定义为美国社会的动乱之源，《教授的房屋》重复了美国本土主义话语，将本属于现代性的问题种族化和性别化了。区隔路易是这一话语体系的产物。他的名字"路易·马塞卢斯"（Louie Marsellus）显然影射当时美国犹太人委员会（American Jewish Committee）主席路易斯·马歇尔（Louis Marshall）。《迪尔伯恩独立报》指责美国的犹太人只考虑经济利益，无视国家利益，与其说他们是"美国犹太人"，不如说是"国际犹太人"。《迪尔伯恩独立报》的这一污名化行为激怒了美国犹太人群体，加利福尼亚州著名律师艾伦·萨皮罗（Aaron Sapiro）将报纸控制人亨利·福特诉诸联邦法庭。同样遭受攻击的路易斯·马歇尔将该案件视为替犹太人群体利益发声的机会，与福特展开谈判。最终福特妥协，同意由马歇尔代笔写了一封致全体犹太人的道歉信，声明犹太人在美国社会中具有完全公民身份[1]。美国社会对犹太人的敌意来源于被替代的恐惧。在进步主义时期，移民潮

---

1.   Victoria Saker Woeste, "Insecure Equality: Louis Marshall, Henry Ford, and the Problem of Defamatory Antisemitism, 1920-1929," *The Journal of American History* 91.3 (2004): 877-905, pp.882-883.

冲击着美国社会中白人的主导地位，让他们成为"消失的伟大种族"，引起了一场"种族自杀"的大讨论[1]。白人认为，缺乏自治理性的移民具有天生的不足，他们在美国社会中的反客为主将导致美国政治制度的崩塌。《教授的房屋》中的路易便是引发这一恐惧的替代者。真正的美国人汤姆·奥特兰牺牲在欧洲战场，犹太人路易不仅"继承"了他的未婚妻和知识产权，还获得了汤姆经历的讲述权——在密歇根湖岸边建造汤姆纪念博物馆，并将之命名为"奥特兰"。这一做法酷似汤姆对古印第安文明的做法，潜在地剥夺了当今"美国人"对其先驱精神遗产的继承权，因而引起了他们强烈的情感反弹。他们认为"奥特兰"博物馆作为汤姆·奥特兰理念的商业化具象，是完全的亵渎和"危险的旅程"（PH 28）。汤姆的同学、圣彼得教授的二女婿司各特直白地将之称作"外国货色"（PH 45），圣彼得也指责路易"至少不应该将他（汤姆）的骨骸也变成个人财产"（PH 48）。司各特和圣彼得的批判分别从民族性和商业化两个侧面凸显了路易的犹太人身份，呼应了当时社会对于被替代的担忧。

在美国社会看来，美国这片国土的天然继承者是以"民主公众"形象出现的盎格鲁–撒克逊裔白人。曾经生活在美国国土上、暂时"拥有"这片土地的印第安人和欧洲殖民者，要么进了博物馆，要么进了历史书，总之都被当下的"美国"吸纳进自身的光辉身份之中。这种类似于驱逐的吸纳传达了对美国和美国人的想象：只有盎格鲁–撒克逊裔白人新教徒才是"百分百的美国人"，他们是美国唯一的合法主人。《教授的房屋》中，理想的"美国"和"美国人"被奇异地统一在了一起，即"奥特兰"。这在小说中既是方山的名字，也是方山所有者汤姆·奥特兰的名

---

1. 对于这一话题的详细呈现，参见Madison Grant, *The Passing of the Great Race; or, The Racial Basis of European History*, New York: Charles Scribner's Sons, 1940.

字，它是一个不在场的理念之地和理想中的"美国亚当"，是20世纪20年代美国人对于"纯洁的"美国和"真正的"美国人的想象。然而在小说中，"奥特兰"被身为犹太人的路易所继承，这是文中圣彼得教授的焦虑感和绝望感的真正来源，也由此激发了他在日常生活中争夺"替代"资格的冲动。《我们中的一员》中，克劳德的妈妈在给他的信中说："你父亲在家里远比过去更爱说话，有时候我觉得他正在努力接替你的位置"（OO 208）。《教授的房屋》继承了这一奇特的情感设定，刻画了圣彼得教授对于汤姆·奥特兰的接替。他对女儿罗莎蒙德说："我与奥特兰的友谊，我绝不会把它转译成粗俗的语言。……你与他的关系是社会性的，遵循社会法则，建立在财产的基础上；而我的不是，不涉及任何物质的因素"（PH 63）。这种自我定位表明，圣彼得教授将自己视为"奥特兰"的真正继承人，而不是粗俗的转译者。换言之，他意欲拥有"美国人"和"美国"这两个概念的阐释权，进而塑造一个理想的"美国家庭"。他作为"真正的美国人"的形象通过三个层面表现出来：大学教授的身份、与"理念"的关联、对"原初美国"的回归。

在美国进步主义时期，教育是控制大众舆论、确保"民主"形式与内容的必要手段[1]。注重实用性的拓荒者被视为美国商业化的源头，知识分子在后拓荒时代承担着正本清源、重回"理念"的任务[2]。这一立场左右了凯瑟的创作。她说："生活的原则是，艺术在物质中产生，在精神中结束。"[3]

1. Edward Hallett Carr, *The Twenty Years' Crisis, 1919-1939: An Introduction to the Study of International Relations*, New York: Palgrave, 2001, p.121.
2. Guy Reynolds, *Willa Cather in Context: Progress, Race, Empire*, New York: St. Martin's Press, 1996, p.40.
3. Bernice Slote, ed., *The Kingdom of Art: Willa Cather's First Principles and Critical Settlements, 1893-1896*, Lincoln: University of Nebraska Press, 1966, p.40.

知识分子被塑造成"理念"的化身与民主社会的"领导者"，凯瑟笔下的圣彼得教授无疑属于其中的一员。他名字中的"圣"字最为明显地揭示了其领导者身份，呼应当时美国社会所设想的"高尚同胞"形象，暗示超越普通人的"英雄主义和圣人品质"[1]。圣彼得教授批判大学教育有着令人不安的"变化"（PH 54），极力遏止大学成为社会期待的"体育场、农学院或商学院"（PH 58）；与克莱恩教授一起不遗余力地反对以成果为导向的"教育庸俗化"和"新商业主义"，抗议人文专业的学生可以选修商业学科获得学分，拦阻学校减少甚至取消纯文化研究的课程（PH 138）。这明确呼应了当时卡尔文·柯立芝（Calvin Coolidge）总统对教育的看法。柯立芝认为，当时的美国"不需要更多的管理／经营，而需要更多的文化"；技术和商业学院最多只是"人文教育"的补充，而后者担负着塑造民主公民、"更好地理解美国式的管理"的使命[2]。换言之，圣彼得教授的反商业化仅仅是一种姿态，他真正的目的是要成为"美国人"的代表，获取国家塑造工程中的话语权[3]。

---

1. Herbert Croly, *The Promise of American Life*, New York: E. P. Dutton & Co., 1963, p.454.

2. Calvin Coolidge, America's Need for Education *and Other Educational Addresses*, Boston: Houghton Mifflin, 1925, p.13, p.33, p.63, p.69. 关于《教授的房屋》呼应柯立芝观点的其他解读，参见 Walter Benn Michaels, "The Vanishing American," *American Literary History* 2.2 (1990): 220-241, pp.227-228. 有关当时的大学民主教育中理念和实践之间的关系，以及其论述对于当今大学教育的启发，参见Nichole E. Bourgeois, "Scholar-Practioner Leadership: Revitalizing the Democratic Ideal in American Schools and Society," *Dewey's Democracy and Education Revisited: Contemporary Discourses for Democratic Education and Leadership*, ed. Patrick M. Jenlink, Lanham: Rowman & Littlefield Education, 2009, 359-387.

3. 圣彼得教授书房里摆放的裁衣模特像同样传达了这个意图，这是对美国第六任总统约翰·昆西·亚当斯（John Quincy Adams）行为的模仿。亚当斯通晓古典文学，崇尚古典的共和美德，将维吉尔的《农事诗》誉为"人类能够创造的最完美作品"，并在自己的家中摆置了六尊青铜古人像，命名为"家神"（Caroline Winterer, *The Culture of Classicism: Ancient Greece and Rome in American Intellectual Life, 1780-1910*, Baltimore: Johns Hopkins University Press, 2002, p.47）。

　　在《教授的房屋》中，理念彰显着反商业主义的姿态，是体现"真正的美国人"之纯洁性的重要表征。自诩"奥特兰"真正继承人的圣彼得教授极端迷恋"理念"，甚至到了"不人性"（PH 160）的地步：他无视所有的社会联系，"相中的是理想而非个人"（PH 169）。在他的历史书写中，理念被抬到了近乎神圣的位置——顶层阁楼是他"创造性写作"的地方，而楼下用来日常事务交流的公共书房被他鄙夷地称为"赝品"。这种反社会性的精英意识从圣彼得强调自己历史著作的原创性中可窥一斑。他把那部美洲史称为"非常不一样"的东西，为之臆造了一个"天赋理念"的起源："小船在紫色的水中低浅地划着，圣彼得教授躺在船中仰望那些雪山；书的设计在他的上空展开，与山脊一样真实。而且设计是可行的。他把它看作一个注定的结果，从未试图改变，一直遵循到底"（PH 105）[1]。这个起源的天启性与其说彰显了圣彼得历史书写的创新性，不如说是对他本人的资格认定："君权神授"式的场景所要证明的是他作为"民主公众"的天赋、理念继承者的神圣性、超越物欲（异族）的光耀性。

　　在小说中，"真正的美国人"的特质与"原初美国"相等同，通过怀旧主题表达出祛除新移民"污染"的国家建构欲望。评论家在分析凯瑟作品中的怀旧主题时指出："我们不能通过回溯历史寻找一个原初的、理想的美国人，因为回溯只能找到那些完全不是美国人的人。我们只能在未来中去寻找那些原初的美国人，以一种理想的方式去想象那些生活在美国最好时光里的美国人。"[2] 但"危机小说"系列中经常出现对于"幸福

1.　托尔斯泰的《忏悔录》中亦有孤身一人划船并接受天启的描写，这一场景似乎影响了《教授的房屋》此处的细节。参见列夫·托尔斯泰：《列夫·托尔斯泰文集（第十五卷）》，冯增义等译，北京：人民文学出版社，2000年，第55页。

2.　Joseph R. Urgo, *Willa Cather and the Myth of American Migration*, Urbana: University of Illinois Press, 1995, p.43.

的旧时光"的幻想，通过想象神话般的"原始"场景表述"纯净美国"和"自然美国人"的模样。在《教授的房屋》中，圣彼得教授便通过回忆自己的童年时光确认自身的原初美国人身份。他的童年没有受到任何"污染"，处于一个"早期的、未被改变的形态"（PH 263），"只对土地、森林和清水感兴趣"（PH 265）。这个"高贵的野蛮人"形象不是向印第安农耕文明的复古，而是更加符合美国政治修辞传统的"美国亚当"：作为亚当，这个原初美国人天然便是美国这片国土的主人。这一形象超越了人类社会的情感掣肘和思想限制，"脱离所有的家庭和社会关系"（PH 275），能够从自然变迁中感受到"令人悲伤的愉悦"（PH 266），渴望融入"对于美国人来说弥足珍贵的"那些未被征服的荒野（PH 270）。这些特质都展现了美国人对于美国国土的占有意识。圣彼得教授意识到，他的这个愿望与欧洲殖民者脱离旧欧洲的帝国统治、到美洲大陆寻求庇护的行为是一致的。作为"原始人"，圣彼得呼应了当时的社会发展理论和物种进化理论，即从野蛮状态发展到封建主义社会、资本主义社会，最终到达盎格鲁-撒克逊文明这一成年期。小说借助他的童年怀旧传达了关乎社会和种族的文明论内涵[1]。

　　作为"真正的美国人"，圣彼得的"理想美国"概念包括三个层面：已经成为回忆的故乡、实践"社会控制"的花园和承担国际义务的庇护所。圣彼得教授理想中的美国与他作为原初美国人的身份紧密相连，仅仅存在于已经消逝的童年回忆中。这个有关"纯净美国"的记忆即是密歇根湖。小说中多次提到圣彼得对于湖水的依恋：在他的旧书房，"从窗口望去，他能看到远处的天边那一条狭长的蓝色氤氲——密歇根湖，

1.　Anna Wilson, "Canonical Relations: Willa Cather, America, and *The Professor's House*," *Texas Studies in Literature and Language* 47.1 (2005): 61-74, p.70.

他童年的内陆海"（*PH* 30）；他选中汉密尔顿结婚定居，"并不是因为这里是最好的，而是因为在他看来只有靠近湖水的地方才适宜居住"（*PH* 32）。圣彼得对于湖的情感除了弗洛伊德式的回归欲望之外，也呼应了美国文学传统中江河湖海作为庇护所的修辞传统——就如马克·吐温《哈克贝利·芬历险记》中的大河是逃离腐败社会的场所。从技巧上来说，圣彼得对于湖水的兴趣仿拟了荷兰画派的风格，即在拥挤的房间里开一扇窗，透过窗外会看到宽广无垠的大海[1]。这样的反差不仅突出了理想美国的消逝，也彰显了圣彼得教授对当下美国社会物欲横流的不满情绪。

在圣彼得教授的眼中，当下美国是需要进行社会控制的污染之地。承载他净化欲望的客体是花园："他生命的安乐之所——也是他的邻居与他冲突的地方"（*PH* 14）。他的花园是与当下美国格格不入的场所，承载了他改变美国社会现状的欲望。作为花园治理者，圣彼得教授"占据上风"，使之成为"没有一丝杂草"的地方（*PH* 15）。正如《啊，拓荒者！》中将杂草比作异类人群，他的花园同样实践着"社会控制"而成为"规则得以实施的空间"[2]，在象征层面上将不受欢迎的人群从理想美国中清除了。小说写道："春天，每当他渴望远走其他的地方、感觉任务尚未完成而焦虑不安时，他就在这儿劳作以发泄不满"（*PH* 15）。圣彼得教授的焦虑、不满和未完成的任务都与花园中"不育的树"（*PH* 52）构成呼应，明显暗示当时美国社会耿耿于怀的白人种族人口的减少。因而评论家认

---

1.   Ann Moseley, "Spatial Structures and Forms in *The Professor's House*," *Cather Studies 3*, ed. Susan J. Rosowski, Lincoln: University of Nebraska Press, 1996, 197-211; Sarah Wilson, "'Fragmentary and Inconclusive' Violence: National History and Literary Form in *The Professor's House*," *American Literature* 75.3 (2003): 571-599.

2.   Christine E. Kephart, *The Catherian Cathedral: Gothic Cathedral Iconography in Willa Cather's Fiction*, Madison: Fairleigh Dickinson University Press, 2012, p.56.

为，这个法式花园是圣彼得教授"将出身追溯到殖民前时期……彰显自己真正美国人身份"的场所[1]。他房屋的客厅也与花园形成呼应，同样体现了社会控制的意图：

> 客厅里摆满了大丽花、野紫苑和秋麒麟草这些秋天的花朵。金红色的阳光在蓝色的厚地毯上闪烁，为蓝色的沙发罩上了一层朦胧的光晕。他透过窗户看着，房间中有一股浓烈的秋天气息，比他回家时沿路的染色枫树和布满紫苑花的道路更让他明确而愉快地感觉到十月的来临。他突然想到，季节有时更加适宜被引进屋里，就如它们被引进图画和诗歌之中。手——挑剔且大胆地进行选择和安置——创造了不同。自然则没有选择。(*PH* 75)

这个看似美丽的人造景观蕴藏着一个冰冷的"科学"原则：自然选择。"自然选择"概念1859年首次在达尔文的《物种起源》(*On the Origins of Species*) 中出现，后来在社会领域被种族理论所利用。看似属于审美和艺术的标榜其实通过"自然则没有选择"一语，明显呼应了优生学对移民的定性，以及进步主义者对商业的攻击。设计之"手"的主体属于圣彼得教授这样的"民主公众"，也正是这些所谓的理性主体在进行着美国的国家建构，防止其他种族在数量上对白人这个美国"主人"的替代。这便是路易能够加入富豪俱乐部和电气工程师协会，却被"大

---

1. Kelsey Squire, "'Jazz Age' Places: Modern Regionalism in Willa Cather's *The Professor's House*," *Cather Studies 9*, ed. Melissa J. Homestead, and Guy J. Reynolds, Lincoln: University of Nebraska Press, 2011, 45-66, p.53.

惊小怪的"精英小圈子"艺术暨文学学会"排除在外的真正原因（*PH* 79, 165）。具有讽刺意味的是，小说中的路易声称"我们的口号是建构"（*PH* 39），"痴迷于设计的快乐"（*PH* 155）。实际上，他并不属于"我们"中的一员，他所建造的"奥特兰"与美国的国家建构也格格不入。

在驱逐"东方民族"的同时，圣彼得想象中的美国就其本质依然是"好人的庇护所"。正如评论家所言，"从字面上讲，《教授的房屋》就是一部关于庇护所的小说"[1]。这一主旨彰显了美国的国际义务，主要通过对德国移民的态度表现出来。虽然汤姆的"七月四号讲演"表达了反德情绪，但小说呼应并认可威尔逊总统在1918年7月26日的讲话，重申德国移民属于"我们中的一员"的立场。圣彼得教授家的缝纫女工、德国移民奥古丝塔体现出无比的重要性：将圣彼得教授从自杀中救活的是奥古丝塔；他独处反思人生时，想到的不是家人，而是奥古丝塔。他感觉自己"对她有一种义务感"，而对自己的家庭"毫无义务"："她使他想起多少事情啊，真的！"（*PH* 25）；"还有奥古丝塔在；充满了奥古丝塔的世界，人们和她显然联系在一起"（*PH* 281）。评论家多强调两人的差别[2]——他们一个是美国主流社会中的精英男性，一个是贫苦的外国移民女性，在任何层面上都似乎是对立的两极——却很少解释为什么这样一个他者形象会取代圣彼得的家人而成为他"义务感"的对象。从当时的政治语境看，这应是美国应对德国攻讦、塑造民主国家形象的必然要求。圣彼得

1.   Doris Grumbach, "A Study of the Small Room in *The Professor's House*," *Women's Studies* 11 (1984): 327-345, p.331.

2.   John N. Swift, "Unwrapping the Mummy: Cather's Mother Eve and the Business of Desire," *Willa Cather and the American Southwest*, ed. John N. Swift, and Joseph R. Urgo, Lincoln: University of Nebraska Press, 2002, 13-21, p.14; Fritz Oehlschlaeger, "Indisponibilité and the Anxiety of Authorship in *The Professor's House*," *American Literature* 62.1 (1990): 74-86, p.79.

教授与奥古丝塔的一段看似与主旨毫无关系的闲聊实质上非常明显地体现了这一国家意图：

> 在沙发中间，图样和手稿混杂在一起。
>
> "我看，把我们各自一辈子的工作分开有点困难呢，奥古丝塔。我们把我们的纸张混在一起太长时间了。"
>
> "是啊，教授。我刚来为圣彼得夫人做缝纫的时候，从来没想过会为她服务到老。"
>
> 他吃了一惊。奥古丝塔怎么可能会考虑其他出路呢？这一坦白让他非常惊讶。（PH 23-24）

可以看出，教授的房屋最终成了美国庇护所的象征，吸纳和归化了世界各地逐梦而来的移民。移民将一生奉献给了美国，他们的工作也相应成为美国国家建构工程的一部分，难分彼此。忠诚是那些移民获得美国公民身份的首要条件，这是圣彼得听到奥古丝塔曾有"其他出路"的考虑时非常惊讶的原因。但不管怎样，奥古丝塔被证明是"友善且忠诚的"，那么自然属于美国尽力庇护的对象。就如同她的裁衣模特像在圣彼得的旧书房中"有权利待在那儿，老居民了。这也是它们的房间"（PH 60），庇护奥古丝塔是作为庇护所的美国和作为"民主公众"的美国知识分子所必须完成的义务，是"美国"和"美国人"建构和实践自身身份的必然体现。

"替代"意识是充满焦虑感的认知，是一种经受了起源的丧失、时刻处于与起源相比较和衡量的状态的身份危机。自19世纪后期起，现代思想似乎充斥了对起源与替代的迷恋：达尔文主义中人从动物的进化，弗洛伊德理论中恋物作为欲望的寄托，种族学中现代文明对"野蛮"种族的取代，等等。20世纪20年代的美国盎格鲁-撒克逊裔知识分子群体深陷于替代逻辑之中：为了建构自身的后拓荒时代身份，他们需要贬低与遗忘拓荒传统；然而在建构新的文化身份的过程中，他们召唤了"旧欧洲"的幽灵，将身份建构失败的原因归咎于新移民。这一文化生态对当时的美国文学影响深远，凯瑟的"危机小说"系列便重复呈现了替代概念，刻画了拓荒传统的逝去、知识分子群体的傲慢和焦虑、新移民的发迹和困惑等主题。在这段时期的创作中，凯瑟没有为美国的社会危机找到明确的出路，作品中弥漫着绝望和迷茫的情绪。但《教授的房屋》和《我的死对头》都涉及了宗教，为知识分子提供了精神上的庇护所。这一主题在凯瑟的后期创作中得到了深入展现，通过传教题材想象了异域庇护所的可能性。

第四章

"字面的认可"：海外庇护所的"和谐"伦理

> 对朋友和世界来说，你就是42岁。……但对法律和教廷来
> 说，需要有个字面的认可。
>
> ——《死神来迎大主教》

到20世纪20年代中期以后，第一次世界大战带来的创伤和迷惘已经消退。欧美知识分子开始反思战争给世界带来的秩序冲击和律令悬置，以严肃务实的态度思考和探索在现实条件下本国与世界的关系。比如，战争刚结束时充满极端民族主义情绪的法国不再宣传仇恨德国的爱国话语，转而基于"和平"思想倡导国际主义与和平主义，开展了声势浩大的"道德裁军"（moral disarmament）运动。运动的核心内容是重新定义"爱国主义"，将之从在世界大战中争夺国家的荣光变成了反思战争苦难、维护整个人类的福祉[1]。战后在世界范围内重建"和谐"秩序同样成为美国思想界的重大关切。正如英国历史学家爱德华·哈利

---

1. Mona L. Siegel, *The Moral Disarmament of France: Education, Pacifism, and Patriotism, 1914-1940*, Cambridge: Cambridge University Press, 2004.

特·卡尔在1939年发表的《二十年危机（1919—1939）：国际关系研究导论》(*The Twenty Years' Crisis, 1919-1939: An Introduction to the Study of International Relations*)一书中所提到的，当时的美国人都正疑惑和争辩威尔逊总统有关国际政治的理想主义在20世纪20年代究竟会以何种方式处理"美国人"与"异族"移民之间的关系。

在和平语境下，美国思想界对于移民问题和美国庇护所修辞的思考有了重大转向。克服"替代"焦虑并获得身份安全感的美国人开始反思"百分百的美国性"这一思潮中蕴含的分裂主义倾向。"百分百的美国性"体现了一种类似于浪漫主义的世界观，即主体与客体完全分离。评论家多萝西·尼科尔·巴克斯特（Dorothy Nicoll Baxter）意识到美国人的"无可救药的浪漫"：在将西部拓荒经历神化成"美国"民族的起源时，东部的那些盎格鲁–撒克逊裔知识分子所追求的其实是想象的、传奇的西部，而现实中的西部是蛮荒和异族所居之地，并未被当成"文明美国"的一部分[1]。这种"内部殖民"式思维在本质上与美国庇护所身份相互抵牾，因而需要被一种倡导共存与接纳的和谐原则所取代。所谓"和谐"，就是在保证美国文化主导地位的前提下，承认他者的自足性，欣赏他者的"美感"，最终达到共存的宗旨。这在帝国政治语境中演化成为一种新古典主义思潮，即新人文主义，意在促成主体和客体的融合，本质上呼应了美国的庇护所身份修辞。新人文主义者相信"人类具有承担责任和自我约束的能力"[2]，意欲超越自然主义者对自然机制的盲目遵从，以及浪漫主义者对自然机制的绝对排斥。在美国进步主义话语中，"责任"和"自我约

---

1.   Dorothy Nicoll Baxter, "West Is West," *Prairie Schooner* 6.2 (1932): 145-153, p.151.
2.   Gorham Munson, "Humanism and Modern Writers," *The English Journal* 20.7 (1931): 531-540, p.539.

束"一直被视为白人专属的生理特征。因而，新人文主义的核心思想是
20世纪初欧美文明等级论的翻版。不同的是，新人文主义强调主体和客
体的平衡与融合，强调勾勒新的秩序，而非一味贬抑。

战后新思潮的产生终于使饱受迷茫情绪折磨的美国人重新获得了信
仰和希望，因而被称为"流放者的归来"[1]。在强调"秩序"与"和谐"
的新人文主义出现后，原本广受推崇的浪漫主义作家都受到了批评，只
有凯瑟、罗伯特·弗罗斯特（Robert Frost）和多萝西·坎菲尔德·费希
尔等作家符合"新人文主义"的标准[2]。如评论家所言，"如果说活着的
小说家中有谁具有人文主义情怀，那无疑就是薇拉·凯瑟小姐"——因
为其作品在不乏艺术激情的基础上体现了理性、道德责任、自由和自我
克制[3]。这样的赞誉无疑是对凯瑟创作风格转型的肯定。凯瑟第一阶段的
"草原小说"弥漫着浪漫主义色彩，第二阶段的"危机小说"充满身份
焦虑，都有别于"责任"和"克制"的主题。只有第三阶段"历史小说"
《死神来迎大主教》和《磐石上的阴影》符合新人文主义的要求。在"历
史小说"系列中，凯瑟将想象力转向了历史和国外，描绘法国人在海外
殖民地传播基督教思想和欧洲文明的经历，借此隐喻美国在20世纪20年
代奉行的国际关系伦理。作品也因此在法国和天主教众中获得了极高的
声誉[4]。评论界一度认为，凯瑟的"历史小说"创作参与了世界范围内"天

1. 对于这一话题的详细解读，可参见马尔科姆·考利：《流放者的归来——二十年代的文
   学流浪生涯》，张承谟译，上海：上海外语教育出版社，1985年。
2. Ernest Bernbaum, "The Practical Results of the Humanistic Theories," *The English Journal* 20.2
   (1931): 103-109, p.105.
3. Gorham Munson, "Humanism and Modern Writers," *The English Journal* 20.7 (1931): 531-540, p.535.
4. Françoise Palleau-Papin, "Slowly, but Surely: Willa Cather's Reception in France," *Studies in the
   Novel* 45.3 (2013): 538-558, p.545; Archer Winsten, "A Defense of Willa Cather," *The Bookman* 74
   (Mar. 1932): 634-641.

主教文学复兴"这一思想文化运动。在现代工商业语境下，天主教艺术家常常被贴上各种标签，如强调法律和秩序的"保守主义者"或反抗资本主义的"革命主义者"；但他们决然否认自己属于这些"现代主义的旁门左道"，坚称天主教艺术在"表面的分歧下有超越其上的统一目标"[1]。凯瑟的"历史小说"系列对秩序与和谐的呈现被认为体现了天主教理想。不过，坚持将凯瑟的创作视为浪漫主义派别的评论家则认为，凯瑟的"历史小说"体现了主体和客体的互动过程。如格兰维尔·希克斯说道：

> 人们询问这些篇章之间具有什么关联，也确实找不到什么线索——除了凯瑟刻意为之的宗旨：在这里，旧世界和新世界相遇，这是一个绝美的过程。人们追问，这种美对我们为何重要？与我们的生活有关吗？这真的是孕育了当下的过往吗？这些男男女女真的存在过吗？他们生活中有什么东西能让我们更好地理解自身吗？我们询问这些问题，在试图解答的过程中意识到自己面对的是一种浪漫的精神。[2]

希克斯的本意虽然是指责这种"浪漫的精神"是脱离当下美国现实的空想，但毕竟承认它彰示了主体和客体之间一种新的交流方式。这种主客体相遇相融的新方式被苏珊·罗索夫斯基称为"新基调的浪漫主

1.　Aodh de Blacam, "Catholics and the Revival of Letters," *The Irish Monthly* 63.749 (1935): 745-752, pp.750-751.

2.　Granville Hicks, "The Case against Willa Cather," *The English Journal* 22.9 (1933): 703-710, pp.708-709.

义"，即通过象征主义达到了"对抗时间和空间的和谐"[1]。

无论是"后期的浪漫主义"还是"天主教"标签，都将凯瑟的"历史小说"置于超验领域，忽视了文学文本的现实关注。凯瑟第三阶段的小说创作以历史为题材，恰恰通过被斥为"对锅碗瓢盆的神秘情感"[2]表达了文化移植和重构世界秩序的政治主题，呼应了当时美国社会对国际形势的想象和对新型国际伦理的探讨。凯瑟作品中的"国际"想象体现了凯瑟对国际文化的兴趣和对文化间互动的洞察，在美国成为国际秩序主导者的社会背景下具化了伦道夫·伯恩的"跨国美利坚"理念[3]。既往研究中往往将此视为帝国情怀。比如，评论家约瑟夫·厄戈在专著《薇拉·凯瑟和美国移民神话》（ *Willa Cather and the Myth of American Migration* ，1995）的最后一章《雄心、帝国和美利坚的伟大事实》中指出，"帝国性"对于理解美国社会的本质具有重要的文化意义，凯瑟区别于20世纪其他美国作家的特征是阐明了移民性必然导致美帝国的产生这个事实[4]。伊丽莎白·安蒙斯则将《昔日丽人》（ "The Old Beauty"，1948）等凯瑟后期作品视为"帝国传奇"，认为其中弥漫着种族主义、排外思想和欧洲中心主义，表达了对旧时帝国的怀念[5]。而凯瑟后期作品用欧洲殖民经历隐喻美国身份建构的方式促使评论界思考其中的古罗马帝国意象：作为西方

1. Susan J. Rosowski, *The Voyage Perilous: Willa Cather's Romanticism*, Lincoln: University of Nebraska Press, 1986, p.165.
2. Lionel Trilling, "Willa Cather" (1937), rpt. in *Willa Cather and Her Critics*, ed. James Schroeter, Ithaca: Cornell University Press, 1967, 148-155, p.155.
3. Catherine Morley, "Crossing the Water: Willa Cather and the Transatlantic Imaginary," *European Journal of American Culture* 28.2 (2009): 125-140, p.126, pp.127-128.
4. Joseph R. Urgo, *Willa Cather and the Myth of American Migration*, Urbana: University of Illinois Press, 1995, p.42.
5. Elizabeth Ammons, "Cather and the New Canon: 'The Old Beauty' and the Issue of Empire," *Cather Studies 3*, ed. Susan J. Rosowski, Lincoln: University of Nebraska Press, 1996, 256-266, p.264.

文化中的重要意象，古罗马的"共和国"身份、"民主"体制、对异族的态度、帝国扩张以及后来的衰亡为美国思想界思考国家发展的出路提供了绝佳的对照物[1]。

一、"国联"与国际秩序

第一次世界大战之后，美国替代欧洲成为世界秩序的新主宰。"国联"这一组织的建立在理念和名义上实现了威廉·詹姆斯在《战争的道义等价物》中的展望：如果有了足够的道义等价物，战争是可以避免的，"这只不过需要时间、巧妙的宣传和制造理念的人们能够抓住历史机遇"[2]。第一次世界大战为美国提供了这个"历史机遇"，使得美国通过倡导建立一个以民族国家平等联盟为形式的道德组织证实了自身"理念制造者"的身份。那么，"国联"的建立在现实中到底能催生什么样的国际秩序呢？这成为当时美国思想界所关注的重大问题。

1. "国联"外衣下的国家意图

国际秩序／伦理是具有历史性的，每个国际秩序组成个体的集体身份认同发生变化都会导致决定国际秩序的原则也随之变化，进而引起国际秩序的重建[3]。为了与欧洲的殖民主义相区别，美国主导的"国联"抛

1. Kristofer Allerfeldt, "Rome, Race, and the Republic: Progressive America and the Fall of the Roman Empire, 1890-1920," *The Journal of the Gilded Age and Progressive Era* 7.3 (2008): 297-323.

2. William James, "The Moral Equivalent of War," *Peace and Conflict: Journal of Peace Psychology* 1.1 (1995): 17-26, p.25.

3. Rodney Bruce Hall, *National Collective Identity: Social Constructs and International Systems*, New York: Columbia University Press, 1999, pp.28-30.

弃了原本的"帝国–殖民地"的治藩式国际关系，推行民族国家平等聚合、相互尊重的理念。此举在世界范围内引发了一场政治秩序变革："第一次世界大战为盛极一时的王朝制时代划下了句号。到1922年，哈布斯堡王朝、霍亨索伦王朝、罗曼诺夫王朝和奥斯曼王朝都已经灭亡了。取柏林会议而代之的是将非欧洲人排除在外的国际联盟。从此以降，民族国家变成了正当性如此之高的国际规范，以致在国联里面连幸存的帝国强权也逐渐卸下帝国制服而改穿民族的服装了。"[1] 从"帝国–殖民地"到"平等的民族国家"这一关系转变标志着新时期国际伦理体系的巨大变化。

　　国际伦理体系指国家之间的道德准则和行为约束。在交流越来越频繁的现代工商业体系中，最重要的存在是拥有道德权利、承担道德义务的"群体–个人"（group person）。这是一个虚构的、个人化的群体，具有实施道德行为的能力，最重要的代表便是国家[2]。国家对于某种道德理想和行为准则的遵守，是维护自身稳定和世界秩序的根本保证。美国建立"国联"，倡导国家之间平等交流的伦理，顺应了历史上从"领土国家"到"民族国家"的发展历程。在王朝或领土国家（territorial sovereign）体系中，国家主权完全与君主联系在一起，以君主个人的名义实施，其正当性——"国家理性"（raison d'état）——来自君主本人的个体理性。到了19世纪，奉行"国族自决"（national self-determination）原则的民族国家（national sovereign）冲击着领土国家的法律原则，改变了国家利益、措施和机构的结构。领土国家的"君权"（kingship）或"独裁"

---

1. 本尼迪克特·安德森：《想象的共同体：民族主义的起源与散布》，吴叡人译，上海：上海人民出版社，2005年，第109页。

2. Edward Hallett Carr, *The Twenty Years' Crisis, 1919-1939: An Introduction to the Study of International Relations*, New York: Palgrave, 2001, p.137.

（dictatorship）被民族国家的"公民权"（citizenship）所替代。民族国家的政治家无论在国内还是国际的社会交流中都必须以集体口吻发言，表达具有自治权的人民的意愿[1]。与建立民族国家相伴而生的是国土疆界的闭合："由于民族、国家和民族国家等概念开始成为社会凝聚的主要方式，从政治上界定的领土最后成为确定人们归属的因素；发生了由强调群体向强调领土的转移……以前，英国是英国人生活的地方；现在，英国人是指生活在英国的人们。"[2] 这从根本上遏制了国家的扩张意图。领土国家热衷于扩张，其目标是获取更多的领土，将海外领土变成殖民地以便攫取更多的经济利益。由于海外殖民地在种族和文化方面无法被吸纳进宗主国的政治和文化体系之中，殖民就成了"强制性地获取（殖民属下的）同意"，也就是独裁[3]。因此，对于民族国家来说，海外殖民违背了其根本的政治理念，因为"民主"与"共和"需要被统治者的同意。在1898年与西班牙开战之前，美国国会通过了《特勒修正案》（Teller Amendment），声明美国不会将古巴变成它的国土，而要把"土地的控制权留给它的人民"，自此确立了美国外交关系中的"国家自治"理念：美国不会接纳新的领土，也不会授予殖民区居民以公民身份，从而奠定了与欧洲的殖民主义不同的国际关系模式。

实际上，"国联"所倡导的民族国家平等这一国际伦理不过是一个看起来高尚的理念而已。当中最大的讽刺是，日本提出将"种族平等"写入国联盟约，却遭到英美的强烈反对。最后日本以撤回该主张为条件，

---

1. Rodney Bruce Hall, *National Collective Identity: Social Constructs and International Systems*, New York: Columbia University Press, 1999, p.20.

2. 胡安·诺格：《民族主义与领土》，许鹤林、朱伦译，北京：中央民族大学出版社，2009年，第23页。

3. Hannah Arendt, *The Origins of Totalitarianism*, New York: Harcourt, Brace & Co., 1951, pp.125-127.

迫使美国支持日本在山东的殖民特权，使当时的国民政府成为国际秩序游戏中的弃子。列宁在1920年6月5日为共产国际第二次代表大会草拟的《民族和殖民地问题提纲初稿》中指出，"国联"所号称的所谓民族平等不过是"抽象地或从形式上提出平等问题"[1]的"市侩和平主义"，掩盖了欧美国家通过"政治上独立的国家"这一幌子实现自身对弱小国家的经济和文化掌控的意图：

> 1914—1918年的帝国主义战争，在一切民族和全世界被压迫阶级面前，特别清楚地揭示了资产阶级民主词句的欺骗性，用事实表明，所谓"西方民主国家"的凡尔赛条约是比德国容克和德皇的布列斯特—里托夫斯克条约更加野蛮、更加卑劣地强加于弱国的暴力。国际联盟和战后协约国的全部政策更清楚更突出地揭示了这一真相，它们到处加剧了先进国家的无产阶级和殖民地、附属国的一切劳动群众的革命斗争，使所谓在资本主义制度下各民族能够和平共居和一律平等的市侩的民族主义幻想更快地破灭。[2]

列宁一针见血地指出了"国联"的本质，但"美国例外论"的拥趸却将此视为理所当然。美国并不掩饰在这一国际秩序中要求特权的野心。在"民族国家"的面具下，美国追求"各个国家的意图退居幕后"，

---

1. 列宁：《列宁全集》，第39卷，中共中央马克思恩格斯列宁斯大林著作编译局编译，北京：人民出版社，2017年，第163页。
2. 列宁：《列宁全集》，第39卷，中共中央马克思恩格斯列宁斯大林著作编译局编译，北京：人民出版社，2017年，第164页。

通过攫取"普世真理"的代理权而成为实际上的白人帝国[1]。换言之，美国的对外扩张套上了"文明"的外衣，被描绘成向外国宣扬民族国家文化和机制、"提升"异质文明的"教育"之举[2]。1916年10月26日，威尔逊总统在辛辛那提的一次演讲中号召美国人在国内和国际两个层面上都要实践庇护所身份："美国的完整意义不仅包括她应该开放国门，对别国遭受压迫之苦的不幸之人说：'我们的大门敞开，欢迎你们到这里来寻找自由的机会。'我们还应该在这里对那些仍然留在自己家园的人说：'至于如何帮助你们，如果你们愿意对我们的帮助加以光荣的和自由的利用，我们愿意毫无保留地帮助你们。'"[3]威尔逊就此对美国的庇护原则规定了一个颇具威胁性的前提，即"光荣的和自由的利用"。换言之，如果其他国家的理念和行为不符合美国利益，将会被视为邪恶和独裁而受到严厉打击。威尔逊的立场在日后"国联"的章程中有所体现。在平等原则之外，"国联"为白人帝国的存在提供了法理保障，如《国际联盟盟约》（Covenant of the League of Nations）第22条所示：（1）凡殖民地及领地，于此次战争后不复属于从前统治该地之各国，而其居民尚不克于今世特别困难状况下实行自治，则应适用下列原则，即将此等人民之福利及发展视为文明之神圣任务（a sacred trust of civilization），此项任务之履行，

1.　威尔逊对于日本"种族平等"提案的拒绝和中国归还山东诉求的搁置都表明"国联"的本质依然是国际政治乃至美国国内政治的产物。对于这一话题的进一步阐述，参见马建标：《"受难时刻"：巴黎和会山东问题的裁决与威尔逊的认同危机》，《近代史研究》2018年第3期，23—38；徐国琦：《第一次世界大战与亚洲"共有的历史"》，《文史哲》2018年第4期，5—19，第13—19页。

2.　Rodney Bruce Hall, *National Collective Identity: Social Constructs and International Systems*, New York: Columbia University Press, 1999, p.8; Mark B. Salter, *Barbarians and Civilization in International Relations*, Sterling, VA: Pluto Press, 2002, pp.35-42.

3.　Woodrow Wilson, "A Nonpartisan Address in Cincinnati," *The Papers of Woodrow Wilson*, vol. 38, ed. Arthur S. Link, Princeton: Princeton University Press, 1982, pp.540-541.

应载入本盟约。（2）实现此项原则之最妥善途径莫如将此种人民之管理，委诸资源上、经验上或地理上足以承担此责任而乐于加以接受之各先进国，该国即以受任统治之资格，为联盟施行此项管理。（3）委任统治之性质，应以该地人民发展之程度、领土之地势、经济之状况，及其他类似情况而区别之。这一条约明确规定了"先进国"对低等国家的"托管"，而托管程度则说明了可拯救的"野蛮人"和不可拯救的"未开化"人的文明等级区分[1]。刚刚替代"旧欧洲"成为世界领袖的美国，当仁不让地成了"先进国"的代表和"进步"文明的不二化身。

2. 从"负担"到"和谐"：20世纪20年代的国家伦理

1898年美西战争后，美国接管了西班牙帝国在其海外殖民地的经济利益和文化权力，同时也继承了它的帝国主义视野。与殖民地打交道时，自我标榜为进步之邦的美国同样秉持"文明"与"野蛮"对立的思维。这种思维以文明进化论为基础，将殖民地人民划归"原始"与"落后"之列，凸显美国和他们之间的等级差异。"文明"（civilization）一词1767年在法语中出现，1772年在英语中出现，原指与自然状态相对立的农业、礼仪、持家等领域的培养。19世纪，文明话语被帝国意识形态挪用，转化成为国际关系中的政治概念。这一话语将文明视为欧洲的独特特征，凸显欧洲相对于"野蛮"和"未开化"人种的政治身份。欧洲思想界将社会的发展分为四个阶段：野蛮（savage）、未开化（barbarian）、农业社会和资本主义社会（欧洲）。"野蛮人"是指遵从自然法则的森林之人，像白纸一样无知纯真，最容易接受欧洲文明的教育，适合被欧洲

---

1. Mark B. Salter, *Barbarians and Civilization in International Relations*, Sterling, VA: Pluto Press, 2002, pp.87-88.

国家直接殖民，因而被视为"高贵的野蛮人"。"未开化"臣民则处于欧洲"文明"世界与自然世界的中间状态，已经发展出了自身独特的规则、礼仪和信仰，但因为其天性缺乏"理性"和"自制力"，所以无法皈依欧洲文明，只能被间接地统治。在美国人看来，这些落后的种族需要美国的保护和教育，才能在世界民族之林获得一席之地。借助美国例外论和美国庇护所身份修辞传统，美国占据了道德制高点，将自身的经济扩张和文化侵略美化成与帝国殖民不一样的"种族提升"工程。第一次世界大战期间，文明一词在协约国的战争宣传中多次出现，用来确立自身身份与敌对国家的不同，为自身在世界范围内抢占殖民地利益提供合法性[1]。

美国的这一国际秩序理念投射到当时的文学和艺术作品中，便是风靡一时的"白人的负担"。吉卜林于1899年2月发表的《白人的负担》一诗本是为了庆祝1897年英国维多利亚女王（Queen Victoria）的登基钻禧，却在修改后用来鼓动美国人担负起发展菲律宾的重任。教育异族的"白人"责任从英国转到美国，体现了美国在文明程度方面对于"旧欧洲"的超越和替代，展示了它在国际秩序中地位的上升。这一思想受到了美国社会的欢迎。《裁决》（Judge）杂志于当年4月1日迅速发表同名漫画，刻画山姆大叔向着光明万丈的山顶登攀，身上背着黑人、印第安人、中国人、穆斯林等各色人种[2]。"负担"思想的一个变体是"教育"。美国人认为，自己作为白人所担负的使命在于用自身"优越的"政治制度和"先进的"文明程度去教育那些因为"天然地"缺乏理性而没有能力自治的

1.　Mark B. Salter, *Barbarians and Civilization in International Relations*, Sterling, VA: Pluto Press, 2002, pp.16-24.

2.　https://cartoonimages.osu.edu/mvnEnfdiW.

低等民族。在当时的政治漫画中,拉丁美洲、非洲和亚洲总是被刻画成小学课堂里的有色人种儿童,代表"高等文明"的山姆大叔则被刻画成教师形象[1]。凯瑟是吉卜林作品的爱好者,日常信件中经常提及这位同辈作家[2]。她在前期作品里有关美国庇护所身份的书写体现了清晰的"白人的负担"思想,《我的安东妮亚》中吉姆·伯丹(Jim Burden)的名字便是明显例证。

第一次世界大战结束后,美国成为当时世界上最富生产力的强盛国家,真正登上了世界秩序的顶端,进入"霸权"时代[3]。美国的霸权地位没有促使它采取欧洲帝国咄咄逼人的文化傲慢主义,而是选择了一种更加隐秘的文化策略。具体说来,美国不再将异族文明视为"负担",而决

---

1. Laurie Johnson, "The Road to Our America: The United States in Latin America and the Caribbean," *The United States and Decolonization: Power and Freedom*, ed. David Ryan, and Victor Pungong, New York: St. Martin's Press, 2000, 41-62, pp.43-44; William B. Cohen, "The Colonized as Child: British and French Colonial Rule," *African Historical Studies* 3.2 (1970): 427-431.

2. Guy Reynolds, "The Transatlantic Virtual Salon: Cather and the British," *Studies in the Novel* 45.3 (2013): 349-368, p.358.

3. 根据埃德蒙·克林根(Edmund Clingan)的定义,"主导"(dominance)是指某个个体、组织或国家在特定权力体系中占据领导位置,对其他成员具有首要的影响力;而"霸权"(hegemony)是指特定权力体系中的某成员具有压制性的主导权。克林根认为,1923到1929年是美国第一次霸权时代。原因有三:一是第一次世界大战。美国的中立和后来的胜利使之经济飞速发展。二是通货膨胀。欧洲国家靠借债支持开战的花费。英美提供钱款,使得美国结束了多年的贸易逆差,资金从欧洲流入美国。1916年以后,德国不得不大量印钞来支持战争。1920年之后更是物价飞涨,尤其是法国、意大利和德国。最后则是美国自身的发展。教育、农村城镇化、工业生产、道路建设进程飞速,美国成为工业发展的新中心,是无线电通信和汽车工业的龙头。1913年,英国、德国和美国被并称为"世界最有竞争力的国家",每家出口货物价值相当。可是1913到1929年间,美国的出口额翻了一番,占世界出口的份额从17.1%上升至22.37%。这些数据显示,美国当时不仅占据"主导"地位,更是达到了"霸权"地位。参见Edmund Clingan, *Twilight's Last Gleaming: American Hegemony and Dominance in the Modern World*, Lanham: Lexington Books, 2013, pp.49-52.

定给予其表面的尊重和认可。战后的世界见证了反殖民化运动兴起，殖民地国家对于"旧欧洲"的信心丧失殆尽，导致文明一词在公共思想领域出现的次数明显减少。20世纪20年代后半期，人类学家弗朗茨·博阿斯主张的文化相对论在学界终于取得上风[1]。这也影响到了国际政治伦理："白人的负担"论最终让位给了"和谐"论。美国意图构建一个"自由帝国"（empire for liberty），将自我影响力的扩张与抽象的美好原则联系在一起。以威尔逊总统为代表的理想主义者提出了伦理层面上的"利益和谐"（harmony of interests）之说。这一观点认为人具有天然"理性"，理性决定了利益，因此个人的最高利益与群体的最高利益天然是一致的。个体在追求自我利益时，自然地实现着群体的利益；反之亦然。根据这一理论，世界依照"利益和谐"原则理性地发展有三个方面的好处：1.减少生产者之间的市场竞争；2.推迟阶级问题，通过合理的分配方式将社会财富与弱势群体共享；3.建立大众对现状和未来的信心[2]。在国际秩序方面，"利益和谐"体现在国家之间摈弃殖民主义的压制和掠夺，转而遵循相互尊重和平等的原则。在威尔逊总统的口中，这便是用"文化交换"替代"主权压迫"。

但究其根本而言，"利益和谐"是美国将自身利益等同于国际社会整体利益的意识形态。第一次世界大战后，英语国家——尤其是美国——逐步成为世界上话语权最大的群体，攫取了文化的阐释权，强行将自身利益与国际共同利益相等同。这种国际秩序反向固化了英语国家的优势

1.　Daria Frezza, *The Leader and the Crowd: Democracy in American Public Discourse, 1880-1941*, trans. Martha King, Athens, GA: University of Georgia Press, 2007, p.135.

2.　Edward Hallett Carr, *The Twenty Years' Crisis, 1919-1939: An Introduction to the Study of International Relations*, New York: Palgrave, 2001, pp.42-45.

地位。随着时间的推移，英语国家利益与"利益和谐"之间的真实关系被遮蔽了，两者之间的"一致性"被当成了理所当然。威尔逊总统不遗余力地宣扬美国是"更高伦理的体现者"，极力将美国利益与人类普遍原则相等同，为之披上"利益和谐"的外衣强加于其他国家[1]。倘若有国家凭借民族主义或国家自治理念对抗美国的政治或经济影响，美国政府便会将之视为"缺乏理性"的和谐破坏者，以"文明、拯救、人类事业"等名义进行压制[2]。美国的庇护所身份修辞对此早有涉及，如1914年美国袭击了墨西哥的韦拉克鲁斯港后，威尔逊总统将之美化成"全人类"的战争："美国驾临墨西哥，去为全人类服务。……在一场侵略战争中死亡不是值得自豪的事情，但在一场服务性的战争中献身，却是值得自豪的。"[3]这与威尔逊宣布参加第一次世界大战时的说辞如出一辙。"国联"建立后，"利益和谐"论占据了主导地位，而战争干涉论虽然退隐，却依然在场。正是基于这一原因，有学者在承认威尔逊政策的本质是基督教伦理观的同时，将其称为"更高的现实主义"[4]。

3. 美洲：海外庇护所的"应许之地"

美国庇护所身份修辞中的道德话语和种族话语决定了其海外扩张的

---

1. Edward Hallett Carr, *The Twenty Years' Crisis, 1919-1939: An Introduction to the Study of International Relations*, New York: Palgrave, 2001, p.151.

2. David Ryan, "By Way of Introduction: The United States, Decolonization and the World System," *The United States and Decolonization: Power and Freedom*, ed. David Ryan, and Victor Pungong, New York: St. Martin's Press, 2000, 1-23, p.3.

3. 转引自Edward J. Wheeler, "President Wilson's Mexican Policy and Its Recent Startling Development," *Current Opinion* 57.1 (1914): 7-9, p.7.

4. Arthur S. Link, "The Higher Realism of Woodrow Wilson," *Ethics and Statecraft: The Moral Dimension of International Affairs*, ed. Cathal J. Nolan, Westport, CT: Praeger, 2004, 121-132, p.127.

形式。美国人秉承的土地伦理坚守实用主义立场，主张获取的土地必须
物尽其用，进行劳作开垦后得到财富。基于这个逻辑，任何新获取的土
地都必须成为合众国的一部分。那么，新获取土地上的居民便成了至
关重要的因素——低劣的种族会影响美国的人员构成[1]。临近的地区对于
美国进行经济扩张、理念输出也具有重要意义。这导致美国在构想国际
秩序时尤其重视自身所在的美洲，将之视为践行美国庇护所身份的后花
园。早在1823年，詹姆斯·门罗（James Monroe）总统便提出著名的"门
罗主义"（Monroe Doctrine），宣称美洲是美洲人的美洲。这本是反对欧
洲殖民主义的政治主张，到了西奥多·罗斯福总统那里却被阐释为推行
"美式殖民主义"、控制美洲事务的纲领。黑人小说家查尔斯·切斯纳特
（Charles W. Chesnutt）在《未来的美国人》（"The Future American"，
1900）一文中设想道："未来的美国民族——未来的美国族类——将是美
国现存各种族之间某个程度的大融合；或者将地区拓展一点，是西方大
陆北半球的种族融合；因为，如果最近的一些动态能够预测未来形势的
话，未来美国的边疆向北一定能超过北冰洋，向南不限于巴拿马地峡。"[2]
切斯纳特的论断迎合了20世纪初美国的扩张主义，鼓吹美国的边疆能够
囊括加拿大和墨西哥在内的所有北美洲土地，表达了美国庇护所身份建
构中以"北美洲"为大本营的区域意识。在美国将其身份"北美洲化"
的过程中，加拿大成为了美国理念的承载空间。历史上，美国总是倾向
于过度强调他们与其北方邻居加拿大的相同之处。在美国的想象中，加

1.　Eric T. L. Love, *Race over Empire: Racism and U.S. Imperialism, 1865-1900*, Chapel Hill: University of North Carolina Press, 2004, p.20.

2.　Charles W. Chesnutt, *Charles W. Chesnutt: Essays and Speeches*, ed. Joseph R. McElrath, Jr., et al., Palo Alto: Stanford University Press, 1999, pp.122-123.

拿大总是与盎格鲁-撒克逊白人、新教徒、个人主义、自由市场、平等
等理念联系在一起，成为再现美国庇护所身份的理想之地。出于这个原
因，那些因为反对接纳"低等"种族成为公民而抵制美国扩张的人，独
独对接纳加拿大没有意见[1]。

但在美国视为自身影像的北美洲存在一个他者：墨西哥。美国在北
美洲的扩张并非如切斯纳特想象的那样会毫无顾忌地向南越过巴拿马地
峡，而是对南方抱有极大戒心。在美国扩张的过程中，墨西哥曾经扮演
过头号假想敌的角色[2]。就美国人看来，南方的热带地区与低劣种族联系
在一起，墨西哥作为西班牙的前殖民地，彰显着非白人（西班牙裔）、
天主教、集体主义、独裁、腐败等负面特征。正如学者所总结的，美国
的欧洲文化根源决定了它与加拿大的亲近关系，而盎格鲁-撒克逊新教白
人传统则决定了墨西哥的他者形象[3]。美国针对这个他者一直采取战争打
压的态度。美墨战争在美国历史上的地位及其对美国19世纪文学史的塑
造作用被低估了[4]，其实它的重要性一直延续到20世纪的美国身份想象。
"天定命运"概念正是在那段时间问世，为美国的扩张提供了合法性，
将美墨领土之争变成道德之争。这成为日后美国对付西班牙和墨西哥的
经典说辞：1898年美西战争时，西奥多·罗斯福总统声称战争是为了更

---

1. Eric T. L. Love, *Race over Empire: Racism and U.S. Imperialism, 1865-1900*, Chapel Hill: University of North Carolina Press, 2004, p.33.

2. Vilho Harle, *The Enemy with a Thousand Faces: The Tradition of the Other in Western Political Thought and History*, Westport, CT: Praeger, 2000, pp.86-87.

3. Brian Bow, and Arturo Santa-Cruz, "Diplomatic Cultures: Multiple Wests and Identities in US-Canada and US-Mexico Relations," *Anglo-America and Its Discontents: Civilizational Identities beyond West and East*, ed. Peter J. Katzenstein, London: Routledge, 2012, 152-175, p.157.

4. Randi Lynn Tanglen, "Critical Regionalism, the US-Mexican War, and Nineteenth-Century American Literary History," *Western American Literature* 48.1-2 (2013): 180-199, pp.182-183.

高的道德准则；1912年美国威胁出兵墨西哥时，威廉·霍华德·塔夫脱（William Howard Taft）总统采取了同样的说法。

"国联"成立后，墨西哥依然游离在以美国意图为最高利益的"和谐秩序"之外，迫使美国加大了对墨西哥的文化、经济甚至军事层面的接触。实际上，对墨西哥的接触从20世纪初便已开始。塞西尔·鲁宾逊（Cecil Robinson）指出，19世纪美国文学将墨西哥刻画成完全的他者；而到了20世纪，美国作家转而认为墨西哥在生理、文化和宗教诸方面"更加接近生命的基本脉动"[1]。1916年，墨西哥正处于革命动荡之时，纽约出版的《世界报》（The World）于1月14日登载政治连环漫画家罗林·柯尔比（Rollin Kirby）的一幅漫画《白人的负担》（"The White Man's Burden"）。这幅画将美国的"施惠"对象转为墨西哥，画了一个白人扛着被插了一把剑的墨西哥国土[2]。从"他者"到美国愿意肩负的"高贵的野蛮人"，墨西哥形象的变化体现了美国重塑美洲秩序的意图。在文化层面，美国意在按照自身形象重塑美洲，将之打造成境外庇护所[3]。在经济层面，美国资本在第一次世界大战之后控制了中美洲的香蕉生产、加勒比地区的白糖生产、墨西哥的橡胶生产和石油生产[4]。这种"新秩序"对墨西哥来说不亚于殖民主义控制，因此引起了它的激烈反抗。反抗的方

1. Cecil Robinson, *Mexico and the Hispanic Southwest in American Literature*, Tucson: University of Arizona Press, 1977, p.11.

2. Alan Dawley, *Changing the World: American Progressives in War and Revolution*, Princeton: Princeton University Press, 2003. p.74.

3. Richard V. Salisbury, *Anti-Imperialism and International Competition in Central America, 1920-1929*, Wilmington, DE: Scholarly Resources Inc., 1989, p.6.

4. Laurie Johnson, "The Road to Our America: The United States in Latin America and the Caribbean," *The United States and Decolonization: Power and Freedom*, ed. David Ryan, and Victor Pungong, New York: St. Martin's Press, 2000, 41-62, p.45.

式之一便是支持中美洲民族主义者掀起以反美反帝为主要诉求的统一运动。墨西哥强调与中美洲同属 "西班牙文化共同体" 的文化身份, 支持中美洲的统一运动, 并于1926年资助尼加拉瓜自由派武装对抗当局。这也引发了美国政府的强烈反应, 认为墨西哥试图 "在美国和巴拿马运河区之间钉下布尔什维克的楔子"[1], 于是派出海军进行干预, 重现了《我的安东妮亚》中美国军人置身于 "加勒比海某处巡航的战舰上"（MA 305）的场景, 也彻底撕开了 "和谐秩序" 的温情面纱。

凯瑟创作第三阶段的 "历史小说"《死神来迎大主教》与《磐石上的阴影》所选择的地点一为墨西哥, 一为加拿大, 迎合了当时美国社会对于这两个地方的文化和政治想象, 也折射出凯瑟对于 "国联" 成立后新国际伦理的思考。对凯瑟伦理意识感兴趣的评论家认为,《教授的房屋》中便有了对 "社会和知识分子的责任" 的反思, 实现了一种 "伦理的历史主义"[2]。但问题是, 包括《教授的房屋》在内的 "危机小说" 系列并没有提供一个明确的解决方案, 只有《我的死对头》的结尾转向宗教求得一丝慰藉。对于现实世界伦理和秩序的关注只有到了 "历史小说" 系列才得以进行。在这一系列, 尤其是《死神来迎大主教》中, 凯瑟明确提出了 "字面的认可"（literal reckoning）概念。这一概念是当时美国社会语境的产物, 与 "国联" 秉承的国际关系理念一脉相承。其内涵是, 主体在话语和逻辑层面上接纳客体, 在表层范围内与客体维持一种和谐关系; 但在情感认同层面, 主体始终与客体保持距离, 它们的关系一旦在

1. Richard V. Salisbury, *Anti-Imperialism and International Competition in Central America, 1920-1929*, Wilmington, DE: Scholarly Resources Inc., 1989, p.67.

2. Sarah Wilson, "'Fragmentary and Inconclusive' Violence: National History and Literary Form in *The Professor's House*," *American Literature* 75.3 (2003): 571-599, p.586.

价值观或利益发生冲突时会立刻转化为自我／他者的二元对立。

概括说来，"字面的认可"属于一种独特的"双层视野"，包含了认可和否定两个相互矛盾却又相辅相成的层面。这在《教授的房屋》中已经有所体现："当我现在再来细看《埃涅阿斯纪》，我总是能看到两幅图像。一幅是在字面上。另一幅在它的背后：或蓝或紫的石头，黄绿相间的平顶矮松，数间集聚的房屋挤在一起寻求保护；它们中间一座简朴的塔巍然耸立，冷静而英勇——在它之后是一个幽深的洞穴，深处流着一汪清泉"（PH 252）。这段描写中"两幅图像"之间的差异引起了评论家的兴趣，安妮·贝克（Anne Baker）将之称为柏拉图式的"双层视野"，体现了理念世界与物质世界之间的分界[1]。但评论界一直所忽略的是，"字面"背后的世界其实是包含古罗马人生活方式和价值观的真实世界——承载《埃涅阿斯纪》这一文本的物理空间、人群以及他们的文明——但这一世界在小说中并不在场。换言之，作为美国阅读者的圣彼得教授接受甚至向往文本中的古罗马，但这并不妨碍他对古罗马文明或移居美国的意大利裔移民采取歧视态度[2]，正如汤姆·奥特兰声称印第安古尸是"祖母夏娃"，却无法认同自己是其真正后裔一样。这才是"双层视野"的含义，在《死神来迎大主教》和《磐石上的阴影》中得到了集中体现。借助法国白人传教士在墨西哥和加拿大两个地区活动的题材，凯瑟表达了

---

1. Anne Baker, "'Terrible Women': Gender, Platonism, and Christianity in Willa Cather's *The Professor's House*," *Western American Literature* 45.3 (2010): 252-272, p.263.

2. 美国南北内战前，仰慕古罗马文明而去罗马游玩的美国人都经历了强烈的不适感。由于天主教的仪式总是与视觉和肉体相关，而新教徒则将精神与物质区分开来，美国新教徒游客觉得罗马教堂弥漫着死亡的气息，充斥人骨、头盖骨和棺木，丝毫不注意卫生与道德的维护。因此，美国人甚至将罗马天主教与异教相等同，认为天主教根本就是偶像崇拜，完全违背了基督教教义。参见Jenny Franchot, *Roads to Rome: The Antebellum Protestant Encounter with Catholicism*, Berkeley: University of California Press, 1994, pp.24-25.

对美国建构海外庇护所的政治想象。这一想象就本质而言，与当时美国社会倡导的"和谐"伦理是一致的。

二、"白人的习惯"：《死神来迎大主教》中的异域庇护所

《死神来迎大主教》在凯瑟的创作中占据重要位置，标志凯瑟终于走出"危机小说"系列的迷惘，为美国身份重新找到了明晰的轨道。凯瑟自称创作《死神来迎大主教》是"生活中的一次愉快假期，向童年和早期记忆的回归"[1]。20世纪30年代，即便在凯瑟的文学名声下降的情况下，《死神来迎大主教》都依然受到欢迎，被视为美国文学传统中的经典[2]。因为"思想、文字的简约、技巧的把握"，这部作品被盛赞为凯瑟"最好的作品"，也是"美国文学最大的贡献之一"[3]。

《死神来迎大主教》借用了真实存在的历史人物和事件——如基特·卡森、新墨西哥领地第一任大主教让-巴蒂斯特·拉米（Jean-Baptiste Lamy）等[4]——展现了天主教正统教义适应地方历史文化语境的历程。这一历程是欧洲文化传统和传教士个人合力的结果，是文化移植的成功案例。从本质上讲，《死亡来迎大主教》是一个美国叙事，在美

1.　Willa Cather, *On Writing: Critical Studies on Writing as an Art*, New York: Alfred A. Knopf, 1949, p.11. 另参见James Woodress, *Willa Cather: A Literary Life*, Lincoln: University of Nebraska Press, 1987, p.396; Janis P. Stout, *Willa Cather: The Writer and Her World*, Charlottesville: University Press of Virginia, 2000, p.235.

2.　Lise Jaillant, "Canonical in the 1930s: Willa Cather's *Death Comes for the Archbishop* in the Modern Library Series," *Studies in the Novel* 45.3 (2013): 476-499.

3.　Gilbert H. Doane, "Books and Authors," *Prairie Schooner* 1.4 (1927): 299-302, p.299.

4.　Guy Reynolds, "The Ideology of Cather's Catholic Progressive: *Death Comes for the Archbishop*," *Cather Studies 3*, ed. Susan J. Rosowski, Lincoln: University of Nebraska Press, 1996, 1-30, p.2.

国西南部地区展示了"天定命运"——在这里，欧洲文明与"无知、野蛮"构成了对立的两极，重现了欧洲殖民者刚刚踏足美洲的经历，召唤了美国民族的起源[1]。但是，拉都主教的传教经历与早期欧洲殖民者屠杀印第安人并不相同。他对当地的风土人情采取"字面的认可"态度，为20世纪20年代美国孜孜追求的世界文化秩序和海外庇护所的建构提供了新模式。

1. 天主教题材中的国家意识

《死神来迎大主教》选择天主教题材，这在美国反天主教语境下是一个值得探究的举动。毋庸置疑的事实是，小说的天主教内容并不意味着凯瑟本人的宗教信仰转变。凯瑟终其一生都是新教徒，她1922年12月22日与父母一起加入圣公会（Episcopal Church），即英国国教[2]。不过，凯瑟一直对天主教会抱有兴趣，她的家庭对于天主教堂也并不排斥。从她的私人信件中可以得知，1938年她弟弟道格拉斯（Douglass Cather）去世后没能找到英国国教教堂下葬，于是选择了天主教堂代替[3]。这倒是有别于《我的安东妮亚》中吉姆的祖父和祖母对待邻居夏默达先生的天主教葬礼的态度，也表明凯瑟在创作后期对于天主教变得更加宽容。

目前评论界倾向于公认，凯瑟采用天主教题材不是信仰的皈依，而是艺术挪用，意在呈现和表达自身的美学意图，文中描写的典仪教礼只

---

1. Adam Jabbur, "Tradition and Individual Talent in Willa Cather's *Death Comes for the Archbishop*," *Studies in the Novel* 42.4 (2010): 395-420, p.402.

2. Joan Acocella, *Willa Cather and the Politics of Criticism*, Lincoln: University of Nebraska Press, 2000, p.4.

3. Willa Cather, *The Selected Letters of Willa Cather*, ed. Andrew Jewell, and Janis Stout, New York: Alfred A. Knopf, 2013, p.549.

是"赋予小说以理论和美学色彩"[1]。这个"美学"色彩与天主教对物的观念有关。《死神来迎大主教》和《磐石上的阴影》都借助了"物"这个文学中的"表层叙事"[2]，通过特定物品在不同文明间流动、交互和嬗变的经历展现出人文意义的交融变迁，借此隐喻新时期美国的国际伦理范式。无论是拉都主教的教堂，还是塞茜尔的持家，都用了殖民地的原材料来建构了欧洲文明的空间。对物的凸显是凯瑟这一阶段艺术观的反映。凯瑟不再将艺术视为超越日常世界的超验理念，抑或将日常生活视为艺术令人失望的"转译"，她转而看重两者之间的统一关系。在《不带家具的小说》（"The Novel Demeuble"，1922）一文中，凯瑟称赞托尔斯泰对物的选择技巧出神入化，他笔下的物成为角色情感的一部分，达到了完全统一的境界。这种统一使得"表面不再是表面了——它便是经历的一部分"[3]。天主教对物的重视恰恰满足了凯瑟此时的艺术观。中世纪之前，话语与物质都是真实世界的呈现，两者是补充而非对立的关系。自11世纪起，开始出现"字面"（literal）与"象征"（symbolical）思维的区分。"象征"不再与现实融为一体，而是逐步脱离出来跃升为"意义"的指代；物下降成"字面"指代[4]。新的思维模式造成话语和具象的对立，导致了宗教改革之后天主教与新教的分道扬镳。天主教神学家戴维·特雷

---

1. Robert J. Nelson, *Willa Cather and France: In Search of the Lost Language*, Urbana: University of Illinois Press, 1988, p.35. 另参见Harold Bloom, "Introduction," *Willa Cather*, ed. Harold Bloom, New York: Chelsea House, 1985, 1-5, p.2; E. K. Brown, *Willa Cather: A Critical Biography*, completed by Leon Edel, New York: Avon Books, 1953, p.xv.

2. Bill Brown: *The Material Unconscious: American Amusement, Stephen Crane, and the Economics of Play*, Cambridge, MA: Harvard University Press, 1996, p.15.

3. Willa Cather, *On Writing: Critical Studies on Writing as an Art*, New York: Alfred A. Knopf, 1949, pp.39-40.

4. John F. Desmond, "Flannery O'Connor and the Symbol," *Logos* 5.2 (2002): 143-156, p.147.

西（David Tracy）认为，天主教和新教在教条、行为伦理、崇拜模式等方面的冲突显示了深层的结构性差异。天主教是"类比语言"（analogical language），将圣仪视为上帝恩典的载体，将世界视为人与神之间的类比式的关系；新教是"辩证语言"（dialectical language），强调世俗人世与上帝之间的绝对对立[1]。天主教相信，物质世界能够为人类理性所理解，经由教会圣仪成为平信徒蒙受天主恩宠的具象载体。新教则拒绝个人与上帝之间有任何"世俗的、事实的、历史的"媒介，强调个人只能通过阅读《圣经》与上帝直接沟通而获得拯救[2]。可以看出，新教将作为能指的物质与作为所指的意义视为对立关系，而天主教坚持两者的辩证统一。《死神来迎大主教》对待殖民地之物的态度属于"字面的认可"，对异域的风景和物品表现出天主教徒般的重视，但在情感认同和价值观层面依然遵循了新教话语中的对立模式。正如评论家所言，"凯瑟笔下的天主教是联合和混杂性的力量，是建立在文化异质性和种族区隔之上的信仰……教堂成为改革原始落后的墨西哥风土的中保"[3]。尽管殖民地的物能够被联合和吸纳，但终究还是被"改革"的对象。

《死神来迎大主教》对于天主教题材的使用也呼应了20世纪20年代美国天主教参与国家扩张的语境。当时的美国天主教为了尽快本土化，积极推行通过对外传教参与美国国家身份建构工程的政策。其宣扬的价值观巩固了国内中产阶级的文化地位和社会领导权，亦为美国的帝国扩

---

1.   David Tracy, *The Analogical Imagination: Christian Theology and the Culture of Pluralism*, New York: Crossroads, 1981, p.410, pp.412-413.

2.   奥尔森：《基督教神学思想史》，吴瑞诚、徐成德译，北京：北京大学出版社，2003年，第370—371页；Gabriel Daly, "Catholicism and Modernity," *Journal of the American Academy of Religion* 53.4 (1985): 773-796, p.784.

3.   Guy Reynolds, *Willa Cather in Context: Progress, Race, Empire*, New York: St. Martin's Press, 1996, p.157.

张提供了意识形态支持[1]。这在美国是一个令人瞩目的文化景观，也是天主教应对当时国内外文化语境的自救行为。美国向来有着反天主教的传统，在经济和文化方面将天主教徒视为国家的异质因素。在经济层面，天主教神父不结婚、不工作，违反了新教资本主义的 "生产" 伦理，悖逆了男性在公共领域的义务，所以被视为懒惰和女性化的群体。在文化层面，身为知识分子的神父具有道德优越感，他们对平民的 "教导" 限制了平民独立思考的能力，因而被视为独裁的化身[2]。到了19世纪末20世纪初，随着国内天主教移民数量的增多，以及西班牙、法国等欧洲天主教帝国对于拉丁美洲的文化渗透，美国被天主教玷污和占领的忧虑再次点燃。法国的天主教徒19世纪中期开始前往拉丁美洲传教，到了20世纪初已经对当地产生了显著影响[3]。传教士在当地建立了很多的学校、医院、养老院等社会福利机构，对于推行帝国殖民政策发挥了重要作用。修女承担了符合其性别角色的工作，教授当地的女性缝纫、持家等技能，同时在为鳏寡老人、孤儿、精神病患、麻风病患等人群建造的庇护所中充

---

1. Dae Young Ryu, "Understanding Early American Missionaries in Korea (1884-1910): Capitalist Middle-Class Values and the Weber Thesis," *Archives de sciences sociales des religions* 48.113 (2001): 93-117, p.94. 另参见彭小瑜：《罗马天主教语境中的美国历史和民族——奥雷斯蒂斯·布朗森论移民的美国化》，《历史研究》2004年第1期，114—129；原祖杰：《1840—1850年天主教爱尔兰移民及其在美国的政治参与》，《世界历史》2007年第4期，64—73。

2. Jenny Franchot, *Roads to Rome: The Antebellum Protestant Encounter with Catholicism*, Berkeley: University of California Press, 1994, p.57, p.127. 关于对美国反天主教话语研究的总结，参见 Marjule Anne Drury, "Anti-Catholicism in Germany, Britain, and the United States: A Review and Critique of Recent Scholarship," *Church History* 70.1 (2001): 98-131, pp.105-110.

3. 从1816至1880年，法国建立了超过20个以海外传教为主要使命的大型宗教团体。到了1920年，以传教为主题的专门出版物增加了50多种。很多历史学家开始注意并记录传教士的生活，其中包括很多法兰西院士。参见 Claude Pomerleau, "French Missionaries and Latin American Catholicism in the Nineteenth Century," *The Americas* 37.3 (1981): 351-367, pp.356-357.

当持家人角色[1]。这些在《死神来迎大主教》中拉都和约瑟夫两位神父的传教事迹中有着明显体现。法国的行为影响到了美国缔造"和谐"国际秩序的国家利益，加剧了美国的反天主教立场。1885年11月1日，教宗利奥十三世（Leo XIII）发布《政教关系通谕》（"Immortale Dei"），督促教徒履行自身作为各民族国家公民的义务，《通谕》得到了美国自由派天主教徒的积极回应。他们接受进化的文明史观，要求美国天主教摈弃"外国性"，投身到美国国家塑造之中，成为世界公平和公正的守护者。他们认为，既然天主教教义主张恩典与自然密不可分，那么教会不应只关注未来的救赎，也应关注当下的时代。自然存在一个秩序，教会有义务维护这一自然秩序，与当下的时代精神相合，保护美国民主传统这一"好"的价值，为实现美国理想扫除一切阻碍[2]。在他们的言辞中，进步、发展、变化、新奇、使命等字眼不断出现。如明尼苏达州圣保罗大教堂大主教约翰·爱尔兰（John Ireland）所言，美国的天主教有"乘着美国影响的翅膀，将天主教真理送往整个世界"的特殊使命[3]。《死神来迎大主教》呼应了美国的帝国化语境以及天主教与帝国性的关联[4]，借助拉丁美洲的视角重新审视美国的天主教历史，把国家身份建构转变为国际关系建构，迎合了当时美国重建国际秩序的迫切需要[5]。通过白人主教的传

1. Claude Pomerleau, "French Missionaries and Latin American Catholicism in the Nineteenth Century," *The Americas* 37.3 (1981): 351-367, pp.354-355, p.361.
2. Patrick W. Carey, ed., *American Catholic Religious Thought: The Shaping of a Theological & Social Tradition*, Milwaukee: Marquette University Press, 2004, p.52.
3. 转引自Patrick W. Carey, ed., *American Catholic Religious Thought: The Shaping of a Theological & Social Tradition*, Milwaukee: Marquette University Press, 2004, p.54.
4. Joseph R. Urgo, *Willa Cather and the Myth of American Migration*, Urbana: University of Illinois Press, 1995, p.62.
5. Timothy Matovina, "Remapping American Catholicism," *U.S. Catholic Historian* 28.4 (2010): 31-72, p.35.

教，小说宣传了美国文明的优越性，为自身扩张的正义性做了辩护。

2. 环形叙事：罗曼司中的帝国主体

《死神来迎大主教》最引人注目之处在于其叙述方式的革新，插话式叙述、无中心情节、无发展主线使其成为凯瑟作品中叙述实验最具创新性的小说[1]。小说通过两条时间线索展现了拉都主教传教生涯的宏大故事：一条是随着拉都主教的身影不断向前发展、直至他的死亡的时间线，另一条是将主教和读者不断拉回到原初的历史、记忆和象征的时间线[2]。对于大多数评论家来说，小说"不太注意故事情节"[3]，更像是"一系列经历"的聚合[4]。评论家将这一叙事结构形象地比作《啊，拓荒者！》中由各不相干的"有趣图画"凑在一起的"魔幻灯笼"[5]。凯瑟非常清楚自己创作风格的变化。在谈到《死神来迎大主教》时，她说："好多关于这本书的评论都是上来就说：'这本书很难归类。'那为什么还费那个心呢？更多的人激动地批评这不是本小说。让我自己来说，我更愿意把它称作叙事。"[6]

评论界对于这个"叙事"展开了激烈的辩论，近来观点大多在为其表面上的"杂乱无章"进行辩解，试图为凯瑟的叙事风格找到艺术合法

1.　James Woodress, *Willa Cather: A Literary Life*, Lincoln: University of Nebraska Press, 1987, p.398.

2.　John N. Swift, "Cather's Archbishop and the 'Backward Path'," *Cather Studies 1*, ed. Susan J. Rosowski, Lincoln: University of Nebraska Press, 1990, 55-67, p.59.

3.　Judith Fetterley, and Marjorie Pryse, "Introduction," *American Women Regionalists, 1850-1910*, ed. Judith Fetterley, and Marjorie Pryse, New York: W. W. Norton & Co., 1992, xi-xx, p.xv.

4.　Judith Fryer, *Felicitous Space: The Imaginative Structures of Edith Wharton and Willa Cather*, Chapel Hill: University of North Carolina Press, 1986, p.313.

5.　Sarah Mahurin Mutter, "Raising Eden in *Death Comes for the Archbishop*," *Arizona Quarterly* 66.3 (2010): 71-97, p.83.

6.　Willa Cather, *On Writing: Critical Studies on Writing as an Art*, New York: Alfred A. Knopf, 1949, p.12.

性。就形式而言，这部小说与凯瑟的精神导师朱厄特所著的《尖枞树之乡》（*The Country of the Pointed Firs*，1896）极为相似，采取了"网状的叙事结构"，"在这个网状系统中叙事人不断地从中心向一个指定地点移动而后回到原处，周而复始，就像一个蜘蛛网上的丝一样"[1]。这一模式背离了起因、发展、高潮、结局的线性叙事模式，变身为"没有重点的叙事"（narrative without accent）或"绘画式创作"（literary pictorialism）[2]，"通过暂时取消完整性引发一种情感或道德上的效果"[3]。在评论家亚当·杰伯（Adam Jabbur）看来，这种道德效果是呈现了欧洲叙事与美国西南部"反叙事"（counter-narrative）之间的"对话"，较之男性经典叙事更加自由、民主、平和[4]。

这种环形叙事的出现具有特定的文学背景。在19世纪、20世纪之交，美国出现了罗曼司与现实主义文学之争。根据文学理论家诺思罗普·弗赖伊（Northrop Frye）的定义，罗曼司是以"日常自然法的悬置"为核心特征的文学形式。在罗曼司中，主人公通过经历一个征服对手的旅程实现自己的成长仪式，并借此重建和平与秩序[5]。这一文学体裁

---

1. 金莉：《文学女性与女性文学：19世纪美国女性小说家及作品》，北京：外语教学与研究出版社，2004年，第278页。

2. Clinton Keeler, "Narrative without Accent: Willa Cather and Puvis de Chavannes," *American Quarterly* 17.1 (1965): 119-126; Jean Schwind, "Latour's Schismatic Church: The Radical Meaning in the Pictorial Methods of *Death Comes for the Archbishop*," *Studies in American Fiction* 13.1 (1985): 71-88, p.71.

3. Edward A. Bloom, and Lillian D. Bloom, "*Shadows on the Rock*: Notes on the Composition of a Novel," *Twentieth Century Literature* 2.2 (1956): 70-85, p.71.

4. Adam Jabbur, "Tradition and Individual Talent in Willa Cather's *Death Comes for the Archbishop*," *Studies in the Novel* 42.4 (2010): 395-420, pp.400-401.

5. Northrop Frye, *Anatomy of Criticism: Four Essays*, Princeton: Princeton University Press, 1957, p.33, pp.186-187.

与现实主义文学的主张截然对立。两种文学模式的差异实际上呼应了当时美国的法律体系：现实主义文学通过描写日常生活呈现了美国正常的法治和文明秩序，刻画冒险和英雄主义的罗曼司则呈现了法律的"例外状态"。美国公民适用于正常法治；而对于印第安人、黑人、新移民、美国海外殖民地居民等"野蛮人"，必须悬置正常的法律程序，通过暴力等手段实施帝国统治、"教育"他们遵守特定的秩序和规范。因而，只有通过罗曼司才能确立美国的男性气质与文明代言人的身份。简言之，两种模式都是美国主权的体现，是针对不同人群的权力表征[1]。美国现实主义文豪威廉·迪安·豪威尔斯（William Dean Howells）敏锐地意识到了这一点，在批判罗曼司体裁时呼吁道，"我们所处的是共和国"，因而应该坚守现实主义的文学立场，不能提倡"文学的帝国"（an empire of letters）[2]。豪威尔斯之语揭示了这场文学模式之争背后的意识形态根源，呈现了美国国家建构进程中的两种路线之争：随着美国国力的增强，是要发泄按照美国模式塑造世界的帝国扩张冲动，还是固守国家边界以避免种族污染？伴随美国扩张欲望的膨胀，日常生活在科学的发展之下变得越来越祛魅、平凡和令人失望，罗曼司小说也随之突破了魔幻和幻想框架，在其中加入现实主义因素，即将幻想情节与日常现实并置，以表述当下的社会心理[3]。

就内容和主旨而言，罗曼司和现实主义文学在表征异域风景时具有

1. Andrew Hebard, *The Poetics of Sovereignty in American Literature, 1885-1910*, New York: Cambridge University Press, 2013, pp.1-22, pp.128-129.
2. W. D. Howells, "The New Historical Romances," *The North American Review* 171.529 (1900): 935-948, p.948.
3. Katie Owens-Murphy, "Modernism and the Persistence of Romance," *Journal of Modern Literature* 34.4 (2011): 48-62, p.49.

明显差异，形成了评论家马克·施伦茨（Mark Schlenz）所说的两类不同的"区域文学"。根据施伦茨的观点，区域分析可分为两类："象征性区域主义"（symbolic regionalism）和"符号性区域主义"（semiotic regionalism）。象征性区域主义指"在表征特定区域时采取通则倾向，具体的指认方式与先验的、理性的、社会建构的或意义体系中的抽象结构相一致"，而符号性区域主义关注"对空间经验的生理和心理层面的表达，对其特殊的、非理性的、无中介的或综合的表现方式采取了补充的、独特的态度"[1]。简言之，在象征性区域主义文学中，新的空间经历时刻被已经存在的意义体系所解读、扭曲和吸纳，成为体系的一部分。而在符号性区域主义文学中，任何空间经历都是改变性的，使得漫游主体获得不同于以往的感受和知识。罗曼司显然属于象征性区域主义文学，内中充盈的是一个抽象而统一的帝国主体，就如在凯瑟创作的第一阶段，欧洲殖民者将美国西部草原视为"空白之页"，建构以欧洲文明为核心内涵的美国庇护所身份。欧洲殖民者依赖"文明-野蛮"的二元对立逻辑，以维护自身的身份。他们要么赞美印第安人是"高贵的野蛮人"，将之视为欧洲人的原初自我；要么将之视为"史前种族"，认为其最终能够"进化"成欧洲文明式的社会。总而言之，欧洲人不会承认当地文化的内在逻辑和自在性[2]。

　　《死神来迎大主教》通过混合罗曼司和现实主义特征的"环形叙事"表达了美国身份建构的意图。小说以异域生活为主题，在有关日常生

---

1. Mark Schlenz, "Rhetorics of Region in *Starry Adventure* and *Death Comes for the Archbishop*," *Regionalism Reconsidered: New Approaches to the Field*, ed. David Jordan, New York: Garland, 1994, 65-85, p.65.

2. Bernard W. Sheehan, *Savagism and Civility: Indians and Englishmen in Colonial Virginia*, Cambridge: Cambridge University Press, 1980, p.89.

活、饮食和交往的现实主义叙事结构之间填满了暴力冲突等富有罗曼司特色的嵌入式故事。这种叙事仿拟帝国的构成形式，以主人公的文明使命为中心，将散落的殖民空间串联起来，并赋予殖民空间以基督教文化的意义。作为"文明的使者、欧洲文化的传递者"[1]，拉都主教在新墨西哥领地的整个传教经历是"在对立因素之间找到和解的平衡点：基督教和异教，东方和西方，旧世界和新世界，物质和精神，世俗和神圣"；他的"混合教义"便是对这一努力的回答[2]。在凯瑟看来，拉都主教的经历是日常生活和浪漫愿景的交织；日常生活的平庸和世俗成功的虚幻被超验的理想变得崇高且永恒[3]。因而她选择同时容纳了现实主义和罗曼司因素的环形叙事这一形式，以期全面地传达美国在20世纪20年代对于领土扩张的复杂心态。

3. 圣像、果园、石穴：异域风景的内涵

作为一部白人传教士在异域风景中穿行的叙事，《死神来迎大主教》表面上如既有研究认为的那样刻画了从"帝国式崇高"到"和谐"的转变过程，但实质上体现了帝国主体对异质空间本质的拒绝，综合呈现了"字面的认可"的复杂含义。

---

1. Manuel Broncano, "Landscape of the Magical: Cather's and Anaya's Exploration of the Southwest," *Willa Cather and the American Southwest*, ed. John N. Swift, and Joseph R. Urgo, Lincoln: University of Nebraska Press, 2002, 124-135, p.129.

2. Jean-François Leroux, "'As in a Mirror and a Symbolism': Pascal's Mystical Theology and Cather's Divine Geometry in *Death Comes for the Archbishop*," *Cather Studies 8*, ed. John J. Murphy, Françoise Palleau-Papin, and Robert Thacker, Lincoln: University of Nebraska Press, 2010, 211-227, pp.217-218.

3. Willa Cather, *The World and the Parish: Willa Cather's Articles and Reviews, 1893-1902*, vol. 2, ed. William M. Curtin, Lincoln: University of Nebraska Press, 1970, p.596.

　　"帝国式崇高"指来自帝国的旅行者在面对迥异于帝国本土的殖民地景色时所经历的文化冲击和心理反应。这种冲击一般有三个阶段的表现。首先，旅行者在面对殖民地的奇异地貌时感受到强烈的威胁感，因而倾向于否定和拒绝周围环境。这属于"自我保护"（self-preservation）机制，风景也体现出"否定的崇高"特质。在最初的对立状态之后，旅行者会根据帝国文化试图赋予空洞的景色以意义，寻求能够理解周围环境。这被称为"自我肯定"（self-affirmation）过程。最后，通过自我肯定，旅行者从独立个体转为社会个体，恢复了个体与周围环境之间的对等性，确立了自身的位置。帝国意识形态在三个过程中都会发挥作用，决定旅行者眼中风景的形态和特质[1]。《死神来迎大主教》中的拉都主教初入新墨西哥领地的经历明显体现了这一"帝国式崇高"情感，描绘了帝国主体从文明之地向蛮荒之地的"坠落"（descent）过程。

　　拉都主教从铁路的终点站辛辛那提出发去向刚刚纳入美国版图的新墨西哥，从文明之地前往"一片未知大陆的腹地"[2]。这里的"未知大陆"（dark continent）一语双关，指代帝国知识体系尚未到达的"黑暗之地"，直白地判定了其文明程度的低劣。新墨西哥文明的缺失在文中表现为自然空间的单调重复："这一带地貌没有任何可资辨认的特征，也可以说，特征尽管鲜明，无奈太过千篇一律。……从一大早，他就开始在这些沙丘中骑马赶路，眼前景色毫无变化，就好像他根本是站在原地没移动过。……这么多的沙丘，又都一模一样，给他的感觉就像走进了一场由

1. Pramod K. Nayar, *English Writing and India, 1600-1920: Colonizing Aesthetics*, London: Routledge, 2008, p.65.
2. Willa Cather, *Death Comes for the Archbishop*, New York: Vintage Books, 1990, p.20. 以下本书中对此作品的引用，将以缩写形式DCA直接在文中夹注页码。译文参考薇拉·凯瑟：《大主教之死》，周玉军译，上海：上海文艺出版社，2011年，有改动。

几何图形构成的噩梦"(*DCA* 17)。这一地貌缺乏人类文明的雕刻,被视为史前文明,"古老且不完整……依然等待着被塑造成为一片风景",因而显得"单调"(*DCA* 94-95)。无意义的单调重复对于"理性"的帝国文明来说是梦魇般的存在,由此在初入这片土地的主教看来,无论是地貌还是云天都充斥着"纹丝不动"的"复制"和"影像"(*DCA* 95),"创世的第一天大概就像这样了,干实的土地刚刚从深渊中勾勒出来,一切都令人迷茫"(*DCA* 99)。这些描写展示出古老文明的千年不变,"深渊"一词更是渲染了强烈的反基督教色彩。这一倾向通过空间的死寂和令人不适的生物得到了形象的烘托:"这里是一片死寂之地……除了一丛丛干巴巴、半死不活的仙人掌和一堆堆的野南瓜藤,什么都没有。野南瓜藤是这里唯一有点活力的植物……看上去不像植物,倒更像一大窝爬行中突然受惊定住的灰绿色蜥蜴"(*DCA* 88)。在文明进化论的视域下,时间层面上的古老性成为现代文明的对立面,在美国的国际认知中与衰朽的中华帝国相等同。这也是为何小说将新墨西哥领地类比为"东方的城市"(*DCA* 95)的原因。

在经历了拒绝风景的心态之后,拉都主教进入"帝国式崇高"情感的第二阶段"自我肯定",即试图为异域风景注入意义。如小说所言,法国传教士"是热爱秩序的人,把秩序看得和生命一样贵重"(*DCA* 8),热衷于"探寻事情内在的逻辑脉络"(*DCA* 9)。对于身为法国传教士的拉都主教来说,深陷空间噩梦显然是一个需要自我拯救的境况。他终于在异域风景的表象中找到了基督教理念的承载物:

那不是一株枝叶茂密的圆锥形的树,而是一根光秃秃的、扭曲了的树干,大约有十英尺高,顶部分叉成为两个平伸出去的树枝，中间，正好在两枝叉开的地方，有一个小小的绿色树冠。天然的植物中，找不到比这更忠实地呈现十字架形状的了。

旅人翻身下马，从口袋里拿出一本已经翻得很旧的书，摘下帽子，走到十字形的树前跪下。（*DCA* 14）

这一细节的有趣之处在于，将一位天主教神父从无意义空间中拯救出来的，既不是他身为白人的生理"理性"（方向感），也不是他的智力"理性"（指南针或地图），而是一棵外形类似于十字架的树。对于意象的重视，或者说对于"字面"的认可，从小说一开始便统率了全文的主旨。拉都主教于异域之树前的下跪在整个欧美文学史上都足以成为一个事件，与《鲁滨逊漂流记》中星期五对鲁滨逊的下跪形成了一个奇异的呼应。虽然下跪对象不同——一个是白人殖民者对异域风景下跪，一个是异族人对白人殖民者下跪——但这个行为内蕴的本质完全相同，都是白人殖民者采用基督教文化观念对异域进行强行的解读和驯服。正如鲁滨逊用基督教的计时方式"星期五"对一个异族人进行命名，拉都主教同样通过看似谦卑的态度攫取了异域空间的阐释权。异域风景不过是承载他原有的文化记忆的载体：山羊的肉对他来说"一直是异教淫邪的象征，但它的羊毛给许多善良的基督徒带来过温暖，它的奶水也让多少体弱的孩子恢复了健康"（*DCA* 31）；刺槐树"总能在主教心里唤起愉快的记忆，让他想起那个法国南方的花园，想起从前去那里探望年幼表弟的经历"（*DCA* 84）；身处沙漠秃山中的墨西哥民居使他感到"孤零零的一个人，思念着自己的同类、自己的时代，遥想着欧洲人和他们那充满了欲望和梦想的光荣历史"（*DCA* 103）。总而言之，异域风景之所以获得认可，是因为它被欧洲化了和基督教化了，更打上了美国的"民主"标签：

　　泉眼被面包炉形状的沙丘围在当中，从远处看，根本没有任何迹象表明此地会有水源。它就这么奇迹般的，在焦渴的沙海中突然涌出地表。估计是一条暗河，在这里找到了一个出口，于是摆脱了黑暗的禁锢；它给地面带来了青草、树木、鲜花，给人民带来了生命、家庭；带来了燃烧的松木和温馨的炉灶，从那里飘出的青烟，如同祝祭的香火般，升上高天。(*DCA* 31)

　　这段温情脉脉的文字以极其隐秘的方式成为美国庇护所修辞的一部分：异域风景之所以被白人观看者接受和赞美，是因为它服务于"人民"；这反衬了观看者自身的"人权"意识，将其"帝国式崇高"情感粉饰成了为当地人谋求福祉，意在呈现自我文明的高等性和庇护性，正如小说中约瑟夫神父对于李树的喜爱被归为它是"人民之树"，每户墨西哥人家都有，就如家庭成员一般(*DCA* 202)。

　　拉都主教与异域风景之间对等性的确立通过与印第安人讨论风景的命名得以完成。命名是人类文明认知和宰制周围环境的语言行为，正如福柯(Michel Foucault)所言，命名对于客体的"囊括和限定，其本质不是语言，而是战争，这种书写隐含了一种权力关系"[1]。西方文明对于殖民地的阐释和命名，正是意图将自身价值世界化的表现，以"客观科学"的名义推行了知识霸权。"发现"美洲的哥伦布刚踏上埃尔瓜哈尼岛就升起西班牙国旗，将该岛命名为"圣萨尔瓦多"岛(San Salvador)，

---

1. Michel Foucault, *Power/Knowledge: Selected Interviews and Other Writings, 1972-1977*, ed. Colin Gordon, trans. Colin Gordon, et al., New York: Pantheon Books, 1980, p.114.

即"救世主"岛。他充当"救世主"的表现之一是试图教导当地印第安人说西班牙语。在哥伦布看来，印第安人具有说话的"潜能"，但他们的野蛮文化却不具有任何值得言说的内容，致使他们被困在历史的空白之中。因此，教会印第安人说承载欧洲文明的西班牙语就等于教会他们说话，把他们引入"文明"进程[1]。哥伦布的命名行为显示，欧洲人对美洲的"发现"之旅不仅是剑与十字架的扩张，更是语言与基督教文化的扩张，剥夺了印第安人对本土世界的命名权[2]。命名行为本身是一场永不停歇的争斗，意在巩固象征符号的合法性，将不可违抗的社会共识强加给被命名者。被命名导致了弱势群体身体、语言、文化等各个方面的"去情境化"，导致了其礼仪、亲缘、性别等各种文化概念的模糊和解体，只能遵从征服者的话语逻辑成为政治经济上的被拥有者和思想文化上的否定特征集合。《死神来迎大主教》对于白人命名异域风景的现象进行了反思，其中最突出的白人命名者是基特·卡森。这位白人孤胆英雄在异域是一位鲁滨逊式的存在："圣菲和太平洋沿岸的广袤沙漠和山脉还没有被测图和制表；最可靠的地图在卡森的脑子里"（DCA 76）。谢伊大峡谷（Canyon de Chelly）是白人取的名字，与印第安文化毫不相关。印第安人口中的峡谷有他们专属的名字，涉及印第安文化起源的传说（DCA 293）。关于白人和印第安人命名风景的文化差异，小说用一段对话展现了出来：

1.　Bernard W. Sheehan, *Savagism and Civility: Indians and Englishmen in Colonial Virginia*, Cambridge: Cambridge University Press, 1980, p.121.

2.　黄星群：《殖民征服时期的天主教与新大陆》，《拉丁美洲研究》1993年第6期，38—42，第42页。

主教问哈辛托是否知道离他们最近的平顶山的名字。

哈辛托摇头说："不，我什么名字都不知道。"他接着又加了一句，好像无意中说出了自己的想法："我知道它的印第安名字。"

"那它的印第安名字是什么呢？"

"拉古纳的印第安人叫它雪鸟山。"他有点不情愿地说。

"很不错，"主教沉思着说，"不错，这是个很漂亮的名字。"

"是啊，印第安人也有漂亮的名字。"哈辛托嘴角上翘，不假思索地回答道。（DCA 90）

这段对话看似表现了赞扬印第安文化的多元立场，实质上体现了欧洲基督教文化和印第安文化的本质分歧。"雪鸟山"等印第安人的命名法基于物的外貌，是强调表面意义的直观命名法。这在小说中也体现为印第安人对自然的经验认知比欧洲殖民者要准确形象得多，比如预测大风（DCA 119）、风雪天中辨认路径（DCA 125）等。而欧洲文化对于命名强调内涵，比如拉都主教同意哈辛托有关星星很漂亮的说法，却对他说每个星星代表一个神灵这一颇具"异教"色彩的评价嗤之以鼻。

《死神来迎大主教》为评论界所津津乐道的特殊性在于，它没有像欧美旅行文学传统那样刻画一个充满男性征服意识的帝国主体，而是刻画了两位能够肯定、接纳乃至使用异域环境的女性化神父，表达了一种"和谐"意识。约瑟夫神父将欧洲的烹饪艺术教给了墨西哥人。拉都主教则对果园情有独钟，他的信条是"人在花园中迷失，也在花园中得救"（DCA 265）。为此，他敦促手下新来的神父无论走到哪里都要种植果树，引导墨西哥人将水果加入他们的食谱。他自己带来的欧洲种子

在新墨西哥的土地上发芽、开花、结果，把他的居所变成了伊甸园般的
存在：

> 他把当地的野花培育成家花，并加以发展。他把一面山坡
> 上都密密麻麻地栽上遍布新墨西哥小山丘的那种低矮的戟叶马
> 鞭草，在阳光下看起来，就像撒开一件紫罗兰色的天鹅绒大斗
> 篷；它有着意大利和法国的染工和织匠几个世纪以来一直在努
> 力寻求的各种深浅的色度：紫中带玫瑰红，但又不是淡紫色；
> 蓝色几乎变成粉红，然后又重新转为深紫——这种真正宗教的
> 颜色，以及它变化无穷的浓淡色度。（DCA 265）

拉都主教对新墨西哥领地的欧洲化改造，其实是美国对新近并入的
土地进行文化层面上的收编，使之真正成为美国的"领土"，因为"人
类的领土意识也就是地理权力表现"[1]。在空间被谋划、勘测、构建的同时，
主体性也被生产出来。空间塑造使得流变中的自然物被纳入社会规范，
消除了它的不稳定性，将特定的秩序和理性强加给了无意义的物理空
间。因而，拉都主教的果园设计既指代欧洲文化的美国化，也指代新墨
西哥领地这个异域空间的美国化。这呼应了20世纪20年代美国社会对于
"美国性"的论争。当时的论争焦点已经从政治层面转向文化层面，探讨
欧洲文化是如何"转化"为美国文化的。在国家建构的讨论中，自然界
成为美国的隐喻。其表现之一便是，"地域"批评兴起，将美国性解释为

1.　胡安·诺格：《民族主义与领土》，许鹤林、朱伦译，北京：中央民族大学出版社，
2009年，第43页。

欧洲文化在美国各个不同地区适应当地的环境和气候等因素，从而经历了美国化的自然演变[1]。当时的有识之士对这一话题已经有了深刻认识：

> 人类对于自然的所谓征服就是打乱自然界中花草植物的平衡。人类从生长在一个地区的本土植物中挑选一些，而抛弃绝大部分，将它们视为非法的杂草，想除之而后快。他培育一些自然绝不可能孕育的植物，而且把异域的植物引入进来。棉花、玉米、小麦、黑麦、燕麦和水果是人类创造并培养出来的怪胎。为了强行维护这些奇怪的综合体，他用铁犁、锄头和肥料抵抗荒野和杂草的侵袭——它们自己也成为被驯服的外来者了。对于自然界缔造的动物来说，他也同样独裁。面对森林和田野中的野兽，他所做的就是驱赶和灭绝。他用得克萨斯牧场的牛群替代了西部草原上的野牛。在美国这样的年轻国家，新物种替代旧物种的速度太快了，生态学家认为几乎不可能勘测自然生态圈。[2]

在表面的各种植物和谐共存的表象下，美国人对于"杂草"和"替代"的反思，恰恰暴露了花园设计中隐藏的种族等级和暴力。

值得特别指出的是，就拉都主教与异域风景的关系而言，《死神来迎大主教》并没有展现一个完全正向的基督教化的过程，反而不时闪现出主教的拒斥。每当异域风景与异教文化相等同时，拉都主教便会立刻感

---

1. Rupert B. Vance, "The Concept of the Region," *Social Forces* 8.2 (1929): 208-218, p.209.
2. Rupert B. Vance, "The Concept of the Region," *Social Forces* 8.2 (1929): 208-218, p.210.

觉到威胁，明确表示否定和拒绝。他的石穴经历便是一例。在暴雪中迷路后，拉都主教在危急之下被印第安向导哈辛托带入本族的祭祀圣地"石唇"。钻进洞穴显而易见地暗指被自然吞噬，表达了一种重回母体的潜意识欲望。这与基督教的仪式感背道而驰，默示文明的退化[1]。因此尽管这个地方庇护拉都主教免于冻毙，但他心中的排斥感非常强烈："非常不情愿的感觉，一种蓦然间产生的对这里极度的厌恶"（*DCA* 127）；"每当他想起那个山洞，总是伴随着一阵悚悸的厌恶……只让他感到畏怖"（*DCA* 132）。这种情感排斥在主教面对阿孔玛印第安人所建造的基督教堂时也出现过：

> 他感到他就像在海底下，为洪荒时代的生灵在唱弥撒；因为生活方式是那么古老，那么呆板，那么封闭在自己的甲壳中，基督在加尔瓦略的献身简直不可能传回那么远古的时代。（*DCA* 100）

> 这里的这个民族，却像岩龟在它们的岩石上，一成不变，数量和欲望上都没有增长。他感到这里有一种爬行动物的味道，以静止不动而生存下去，一种外界影响达不到的生活，就像用甲壳来防护自己的甲壳类动物。（*DCA* 103）

拉都主教的情感反应引起了评论界的好奇。评论家罗伯特·富特曼（Robert H. Footman）认为，小说描写的印第安文化属于泯灭个性的集体

---

1. Demaree C. Peck, *The Imaginative Claims of the Artist in Willa Cather's Fiction: "Possession Granted by a Different Lease"*, Selinsgrove: Susquehanna University Press, 1996, p.230.

主义，凯瑟作品的 "伟大" 之处在于弘扬个体主义[1]。小说中印第安人为了仪式而要求一位母亲将她的孩子奉献给蛇神的细节（*DCA* 135）似乎佐证了富特曼的观点。但倾向于相信凯瑟是 "多元文化主义者" 的现代评论家则辩护说，凯瑟并没有殖民主义立场。比如，黛博拉·林赛·威廉斯（Deborah Lindsay Williams）认为，这个自然的底层是一切文化——印第安文化和浪漫主义想象——共同的底层和起源；小说在旧文化和新文化之间并没有价值判断[2]。这两种评论立场截然相反，却都没有令人信服地解释小说中拉都主教对待他者忽冷忽热的矛盾心态。这一描写将盎格鲁-撒克逊民族视为 "进步" 的工业文明的代表，而将异族刻画成依赖自然的律动指导社会生活，停滞不前、被 "时间" 抛弃的落后种族，呼应了明恩溥在《中国人的气质》中的论述[3]。实际上，拉都主教对这片土地的矛盾情感类似于 "恐怖谷" 效应，即他者与自我的相似性能够帮助其获得接纳，促成两者建立一种和谐的关系；然而，当他者与自我的类

---

1. Robert H. Footman, "The Genius of Willa Cather," *American Literature* 10.2 (1938): 123-141, pp.126-127.

2. Deborah Lindsay Williams, "Losing Nothing, Comprehending Everything: Learning to Read Both the Old World and the New in *Death Comes for the Archbishop*," *Cather Studies 4*, ed. Robert Thacker, and Michael A. Peterman, Lincoln: University of Nebraska Press, 1999, 80-95, p.87.

3. 西奥多·罗斯福总统也曾用中国的 "停滞性" 作为美国身份建构的反例："我们这代人不必面对我们父辈曾经担负的任务，但我们有着自己的任务，如果失职该是多么可悲！即便我们愿意，也不能像中国那样，甘于困守一隅，在低贱的安逸中逐渐腐烂，对外部的事务毫不关心，在蝇营狗苟中走向沉沦；无视充满抱负、劳作和冒险的高等生活，只忙着满足当下的身体欲求，直到哪天我们必定会突然发觉——中国已经深谙其味——在这个世界上，一个没有战斗意识、乐不思蜀的国度在面对其他没有丧失男性冒险精神的国家时最终注定会被打败。如果我们要成为一个真正伟大的民族，就必须坚定地努力在世界上占据一席之地。"（Theodore Roosevelt, *The Strenuous Life: Essays and Addresses*, New York: Charles Scribner's Sons, 1906, pp.7-8.）正是基于这一种族歧视，拉都主教才会觉得新墨西哥领地的荒野与一座 "东方城市" 有类似之处。

似程度提高时，其差异将会凸显并使得自我对他者的好感度陡降[1]。拉都主教表面上认可异域风景和文化，却始终维持着自己作为白人传教士的身份底线。在触及价值观认同的层面时，他对异域的态度会立刻从"和谐"转化为"自我／他者"的对立模式。

白人基督教文化与印第安文化的差异贯穿《死神来迎大主教》的叙述线索，与白人传教叙事彼此矛盾却又相辅相成，共同构成了小说的独特立场："字面的认可"。拉都主教临终前回顾自己的传教一生时，经常感叹"他的教区除了边界之外所变甚少。墨西哥人总还是墨西哥人，印第安人总还是印第安人"（DCA 284）。在他的眼里，这种文化区隔是无法逾越的天堑，也是构成20世纪20年代美国"和谐"国际秩序的基础。它不仅将印第安人形容为"野蛮"（DCA 12）和"残忍"（DCA 276），更宣扬欧洲文化和印第安文化的根本分歧。这一分歧表现为对待风景的不同态度：

> 正如白人的习惯是在景色中表现自己，改变景色，或对它稍加改造（至少要为他曾在此逗留而留下一点记号以作纪念），印第安人的习惯则是经过一个地方的时候，不去惊动任何东西，不留一点痕迹地走过去，就像鱼在水里游过，鸟在空中飞过一般。印第安人的风格是自我消失在景色中，不是在景色中突出自我。

---

1. "恐怖谷"理论是日本科学家森政弘在1970年提出的关于人类恐惧情感的论断，该理论认为，非人类物体与人类外表的相似性会激发人们的好感；然而当相似度到达某个特定程度，人们的注意力反而会集中于物体与人类的差异性之上，进而导致反感甚至恐惧。这一情感效应在机器人身上尤其明显，高仿真度的机器人因为动作僵硬，让人们有面对僵尸的感觉。

他们关于装饰的想法从不施加于自然。他们似乎毫无欧洲
人"掌控"自然、整理和重造的欲望。（ DCA 232-233 ）

有评论家认为这段论述批判了欧洲文明中的人类中心主义，颂扬印
第安文明的生态意识[1]。这不过是当下的生态主义者自身的欲望投射。拉
都主教从未改变过"白人的习惯"，始终坚守着欧洲的文化伦理。这种伦
理是他对待异域风景和异族人民态度的内核，在小说中被表述为"无论
是对自己、对坐骑、对面前的杜松树，以及正垂听他祝祷的天主，他都
保持着一种温文有礼的风度"（ DCA 19 ）。在这样的伦理视域下，异域风
景便被纳入欧洲基督教的思想体系之中，成为其理念的承载物。因而，
纳瓦霍人居住地成了"这样一个弱不禁风的避难所，人仿佛就坐在一个
由尘土和流动空气构成的世界的中心"；而对于主教来说，它是"思考问
题、回忆过去和计划将来的好地方"（ DCA 226 ）。自始至终，身处异域
的拉都主教都"思念着自己的同类、自己的时代，遥想着欧洲人和他们
那充满了欲望和梦想的光荣历史"（ DCA 103 ）。

4. "字面的认可"：异族的文化接触

身处殖民地的欧洲人对异域环境大多采取贬抑和否定的态度：他
们"对自己的白皮肤很自豪"（ DCA 133 ）；"没有白人了解印第安宗教"
（ DCA 134 ）；他们龟缩在欧洲文化身份之中，缺乏和异域环境进行沟通

---

1. Ann W. Fisher-Wirth, "Dispossession and Redemption in the Novels of Willa Cather," *Cather Studies 1*, ed. Susan J. Rosowski, Lincoln: University of Nebraska Press, 1990, 36-54, p.47; Patrick K. Dooley, "Biocentric, Homocentric, and Theocentric Environmentalism in *O Pioneers!, My Ántonia*, and *Death Comes for the Archbishop*," *Cather Studies 5*, ed. Susan J. Rosowski, Lincoln: University of Nebraska Press, 2003, 64-76, p.70.

交流的意愿，无法像拉都主教一样与他者建立"和谐"关系。这些欧洲人对印第安人的鄙夷在日常对话中便能看出："如果我看见白人在晚上抬进一个箱子，我能猜出里边是什么：钱，或者威士忌，或者武器。但看到是印第安人，我没法说。有可能就是他们的祖先崇拜的一些古里古怪的石头。他们（they）珍惜的东西对我们（us）来讲一文不值。他们有他们自己的迷信，他们的思想沿着同样的老套路，一直到世界的末日"（DCA 135）。显而易见，"我们"和"他们"的对立致使异族文化被贬低为"迷信"和"老套路"，完全排除了跨种族文化交流的可能性。正是出于这一原因，印第安人的"野蛮"形象才会经久不衰："就在去年，陶斯的圣费尔南德斯的印第安村民杀害了美国新墨西哥领地的总督和另外十几个白人，割了他们的头皮"（DCA 10）。这一流言其实是美国历史上白人"囚掳叙事"的翻版[1]，强化了印第安人负面的文化形象。

在小说中，只有拉都主教真正对自己与异族的友谊进行了文化反思。约瑟夫神父虽然更擅长与印第安人打成一片，但目的纯粹是为了传教。更加具有知识分子气质的拉都主教充当了观察印第安文化的角色，善于反思和总结自身与印第安人的关系。小说中印第安文化的根本特点是"表象性"，即印第安人不注重"内在的"精神，而对"外在的"东西非常感兴趣。拉都主教注意到："印第安人的生活中有一种古怪的对表面意义的坚持（literalness）"，将对永恒的追求寄托在一隅方山之上，"把理念变成了可以拥有的实物"；这个发现使他"吃惊、不知所措"（DCA 97）。这与天主教从物品中体验抽象理念是完全逆反的意义生成模式。

---

1. "囚掳叙事"是北美流行的一种文学体裁，以白人被印第安人俘获和折磨为主要内容。具体论述可参见金莉：《西方文论关键词 囚掳叙事》，《外国文学》2018年第4期，83—94。

印第安人对约瑟夫神父感兴趣的原因在于他的长相，而不是他的天主教神父身份。他们嫌弃约瑟夫长相丑陋，私下里对他的生理缺陷指指点点："我的奶奶如果还在，能帮他把那东西去掉，可怜的家伙！应该有人告诉他奇马约那里的圣土。那圣土可能会弄掉那东西。现在已经没有人能去疣了"（DCA 55）。正是印第安人对表象的关注引发了他们与约瑟夫关于婚礼的分歧。约瑟夫神父坚持结婚在前，将之视为基督教中不可妥协的核心原则。而印第安人对此颇多质疑："我怀疑这主婚的仪式能有什么好处。他们在一起已经生活这么多年了，有了娃，结婚仪式还有个什么用？"（DCA 56）这些私人话语明显展现了印第安文化的"表象性"——圣礼在他们的眼中不过是形式罢了，与超验意义并无关联。印第安人只在乎表象物品本身，正如小说总结道："一些耶稣受难像，或者圣徒殉道像，会更强烈地打动那些红皮肤人"（DCA 12）。以身体为媒介的"非文字化"记忆从本质上来说便是对表象的坚持和对理念的摈弃[1]。拉都主教在村子里行走时，跪在两旁的教徒亲吻他的戒指，所表达的是对物品而非神恩的崇敬。这引起了主教的情感不适："在主教的国家，这一切对他来说特别反感。……他已经听说了，对于这个民族，宗教必须是表演式的"（DCA 142）。拉都的这种情绪与其说体现了法国的"高等文明"，不如说体现了凯瑟作为新教徒的反偶像崇拜立场。但更深的意图在于展现欧洲文化与印第安文化的本质差异，勾勒对待印第安文化的"恰当"态度。

这个态度包含了对文化差异的接受，以及在价值观冲突时遵循"白

---

1. 关于小说中印第安人的"身体"记忆，可参见李莉：《宗教：印第安人的身体记忆——从〈死神来迎大主教〉看印第安人的宗教观》，《宗教学研究》2009年第3期，217—220。

人的习惯"这两个既矛盾又统一的层面。拉都主教并没有像普通的帝国旅游者那样对异域风景和异族人民采取完全的否定态度，而是在有限的范围内尽力接受文化差异，照顾到他者的需求。比如，在吃饭时，墨西哥人听说他吃羊肉不放辣椒，问他是不是不吃辣椒更虔诚。拉都主教赶紧解释这不过是法国人的口味而已，"生怕姑娘从此失去一样自己最喜欢的调味料"（DCA 30）。这不仅是对异族"口味"（taste）的大度，更是对异族文化"品位"（taste）的尊重和认可。正如小说所言，"他没有办法把自己对欧洲文明的记忆传送到这个印第安人的头脑中去，同时他也很愿意相信，在哈辛多身后也有一个年代久远的传统、一个传奇浪漫的故事，同样没有任何语言能把它们翻译给自己"（DCA 92）。无论是"传送"（transfer）还是"翻译"（translate），都暗含两种文明之间的差异和区隔。如果深层的理解没有可能，那么唯一合适的态度就是保持表面尊重。正因为如此，极其反感"表演式"宗教的拉都主教才会将圣母像送给虔诚的印第安妇女莎达："对一个不识字——或思考——的人来说，图像，圣爱的物质形式！"（DCA 218）这是全书最富跨文化含义的细节之一，对于印第安文化的"表象性"表现出了理解和包容。

不过，小说依然具有白人的种族意识和文化优越感。拉都主教对约瑟夫神父用新墨西哥领地原材料烹饪法国菜的评价体现了文明移植的意图："我无意贬低你个人的天分，约瑟夫，但是想想吧，这样一罐汤，靠一个人是做不来的，它是一个精益求精、不断进步的传统的成果，这罐汤里蕴藏着接近一千年的历史"（DCA 38）。这个"不断进步"明显呼应了美国进步主义时期的核心概念，与印第安文明的停滞不前形成了鲜明对比。值得指出的是，拉都主教绝非弘扬集体主义，而是在强调一种以个体主义为基础的集合——对自然和他人毫无"掌控"欲望的印第安文明是集体主义的代表，而作为一个"传统"的西方文明却是诸多约瑟夫式的个体英雄组成的集合体。这两种文化的区别在约瑟夫神父从卢顿先生那里要两头白骡子的细节中得到了隐秘体现。卢顿先生对自己的财产能够参与传教事业非常自豪："我的主教和我的神父，用我的漂亮的白骡子代步"（DCA 62）。"我的"（my）这个词一再出现，与没有私有财产意识的印第安文化构成了对比。所有权概念是美国文明的基石，这便是为何《教授的房屋》中汤姆占有印第安古迹并将之视为国家财产。拉都主教对印第安艺术的复杂情感也同样体现了他"白人的习惯"："班卓琴对拉都主教来说一直是个异族（foreign）的东西；他觉得它十分野蛮。这个奇怪的黄皮肤男孩演奏时，琴弦中振荡出柔软和倦怠——但也有一种疯狂、鲁莽，这些人都感觉到并追寻的荒野国度的呼唤。"他来回弹奏的黄手就像"一团沙暴"（DCA 182）。这和约瑟夫神父的态度形成了有趣的呼应：约瑟夫神父在"他所知道的国家之中，最喜欢那个沙漠和它的黄人儿"（DCA 246）。对于黄皮肤的强调贯穿了凯瑟创作的始终，所承载的是凯瑟对于华人的贬抑态度。在这里，两位神父对印第安文化的态度因而也是一种有限的接受，是一种基于安全距离对于他者的端详。

这种有限的接受被小说称为"字面的认可"。这一概念是奥利弗之妻伊莎贝拉拒绝通过透露自己真实年龄换取继承丈夫遗产这个细节的中心意义，也是整部小说的中心意义。为了获得教堂的捐赠份额，主教劝她说出自身已经53岁的真相[1]："对朋友和世界来说，你就是42岁。你的内心

---

1. 有趣的是，凯瑟在创作这部小说时正是53岁。而且，凯瑟也曾做过篡改年龄的事情。她在1909年对外公开个人信息时将自己的出生年份从1873年改为1875年。

和外貌甚至比42岁还年轻呢。但对法律和教廷来说，需要有个字面的认可；在法庭上作一个正式的申明，不会给你多添一道皱纹；你知道，一个女人的年龄，就是由她的外貌决定的"（DCA 190）。隐瞒年龄这一行为在小说中与虚荣无关，而具有特殊的人文含义，体现了"字面"和"想象"之间的关联和区别。如小说所言，对现实／字面的承认，是浪漫主义"诗意"的必要前提。"字面"是理念得以体现的前提，但并没有动摇理念本身的重要性。这是凯瑟"历史小说"系列致力于表达的核心观点，也体现在主教与印第安人"利益和谐"的关系之中。拉都主教这么形容自己的教区："我对你们那里的了解都来自费尼莫尔·库珀（Fenimore Cooper）的作品，那些传奇故事真是太有趣了"（DCA 13）。这个坦然的承认奠定了小说中白人主体认知方式的基调。白人主体对于他者的了解通过"字面"的媒介完成，所了解的并非客体本身，而是文本呈现出来的过滤形象。正如拉都主教对约瑟夫神父所说，"我看到的你，不是真正的你，而是通过我对你的爱意看到的你。我觉得，教会的奇迹似乎并不在于突然之间自远方向我们身边逼近的什么面容啦、声音啦，或是治病的力量啦，而在于我们的感受力变得敏锐了，因此在那一个片刻，我们的眼睛能看到、我们的耳朵能听到原来一直就在我们身边的东西"（DCA 50）。"一直就在我们身边的东西"（what is there about us always）一语双关，也可理解成"一直以来有关我们的特征"，是对白人认知模式的总结。这一认知模式否定印第安文化强调的表象性，淡化了"面容""声音"和"治病"等物质符号的作用，转而强调"我们"的感受作为认知的核心要素。这一认知的极端表现形式是，拉都主教拒绝参加好友约瑟夫的葬礼，再看一眼约瑟夫逝世时的样子："这不是感情用事；他的记忆所生成的约瑟夫，就是那个样子，再没有别的版本"（DCA 286）。这种思维偏离了正统的天主教教义，但对于白人传教士来说再正常不过，因为它帮助白人主体适应环境，时刻保持恰当的自我，使他们与异质他者的融合显得有限而恰当。小说借印第安向导哈辛托之口赞扬了这种谨慎的克制。哈辛托认为白人在和印第安人打交道时，总是换了一副虚假的表情。比如，满腔热情的约瑟夫神父"总是把奇迹说得绘声绘色、引人注目，不是出于自然，而是违反自然的"（DCA 29）。相较而言，主教与印第安人的相处模式更加理想，不仅维持了表面的"和谐"，同时也没有放弃白人的立场。

拉都主教的"字面的认可"态度与顺从式传教和暴政式传教构成了对比，成为庇护所精神的最好实践。顺从式传教以马蒂内斯神父和卢瑟罗神父为代表，强调传教要完全本土化，顺应印第安人的自然肉欲。他们一个沉迷性欲，一个执着金钱，完全认同"表象性"的文化思维，湮灭了天主教的内在精神。马蒂内斯对拉都主教说：

> 你不了解印第安人和墨西哥人。如果你试图将欧洲文明带到这里，改变旧的习俗，比如干涉印第安人的秘密舞蹈，或禁止他们的血腥仪式，那么我料定你肯定活不长。我建议你在推行改革之前，先研究我们的本土传统。你周围的都是野蛮人，是两个蛮族，我的法国先生！你的教廷所禁止的邪恶，是印第安宗教的一部分。你无法把法国的东西带到这里来。（DCA 147）

作为天主教教义本土化的代表，马蒂内斯意识到印第安文化与白人基督教文化的本质冲突，为了维护自己的既得利益而选择了站在当地群体一边："他自然很恨美国人。美国人的占领对他这样的人来说意味着末路。他是阿比丘之子，属于旧秩序，他的时代结束了"（DCA 153）。作为"原始"文化的残余，对表象性的维护被"进步"的白人基督教文化扫进了历史的垃圾堆[1]。与之相对的是以西班牙神父巴尔塔扎为代表的暴政式传教，其基本特征是压制、奴役和威吓印第安人。巴尔塔扎神父相信，印第安原住民存在的唯一价值就是充当实现其宗教事业的资源。作为欧洲文化的传播者，他不辞辛劳地在异域建立一座欧洲花园，为此无所不用其极地压榨印第安人。他的暴政式传教通过独裁这个政治隐喻表现出来："他像守护一个小小王国般的看守着他的花园，绝不容许印第安妇女在供水上有一丝怠惰"（DCA 106）。对"艺术"的过度追求背离了人文主义精神，忽视了人性。从本质上讲，西班牙神父的传教都属于这一范畴，因此拉都主教才一边赞叹拉米雷斯（Juan Ramírez）神父在阿孔玛岩石上建造教堂，一边反省道："拉米雷斯及其后来的西班牙神父，多少还是带有世俗心的。他们建造的教堂并非依照印第安人的需要，而是为了他们自己的满足"（DCA 101）。无论是顺从式传教的"表象性"，还是暴政式传教的极端"理念性"，都在小说中走向惨败的结局，导致了神父的死亡。只有死亡这个重大事件才能终止物质世界的"社会戏剧"，接收到精神世界的一束光芒。正如小说所言，死亡具有"一种庄严的社会意义；在人们眼中，死亡不是身体机能的终止，而是像戏剧中的高潮一样，是灵魂进入另一个世界的时刻——在那一刻，灵魂保持着完全的意

---

1. 需要指出的是，小说中的马蒂内斯与真实历史上的墨西哥当地神父马蒂内斯（Antonio José Martínez）具有巨大的差异。评论家E. A.马雷斯（E. A. Mares）认为，凯瑟在小说中通过故意丑化这位墨西哥神父体现了盎格鲁–撒克逊白人的种族主义思想。转引自 Sukhbir Singh, ed., *Ideology and the American Novel*, Delhi: B. R. Publishing Co., 2000, p.56.

识，通过一道矮门，进入一个无法想象的新境界"（DCA 169-170）。在小说中，这个"新境界"只有拉都主教的传教模式才能达到。"字面的认可"态度在小说中被转化为两大传教主题：庇护和教育。其中，庇护主题代表了白人对于异族的表层认可，教育主题代表了白人对于异族的本质否定和重新塑造。

　　庇护主题体现在奴隶制的解体、印第安保留区的设立、女性解放三个方面。拉都主教将奴隶和印第安人"被安置到他们自己的地方"（DCA 290）视为他所见证的最大进步。奴隶莎达的获救和印第安酋长的恳求是天主教异域庇护所的最好证明。这一庇护所也挽救了墨西哥妇女玛达蕾娜，抓捕了白人垃圾巴克。巴克极端邪恶卑劣，强迫玛达蕾娜和他一起谋财害命。他的容貌被刻画成"野蛮人"的样子："异常恶心，看上去要多邪恶有多邪恶的脑袋上，还有一对小小的、好似没有发育完全的耳朵。此人连半个人都算不上……"（DCA 67）。这个外貌描写极为直白地呼应了当时欧美的种族话语，将道德低劣与"没有发育完全"的劣等种族联系在了一起。白人垃圾巴克和墨西哥姑娘玛达蕾娜的结合完全颠覆了传统的殖民性关系，因为"从本质上讲，规避白人与当地人发生性关系是殖民关系的中心特征之一，它对种族观念和种族错觉的形成至关重要。19世纪末期，种族关系变得不太和谐，传教士和［殖民者的］太太们主张对性进行更加严厉的控制。于是，性接触的个人色彩更加淡化，嫖娼倒成了政治上更加安全的举措"[1]。控制性欲被认为是白人"理性"的特征，成为欧美国家道德和经济的基础："对于那些致力于建造美国经济

---

[1]　Ronald Hyam, *Britain's Imperial Century, 1815-1914: A Study of Empire and Expansion*, 2nd ed., London: Macmillan, 1993, p.292.

基础的商人来说，节俭大概是最重要的美德；节俭就是对花费的严格控制——美元和精液……19世纪美国中产阶级体面的卫道士认定，过度使用男性精液对国家的经济和道德都构成了损害。"[1] 在这一语境下，拉丁美洲人民被视为缺乏"理性"美德的"低劣"种族，成了道德上的他者。《死神来迎大主教》通过巴克事件对于这一殖民性关系的改写意在烘托拉都主教的异域庇护所，就如《中美天津条约》将中国皈依者也纳入自身的"庇护"范围一样[2]。

教育主题在小说中体现为对教区人群的引导，将他们从原始野蛮的生存状态引向欧洲基督教文化。就如拉都主教对墨西哥本土神父马蒂内斯的评价所显示的，白人天主教徒除了重塑异域空间之外，还自我承担了教育和提升异族文明的任务：在拉都主教看来，马蒂内斯具有吸引人的性格，拥有"令人不安的、神秘的、磁铁般的魔力"（DCA 150）；"引导得当的话（rightly guided），这个墨西哥人可以成为一个伟人"（DCA 149-150）。这样的评论与美国进步主义时期的"教育"话语非常相似，意在将异族身上"令人不安的"因素转化成符合白人基督教文明标准的"伟大"。"得当"的引导因而成为传教事业中最为重要的层面，也成为"字面的认可"中最核心的部分，因为教育是建构异域庇护所的终极意图。

---

1. Frederick B. Pike, *The United States and Latin America: Myths and Stereotypes of Civilization and Nature*, Austin: University of Texas Press, 1992, p.53.

2. 巴克事件也可以视为"理想"的美国治理方式的对立面。盎格鲁-撒克逊裔美国人在获得墨西哥的土地后，意图通过"和平结构"治理当地，即在维持原有社会结构的基础上，通过攫取顶层权力的方式实现统治。具体而言，便是美国男性迎娶当地精英的女儿，从而对该地区进行间接统治。这种联姻具有政治上的互利性：美国女婿得到了土地、财富和当地民众的认可，墨西哥家族则获得了美国女婿的保护和美国政府的认可，成为"新美国"的良民。参见Timothy Matovina, "Remapping American Catholicism," *U.S. Catholic Historian* 28.4 (2010): 31-72, p.50.

或许正是出于这一原因，小说用"学堂"来比喻拉都主教和约瑟夫神父治下的教区。约瑟夫改革一个声名狼藉的教区后，在给远居法国的妹妹的家信中形容他的教民"就像是一个学堂里的学童，在一位校长的治下，他们以调皮捣蛋为乐，而换了一位校长，他们则比着看谁更乖、更听话"（DCA 117）。这里的措辞再次强化了将美国视为"校长"的国际秩序观，呼应了20世纪20年代"利益和谐"话语中美国至上的文明等级论。"白人–移民／异族"教育意象在凯瑟作品中一再出现，勾勒出一个基于文明进化论的种族交流模式。在《死神来迎大主教》中，这一模式取得了令人瞩目的成功。因为拉都主教的传奇经历广为流传的地点除了修道院，还有教室，并吸引了男孩伯纳德·杜克若主动前往新墨西哥领地帮助主教（DCA 265-266）。这些细节彰显了教育的力量；思想观念通过教育得以延续，在异域完成了自身价值体系的再生产。

庇护和教育主题在小说中被融合进同一个意象：教堂。小说中的教堂是主教传教理念的固化："这样的一座建筑，一个承载着他的理想的实体，在他已经退下人世的舞台之后，依然可以作为他本人和他的目标的延续"（DCA 175）。小说聚焦教堂这个圣化的建筑物阐释了"和谐"伦理的内涵。凯瑟本人对于美国西南部的天主教堂非常感兴趣，认为它们表现了一种独特的美学观念："我曾经希望能有关于旧时建造这些教堂的书面记录，但很快就感觉什么书面记录都不会比得上它们自身的存在。它们就是自身的故事，我们时刻需要语言来阐释一切真是愚蠢的传统。"[1]这些教堂的独特性从未被凯瑟解释过，但从她对美国社会工作的严厉批

---

1. Willa Cather, *Cather: Stories, Poems, and Other Writings*, New York: The Library of America, 1992, p.959.

评中可见端倪。她指责那些社会福音派"传教士"致力于把移民"变成自鸣得意的美国公民的复制品。这种把每件事、每个人都美国化的狂热是我们的恶疾。这一过程就如我们建房子一样；快速、统一、干脆，其他什么都不在乎"[1]。这句话并非如评论界所认为的那样体现了凯瑟的多元文化主义立场，而是对传教工作提出了设想——现代的工业化生产并非"美国化"的恰当方式，只有照顾到客体的独特性才是成功的传教。凯瑟的"历史小说"系列，尤其是《死神来迎大主教》这部小说，呼应了凯瑟对美国西南部教堂的兴趣，通过"字面的认可"呈现出传教成功的秘诀。美国20世纪20年代兴起的"中世纪精神"（medievalism）是对以"分离主义"为基础的"美国化"的反驳——美国民主以个人与社会的分离为特征，新教以物质与精神的分离为特征[2]。《死神来迎大主教》的"中世纪精神"体现在拉都主教的"居中性"（betweenness）特质上。他在新旧两个世界之间来回摇摆，所创造的花园是一个"居中的""杂糅的"空间，是两个世界的"成功融合"[3]。正是这种融合性才使得异域的"风与土"被圣化成"庇护所"（DCA 229）。就如小说中的建筑师对拉都主教所说，"背景的好坏，全赖天成。一座建筑要么和背景相得益彰，构成一个整体，要么互相排斥；一旦两者间确立了亲缘关系，它们的关系将会随着时间强化"（DCA 270）。作为欧洲文明本土化的隐喻，拉都主教建立的

1.　L. Brent Bohlke, ed., *Willa Cather in Person: Interviews, Speeches, and Letters*, Lincoln: University of Nebraska Press, 1986, pp.71-72.

2.　Albert Gelpi, "The Catholic Presence in American Culture," *American Literary History* 11.1 (1999): 196-212, p.198. 另参见Philip Gleason, *Keeping the Faith: American Catholicism Past and Present*, Notre Dame: University of Notre Dame Press, 1987.

3.　Sarah Mahurin Mutter, "Raising Eden in *Death Comes for the Archbishop*," *Arizona Quarterly* 66.3 (2010): 71-97, pp.87-88.

教堂在两个文明之间建立了联系。这种联系在本质上以欧洲为中心，因为异域风景被赋予了欧洲天主教文明的含义——建筑地址的山的红色被比喻为"凝固了的血色，那些罗马老教堂中保存着的圣徒和殉道者的血"（*DCA* 270）；但这种联系同时也是对欧洲文明的拓展，是"伟大的思想"重新以简约的形式出现："在多少个世纪的历史和荣耀之后，神圣家庭会重新回到他们原初的角色，通过卑微的墨西哥家庭的形式彰显圣迹——卑贱者中最卑贱的、贫苦者中最贫苦的，在世界尽头的荒芜中，天使也难以找到的地方"（*DCA* 280-281）。综合说来，白人天主教徒的传教在教堂建筑上得到了最完美的体现，彰显了自我与他者、白人文明和异域空间的有限融合。

5. 帝国隐喻

《死神来迎大主教》中拉都主教主持的教堂建造不仅仅是一项白人与异族接触的文明工程，更是美国帝国身份建构的政治工程。拉都主教和约瑟夫神父的法国身份往往让读者误解凯瑟在创作后期变成了亨利·詹姆斯式的世界主义者，而忽略了这一欧洲身份背后隐含的"美国性"。事实上，小说呼应了美国得克萨斯州的教堂建筑史，展现了这一行为背后的国际政治和美国意图。在得克萨斯宣布脱离墨西哥独立后，罗马天主教廷不能再将之置于墨西哥的利纳雷斯教区管辖之下，因此不得不考虑设立新的传教机构。梵蒂冈选中法国人当主教，而不是占据人口多数的墨西哥裔、德国裔或爱尔兰裔，是基于国际形势所做出的决定。它既要避免承认得克萨斯共和国而惹恼墨西哥，也需要加强与美国、法国和英国的关系——这些国家都意图对得克萨斯的宗教信仰施加影响。为了抵御新教冲击，教宗格列高利十六世（Gregory XVI）1839年宣布将得克萨

斯升格为教区。在让–马里·奥丁（Jean-Marie Odin）主教——他22岁便
响应号召前往美国传教——的带领下，法国传教士在当地规划和建造了
许多教堂、学校、女修道院、医院等，其中最令人瞩目的成就是1848年
建成的圣玛利亚大教堂（St. Mary Cathedral Basilica）和1856年在布朗斯
维尔建造的圣母大教堂（Immaculate Conception Cathedral）。建造时，
奥丁在私人信件中多次提到圣玛利亚大教堂："这个教堂坐落在城市正中
心，是最美丽的一道风景。可以说是加尔维斯顿唯一的地标……它将在
得克萨斯境内宗教知识的扩张中发挥巨大作用"；"坐落在得克萨斯主要
城市的这座教堂，是这片未开化土地上的独特丰碑，是当地所有居民啧
啧称奇的对象。那些总是行踪不定的旅行者都想一睹真容。我们不遗余
力地利用这些机会来让他们恰当地理解我们的信仰。访问过后，他们的
偏见真的消失无踪！"[1] "宗教知识的扩张"便是奥丁主教所期待的"开花
结果"，阐明了教堂建造的根本意义。

　　《死神来迎大主教》将奥丁主教的事迹移植到拉都主教这个角色身
上，但是20世纪20年代的美国文学作品回顾和挪用这段历史，不可避免
地带有美国意图。完整的历史事实是，奥丁主教之后的法国传教团在美
国各地区并未达成维护欧洲利益的效果，而是被逐步美国化了。到1893
年，得克萨斯州的教区管理层里再也没有法国教士的身影，教堂与法国
的文化联系日趋淡化。在《死神来迎大主教》的结尾，拉都主教情感怀
旧的对象不是欧洲故乡，而是美国："他在野牛遍地的时代来到这里，活
着看到火车驶入圣菲。他活过、走过了一个历史时代"（DCA 271）。火
车进入边疆的意象是凯瑟作品中不断出现的场景，喻示美国社会从边疆

1.　Richard Cleary, "Texas Gothic, French Accent: The Architecture of the Roman Catholic Church in Antebellum Texas," *Journal of the Society of Architectural Historians* 66.1 (2007): 60-83, p.60, p.71.

的蛮荒走向发达的工商业时代。主教活过、走过的这个时代也是"新墨西哥"从"异域"变为"本土"的时代。小说通过自然风景、原墨西哥人和法国传教士在传教过程中的逐步美国化，体现了美国作为庇护所的强大同化能力。

　　小说的美国隐喻主题首先体现在自然空间的美国化。小说开篇将罗马教廷枢机主教讨论传教人选的时间设定为"1848年夏，某日向晚"（*DCA* 1）。这一年美墨战争刚刚结束，美国从墨西哥手中夺取了大片国土。小说对于美国攫取墨西哥国土、将之变为"新墨西哥"的行为做了辩护。它将墨西哥刻画成一个对印第安人实行残暴统治、亟需精神救赎的"野蛮国家"（*DCA* 49）。在承认白人的扩张给印第安人带来致命的传染病，致其人数锐减、村庄破败的同时，凯瑟以作者的身份强行闯入文本，于文本下方意味深长地加了一个脚注："实际上，早在美国人占据新墨西哥的很多年之前，佩科斯的印第安存在已经被遗弃了"（*DCA* 123）。这将白人施加给印第安人的种族戕害转化为墨西哥的国家暴力，从侧面强化了美国的庇护所形象。只有在加入美国之后，"墨西哥"才能浴火重生为小说不断提及的"新世界"。这个新世界诞生的前提是摆脱西班牙"旧秩序"（*DCA* 139）的影响。与《我的安东妮亚》中少年吉姆的发现相呼应，"隐水"的居民向拉都主教展示了西班牙人留下的"箭镞、锈蚀的勋章，还有一个显然是西班牙样式的剑柄"（*DCA* 31）。拉都主教对西班牙银钟的评论刻意强调了西班牙遗产背后的"东方"因素，意在凸显美国作为西班牙的继承者接管了"旧欧洲"帝国以往的东方利益。从美国的角度来说，小说所展现的"墨西哥"向"新墨西哥"的转化，是异域风景变成神圣"领土"的过程，因而成为美国民族历史的一部分。拉都主教在参加晚宴时的祝酒词提到了历史学家约翰·菲斯克，明确不过地体现了他的"浪漫美国"意识。菲斯克在1880年春的一次讲演上提到，美国南北内战期间旅居巴黎的美国人参加晚宴时，祝酒词与过去和未来无关，而都是关于"伟大的美国将会拥有的荣光"；每个人都赞颂"我们国家前所未有的广袤"，都期待内战结束并重启国家的扩张传统[1]。《死神来迎大主教》对菲斯克的提及展现了同样的美国意识，是美国获得新墨西哥土地的庆祝仪式。

与自然空间美国化相辅相成的是异族的美国化，即美国新近获取的土地上的自然"居民"变成社会意义上的"美国人"。小说通过探讨原墨西哥人和法国传教士两个群体的归属意识表达了这一主题。在"隐水"，拉都主教与当地居民有一次意味深长的谈话，表现了原墨西哥人对于"美国"身份的误解和拉都主教的辩护：

> "你们可能已经猜出来我是法国人了。"神父说。
>
> 并没有，但他们肯定他不是美国人。……
>
> "他们在阿尔伯克基说我们现在是美国人了，但那不对，神父。我永远不会是美国人，他们是异教徒。"
>
> "不是所有美国人，我的孩子。我在美国北方住了十年，那里有许多虔诚的天主教徒。"
>
> 年轻人摇了摇头："他们和我们作战时摧毁了我们的教堂，在里面养马。现在他们会把宗教从我们的手中夺走。我们需要自己的方式和宗教。"

---

1.   Eric T. L. Love, *Race over Empire: Racism and U.S. Imperialism, 1865-1900*, Chapel Hill: University of North Carolina Press, 2004, p.27.

　　拉都神父开始向他们讲述自己在俄亥俄与新教徒的良好关系，但他们的思想容不下两个理念；世界上只有一个教会，其余的都是异教徒。（DCA 26-27）

　　原墨西哥人对美国身份的拒绝有着现实战争的因素，但根本原因在于他们片面地将美国身份与新教相等同，建构了一个想象性的敌对美国。拉都主教则极力将两者分开，宣扬美国身份是容许不同文化共存、庇护不同人群的和谐空间。正是在这样的空间中，拉都主教逐步从一个欧洲人变成了美国人，重现了欧洲殖民者初次踏上美洲大陆的拓荒历史。他在寄回法国的家信中说：

　　我们传教士整天穿着双排扣外套，戴着宽边帽子，看起来像美国商贩一般；晚上到了家里，才能穿回我的旧教士袍，那感觉真好！这时候我才感觉自己更像个神父，也更像个法国人——因为白天我必须是"生意人"，从言语和思想上都是一个美国人——没错儿，就连心里也得是个美国人。美国商人，尤其是边界贸易站的军官非常友善，口头上的合作不足以报答他们的情谊。我决意要帮助那些军官完成任务。我对他们的帮助比他们所能想象的要更大。教会比军队更能使那些可怜的墨西哥人变成"好美国人"。这也是为了人民好，这是改善他们境况的唯一出路。（DCA 35-36）

　　虽然他在字面上依然强调欧洲文明身份相较于美国身份的优越性，但其行为的旨归却是帮助"墨西哥人变成'好美国人'"，并在这一过程

中完成了自身的美国化。这便是为何他在墨西哥神父埃雷拉的眼中就是
一个"美国的"主教（DCA 46），并且小说经常将他与典型的美国英雄
基特·卡森进行类比："两个有同样坚持的人，即便是萍水相逢，也能一
见知心"（DCA 75）。拉都主教的传教与美国开疆辟土的政治工程合二为
一，所以他临终时已经不再回忆"旧欧洲"，而"发现自己想家了，想念
新世界"（DCA 199）。天主教士的美国化这一主题在性格内敛的拉都身
上体现得含蓄且文雅，在约瑟夫神父身上则非常直白。这位热烈奔放的
神父直言不讳地说道："我差不多已经变成了一个墨西哥人！我已经喜欢
上了辣椒豆泥卷饼和羊油"（DCA 208）。这样的表述一般都有欧洲文明
堕落成异族文明的危险，但在约瑟夫神父这里却体现着传教的胜利和荣
光，原因在于他"总是能让人对他生出如此忠贞不渝的感情，不论是红
种人、黄种人，还是白人"（DCA 287）。与其说约瑟夫成为了"墨西哥
人"，不如说小说将其圣化成了美国的象征，期待他能够像熔炉一样赢得
所有肤色公民的忠诚[1]。这正是美国异域庇护所意欲实现的终极目标。

　　在小说中，空间和居民的美国化不仅使得美国完成了替代西班牙帝
国的政治目标，更在思想意识形态层面反向影响了"旧欧洲"。约瑟夫神

1.　小说中拉都主教和约瑟夫神父的形象存在显著差异：拉都主教更注重生活的艺术感，
而约瑟夫神父更加当地化、物质化。这与欧美传教士在亚洲的表现颇有类似之处。美
国的新教传教士为了适应朝鲜半岛的生活，经常自己建造住所，配上美国的家具。美
国传教士阿瑟·贾德森·布朗（Arthur Judson Brown）在1905年有关朝鲜半岛的游记中
说，这样的建筑物"干净、舒适、井井有条，就像是沙漠中的绿洲一般"。在这样的
绿洲之中，传教士感觉他们就像在美国的城市中一样。而与他们的生活形成鲜明对比
的是法国天主教传教士。法国传教士与平民打成一片，生活清贫、住所简陋。相比之
下，美国传教士经常因为生活豪奢甚至涉足商务而遭到美国外贸商人的抱怨，但成
功地让朝鲜人对美国的科技发展和中产阶级生活产生了极大兴趣。参见Dae Young Ryu,
"Understanding Early American Missionaries in Korea (1884-1910): Capitalist Middle-Class Values
and the Weber Thesis," *Archives de sciences sociales des religions* 48.113 (2001): 93-117, p.98.

父在写给妹妹的家信中，将美国的风土人情和自己的传教经历变成字面意象，化为游记寄回欧洲。那些法国的修女通过这些描写和转译完成了对"新大陆"的想象性占有，将远方的风景变成了她们能够理解和经历的"新墨西哥"（*DCA* 181）。这一场景是现实的镜像：正如凯瑟为读者创作《死神来迎大主教》这部小说，读者通过阅读文本完成对美国历史的想象，强化了"新墨西哥"属于美国领土的认知。从本质上来说，《死神来迎大主教》是一部有关美国身份的小说。一些政治学家认为小说只涉及了美国内部事务，描绘了新领土被纳入美国国家政治、经济和文化体系的过程。詹姆斯·保罗·奥尔德（James Paul Old）认为小说"与凯瑟的很多其他作品一样，刻画了保持个体真实身份和建构国家统一身份之间的张力"[1]。但小说同时也涉及了"思想资本"——理念、精神和思维方式——在不同文化地界的流动，所聚焦的是国际伦理体系中的美国，探讨了异域庇护所的形式和内涵。

三、女性持家：《磐石上的阴影》中的"和谐"伦理

建构异域庇护所、彰显"和谐秩序"的意图在《磐石上的阴影》的女性持家叙事中显得更加明显且自然。与《死神来迎大主教》相比，这部小说的松散性犹有过之。它通篇都是一些看似并不相关的日常场景，被强行纳入加拿大的殖民生活框架之中，似乎是一个"反叙事"[2]。这个叙

---

1. James Paul Old, "Making Good Americans: The Politics of Willa Cather's *Death Comes for the Archbishop*," *Perspectives on Political Science* 50.1 (2021): 52-61, pp.58-59.
2. 参见Derek Driedger, "Writing Isolation and the Resistance to Assimilation as 'Imaginative Art': Willa Cather's Anti-Narrative in *Shadows on the Rock*," *Journal of Narrative Theory* 37.3 (2007): 351-374.

事方式被凯瑟自己称为"系列画卷"，更是让很多主张"女性美学"的评论家兴奋地将之比喻为女性作家以笔为针织就的"织锦"[1]。把这部小说的主题解读为女性持家的确有着充分理由，因为凯瑟的好友多萝西·坎菲尔德·费希尔1921年发表的小说《满溢的杯子》（*The Brimming Cup*）探讨了女性从持家中获得乐趣的可能性和限制性。在小说中，女主人公将丈夫比喻成具有可靠力量的"磐石"。凯瑟读过这本小说，在《磐石上的阴影》中很明显地呼应了这一比喻和主题[2]。

但这部小说远不止一部刻画日常生活的女性小说，而有着更加高远的意义指涉。约瑟夫·厄戈认为，《磐石上的阴影》这一标题隐喻柏拉图（Plato）的"洞穴"论，暗示人们生活在理念的阴影和自身的幻觉之中[3]。贾妮斯·斯托特（Janis P. Stout）则认为，小说的视野偏于阴暗，完全抛弃了凯瑟早期创作的乐观情绪："《磐石上的阴影》的气氛充满了恐惧和逃避，传达出广场恐惧症的情感。它是对凯瑟早期小说的巨大倒退。"[4]也有评论家肯定了小说所蕴含的积极意义。如萨莉·佩尔蒂埃·哈维（Sally Peltier Harvey）将之置于美国大萧条之后的社会语境中，认为《磐石上

1. Willa Cather, *On Writing: Critical Studies on Writing as an Art*, New York: Alfred A. Knopf, 1949, p.15; John J. Murphy, "The Art of *Shadows on the Rock*," *Prairie Schooner* 50.1 (1976): 37-51, pp.37-38; Cristina Giorcelli, "Writing and/as Weaving: *Shadows on the Rock* and *La dame à la licorne*," *Cather Studies 8*, ed. John J. Murphy, Françoise Palleau-Papin, and Robert Thacker, Lincoln: University of Nebraska Press, 2010, 263-281.
2. Janis P. Stout, "Dorothy Canfield, Willa Cather, and the Uncertainties of Middlebrow and Highbrow," *Studies in the Novel* 44.1 (2012): 27-48, p.34.
3. Joseph R. Urgo, "Cather's Secular Humanism: Writing Anacoluthon and Shooting Out into the Eternities," *Cather Studies 7*, ed. Guy Reynolds, Lincoln: University of Nebraska Press, 2007, 186-202, p.187.
4. Janis P. Stout, *Through the Window, Out the Door: Women's Narrative of Departure, from Austin and Cather to Tyler, Morrison, and Didion*, Tuscaloosa: University of Alabama Press, 1998, p.98.

的阴影》通过描述贫穷却幸福的小女主人公的域外经历,表达了对人类共同经济境遇的关心,小说背景的"非美国化"正是这一人文关怀的体现[1]。

上述评论没有充分考量异域在小说中的重要意义。将小说中的加拿大仅仅视为持家叙事发生的背景,或一个令人恐惧、需要逃离的地方,抑或美国之外人类经验的缩影,都简单化了"阴影"和"磐石"之间的复杂关系,忽略了小说中的文明扩张主题。当凯瑟在20世纪20年代探访魁北克时,她立刻注意到法裔加拿大人为了维持自身的"法国性"所做的巨大努力。凯瑟的挚友伊迪丝·刘易斯(Edith Lewis)说:"法属加拿大带来了回忆、欣赏和猜想,它非比寻常的法国性数百年来被保持得完好无缺,就如神迹一般,这一切让凯瑟如此着迷和震撼。"[2]凯瑟在谈及《磐石上的阴影》时说:"那儿,在乡民和修女中,我发现了不一样的东西:一种有关生活和人类命运的感觉,我不能够完全接受,却不能不倾慕。很难用语言描述那种感觉;与其说它像一个传奇,不如说更像一首老歌,不完整却没有受到污染……"[3]凯瑟在此表达了非常复杂的情感:她将加拿大的殖民地生活上升到"人类命运"的高度,却同时表现出欲迎还休的犹疑。

凯瑟的复杂情感来源于她在"历史小说"系列中独特的创作意图,即借欧洲殖民历史隐喻文明扩张,进而为美国在第一次世界大战后推行的新国际秩序提供合法性。换言之,她支持在蛮荒的北美大陆推行欧洲文明,但她真正想赞扬的文明维护者并非欧洲国家,而是美国。实际

---

1. Sally Peltier Harvey, *Redefining the American Dream: The Novels of Willa Cather*, Rutherford: Fairleigh Dickinson University Press, 1995, p.102.

2. James Woodress, *Willa Cather: A Literary Life*, Lincoln: University of Nebraska Press, 1987, pp.414-415.

3. Willa Cather, "A Letter to Governor Cross," *The Selected Letters of Willa Cather*, ed. Andrew Jewell, and Janis Stout, New York: Alfred A. Knopf, 2013, p.451.

上，这部小说所探讨的主题是蛮荒背景下对文明的想象。小说开篇便说明男主人公欧几里得·奥克莱尔是一位哲学家兼药剂师，"显然不是一个行动派，做不来抵抗印第安人的战士，也做不了探险家"[1]。通过对奥克莱尔的性格描述，小说仅用寥寥数笔便勾勒出欧洲文明和印第安文明相对立的殖民语境，展现出欧洲对于异域的征服不仅是军事和地理意义上的，更是知识和文明意义上的。凯瑟在《磐石上的阴影》中通过对法国殖民加拿大这一历史的想象，重新招魂了文明话语，背后隐藏了美国打造新的国际秩序并成为其主导者的帝国雄心。小说的独特之处在于，如此宏大的意义没有借助激动人心的战争、探险、拓荒等经典情节来表现，反而选择了日常生活和女性持家。如小说所言，"当一个探险家怀着自己的宗教信仰抵达边远而又野蛮的土地，他所建立的处所将从一开始就有恩典、传统和精神的富足。它的历史中闪耀的是那些令人愉快的小事，可能很琐碎，却很宝贵，就如生活本身一般；大事常常如同天文距离那般毫无意义，而琐事却如同心头之血那般贵重"（SR 98）。所谓琐碎而令人愉快的小事都是与殖民生活息息相关的直接体验，即气候、食物与持家。但在小说中，"大事"从未缺席。看似庸常的琐事艺术地表达了凯瑟创作一以贯之的主题：文明等级、异域庇护所与和谐秩序。小说依然表现了殖民者采用"字面的认可"对待殖民地，却大大淡化了"认可"部分。除了偶尔交代加拿大是奥克莱尔逃离法国政治的"庇护所"之外，小说并未呈现这一北美殖民地有什么值得认可的特质，而是将重点放于它在欧洲殖民者文明的影响下经历了"提升"、最终成为当地人的精神庇护所的过程。

---

1. Willa Cather, *Shadows on the Rock*, New York: Alfred A. Knopf, 1931, p.7. 以下本书中对此作品的引用，将以缩写形式*SR*直接在文中夹注页码。

1. 气候与道德

在凯瑟的前期作品中, 即便是再孤寂的荒野也会带有某种辉煌且崇高的特质, 用以烘托拓荒事业的伟大。从未有一部作品像《磐石上的阴影》这样将自然风景描绘得如此黑暗可怖:

> 河对岸正对着魁北克雄伟之石的地方, 黑暗的松林逼近河水的边缘; 在小镇的背后, 那森林向西边延绵至无人知晓的远处。那是死亡的、封闭的植物王国, 没有勘测标记的大陆, 挤满了互相缠绕的树木, 活的、死的、半死的, 它们根植于沼泽和湿地, 互相扼杀, 延续着几个世纪以来永不停歇的痛苦。森林是窒息和灭绝, 欧洲人在那里很快被吞噬, 陷身于死寂、空远、霉土、泥泞和成群的吸血虫中。唯一的逃生之道是那条河。那河流是唯一有生气的事物, 流动着, 闪耀着, 变化着——人们可以像在路上一样驰骋, 品尝太阳和外界空气, 感受自由, 与朋友会合, 到达广阔的海洋……甚至到达世界!(*SR* 6-7)

在这段描述中, 加拿大被描绘成霉菌和吸血昆虫肆虐、时刻笼罩在死亡阴影之下的"植物王国", 给小说题名里的"阴影"做了一个极其负面的注脚。作为没有人类"勘测标记"痕迹存在的蛮荒之地, 这一空间对首次踏足此地的欧洲人构成了巨大威胁。对来到这里的法国先驱来说, 这片需要逃离的北美殖民地根本不是"世界"的一部分, 遥远的欧洲才是他们的庇护所, 才是代表洁净、"自由"和文明的归属之地。

这一描绘呼应了当时欧美思想界文明进化论中有关种族和气候的讨

论。在整个19世纪以及20世纪早期，地理学与帝国政治、种族理论和文明话语缠绕交织，欧洲文明在极端气候地区的"堕落"是欧美思想界和大众津津乐道的话题。这一观念可追溯至古希腊。医药之父希波克拉底（Hippocrates）和亚里士多德（Aristotle）都声称，种族间的生理和性格差异是由地理和气候环境决定的。温和的、宜人的气候孕育了品德高尚、智力优越的"优等"民族，而恶劣气候只会滋生"劣等"民族。欧洲人种起源学说"多源发生说"（polygenesis）认为，每个种族适应着当地特殊的气候，环境的改变会导致堕落和死亡；而"一元发生说"（monogenesis）认为，每个种族都能适应任何气候[1]。到19世纪中期后，欧美医学界的病理学基本上采取了"种族确定性"（racial fixity）一说，主张各种族只能适应当地的气候环境；外界的变化会导致该种族生理、道德和精神的堕落，女性受到的负面影响更大[2]。民族主义者因此认为，白人种族只能生活在特定的气候区域，混血子女在道德、体格、生育能力上都具有缺陷。比如热带地区具有过量的阳光，不仅让环境充满了凶险、瘟疫和恶臭，也会让当地的居民无法投身于工作，变得"懒惰"和"淫荡"，成为道德败坏之人。对于英国这样的"温和地带"而言，任何极端气候地区都是不适宜白人居住的蛮夷之地[3]。历史学家汤因比在家信中描述自己前往希腊和土耳其旅行的不快经历时说：

---

1. Owen White, *Children of the French Empire: Miscegenation and Colonial Society in French West Africa 1895-1960*, Oxford: Clarendon Press, 1999, pp.110-112.

2. Georgina H. Endfield, and David J. Nash, "'Happy Is the Bride the Rain Falls on': Climate, Health and 'The Woman Question' in Nineteenth-Century Missionary Documentation," *Transactions of the Institute of British Geographers* 30.3 (2005): 368-386, p.369.

3. Georgina H. Endfield, and David J. Nash, "'Happy Is the Bride the Rain Falls on': Climate, Health and 'The Woman Question' in Nineteenth-Century Missionary Documentation," *Transactions of the Institute of British Geographers* 30.3 (2005): 368-386, p.369.

这一年里最大的收获是我理解了英格兰(或少数……文明
开化国家)的价值所在。文明人数目还很稀少,因而极其珍
贵……我如今凭经验认识到,世上并不存在拥有某种与生俱来
的特定禀赋的"智人种";在黑猩猩和超人之间存在无数过渡阶
段……与野蛮人不同的是,"南方佬"是一种寄生虫——他们只
能在充满活力的文明阴影下成长——他们的本性来自拙劣的模
仿。例如,我并不认为这些人在革命年代里(1821—1830年)
开始同欧洲打交道之前就是"南方佬"。即便到了现在,偏远村
庄和山间牧人也并非"南方佬",而是白皮肤的野人……这跟人
种没有关系……它在很大程度上是由气候造成的;我认为疟疾
对"南方佬"性格的形成至关重要。[1]

　　这段话鲜明不过地体现了欧美知识分子的文明等级论观点,将南
欧文化视为野蛮和盎格鲁-撒克逊文明之间的"过渡阶段"和"文明阴
影"。其中有关气候的论调与《磐石上的阴影》形成了奇异的对应关系。
类似的观点在美国的国家身份修辞中屡见不鲜。托克维尔(Alexis de
Tocqueville)曾考虑过美国扩张话语与气候之间的冲突,爱默生(Ralph
Waldo Emerson)在《命运》("Fate",1860)一文中也曾谈论过"如刀
的气候"[2]。

---

1. 转引自威廉·麦克尼尔:《阿诺德·汤因比传》,吕厚量译,上海:上海人民出版社,
　2020年,第57—58页。
2. Eric T. L. Love, *Race over Empire: Racism and U.S. Imperialism, 1865-1900*, Chapel Hill: University
　of North Carolina Press, 2004, pp.24-25. 关于美国对热带气候环境的观念建构,可参见王
　林亚:《种族主义和殖民主义:美国知识界对热带环境的观念建构及其影响 (1898—
　1920)》,《世界历史》2018年第4期,77—90。

　　随着19世纪末细菌理论的兴起，欧美人从"科学"的角度论证气候与文明的关系，声称天然的气候及人们的卫生习惯和道德水准决定了细菌的多少，导致"野蛮"地区很不适合欧洲人生存。例如，《非洲导游手册》（ Guide pratique de l'Européen dans l'Afrique occidentale，1902 ）列举了六种致命危险：阳光、饮水、土壤、蚊虫、酒精和传播性病的当地女性[1]。在欧洲人看来，这种气候环境导致了当地的"政治空洞"状态，即理性和秩序缺席，无法像欧洲文明社会那样建构成熟的信仰、法律和民主治理。因此，"野蛮"的印第安人不具有自治能力，天然与专制及暴力有着亲缘[2]。在文明等级论的驱使下，欧洲去往海外的殖民者担负着"道德义务"，即他们不能仅仅前去适应殖民地的"古怪"环境，而更应该将欧洲文明移植到当地，对环境进行改造和改良，给当地带去"进步"与"发展"。天主教传教便是最显著的方式。那些传教士根据当地的气候与欧洲的相似性而将世界划分出"安全"和"危险"的区域。例如，在美国公理会的传教机构美国海外传教部总会（简称美部会，The American Board of Commissioners for Foreign Missions ）成立之初，由于传教士人数严重缺乏，对于传教地点的选择非常慎重。他们根据各国文明与盎格鲁–撒克逊文明的差异性建构了一个"异教等级"，认为最"野蛮"的角落最能受益于美国的传教，于是选择亚洲为重点传教地区[3]。

---

1. Owen White, *Children of the French Empire: Miscegenation and Colonial Society in French West Africa 1895-1960*, Oxford: Clarendon Press, 1999, p.14.

2. Bernard W. Sheehan, *Savagism and Civility: Indians and Englishmen in Colonial Virginia*, Cambridge: Cambridge University Press, 1980, pp.52-53.

3. Georgina H. Endfield, and David J. Nash, "'Happy Is the Bride the Rain Falls on': Climate, Health and 'The Woman Question' in Nineteenth-Century Missionary Documentation," *Transactions of the Institute of British Geographers* 30.3 (2005): 368-386, p.378; Emily L. Conroy-Krutz, "'Engaged in the Same Glorious Cause': Anglo-American Connections in the American Missionary Entrance into India, 1790-1815," *Journal of the Early Republic*, 34.1 (2014): 21-44, p.29.

去往殖民地的欧洲传教士完全不重视本地人对景观的认知，将之视为"非知识"并嗤之以鼻，就如《磐石上的阴影》中的医生欧几里得·奥克莱尔所言，"我们终究不是野蛮人"（SR 35）。那些传教士最重要的任务便是在当地重建一个基督教的社会空间，像《死神来迎大主教》中拉都主教毕生追求的那样。他们对当地景观及变化的认知带上了道德经济的色彩，成为实现传教目标的重要前提[1]。在《磐石上的阴影》中，奥克莱尔是欧洲理性文明的化身，承担的任务是测绘、收集和解析加拿大殖民地，将之纳入欧洲认知体系，从而使之成为殖民母国的海外领土。他的名字"欧几里得"取自古希腊的"几何之父"，"奥克莱尔"在法语中是"眼睛明亮；发现事物的本质"的意思[2]。他平时除了运用自己的欧洲医学知识治病救人之外，致力于"加拿大植物的研究"（SR 22），将那些植物的医学功效记载下来，"想回到巴黎之后发表"（SR 17）。这一描述完全符合欧洲去往世界各地搜集动植物甚至"野蛮"人种信息这一文化工程中的"学者"形象，体现了鲜明的文明等级意识和帝国意识。

2. 食物与文明

在《磐石上的阴影》中，与恶劣的外部环境形成最鲜明对比的是塞茜尔为父亲奥克莱尔所准备的丰盛晚餐。在奥克莱尔的眼中，他的晚餐是"使他保持一个文明人身份和法国人身份的唯一事物"（SR 17）。食物在小说中毫无疑义地充当着文明指代物，彰显了文明区隔。"吃什么"

---

1. Georgina H. Endfield, and David J. Nash, "Missionaries and Morals: Climatic Discourse in Nineteenth-Century Central Southern Africa," *Annals of the Association of American Geographers* 92.4 (2002): 727-742, p.728, pp.730-731, p.734.

2. Robert J. Nelson, *Willa Cather and France: In Search of the Lost Language*, Urbana: University of Illinois Press, 1988, p.63.

和"怎么吃"成为欧洲殖民者区隔他者和建构文明等级的手段。踏上美洲大陆的欧洲殖民者担心，"异邦"的气候和食物会改变他们作为欧洲人的"体液平衡"，引起道德沦丧和文明堕落[1]。在"自我／他者"对立思维下，那些清教徒难以忍受印第安人的生活习惯，尤其是纹身、饮食和偶像崇拜。在他们看来，纹身和偶像崇拜体现了印第安文明对自然表象的强调[2]，饮食则体现了印第安人与自然的完全融合：印第安人摄入蚁卵、虫子、蛇、蛙、泥土、树木、野兽粪便，还将吃剩的鱼骨和蛇骨磨粉后食用，是毫无文明可言的野人[3]。《磐石上的阴影》通过一个跌落文明底线的极端例子展现了印第安人进食的纯自然性和欧洲殖民者的"文明性"之间的激烈冲突：食人。为了挑衅和取笑法国传教士沙巴内尔神父的文雅和对印第安食物的拒绝，印第安人把另一个部落的俘虏做成人肉宴，故意等他吃完才告诉他。他们的食人行为是对欧洲文明的拆解，在欧洲人看来是纯属自然本能的野兽行为，"完全背离了上帝"（*SR* 152）。这在小说中与欧洲人象征性的食人行为形成了对比。欧洲人将圣徒的遗骨制成灵药，用以救治教徒的病体和灵魂。之所以前者让人恐惧而后者引人入迷，是因为前者堕落成为非理性欲望的一部分，而后者秉持欧洲文明的内核。但即便如此，奥克莱尔也坚决地表示："没有人骨适合服用"（*SR* 127）。

1.　Michael A. LaCombe, *Political Gastronomy: Food and Authority in the English Atlantic World*, Philadelphia: University of Pennsylvania Press, 2012, pp.50-51, pp.56-62.

2.　对于伊丽莎白时代的英国道德主义者来说，纹身与化妆是对身体的过度修饰和对自然的扭曲，这一实践经常用"变形"（deform）、"毁损外观"（disfigure）、"歪曲"（misshapen）等词汇来形容。它们往往被视为撒旦的杰作，与谋杀、投毒、骄傲、野心、通奸、巫术等堕落品德联系在一起。

3.　Bernard W. Sheehan, *Savagism and Civility: Indians and Englishmen in Colonial Virginia*, Cambridge: Cambridge University Press, 1980, pp.50-51.

在小说中，"吃什么"并非仅仅呈现个人口腹之欲的与众不同，而是上升为崇高的集体身份修辞，意在凸显法国文明相较于印第安"本能"的超验性。就如法国哲学家米歇尔·翁弗雷（Michel Onfray）所言，"情欲和美食，正如宗教、艺术、形而上学一样，是区分人类与动物的主要标志"[1]。在形容加拿大最美丽的十月景色时，小说将"金红色的秋阳"比喻成"从石头上倾泻下来的醇厚的法国南部红酒"（SR 33）。可见，食物本身的重要性足以决定人们感知世界的方式。塞茜尔为了实现父亲在蛮荒的异域维持"法国人"身份的愿望，想尽各种办法保证饭菜的丰盛。她在食物匮乏的情况下为父亲做饭后甜点，并感叹道："我们真幸运，能够从伯爵那里得到足量的糖"（SR 13）。"甜口味"是一个意味深长的暗示，表明塞茜尔的"文明"持家本身便是国际秩序的产物。在故事发生的17世纪末，蔗糖对于欧洲人而言依然是昂贵的舶来品。蔗糖制造是劳动密集型产业，需要大量劳工，只能在欧洲大陆之外的美洲殖民地生产。随着美洲种植园经济逐步从对原材料的需求转向对人工的需求，欧洲殖民者开始将目光盯上"野蛮"种族的人力资源。他们从非洲大量运输奴隶劳工到美洲，也顺带"征集"一些亚洲"苦力"（coolies），保证了美洲蔗糖生产业的发展。为了美化这一人口拐卖和奴隶制生产，欧洲的文学、艺术和哲学（尤以哲学为甚）逐步强调非洲的"野蛮"与"低劣"，将非洲人视为非人的种族。美洲的蔗糖最终销售到欧洲市场，塑造了欧洲上流社会的甜口味。它的形成是世界各洲互动的结果，亚非美洲的底层劳动最终凝结成欧洲社会的上流时尚和象征资本，缔造了一个等

---

1. 米歇尔·翁弗雷：《美食家的理性》，管宁宁、钟蕾莉译，上海：上海人民出版社，2017年，第126页。

级分明的世界秩序[1]。

这个世界秩序在《磐石上的阴影》中的另一个指征物是巧克力。生活赤贫的拉瓦尔主教每天早餐是巧克力配牛奶（SR 73）。从食物性质上讲，巧克力这一食物与强调"理性"的欧洲文明背道而驰，因为它具有激发欲望的功能，在社会中常常与性、死亡等成长仪式或临界体验相联系。翁弗雷指出，巧克力这一诞生于玛雅文明却被"天主教氛围浓厚的"西班牙所继承的饮料"以它的色情闻名……广义的色情，即，能量和体力的威力"[2]。它与欧洲文明的复杂关系在安德鲁·朱厄尔（Andrew Jewell）评论《磐石上的阴影》的论文中已有讨论。朱厄尔指出，巧克力与玉米一样，之所以能够成为欧洲文明的指代，完全得益于帝国主义促成的食品流通。西班牙征服中美洲之后，在当地食谱中发现了巧克力，将之视为让本能欲望泛滥的危险品。但引入欧洲后，它很快变成风靡一时的稀罕物。随着欧洲需求的日益增加，殖民地的可可种植成为其与欧洲大陆主要的经济纽带。在《磐石上的阴影》所描述的1697年，巧克力刚传入法国和加拿大殖民地没多久。它在美洲种植园中由奴隶生产，经由西班牙或丹麦的港口运抵欧洲，然后法国再将它送往加拿大殖民地。因此，加拿大殖民者喝的巧克力本就是美洲产品，经由旧世界欧洲的文化口味和市场的筛选之后，它重返美洲且变成了区分种族、阶级和文化的符号。拉瓦尔主教看似超越于世俗政治之外并彰显着欧洲文明的优越

---

1.   James Walvin, "Sugar and the Shaping of Western Culture," *White and Deadly: Sugar and Colonialism*, ed. Pal Ahluwalia, Bill Ashcroft, and Roger Knight, Commack: Nova Science, 1999, 21-31, p.22. 关于蔗糖生产所折射的国际关系，参见以上 *White and Deadly: Sugar and Colonialism* 一书，以及西敏司：《甜与权力——糖在近代历史上的地位》，王超、朱健刚译，北京：商务印书馆，2010年。

2.   米歇尔·翁弗雷：《美食家的理性》，管宁宁、钟蕾莉译，上海：上海人民出版社，2017年，第164页，第167页。

性，他所消费的食品却凝聚了美洲产地、非洲奴隶劳动、欧洲市场和习俗等国际特征，不可避免地成为国际秩序的一部分[1]。

"怎么吃"亦是欧洲殖民者凸显自身与"野蛮"文明区隔的重要手段。在英国殖民者登陆美洲的初期，社会权力合法性的来源并不是故国的头衔、机构和王室文书，而是食物。食物的获取和分配成为关乎殖民者生死存亡的首要问题，也是政治争斗、关系的协商与界定等社会实践行为的内在原因。殖民者不仅依赖从欧洲大陆运送过来的食物，还在烹饪、分配、餐桌礼仪等方面大做文章，以彰显白人群体内部的领导权和社会阶层。1611年，担任詹姆斯敦地区副长官的乔治·珀西（George Percy）写信给他在英国的伯爵兄长请求增加食物供应，声称他的治理能力来自"天天不断地为知名人士提供宴会"。宴会成了在殖民地展示欧洲文明和政治的公开表演，在这个款待仪式中，"好客"不仅是一种私人品质，更成为一种公共秩序的基础：通过为比自己地位低的人提供食物，贵族殖民者践行了庇护伦理，而接受食物的人需要向其表示效忠和尊敬[2]。这被认为是英国社会最本质的特征，也是美国庇护所身份修辞的思想根源。在《磐石上的阴影》中，与这一理念最为契合的是弗龙特纳克伯爵。伯爵"爱炫耀，铺张浪费"，把自己看成"果敢、责任和荣誉"这些"无法解释、来自不明之处"的理念的化身，容不得别人对他的半点轻视，"只能与自己的属下相处"（SR 27）。通过提供食物来庇护他人这种方式，伯爵体现了法国中世纪文学中普遍存在的骑士荣誉和"礼物经济"（gift

1. Andrew Jewell, "Chocolate, Cannibalism, and Gastronomical Meaning in Shadows on the Rock," Cather Studies 8, ed. John J. Murphy, Françoise Palleau-Papin, and Robert Thacker, Lincoln: University of Nebraska Press, 2010, 282-294, pp.284-287.
2. Michael A. LaCombe, Political Gastronomy: Food and Authority in the English Atlantic World, Philadelphia: University of Pennsylvania Press, 2012, pp.108-114.

economy）。在贵族伦理中，"大度"（largesse）是最基本的美德。贵族需要忽视物品的物质性，"维护物品的象征地位，视之为个体荣誉和美德的象征物，绝不允许它成为独立的激发欲望之物——那样，它定义了个体而不是被个体所定义"[1]。亦即，食物充饥或解馋的"第一性"功能被降格了。它转而成为社会象征体系的能指，其被消费的方式也被纳入"文明"和"品位"的建构体系中。小说中塞茜尔的餐桌便是一个含义丰富的场域：它既是欧洲社会庇护伦理的发生地，也是欧洲文明和野蛮的相遇之处。贫穷的布林克在塞茜尔面前进餐时小心翼翼，忍住饥饿和贪婪小心翼翼地喝汤以免发出声响，借此表示对她的尊重（SR 14）。布林克的自我"克制"在个体层面上是本能的自惭形秽，在象征意义上体现了"野蛮人"面对"高等"的欧洲文明时所表现出的羡慕和臣服，一如星期五对于鲁滨逊的跪拜。小男孩雅克对刻有塞茜尔姓名的银质餐杯非常着迷。评论家苏珊·罗索夫斯基认为他的好奇是浪漫主义想象力，将物体从自然之物升华为文明主体之物[2]。从文明的角度来说，雅克的痴迷与布林克的克制毫无二致，都是"自然人"面对雅致文化时怀有的弗洛伊德式的缺失焦虑和本能羡慕。有趣之处在于，弗洛伊德视域中小女孩面对男性阳具时的羡慕在小说中被转化成为被殖民的男性面对欧洲小女孩时的痴迷。性别倒置非但没有减弱这一情感的合理性，反而强化了文明等级对于个体心理决定性的塑造力量。总而言之，塞茜尔款待这些客人的场景属于翁弗雷所言的"美食戏剧"：

1.　Andrew Cowell, "Food as Battleground in Medieval French Epics," *Cuisine and Symbolic Capital: Food in Film and Literature*, ed. Cheleen Ann-Catherine Mahar, Newcastle: Cambridge Scholars, 2010, 152-171, pp.165-166.

2.　Susan J. Rosowski, *The Voyage Perilous: Willa Cather's Romanticism*, Lincoln: University of Nebraska Press, 1986, p.181.

　　在任何地点、任何条件下，无论身处哪个时代，无论人们
享用的美食品质如何，餐桌都成为了舞台：人们在上面交谈，
品尝、享受食品。每个人都是演员，表演着躯体动作。舞台装
置艺术是独特的，其中的规则也是独特的。……从饥饿到饮
食之间，简单地说还存在一段被理解为人类永远脱离自然的历
史。这些时刻的戏剧化标志着文明对本能的胜利、食品的精细
化历程以及对烹饪的褒扬。一片文明的天地为一个受天然的热
情所支配的世界提供了济世良方：餐桌是一个微型世界，适用
于这个世界的一套优雅礼节被视为政治游戏。[1]

　　正如塞茜尔所说的"我和父亲做的所有事情都是某种游戏"（SR
58），在这些"戏剧"中，主人和客人之间的饮食秩序体现了经济、文化
和政治等各种意义上的庇护关系，折射了加拿大殖民地的社会结构。

3. 女性持家与"国王的意图"

　　"改善"异域环境的欲望导致女性的存在变得至关重要，因为她们担
负着传承母国文明、通过持家艺术对抗当地气候和当地人生活方式的重
任[2]。在移植欧洲文明的过程中，来到殖民地的女性的缺乏使得殖民者无
法延续欧洲的持家文明，有堕落到"自然"状态的危险。正因为如此，
《死神来迎大主教》中奥利弗的妻子伊莎贝拉成功地在"恶劣的天气"中

1.　米歇尔·翁弗雷：《美食家的理性》，管宁宁、钟蕾莉译，上海：上海人民出版社，
　　2017年，第29—30页。

2.　Georgina H. Endfield, and David J. Nash, "'Happy Is the Bride the Rain Falls on': Climate, Health
　　and 'The Woman Question' in Nineteenth-Century Missionary Documentation," *Transactions of the*
　　Institute of British Geographers 30.3 (2005): 368-386.

保持了"白皙的面容"和"金发"（DCA 176）才会被视为伟大的帝国成就，获得拉都主教的欣赏和赞扬。欧洲帝国充分利用了女性在殖民工程中的作用。弗吉尼亚公司在1621年挑选品德端正的女性，将她们送到切萨皮克湾殖民地以推行"帝国持家"。到了爱德华时代，主要由英国上层阶级女性组成的维多利亚团（The Victoria League）借助女性工作弘扬"英联邦友谊"，打造帝国疆域内的和谐秩序。这些女性通过款待身处殖民地的英国贵族旅游者或定居者，为远离故土的他们召唤母国情感，凝聚他们的自我认同。这种传统的女性符码为她们介入男性的帝国政治事业提供了合法性[1]。

美国对女性持家于帝国进程中的角色心知肚明，在对外传教时尤其强调女性的作用。美部会资深秘书鲁弗斯·安德森（Rufus Anderson）在1863年总结该机构前50年工作时说："妻子是传教士身处野蛮人之中的保护者，没有她们，男人难以在异域长久维持一个文明之家。在健康、教育和虔诚程度良好的情况下，女性对'困境'的适应能力不比她们的丈夫差，有时甚至展现出更虔诚的信仰和更持久的耐心。"[2] 用当时女性传教士自己的话来讲，她们的使命就是"通过爱使世界皈依，成为爱的帝国"[3]。这个自我坦白中最重要的核心词除了代表基督教教义的"爱"之外，还有代表美国扩张意图的"帝国"。她们通过彰显女性与文明之间的

1. Eliza Riedi, "Women, Gender, and the Promotion of Empire: The Victoria League, 1901-1914," *The Historical Journal* 45.3 (2002): 569-599, p.578, p.585.

2. Rufus Anderson, *Memorial Volume of the First Fifty Years of the American Board of Commissioners for Foreign Missions*, Boston: The American Board of Commissioners for Foreign Missions, 1861, p.272.

3. Maria A. West, *The Romance of Missions; or, Inside Views of Life and Labor in the Land of Ararat*, New York: Anson D. F. Randolph & Co., 1875, p.91.

紧密关联，间接地介入国家政治之中。

《磐石上的阴影》通过法国"国王的女儿"（Filles du roi）这一项目呈现了加拿大殖民地的女性生活，更展现了它背后的政治意蕴。"国王的女儿"指1663至1673这十年间接受法国国王路易十四（Louis XIV）的指令和资助而向加拿大殖民地迁徙的大约800名女性。路易十四的意图是敦促她们与男性殖民者结婚生子，增加当地的常住人口，从而巩固法国对殖民地的控制。由于这些姑娘出身贫寒，一直有传言称她们是娼妓。但实际上，800人里只有一名女子，凯瑟琳·吉舍兰（Catherine Guichelin），据称因遭丈夫抛弃而沦为娼妓。她于1675年8月19日在殖民地受审，被驱逐出魁北克市。《磐石上的阴影》挪用了这段历史，却作了令人惊讶的改变。小说声称，这些"国王的女儿"里有"足够糟糕"（SR 50）的女子。一位名为"玛丽"的娼妓染上"可憎的"性病而像"不洁的畜生"一样被埋葬，最终她的灵魂依靠一位名叫"凯瑟琳"的修女祷告而获得拯救（SR 37）。小说将圣母的名字与娼妓的名字互换，意在淡化这段材料的历史性而凸显加拿大的庇护性。通过拯救玛丽，欧洲殖民者表现出了对自然欲望的"字面的认可"——既接受了它的卑贱，又升华了它的本质，就如同美国对于新移民的改造一般。

小说中更能体现法国国家意图的是女性持家，它通过日常生活彰显了帝国文明的"优越"和政治的"理性"。在恶劣气候中保持"法国性"的重任被交给了知识殖民者奥克莱尔的女儿塞茜尔。小说富含深意地将塞茜尔刻画成继承去世母亲持家传统的12岁少女，就如《我们中的一员》中伊妮德去往中国接替染病的姐姐，体现了海外殖民地女性持家的前仆后继。塞茜尔被母亲训练成合格的法国持家女性，将自己在加拿大的处所变成了"对出生在法国的人来说就像家一样"（SR 22）的存在。小说紧扣持家这个核心的动作意象，表达了对欧洲帝国事业的推崇。奥克莱尔的妻子在临终前坚持让女儿学会"我们的方式"（*SR* 25），并告诫女儿说："你父亲所有的幸福都建立在秩序和规律性之上……没有秩序，我们的生活将很恶心，就如那些可怜的野蛮人一样"（*SR* 24）。可见，欧洲的持家建基于"理性"，与美国进步主义政治理念有着本质上的一致性。在欧洲殖民者看来，"每个人的房屋就是他的城堡，家庭就是他的联邦；倘若没有完全的治理，只会导致混乱"[1]。治理家庭就如同治理王国，遵守"自然秩序"：领导者需要权威，目的并不在于使下级服从自己，而是为了维护统治者和被统治者的共同利益，实现"利益和谐"。从本质上讲，这一社会结构践行的是庇护政治，维护的是阶级的等级制。这便是奥克莱尔的妻子至死不渝的"秩序和规律性"，也是她传递给塞茜尔的文化理念。

较之于女传教士凯瑟琳的精神宽恕，塞茜尔的女性持家更明确地体现了"字面的认可"，因为持家本就是人与自然互动的行为，在亲近自然的同时对抗自然，将自然欲望转化为社会规范所认可的行为和理念。这便是为何塞茜尔脸上总是"焕发着世俗的愉悦"（*SR* 40）。这个"世俗"情感既不是超验的，更不是自然的，而是人文的。它的核心概念是"体面"，体现在魁北克殖民地的空间分布里：举止轻浮的安托瓦妮特住在远离大路的贫民窟中，"铺路的卵石终止之处，体面也随之而止"（*SR* 62）。"体面"这个人文主义概念塑造了殖民主体的情感，也决定了他们如何看待只有"自然欲望"的异族。因而，塞茜尔对于布林克喝汤发出

1.　Michael A. LaCombe, *Political Gastronomy: Food and Authority in the English Atlantic World*, Philadelphia: University of Pennsylvania Press, 2012, p.25.

声响会感觉"窘迫"（SR 14）。她的羞耻是一种引人注目的特殊情感，在"自我–他人"的互动系统内发生，体现了自我对堕落到他者野蛮状态这一可能性的拒绝，其根源是以欧洲文明为最高表现形式的文明等级论。对野蛮的拒绝在塞茜尔的乡下之行场景中有着更加生动的表现形式。塞茜尔去往当地农庄是欧洲文明与野蛮状态的一次相遇，再次呼应了农业女神得墨忒耳去往冥府的"坠落"情节。当地人的生活方式与自然完全融为一体，毫无艺术感和超验性可言：

> 小女孩儿的光脚上套着鹿皮鞋，褐色的腿上全是荆棘的划痕和蚊虫叮咬的包块。她们带她看猪猡、鹅和家兔时，不停地给她介绍那些动物的特别行为，她觉得这些行为最好还是勿言勿视。她们还用非常不得体的名字称呼一些物品。……她们睡觉前也不擦洗一下溅满淤泥和蚊血的小腿，踢掉鞋子便上了床。蜡烛的光线非常微弱，但塞茜尔还是看清楚了，她们在同样的被单里这样睡觉已经很长时间了。（SR 190, 191）

这段描述非常类似《死神来迎大主教》中拉都主教初次进入印第安祭祀石穴的场景，从持家艺术和语言两个层面展示了当地人生活状态的表象化和欲望化。那些小女孩的衣着和休息方式与动物没有什么本质区别；更值得注意的是，动物交媾行为在她们的日常语言系统中并没有得到应有的隐藏或升华，而是以原生态的形式公然出现。这与塞茜尔设想的"体面"格格不入，导致她像拉都主教一样匆匆逃离了自然处所，回到自己那充满欧洲文明风格的小家。正是在这次"坠落"之后，塞茜尔获得了精神成长，对持家的"文明性"与自我的主体性之间的关系有了全新的认识："她习惯地以为自己做家务是为了让父亲高兴，也是实现母亲的愿望。现在她意识到她是在为自己而做"（*SR* 197-198）。颇具象征意义的是，塞茜尔正是在这次旅行之后第一次学会了用火。既有评论将这把火视为塞茜尔女性自我的象征[1]，认为它隐喻让普通物体转化为概念的想象力[2]，进而证明了持家艺术的可贵[3]。从文明发展的角度看，这个细节充满了西方神话意味和启蒙含义：在异域庇护所中学会用火，对于异域文明发展的重要性不亚于普罗米修斯将火种从天上带到人间；欧洲殖民者也正是通过这一行为完成了自我作为庇护所建造者的主体建构。

4. 庇护所中的"和谐"伦理

女性持家是《磐石上的阴影》中的"磐石"，最终将殖民生活从自然的阴影中托起，使之成为异域的庇护所，缔造了殖民者和当地异族之间的"和谐"秩序。既往评论就小说中是否存在秩序而争论不休。苏珊·罗索夫斯基认为，小说中没有秩序存在——黑暗的自然主导了整部小说，即便大海也是狂野不驯、不可知的——整个"没有勘测标记的大陆"使得主体认知抑或逃离世界的愿望成了妄想[4]。而约翰·墨菲（John J. Murphy）的观点正好相反，认为小说致力于呈现秩序对自然的驯服："神圣秩序和世俗秩序共同构成了魁北克磐石上的生存。……整个小说的

---

1. Asad Al-Ghalith, "Willa Cather's Use of Inner Light," *International Fiction Review* 32.1 (2005): 32-37, p.32.

2. Susan J. Rosowski, *The Voyage Perilous: Willa Cather's Romanticism*, Lincoln: University of Nebraska Press, 1986, p.184.

3. James Woodress, *Willa Cather: A Literary Life*, Lincoln: University of Nebraska Press, 1987, p.428; Ann Romines, *The Home Plot: Women, Writing & Domestic Ritual*, Amherst: University of Massachusetts Press, 1992, p.159.

4. Susan J. Rosowski, *The Voyage Perilous: Willa Cather's Romanticism*, Lincoln: University of Nebraska Press, 1986, p.176, p.178.

七部分都围绕秩序展开。"[1] 实际上，小说的主要目的并非展示逃离和秩序的对立，而是着重刻画了殖民者如何在认可异域和拒绝异域之间取得平衡、终而将之转化为庇护所的另类拓荒。

庇护所主题贯穿了小说的整个叙事。在去往加拿大之前，奥克莱尔就已经将之视为取代"旧欧洲"的庇护所："那里逐渐在奥克莱尔的想象中形成了一幅画，展现着广袤无垠的自由之地。他开始习惯于把加拿大看作一个可能的庇护所，能够逃离家乡的罪恶，幻想着自己能够去那里"（SR 31）。通过传教士的信仰改造、奥克莱尔的知识启蒙以及塞茜尔的女性持家，欧洲殖民者全方位地将"自然"加拿大变成了法国的海外投影。然而，小说对"旧欧洲"罪恶的声讨凸显了隐藏的"美洲"意识，以非常委婉的方式表达了凯瑟创作这部小说的政治意图。对法国国家神话的解构使得《磐石上的阴影》最终超越了为欧洲殖民主义历史招魂的怀旧意义，升华成一部具有"进步主义"色彩的美国小说。

这个表面上是欧洲的、实质上是美国的海外庇护所遵循"和谐"伦理，在小说中通过塞茜尔拉着雅克前行这个令人印象深刻的场景体现出来："她突然感觉到，对她来说，世界上没有比这个更好的了：拉着雪橇上的雅克，前方是温柔的、燃烧的天空，左右都是暮色中邻居家温馨的灯火。……这种在自己的位置上的感觉，这种拉着雅克朝神圣家庭山上攀登，在蓝色的烟霭中逐层上升，就像是潜水者从深海中浮上来的轻柔幸福感"（SR 104）。这一场景神似《啊，拓荒者！》中亚历山德拉赶马车前行的一幕，不仅充满了"进步"色彩，更为"白人的负担"赋予了新的含义。这个画面在字面上淡化了种族等级，凸显了白人和异族之间的

---

1. John J. Murphy, "Cather's *Shadows*: Solid Rock and Sacred Canopy," *Cather Studies 7*, ed. Guy Reynolds, Lincoln: University of Nebraska Press, 2007, 174-185, p.179.

"庇护"关系，为他们都找到了"自己的位置"。这正是20世纪20年代美国政府孜孜追求的新型国际秩序，即以各国之间"利益和谐"为外包装的美国例外论。

　　凯瑟的"历史小说"系列对于天主教题材"用"而不"信"，这一立场应该呼应了哈佛大学教授欧文·白璧德（Irving Babbitt）的宗教观。白璧德认为，宗教有"历史的宗教"（historical religion）与"真正的宗教"（genuine religion）之分。"历史的宗教"指"教条的、天启式的宗教"，盲从固定的教义和教会机构，需要实体上帝的存在。这在白璧德看来属于"现代谬误"。"真正的宗教"指人类的"普通自我"在"神性意志"的制约下达到内在精神的和谐[1]。这个"内在制约"（inner check）的思想是白璧德"新人文主义"的核心概念，主张个体在自然主义和神秘主义之间取得"恰当的平衡"，通过自我体验揭示人类整体的道德经验。《死神来迎大主教》中的拉都主教和《磐石上的阴影》中的塞茜尔都体现出这种"平衡感"，成为"和谐秩序"的缔造者和彰显者。

　　更值得注意的是，凯瑟作品呼应了看似非政治化的"新人文主义"背后的政治内涵和意图。它是一种贵族式的德治而非平民式的民主，带有鲜明的古典色彩和精英意识[2]，因而在强调"大众民主"的美国国内不

1.　J. David Hoeveler, Jr., "The New Humanism, Christianity, and the Problem of Modern Man," *Journal of the American Academy of Religion* 42.4 (1974): 658-672, pp.665-666; 张源：《"人文主义"与宗教：依赖，还是取代？——试论白璧德的宗教观》，《国外文学》2006年第2期，41—50，第41—42页。

2.　J. David Hoeveler, Jr., "The New Humanism, Christianity, and the Problem of Modern Man," *Journal of the American Academy of Religion* 42.4 (1974): 658-672, p.664; 胡淼森：《"新人文主义"再探讨》，《求是学刊》2006年第1期，46—52，第47页。

出意料地引发了自由主义者——所谓"激进派"——的反对。美国20世纪30年代著名的公共知识分子马尔科姆·考利（Malcolm Cowley）在1934年反思当时美国社会情境时，注意到了它对美国社会造成的政治撕裂："它是一场大规模的战争，卷入双方的有不同集团的作家和两三代的文人。争论之点是混乱的，不仅包括个人的和美学的问题，也包括道德方面的问题，如作家所应采取的升华方式和作家对社会的关系。还有些政治性的弦外之音，因为大部分人文主义者是保守派，而所有的激进派都是反人文主义者。"[1] 实际上，"新人文主义"真正的"弦外之音"并非针对美国国内，而是针对第一次世界大战之后的国际秩序。白璧德试图构想一个"国际人文主义"以促进东西方的彼此理解，他所找到的路径是结合西方古典主义和中国的儒学，融合成"内在制约"的概念。这一概念认可东方文化，但其强调"理性节制"的主张与其说借鉴了孔子的"中庸之道"，不如说继承了20世纪初美国的进步主义思想。"新人文主义"顺应了美国在第一次世界大战之后打造以美国利益为最高旨归的国际新秩序的需求，因而在国际上颇具影响力，对中国"学衡派"的影响尤其深远[2]。凯瑟的"历史小说"执着于建构异域庇护所，对"国际主义"理念的宣扬与白璧德的思想形成了值得重视的呼应，构成了20世纪20年代美国思想界的景观。

---

1. 马尔科姆·考利：《流放者的归来——二十年代的文学流浪生涯》，张承谟译，上海：上海外语教育出版社，1985年，第268页。
2. 有关白璧德"国际人文主义"的论述，可参见李欢：《"国际人文主义"的双重跨文化构想与实践——重估学衡派研究》，《文学评论》2015年第1期，110—119。

结语：走向"世界帝国"

从"美国的成年"运动到第一次世界大战、再到经济危机后"大萧条"时期这将近20年里，凯瑟的创作——尤其是受到评论界盛赞的几部"凯瑟经典"——契合美国进步主义时期的庇护所身份建构热忱，包含种族和帝国这两大相互缠绕、对立统一的主题，意在彰显美国的例外身份。她笔下的"美国"从作为熔炉的西部草原到想象中建造海外庇护所的世界帝国，经历了一个从"玉米田"到"跨国美利坚"的空间转变、文明范式转变以及国际形象转变。正因为如此，凯瑟方才成为美国思想界珍视的"美国"作家。20世纪30年代末世界局势风雨欲来之时，文学评论家约瑟夫·赖利（Joseph Reilly）想象已经吞并亚洲的日军野心膨胀，攻入美国并占领曼哈顿，迫使美国把本国的杰出作家当作祭品奉献给他们来换取和平，那么凯瑟作为最能代表美国民族价值观的国宝级作家，在这个死亡排序中占据最高的位置，必须被保留到最后一刻[1]。赖利通过营造一个异族假想敌、创造一个国际争端的幻想，体现了美国日益

---

1. 转引自孙宏：《从美国性到多重性：凯瑟研究的回顾与反思》，《外国文学评论》2007年第2期，138—146，第138页。

明显的帝国意识，同时也展现出其日益封闭的种族意识。在赖利的想象中，美国再一次通过种族／国家对抗关系成为了捍卫文明的庇护所，庇佑着凯瑟这位最具美国特色的作家。不久之后一言成谶，第二次世界大战的爆发更加固化了美国的这一形象。

在第二次世界大战即将结束的1945年，《星期六晚邮报》(*The Saturday Evening Post*) 的一篇文章报道说，美国政府为了鼓舞在海外参加作战行动的士兵，决定大规模地为他们提供各种 "好书"。这一行动得到了美国社会的积极响应。"每月读书俱乐部" 和 "胜利读书运动" 都做出了巨大贡献，向士兵捐赠了很多书籍。有意思的是，以往一直拒绝自己的作品被任何选集收录的凯瑟也同意节选她的小说，公开表示对于美国军事行动的支持。因为对她来说，最可怕的事情是她所熟悉的文明会被改变，而第二次世界大战正是维护 "她的文明" 的战争。她为选集《你便是如此》(*As You Were*, 1943) 所选的作品是《死神来迎大主教》中的一章《传教的旅程》，讲述的是白人垃圾巴克差点杀死拉都主教和约瑟夫神父的情节。凯瑟的文字受到了美国士兵的热烈欢迎。有一次，一名远征菲律宾的受伤士兵在等待救助时，一直阅读的便是凯瑟选定的这一章[1]。拉都主教这个被目前的学术界公认为 "知识殖民者"[2]的传教士之所以在当时受到美国士兵的欢迎，是因为美国的海外战争和传教在本质上是一致的，都服务于美国的形象建构："基督教国家" 和 "世界帝国" 两者既矛盾又统一，共同阐释了庇护主题。

---

1. Mary Chinery, "Wartime Fictions: Willa Cather, the Armed Services Editions, and the Unspeakable Second World War," *Cather Studies 6*, ed. Steven Trout, Lincoln: University of Nebraska Press, 2006, 285-296, pp.285-289.

2. Joseph R. Urgo, *Willa Cather and the Myth of American Migration*, Urbana: Univeristy of Illinois Press, 1995, p.170.

凯瑟作品中折射的美国庇护所身份实践从国内走向国际，深刻地影响了世界局势。首先，它在东方引起了日本的反弹和效仿。在第一次世界大战刚刚结束不久的1918年12月，一位年轻的日本公爵、刚刚从京都大学毕业不久的近卫文麿敏锐地嗅探到当时国际秩序背后的"英美意图"。他愤愤不平地发表《排除英美本位之和平主义》一文，意图以"日本人本位"重新塑造国际秩序。但事实是，日本提出的"种族平等"主张被英美联合拒绝，日裔移民在美国依然饱受歧视。进入20世纪30年代，这种"打破现状"的冲动日益主导了日本的外交政策。日本成为"国联"所奠定的世界秩序的搅局者，公然违反《国际联盟盟约》出兵侵略中国东北地区，挑战了美国作为"国联"缔造者和维护者的权威。但日本对美国尚且心存忌惮，在对美宣传中把自己的侵略美化为"文明"与"野蛮"的战争：它声称，日本是盎格鲁-撒克逊文明在亚洲的继承者，而中国则是闭关锁国、缺乏现代治理能力和政治文明的野蛮之地；日本出兵意在使中国这个"缺乏秩序"的地方成为适合所有文明国家国民居住的国度[1]。这种说法将美国置于文明进化论的顶峰，故意迎合了美国的自我认知；并且挪用了美国打造海外庇护所的合法性和道德性，因而并没有在本质上解构（从某种意义上反而强化了）美国政府一战后一直鼓吹的世界"和谐秩序"。然而，日本针对中国的宣传却与对美宣传截然相反：它抛出"兴亚"论，将自身包装成中国的替代者、当下东方文化的代表和亚洲文明的中心，承担带领亚洲诸国对抗欧美干涉、侵略和殖民的重任。1937年近卫文麿就任日本首相后，炮制出台"东亚协同论"、与

---

1.   参见张小龙：《"文明论"主导下的日本侵华战争外宣话语——以二战前日本对美宣传为中心》，《军事历史研究》2019年第2期，104—114。

中国"共建东亚新秩序"等论调，从地理、种族、文化等角度论述中日"合作"的必要性。这些论调表面强调中日基于平等和合作的"和谐"，实则上是宣扬建立以日本为主导的亚洲秩序并将中国纳入这一新秩序的主张[1]。日本与美国形成了奇异的镜像：亚洲之于日本，就如世界之于美国，都是彰显本国意图却又做出"字面的认可"姿态的客体。

对于西方世界来说，美国正式替代欧洲的老牌帝国，成为整个资本主义世界的领导者。与凯瑟同时代的历史学家汤因比对于英国政府未能维护"国联"原则、实质性阻止日本挑战国际秩序与和平而大失所望，转而将希望寄托在美国政府身上。他主张，世界的持久和平依赖于美国摈弃孤立主义政策，在国际事务中发挥更大作用，并用"某种形式的世界政府取代民族国际的主权"[2]。汤因比的本意是呼吁建立另外一个保护国际秩序的"世界政府"，但他对于美国的期望迎合了一些美国本土主义者的爱国情绪。被誉为"同时代美国最具影响力"的媒体人亨利·鲁宾逊·卢斯（Henry Robinson Luce）相信美国肩负领导人类走向"高级生活"的使命，他曾亲自撰文《美国的世纪》（"The American Century"，1941），宣扬20世纪将见证美国崛起成为世界领袖。汤因比的观点让卢斯大为兴奋，他立刻利用自己所办的杂志把汤因比塑造成一个文明先知的角色，并将之选为1947年3月17日《时代》杂志的封面人物。杂志编辑惠特克·钱伯斯（Whittaker Chambers）在这期封面故事中写道："从二

---

1. 史桂芳：《侵华战争时期日本的东亚"合作"论及其本质》，《社会科学辑刊》2020年第5期，159—169；宋志勇、朱丁睿：《对华认识、国际秩序观对日本全面侵华战争决策的影响》，《北京大学学报（哲学社会科学版）》2020年第5期，102—108，第104—106页。
2. 威廉·麦克尼尔：《阿诺德·汤因比传》，吕厚量译，上海：上海人民出版社，2020年，第257页。

战爆发之初起，美国便必须自觉代替英国去承担自己从前不愿扮演的角色，即作为基督教文明残存部分的领袖去抗击威胁它的力量。"[1] 这是对汤因比思想的歪曲，但不出意外地受到了美国人的热烈欢迎。汤因比即便对此有所保留，却依然在1953年表示："我认为如今是美利坚世界帝国形成过程中的第一阶段。……如果我们迎来的确实是美利坚帝国的话，那我们还算是幸运的。"[2]

无论是卢斯和钱伯斯的"基督教国家领袖"论，还是汤因比的"世界帝国"论，他们对美国的定位都是一个庇护所，一个在面对野蛮的威胁时能够捍卫"文明原则"的精神乐园。美国政府迎合了这两种期待，一直秉承"好人的庇护所"这个道德身份，致力于将自身打造成"自由世界"的核心。它联合西方国家缔结了一个"大西洋共同体"，企图建构一个以东方他者为假想敌的"新西方"：

> 从美国加入一战开始，美国精英逐渐用讲述美欧文化同源性和一致性的"西方文明"叙事取代"美国例外"思想，用强调美欧休戚与共的"大西洋共同体"想象瓦解了以欧美对立为核心的大陆主义地缘政治叙事，并在冷战初期通过把保卫"西方文明"和"大西洋共同体"与美国自身文化存续和国家安全联系起来，论证美国援助欧洲和建立北约的正当性，成功地将美国与西欧凝聚成文化、意识形态与安全共同体，最终打造出

---

1. 威廉·麦克尼尔：《阿诺德·汤因比传》，吕厚量译，上海：上海人民出版社，2020年，第303页。
2. 转引自威廉·麦克尼尔：《阿诺德·汤因比传》，吕厚量译，上海：上海人民出版社，2020年，第305页。

一个新"西方"。[1]

　　所谓"新西方"，归根结底不过是体现美国意图的共同体概念，是国际主义语境下美国庇护所身份修辞的一个极具迷惑性的变体。总而言之，在"例外主义"的框架下，美国的对外政策和自我认知始终于强调"美国性"的孤立主义和强调"帝国性"的扩张主义之间左右摇摆，围绕着"新本土主义"构成了历史的循环。在其纷繁复杂的表层叙事之下，始终不变的话语内核是美国的庇护所身份修辞。当今美国依然习惯于向其他国家兜售的一些自我标榜的政治术语，如所谓的"美国优先""自由世界"等，便是这一修辞的遗声。

1.　王立新：《美国国家身份的重塑与"西方"的形成》，《世界历史》2019年第1期，1—26，第2—3页。

后记

    在《"好人的庇护所"：薇拉·凯瑟作品中的国家身份修辞研究》打下最后一个标点之时，我感到的不是一项长达十年的任务终于完成的轻松，也不是自诩将凯瑟研究向前推进一小步的兴奋，而是意识到自己与20世纪初美国那段历史的纠缠尚未结束的不安与紧张。二十年前我在恩师的课堂上初遇凯瑟之时，便立刻与她笔下的人物产生了经历上的共鸣。从农村到小镇到都市，那些人物似乎超越了历史与距离，从书本中款款走来，与记忆里的自己合二为一。曾经最喜爱的角色是吉姆·伯丹，他的名字几乎明示他一直在负重前行。曾经我以为，他背负的是个人的记忆，是对再也回不去的农场童年时光的慨叹。因而在阅读时，我会为那日月同悬高空的景色着迷，为沐浴在那金色光彩中的小男孩着迷。这份怀旧情绪诱使我在博士论文里采取浪漫主义批评的立场，去探索个体想象力的结构在空间层面的外化。

    然而，正如众位博士论文答辩导师所指出的，脱离了现实的想象力就像是空中楼阁，无论看起来多么美轮美奂，都显得虚幻。缔造这种想象力的文化动因会是什么呢？导师们用委婉的语气提醒，关注个体想象的浪漫情思或许很美，或许也很治愈，但终究显得有些"自我"。研究者的目光除了聚焦在个体内心，还应该投向外部世界，看看个体的来处和去处。吉姆·伯丹背负的，更可能是整个民族的记忆和谱系。而这，何尝不是凯瑟本人的立场呢？她虽然自诩"逃避主义者"，但曾为"揭露黑幕"派运动干将的她对美国现实生活的介入程度并不亚于当时任何一位同行。为此，我一直想修正自己在博士论文里的立场，从政治的角度去重新评价凯瑟的作品，可惜天资愚钝，爬格子很慢，工作后的时间基本在教学备课中度过，所以一直拖了十年之久才完成重写过程。

在凯瑟的作品中，我们时常会感受到一个"庇护所"的存在，与现实尘嚣构成了鲜明的对比。这个空间既不像霍桑笔下的森林那样是心理的，也不像亨利·詹姆斯笔下的"精神共和国"那样是智性的，而是政治的。在看似浪漫的外表下，这个空间内部充满了政治理念、事件、行为的指涉和隐喻，反映了凯瑟对于美国"庇护所"国家身份修辞的挪用和改写。这一修辞曾经是美国政治话语里的热门话题，但随着庇护所概念的变化，到了20世纪初已经不再占据思想界的显意识。凯瑟作品中传荡着这一失落修辞的回声，展示了凯瑟对于国家身份的怀旧式想象。这本著作便是意图揭示她的政治想象力的尝试。

感谢恩师金莉教授，将我领上美国文学研究之路，一路上关心爱护，恩情难表万一。感谢学术研究中给予指导的各位导师。感谢单位中国人民大学外国语学院对著作的资助支持，以及在工作中的各种帮助。特别感谢家人的陪伴。

限于水平，这部著作肯定有着诸多不当乃至错漏之处，敬请学界同仁批评指正。

周铭

2021年11月30日